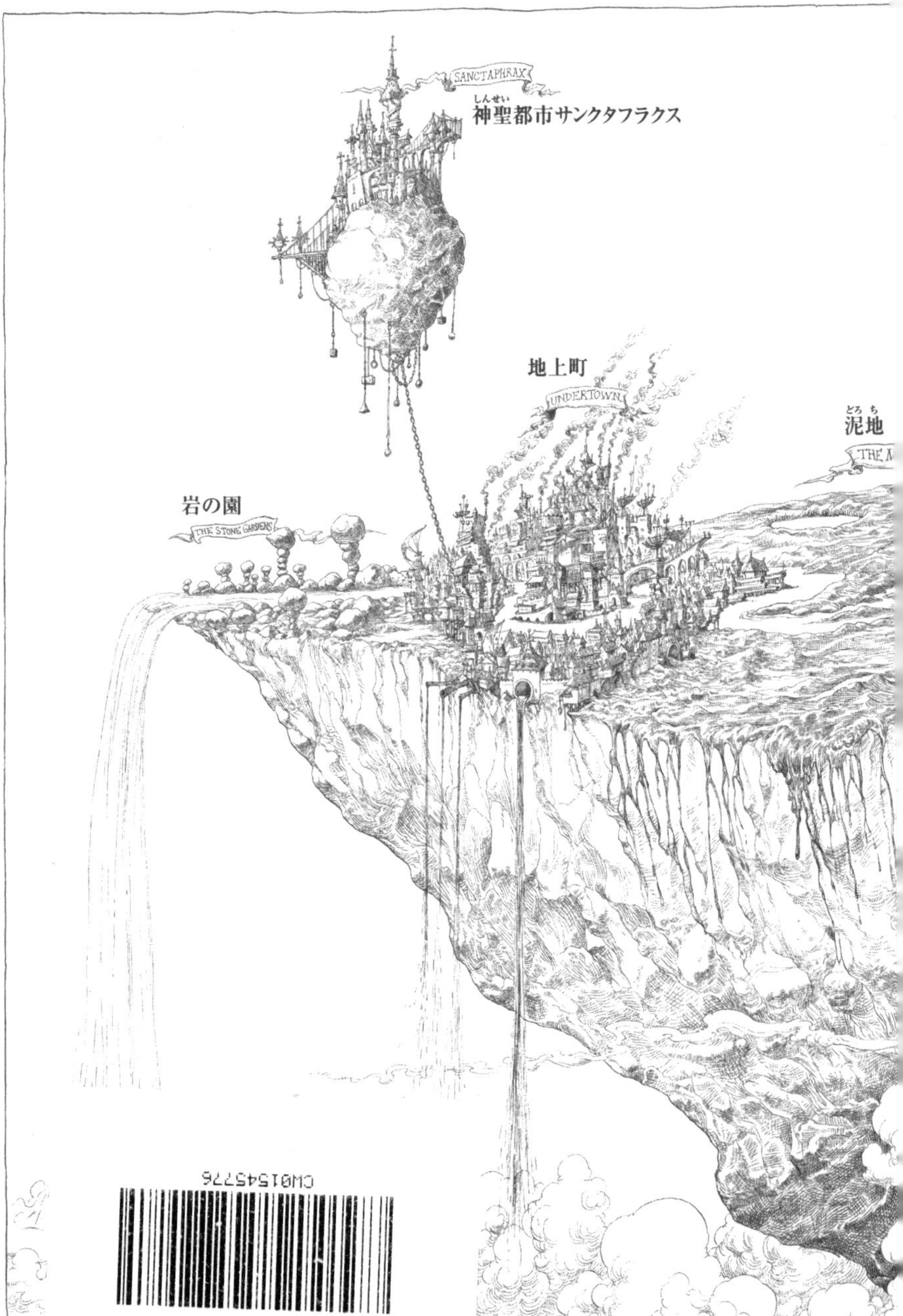
SANCTAPHRAX
神聖《しんせい》都市サンクタフラクス
地上町
UNDERTOWN
泥《どろ》地《ち》
THE M
岩の園
THE STONE GARDENS

崖《がい》の国物語

The Edge Chronicles 4

ゴウママネキの呪《のろ》い

The Curse Of The Gloamglozer

ポール・スチュワート＝作
クリス・リデル＝絵
唐沢則幸＝訳

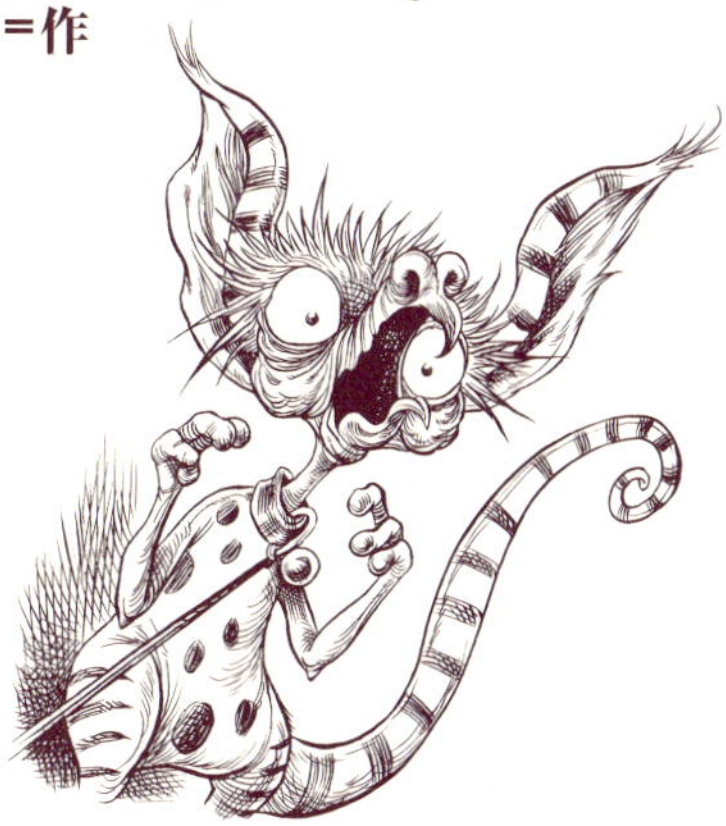

POPLAR

THE CURSE OF THE GLOAMGLOZER
by Paul Stewart and Chris Riddell

This edition is published by arrangement with Transworld Publishers,
a division of The Random House Group Ltd.
through The English Agency (Japan) Ltd.

崖《がい》の国物語４

ゴウママネキの呪《のろ》い

崖《がい》の国物語4／ゴウママネキの呪《のろ》い◯目次

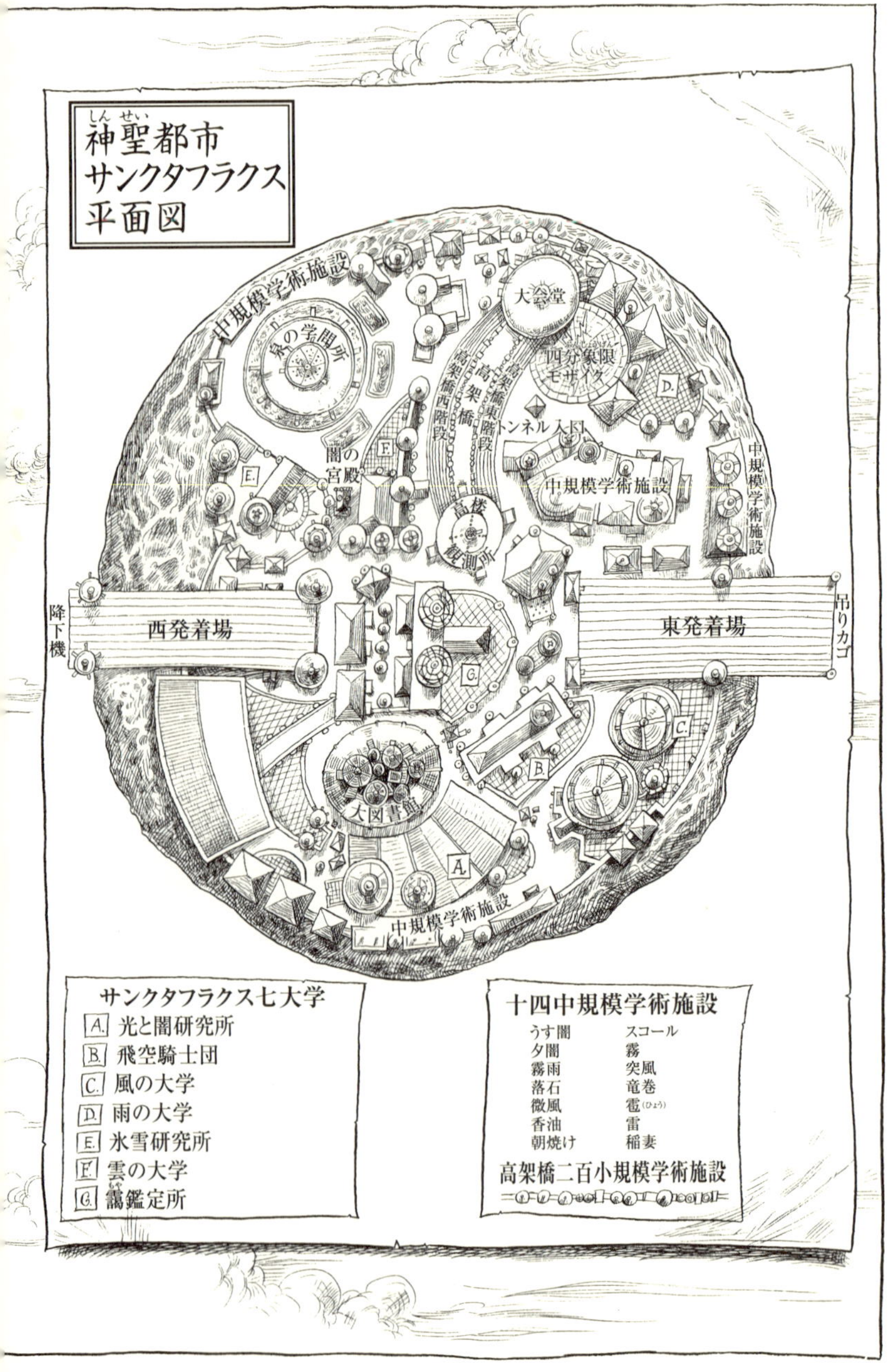

神聖《しんせい》都市
サンクタフラクス
平面図
中規模学術施設
泉の学問所
大会堂
四分象限《しぶんしょうげん》
モザイク
高架橋東階段
高架橋
高架橋西階段
トンネル入口
D.
中規模学術施設
闇の宮殿
F.
E.
中規模学術施設
高楼観測所
降下機
西発着場
東発着場
吊りカゴ
G.
C.
B.
大図書館
A.
中規模学術施設
サンクタフラクス七大学
A. 光と闇研究所
B. 飛空騎士団
C. 風の大学
D. 雨の大学
E. 氷雪研究所
F. 雲の大学
G. 靄《もや》鑑定所
十四中規模学術施設
うす闇
スコール
夕闇
霧
霧雨
突風
落石
竜巻
微風
雹（ひょう）
香油
雷
朝焼け
稲妻
高架橋二百小規模学術施設

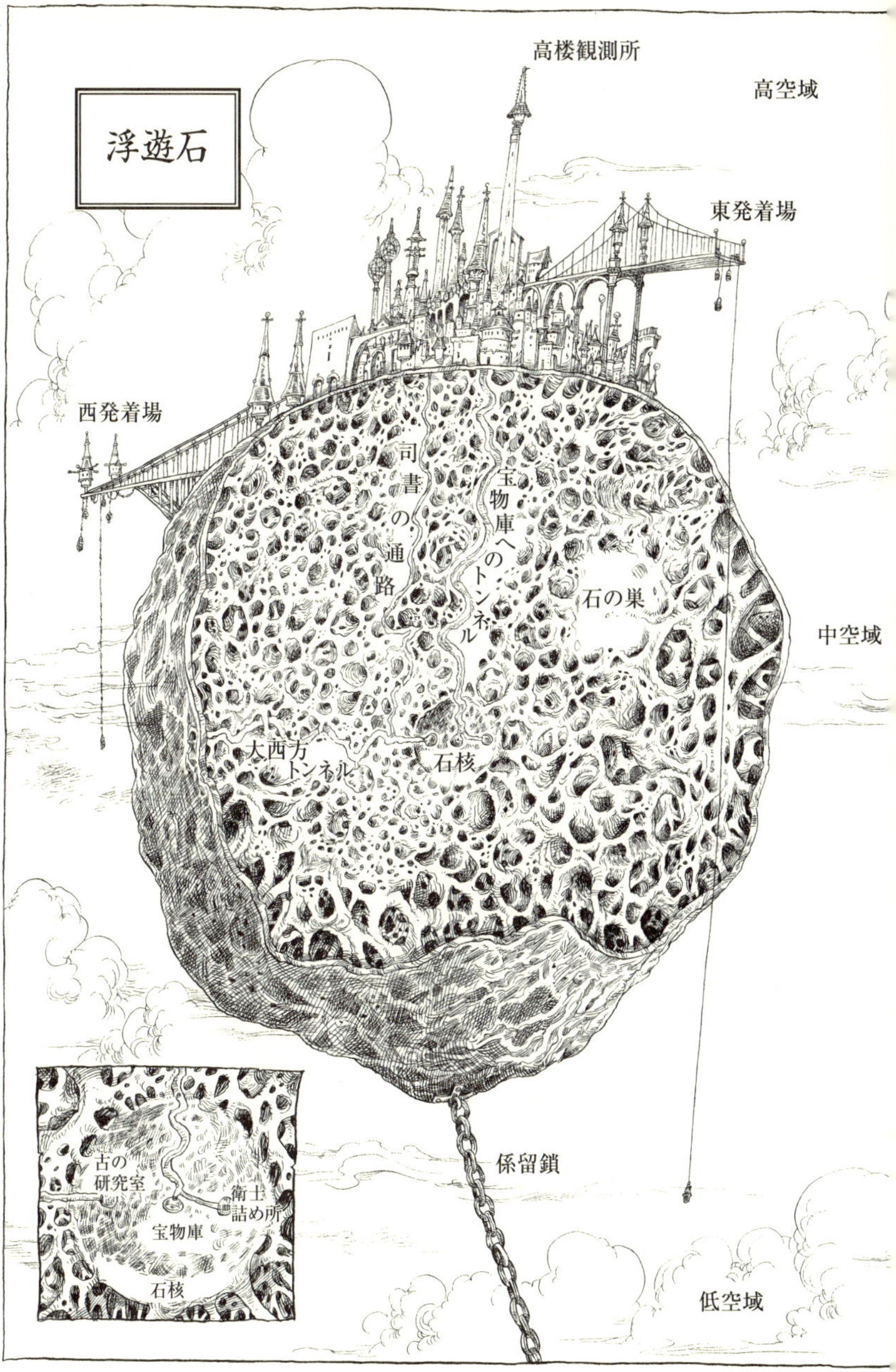
浮遊石
高楼観測所
高空域
東発着場
西発着場
司書の通路
宝物庫へのトンネル
石の巣
中空域
大西方トンネル
石核
係留鎖
低空域
古の研究室
衛士詰め所
宝物庫
石核

《主な登場人物》

クウィント　主人公の少年。空賊《くうぞく》船ゲイルライダー号の船長・風のジャッカルの息子《むすこ》。

風のジャッカル　クウィントの父。空賊船ゲイルライダー号の船長。

リニウス・パリタクス　靄鑑定師《もやかんていし》にして、神聖《しんせい》都市サンクタフラクスの最高位学者。

マリス　リニウスの娘《むすめ》。

トウィーゼル　リニウスたちの住む闇《やみ》の宮殿《きゅうでん》の管理人。深森《ふかもり》出身の老いたアシナガバッタ。

ウェルマ・ソーンウッド　マリスの乳母《うば》、年老いたウッドトロル族。

セフタス・レプリクス　靄鑑定所の副学部長。銀の鼻キャップをつけている。

バグズウィル　平頭ゴブリンの衛士《えいし》。

光と闇《やみ》の両博士《はかせ》　神聖都市サンクタフラクスの次期最高位学者。

シグボルト　宝物庫《ほうもつこ》の衛士長。平頭ゴブリン。

バンガス・セプトリル　上級司書、大地学の保護者。

ゴウママネキ　崖《がい》の国で最もおそれられている、伝説《でんせつ》の怪物《かいぶつ》。

序

　はるかはるか遠い世界。とてつもなく巨大《きょだい》な岩船の船首像《せんしゅぞう》が虚空《こくう》にはりだすようにして、「崖《がい》の国」はあった。靄《もや》に閉《と》ざされ、虚空に境を接《せっ》するこの地は、森と沼《ぬま》と岩におおわれた世界であった。

　さまざまな風景のなかに、あまたの生き物が暮《く》らしていた。おそろしい「深森《ふかもり》」には、トロルやトログやゴブリンが生をいとなみ、人を惑《まど》わす「薄明《はくめい》の森」には、幻影《げんえい》や亡霊《ぼうれい》がさまよい、「泥地《どろち》」には死肉あさりどもが、「岩の園」にはシロガラスが棲息《せいそく》している。また、「崖《がい》の河《かわ》」の下流には、ごみごみとした「地上町」が広がり、崖の国じゅうから集まってきた人々や生き物や種族が、ひしめきながら暮《く》らしている。みな、よりよい生活を夢見《ゆめ》て、ふるさとを捨《す》ててきた者たちばかりだ。

しかしながら、崖《がい》の国の住人すべてが、地をはうようにして暮らしていたわけではない。少数ではあるが、「浮遊都市《ふゆうとし》サンクタフラクス」の住人のように、文字どおり雲をつかむような生活を送る者もいた。数々の壮麗《そうれい》な宮殿《きゅうでん》や、そびえたつ塔《とう》に住まいし、学問や研究にいそしむ、学者、研究者、助手、徒弟《とてい》といった人々である。また、かれらが学問や研究に集中できるよう身のまわりの世話をする、衛士《えいし》、召使《めしつか》い、料理人、清掃《せいそう》人といった人々もいた。

「神聖都市《しんせいとし》サンクタフラクス」の立つ巨大《きょだい》な浮遊石は、地上町の中央に太い係留鎖《けいりゅうさ》でつなぎとめられていたが、ほかの浮遊石同様、今でも成長を続けていた。崖の国特有の浮遊石は、「岩の園」から生まれ出《い》る――地面から顔をのぞかせ、少しずつ成長していき、新たに生じた岩に下から押《お》し上げられながら、なおも大きくなっていくのだ。岩が十分成長し、空中に浮《う》かび上がるほど軽くなると、鎖《くさり》がとりつけられる。

何世代にもわたり、巨大な浮遊石の上には、次から次へとそれまでのものをしのぐ建物が作られつづけてきた。より豪華《ごうか》に、より高く。かつては威容《いよう》を誇《ほこ》った「大図書館」や、往年《おうねん》の「光の宮殿」は、新たに建設された「雲の大学」や、堂々たる「光と闇《やみ》研究所」や、「靄鑑《もやかん》定所《ていじょ》」の双塔《そうとう》や、驚嘆《きょうたん》すべき「高楼観測所《こうろうかんそくじょ》」の前に、今や見る影《かげ》もなかった。高楼観測所と「大会堂」をつなぐ、大理石の「中央高架橋《こうかきょう》」の周囲に新たに姿《すがた》を現す建築物《けんちくぶつ》のどれもが、今まで以上に仰々《ぎょうぎょう》しく華麗《かれい》であった。

その光景をながめているのは、時の「最高位学者」。サンクタフラクスの学者たちのなかから選ばれる、卓越《たくえつ》した知性《ちせい》と独立心を備《そな》えた人物だ。かつてこの最高位学者の地位は、「大地学者」によって占《し》められていたが、「大空学者」が大地学者を追放してサンクタフラクスの実権《じっけん》を握《にぎ》って以来、大空学者のなかから選出されることになっている。

かれの名はリニウス・パリタクス、一人の娘《むすめ》の父であり、妻《つま》を亡《な》くして今は一人身である。即位式《そくいしき》の演説でかれは宣言《せんげん》した。大空学者は、かつて追放された大地学者とふたたび手をとりあって、よりよい学問を目指すべきであると。しかし、やがてかれは、巨大な浮遊石の内部で知ることになる。大空と大地が誤《あやま》った動機で一つになろうとするとき、生み出されるのはよりよき善《ぜん》ではなく、全《まった》き悪《あく》であることを。

深森《ふかもり》、崖《がい》の地、薄明《はくめい》の森、泥地《どろち》、岩の園。地上町と神聖《しんせい》都市サンクタフラクス。崖《がい》の河《かわ》。それらはすべて、地図に記《しる》された名前にすぎない。

だが、その名前の裏《うら》には幾千《いくせん》の物語が眠《ねむ》っている——それは、古《いにしえ》の巻物《まきもの》に記された物語、幾世代《いくせだい》も人々により口から口へと伝えられてきた物語であり、今なお語りつがれる物語である。

これから始まる物語も、そんな物語の一つにすぎない。

第一章　闇《やみ》の宮殿《きゅうでん》

闇《やみ》の宮殿《きゅうでん》。高い丸天井《まるてんじょう》の玄関《げんかん》広間は静けさに包まれている。聞こえるのは風のささやきと、大理石の床《ゆか》をおぼつかない足取りで横切ってくる、巨大《きょだい》な昆虫《こんちゅう》を思わせる生き物のやわらかな足音ばかりだ。はるか頭上《ずじょう》のアーチ型の窓々《まどまど》からは、おぼろな光の帯がうす暗い広間へとさしこんで、チカリチカリと光っている。係留鎖《けいりゅうさ》で地上町につながれた浮遊都市《ふゆうとし》サンクタフラクスが、断崖《だんがい》から吹《ふ》きよせる風にゆっくり回転するにつれて、さしこむ光もまたゆらりゆらりと向きを変えるのだ。

アシナガバッタは、急な階段《かいだん》の下で足を止めると顔を上げた。頭上の窓同様、その透明《とうめい》な皮膚《ひふ》を通して、血管や脈打《みゃくう》つ六つの心臓《しんぞう》がすけて見える——腹《はら》のなかでは、ゆうべの食事の残りがまだ消化しきれないでいる。ピクピクふるえる触角《しょっかく》や、みがきこまれた銅《どう》の盆《ぼん》に載《の》った、ゴブレットと水《すい》滴型《てきがた》のシロップ薬のビンに、光がキラキラと反射《はんしゃ》している。アシナガバッタはなにやら熱心に耳をかたむけていた。

「だんなさまぁ、どこにおいでですぅ？　だんなさまぁ？」

だれにともなく、アシナガバッタはつぶやいた。

くさび形の頭が片方《かたほう》にかしぎ、触角がツイッツイッと動きまわる。その触角は、広い宮殿《きゅうでん》じゅうのささやき声までひろうことができた。ウッドトロル族の乳母《うば》のたわいないおしゃべり、お嬢《じょう》さまが、なにかに熱心に打ちこみながら口ずさむ鼻歌、そして、まちがいない、だんなさまの書斎《しょさい》から聞こえるのは、コンコンとせきこむ音だ。

「聞こえましたですよぉ、だんなさまぁ。この薬を飲んで、これからお伝えするニュースを聞けば、元気が出ることまちがいなしですよぉ」

アシナガバッタはコロコロと鳴くような声でつぶやくと、ゴブレットとビンをチリンチリンいわせながら、長い階段《かいだん》を上りはじめた。

勝手知ったる階段だった——それどころか、ただっ広い闇《やみ》の宮殿のくぼみというくぼみ、裂《さ》け目

THE PALACE OF SHADOWS
闇《やみ》の宮殿《きゅうでん》

という裂《さ》け目まで知りつくしていた。かくし部屋、処刑《しょけい》の部屋、行き止まりの廊下《ろうか》、何世紀にもわたり、歴代の最高位学者が、よこしまなたくらみを抱《いだ》く学者たちに向かって語りかけてきたバルコニー。それればかりではない。アシナガバッタは宮殿《きゅうでん》のありとあらゆる秘密《ひみつ》を知っていた。その触角《しょっかく》で、どんなささやき声もうわさ話も悪口も聞きとってしまうのだ。

最初の踊《おど》り場で、アシナガバッタは足を止めてぜいぜいと荒《あら》い息をついた。もう若《わか》くないことを、自分でも認《みと》めざるを得なかった。実のところ、アシナガバッタとしては、もうかなりの年だった。はるかな深森《ふかもり》にあるカモシゴブリンの巣《す》の地下で、卵《たまご》からかえって以来、すでに百と八十年がたっていた。昔のことだ。はるかはるか昔……。

奴隷《どれい》商人たちがやってきた。商人たちは大切なキノコ畑をめちゃめちゃに荒《あ》らし、畑を守っていたアシナガバッタたちを奴隷にした。だが、このトウィーゼルはつかまらなかった。あのころはまだ若かったから、行動も機敏《きびん》だったし、頭の回転も速かった。奴隷商人たちが壁《かべ》を打ち破《やぶ》って入ってくる音を聞きつけると、トウィーゼルは透明《とうめい》な体を物陰《ものかげ》にとけこませるようにして身をかくした。それから、陰《かげ》をぬって深森にまぎれこんだ。耳をそばだて、警戒《けいかい》しながら。闇《やみ》が味方をしてくれた。

二階の踊り場についた。ここで初めてだんなさまに会ったのだ——リニウス・パリタクス、史上最年少の最高位学者。おくさまもいっしょだった。今でも覚えている。おくさまは衣装戸《いしょうと》棚《だな》の前に立ち、最高位学者の証《あかし》である金印を首から下げたリニウスの新しい長衣が似合《にあ》わないといって、楽しそうに笑っていた。新しい命を宿《やど》し、美しく生き生きとして、うす闇におおわれた古い宮殿には場ちがいなほどだった。

トウィーゼルは足を止めた。

しかし、ほどなくあのおそろしい夜が来た。よろこびの声が悲痛《ひつう》なさけびに変わった夜。あのときのことは思い出したくない。ウッドトロルの乳母《うば》が走りまわる。産屋《うぶや》からひびきわたるおそろしい悲鳴《ひめい》。まだ若かっただんなさまのすすり泣く声。悲しみに、心をひきさかれるような声。

そして、沈黙《ちんもく》。

トウィーゼルは首をふりながら、三階の踊り場へと上っていった。あのときの沈黙の長

かったこと。とうてい破《やぶ》れないような気がしたものだ。敏感《びんかん》な触角《しょっかく》をもってしても、なにが起こったのかまるでわからなかった。時間だけが刻々《こくこく》とすぎていく……。やがて、突然沈黙《とつぜんちんもく》を打ち破って、なによりすばらしい音がひびきわたった――赤んぼうの産声《うぶごえ》だ。お嬢《じょう》さまが生まれたのだ。

リニウス・パリタクスさまの苦悩《くのう》はいかばかりだったろう。産《う》みの苦しみのなかで最愛の妻《つま》を失い、同時に闇《やみ》の宮殿《きゅうでん》に新たな生命がもたらされたのだ。まるで、トウィーゼルが初めて偉大《いだい》なる浮《ふ》遊都市《ゆうとし》に来たころのようだった。宮殿には人々があふれかえり、騒々《そうぞう》しく活気にあふれていた。

当時、神聖《しんせい》都市サンクタフラクスの学者たちは、ほとんどが大地学者で、深森《ふかもり》の動物や植物の研究に明《あ》け暮《く》れていた。かくいうトウィーゼルでさえ、自然の驚異《きょうい》と見なされたのだ！　大地学の第一人者であった最高位学者その人が、地上町の裏通《うらどお》りで腹《はら》をすかせていたトウィーゼルを見つけて、この宮殿に連れてきてくれたのだ。ああ、あのころは本当に楽しかった！

もちろん、当時は、この闇の宮殿も光の宮殿と呼《よ》ばれており、無数のステンドグラスの窓《まど》からさしこむ光が部屋部屋を明るく染《そ》め、サンクタフラクスで最も壮麗《そうれい》な建物だった。そして、ガラスでできているかのような、奇妙《きみょう》な生物であるこのトウィーゼルも、管理人の地位を約束されていた。

年老いたアシナガバッタは四階の踊《おど》り場につくと、呼吸《こきゅう》を整《ととの》えた。だが、時代は変わってしまった。大空学者たちが幅《はば》をきかせはじめたのだ。大地学は、もはや時代遅《おく》れになりつつあった。サンクタフラクスじゅうに、大空学研究のための塔《とう》がにょきにょきと建ちはじめ、空に向かってどこまでも高く高くそびえていった。雲の大学が完成すると、光の宮殿はついに周囲を高い塔に囲まれて、完全に闇に沈《しず》んでしまった。

その後、ほどなくして、大粛清《だいしゅくせい》が始まった。大地学者が次々にサンクタフラクスから追放されたのだ。そして、トウィーゼルの管理するこの壮麗《そうれい》な宮殿は、文字どおり闇の宮殿と呼び名を変えられてしまった。トウィーゼルはため息をついた。それからは、わびしい生活が何年も続いた。当時の最高位学者だった年老いた上級司書も亡《な》くなり、大空学者が新しい最高位学者に選出された。新最高位学者は荘厳《そうごん》なる新しい塔を住居《じゅうきょ》と定《さだ》め、トウィーゼルは主《あるじ》なき宮殿を守るべく、たった一人とりのこされた。

しかし、闇は友だった。トウィーゼルはとどまり、聞き耳を立て、そして待った。

六十数年後、若《わか》き靄鑑定師《もやかんていし》であったリニウスが、新たな最高位学者となった。またしても大空学者か。トウィーゼルはそう思った。ところが、それは早合点《はやがてん》だった。リニウスはほかの大空学者とは異《こと》なり、古いしきたりを尊重《そんちょう》していたのだ。リニウスは闇の宮殿にもどると、バルコニーに立ち、派閥抗争《はばつこうそう》の終結《しゅうけつ》を宣言《せんげん》した。これからは、大地学と大空学は角《つの》つきあわせるのではなく、たがいに補《おぎな》いあって新たな時代を作っていくのだと。

これは、大空学者たちの気に入らなかった――当時も、そして今現在《げんざい》も。大空学者たちは額《ひたい》をよせて、よからぬことを画策《かくさく》した――トウィーゼルにはちゃんと聞こえていた。とはいえ、大空学者たちになにができるだろう？　リニウスは最高位学者なのだ。

トウィーゼルは最高位学者の書斎《しょさい》の前に立つと、扉《とびら》を三度ノックした。

「トウィーゼルか、入るがいい」

元気のない声がいった。

煙草《たばこ》の煙《けむり》のたちこめる部屋に入ると、トウィーゼルはいった。

「だんなさま、風のジャッカルさまからの言づてでございます。到着《とうちゃく》予定時間をお知らせくださいました」

「して、何時だ？」

「三時間後でございます、だんなさま」

「わたしをどこへ連れていこうというんだね、マリス？」

目かくしをされたまま娘《むすめ》に手をひかれながら、リニウスは楽しそうにいった。先日痛《いた》めた左足を、わずかにひきずっている。

「止まって！」

マリスの声が命じ、きゃしゃな指が、頭の後ろの結び目をほどこうとするのがわかった。絹《きぬ》のスカーフがはらりと落ちた。

「いいわよ、もう目を開けても」

リニウスはいわれたとおり目を開けてごしごしこすると、目の前のテーブルの上には、完成なかばのモザイクが広げられていた。リニウスは考えこむようにあごをさすった。

サンクタフラクスの立つ、巨大《きょだい》な浮遊石《ふゆうせき》がゆっくり回転するにつれて、あわくやわらかい金色の光が、うす暗い部屋にさしこんできた。マリスはかたずをのんで見つめている。

あたしが空水晶《そらすいしょう》のかけらで作ったモザイク絵を、お父さまは気に入ってくださるかしら？　それとも、もっと自分独自の作品の方がよかったかしら？

作りはじめるときは、太古《たいこ》の「四分象限《しぶんしょうげん》モザイク」の複製《ふくせい》というのはすてきなアイディアに思えた。そこで、きのう、大会堂前の高台に作られた大理石広場に行き、何時間もかけて複雑《ふくざつ》な模様《もよう》の寸法《すんぽう》を採《と》った。同心円状《どうしんえんじょう》の円周。稲妻《いなずま》の折《お》れ曲がる角度。周囲に不均等《ふきんとう》に配置された目盛《めも》りの位置。それがすむとマリスは、模様全体をスケッチし、それを使ってできるかぎり正確《せいかく》な複製《ふくせい》を作ろうとした。

リニウスはスケッチをとりあげてチラリとながめると、それをわきに置いて、未完成のモザイクに目をもどした。

「これは……」

リニウスは口ごもった。眉根《まゆね》にしわがよっている。

マリスは不安そうにつばをのんだ。やっぱり、自分で考えたものにすればよかった。たとえば、シュゴ鳥とか、商人連合船とか——いや、それなら空賊船《くうぞくせん》がサンクタフラクスの尖塔《せんとう》の上空に浮《う》かんでいるところがいい。それか、シロガラスが高楼観測所《こうろうかんそくじょ》のまわりを旋回《せんかい》しているところとか……。

「すばらしい！」

リニウスは声を上げると、アカガシのテーブルに身を乗り出して、愛娘《まなむすめ》の髪《かみ》をくしゃくしゃとなでた。

「おまえは頭のいい子だ、マリス」

マリスはにっこり笑った。あやうく、猫《ねこ》のようにのどを鳴らしてしまうところだった。手をふるわせながら、黄色い空水晶《そらすいしょう》のかけらをどこに置こうか考える。

「そこはどうだ？」

リニウスがジグザグの稲妻のすき間を指さした。

マリスがかけらをそのすき間にはめこむと、外で五時を告げる鐘《かね》の音《ね》が響《ひび》いた。マリスは顔を上げて、はにかむようにほほえんだ。ところが、リニウスはふっと顔をそむけると、困惑《こんわく》した表情《ひょうじょう》を浮かべて、バルコニーに出る大きなガラス窓《まど》の外を見つめた。

「ぴったりだわ。ありがとう」

マリスはいった。

「なに？　今、わたしは……」

リニウスは心ここにあらずといったようすでつぶやいてから、完成した稲妻《いなずま》に気づいた。

「ああ、そうだったな。ところで、マリス、どうして金印の模様《もよう》をモザイクにしようと思ったんだね？」

「金印？」

マリスは驚《おどろ》いて、くりかえした。

「そうだ」

ちょっといらいらしたように答えると、リニウスは首に下げた鎖《くさり》の先の金印を、マリスの顔の前でぶらぶらとふって見せた。

「ああ、それね。ほんと、よく似《に》てるわね。でも、あたしのは四分象限《しぶんしょうげん》モザイクよ」

「それは、あたしが保証《ほしょう》しますよ」

広い部屋の反対側から大きな声がした。

「きのう、三時間もかかったんですから。大風が吹《ふ》いていてね、それに寒かったこと！」

リニウスはふりむいて、うす暗がりに目をこらした。

「ウェルマ・ソーンウッド、おまえさんか？」

「いいえ、ウォドギス祭の夜の女王ですよ」

皮肉っぽい答えが返ってきた。

リニウスはほほえんだ。深森《ふかもり》の住人というのは、学者たちとはなんというちがいだろう。気取りもない、優雅《ゆうが》でもない、お世辞《せじ》もいわない。背中《せなか》を向けたとたん、侮辱《ぶじょく》的な言葉をつぶやくこともない。このウェルマという年老いたウッドトロル族の乳母《うば》には、裏《うら》というものがまったくない、まさに見たままだ。

ウェルマは続けていった。

「いっときますがね、あたしゃ文句《もんく》をいってるわけじゃないんですよ。三時間も冷たい風のなかに立っていることで、娘《むすめ》が父親の気をひくことができるなら、そりゃそれでかまいません。文句なんぞありゃしませんよ」

そしてウェルマは、軽くせきばらいした。

「わかっているさ」

リニウスはいった。ウェルマのいうことにも一理ある。最高位学者の責務《せきむ》に忙殺《ぼうさつ》されて、いつの間にか父と娘《むすめ》の間には溝《みぞ》ができてしまっていた。かつては、それは仲のよい親子だったのに。

浮遊石《ふゆうせき》がまたゆっくりとまわり、それにつれて広い部屋に影《かげ》がおどった。つかの間、ウェルマ・ソーンウッドの姿《すがた》が、淡《あわ》い金色の光のなかに浮《う》かびあがった。天井《てんじょう》からぶらさがった吊《つ》り椅子《いす》に腰《こし》を下ろし、ひざに刺繡《ししゅう》のわくを、肩《かた》には、マリスのペット、モリレムキンを乗せている。

「もちろん、そのモザイクも、完成すればもっと見栄《みば》えがよくなりますからね」

ウェルマは刺繡から顔を上げずにいった。その姿が、ふたたび暗がりにとけこんだ。

「それに、マリスはできるだけ早く仕上げるっていってますからね、次のだんなさまの訪問《ほうもん》までにあんまり間《ま》が空《あ》かないといいんですがね」

「そうとも、そうとも」

リニウスは、まるで上《うわ》の空だった。体を支《ささ》えるために杖《つえ》を手にすると、肩《かた》ごしにバルコニーの方に目を向けた。長いレースのカーテンがそよ風にゆれている。リニウスはつぶやいた。

「おかしいな。トウィーゼルの話では、三時間……」

そのとき、ウェルマの肩の上で、ひもにつながれたレムキンがはげしく鳴きながら飛びはねだした。かん高い鳴き声のあとに、短くせきこむような音が続く——深森《ふかもり》のなかで、仲間に危険《きけん》がせまっていることを知らせる合図だ。

「アイイーッ、カッカッカッカッ……」

「おとなしくしな、チョビ」

ウェルマはレムキンをひきよせ、フルフルふるえるのどと首すじをなでてやった。

「いい子だから、静かにしとくれ」

しかし、レムキンはおとなしくなるどころか、ひざに押《お》さえつけられそうになると、ふとももをひっかき、自在《じざい》に動くしっぽで顔をひっぱたいた。ウェルマのほほには、くっきりとミミズばれが残った。

「あいた！」

悲鳴を上げたひょうしに、ウェルマはひもを放してしまった。

レムキンは床《ゆか》に飛びおりると、大きな目を細め、青色まだらの毛を逆立《さかだ》てて、ドアに向かって突《とっ》進《しん》した。

「チョビ！　悪い子ね。こっちにいらっしゃい」

マリスが呼《よ》びかけながら、あとを追った。

「アイイイッ、カッカッカッカッ」

「早く、もどってくるの！」

マリスは怒《おこ》った声で命令《めいれい》すると、不安そうにリニウスをチラッと見た。日ごろから、宮殿《きゅうでん》でペットを飼《か》うことをよく思っていないのだ。こんなさわぎをひきおこしたら、もう飼わせてもらえなくなってしまう。ところが、不思議なことに、リニウスはまるで気にしていないようだった――というより、気がついてさえいない。

すぐに、なぜなのかわかった。大きなバルコニーの窓《まど》の向こうに、巨大《きょだい》な空賊船《くうぞくせん》がゆっくりと降《お》りてきたのだ。帆《ほ》がバタバタとはためき、真鍮《しんちゅう》の船具が沈《しず》みかけた日の光を受けて金色に輝《かがや》いている。すばらしい光景だ。それだけではない。船体の曲線と、舳先《へさき》のピカピカにみがかれた彫刻《ちょうこく》からすると、ゲイルライダー号にちがいない。

マリスが見つめていると、船は錨《いかり》を下ろした。そして、渡《わた》り板がするするとバルコニーにのばされて、きらびやか

に着飾《きかざ》った船長が降りてきた。
マリスの気持ちは沈んだ。
空賊船長がいやだというのではない――それどころか、お父さまの友人のなかでも、風のジャッカルはお気に入りといってもよかった。風のおじさん。以前はそう呼んでいた。とても変わった人で、時には不思議な手品を見せてくれることもあった。だから、がっかりしたのは風のジャッカルのことではない。お父さまのことだ――そして、もちろん、自分のおろかさにうんざりしたのだ。
その日の午後、リニウスがなんの前触《まえぶ》れもなく部屋に入ってきたときは、マリスはただただうれしくて、理由を聞こうとは思わなかった。てっきり、自分に会いにきてくれたものと思っていたのだ。

でも、そうではなかった。そういえば、ずっと心ここにあらずだった。時間を気にしたり、窓《まど》の外をながめたり。ようするに、自分に会いにきたわけではなく、深森《ふかもり》の友人の到着《とうちゃく》を待っていただけだったのだ。

「アイイッ、カッカッ……」

「チョビ！　だまりなさいったら！」

急に腹《はら》が立ってきて、マリスはどなった。

「カッカッ……」

ウェルマが身をおどらせて、わめきたてたり、ひっかいたりするレムキンを、ドアの前からさっとさらった。マリスはひものはしをつかんで、てのひらにぐるぐるとまきつけた。ちょうどそのとき、ドアが開いて、アシナガバッタの三角頭がおずおずとつきだされた。

「だんなさまのお薬をお持ちしました。それと……」

「アウーン！」

レムキンが、苦痛《くつう》と怒《いか》りと不満の入りまじった声を上げた。

トウィーゼルはその場に凍《こお》りつき、おびえたようにたずねた。

「お、お嬢《じょう》さまのペットは、どこですか？」

「心配いらないよ」

ウェルマがにっこり笑っていった。見れば、レムキンはマリスの手のなかで身をよじっている。

「ほんとにねえ、図体《ずうたい》のでかいアシナガバッタのくせに、こんなちっちゃなモリレムキンがこわいなんてねえ」

「わ、わたくしは、ただ……だんなさまに、新しい言づてが届《とど》いていると……」

トウィーゼルの触角《しょっかく》が不安そうにふるえている。

「わかった、わかったから、さっさとおいいよ！」

ウェルマはじれったそうにいった。年老いたアシナガバッタは、見るからに動きがにぶかった。

トウィーゼルはコホンとせきばらいをした。

「空賊船《くうぞくせん》ゲイルライダー号船長、風のジャッカルさまよりでございます。残念《ざんねん》ながら、不測《ふそく》の事態《じたい》により間に合いそうもないが、当初、わたくしがだんなさまにお伝えいたしました到着予定時間より、二時間以上遅《おく》れることはないと……」

「いつものことだけど、あんたの方が、よっぽど遅《おそ》いんだよ」

ウェルマは、もう一度アシナガバッタをさえぎっていうと、大きく開かれたバルコニーの方にあごをしゃくって見せた。はたはたと風にゆれる白いカーテンの向こうで、リニウス・パリタクスが風のジャッカルを温かく出迎《でむか》えている。

「船長が自分で伝えるだろうよ」

ウェルマはフンと鼻を鳴らしてつけ加えた。

「こんなことは、あってはならないことです。まだ、だんなさまにお伝えも……」

トウィーゼルはあわれっぽい声でつぶやいた。

「もういいんだよ」

ウェルマはいった。このガラスのような生き物の間《ま》の悪さには、もうなれっこだった。

「でも、あたしなら、さっさと逃《に》げ出すけどね。チョビがまたあばれださないうちに」

レムキンはひときわ大きな鳴き声を上げた。トウィーゼルはあわてて頭をひっこめた。ウェルマは笑いながらドアを閉《し》めた。

「変わったやつだよ。そういや、あいつにはまだ教えてなかったね！　風のジャッカルはだんなさまの一番古いご友人だって」

そういうとウェルマは、自分の仕事にもどった。

「ほらほら、マリス、急いでそのへんのものを片《かた》づけて。あなたのお父さまは、これからお仕事なんだからね」

だが、マリスは聞いていなかった。ゴロゴロとのどを鳴らしはじめたレムキンのあごをなでながら、バルコニーのリニウスと風のジャッカルのわきに、三人目の人物が加わるところを見つめていたのだ。空賊外套《くうぞくがいとう》とパラウィングという空賊特有の出で立《いでた》ちだが、まだ若者《わかもの》のようだ――背格好《せかっこう》から判断《はんだん》して、自分といくらもちがわないだろう。

ところが、マリスが見つめているのに気づいてこちらを向いたその目には、十三歳《さい》かそこいらとはとても思えないような深い空の知識《ちしき》が宿《やど》っているように思えた。自分でも驚《おどろ》いたことに、マリスは顔を赤らめていた。

第二章　クウィント

「久《ひさ》しぶりだな、リニウス」

最高位学者と大げさな握手《あくしゅ》をしながら、風のジャッカルはいった。

「本当に久しぶりだ。足をひきずっているようだが」

「ああ、ちょっとした事故《じこ》だ。もう、なんでもない」

リニウスはいった。

「それはよかった」

風のジャッカルはいうと、リニウスのきらびやかな姿《すがた》をしげしげとながめて、満足そうにうなずいた。

「大空の恵《めぐ》みがありますように」

「あんたにもな、風のジャッカル。それにしても、なんともみごとな船ではないか」

リニウスは、目の前に浮《う》かぶゲイルライダー号の方にうなずいていった。

「帆《ほ》は最高級のモリグモの糸を織《お》ったものだ。それに、シズノキ材も最上級品だ」

風のジャッカルはそういってから、首をふった。

「だがな、一度徹底《てってい》的に分解整備《ぶんかいせいび》してやらんと。ここへ来るまでに、おれたちがどんな目にあったか、おぬしには想像《そうぞう》もつかんだろう。嵐《あらし》、暴風《ぼうふう》、攪乱霧《かくらんむ》……そのうえ、壮絶《そうぜつ》な空戦《くうせん》だぞ！　なにしろ、グレート・スカイ・ホエール号と一戦交《まじ》えたのだからな」

「グレート・スカイ・ホエール号か」

リニウスはつぶやいた。空戦などというものは、学問と研究の生活からはほど遠い世界だったが、そんなリニウスでも、グレート・スカイ・ホエール号のことは聞いたことがある。おそるべき奴隷《どれい》船《せん》のうわさは、それほど有名だった。

「生きて脱出《だっしゅつ》できたのは幸運だった。なあ、クウィント？」

風のジャッカルはいった。

風をはらむカーテンの陰《かげ》から、マリスは若者《わかもの》が進み出るのを見守った。自信に満《み》ちあふれ、口を開くとその声は、大きくてよどみがなかった。

「でも父さん、現《げん》に脱出《だっしゅつ》したじゃないですか！　そのうえ、ゲイルライダー号を、百回は分解整備《ぶんかいせいび》できるほどの黒ダイヤも手に入れたし」

クウィントは黒い目を輝《かがや》かせていった。

「よくいった、息子《むすこ》よ」

風のジャッカルは笑いながら、クウィントの肩《かた》をポンとたたいた。それからリニウスに向き直ると、意味ありげに高い鼻を指ではじいて見せた。

「悪名《あくみょう》高き商人連合議長のマール・マンクロイドのやつも、これで思い知ったろう。空賊《くうぞく》船長、風のジャッカルを待ちぶせするには、よほどの覚悟《かくご》が必要だとな」

クウィントはクスクスと笑った。

「それも、あいつが地上町にもどれたらの話ですけどね」

風のジャッカルは、リニウスに説明した。

「なに、ちょっとした『事故《じこ》』が起きてな、やつの船の浮遊石《ふゆうせき》が冷やされて……」

「大空のはてまで飛んでいったというわけか。まったく、このずるがしこい悪党《あくとう》め！」

リニウスは代わりにいうと、もう一度風のジャッカルを抱《だ》きしめた。

「ちっとも変わっとらんな。闇《やみ》の宮殿《きゅうでん》にようこそ、風のジャッカル、そして、クウィント」

マリスは、クウィントと呼《よ》ばれた若者が、左手を心臓《しんぞう》の位置に当てて、頭を下げるところを見つめた。

リニウスは続けた。

「それで、クウィント、わたしが最後におまえさんに会ったのは、三つの時だったが、いくつになった？　十二か？　十三か？」

クウィントは顔を上げて答えた。

「来年、十七になります」

「また、さばを読むつもりか、クウィント？」

風のジャッカルはそういって、クウィントの頭をこづいた。

「本当は、十四だろうが」

「でも、そうなんです」

クウィントは口をとがらせていいかえした。

「今年の暮《く》れに十五、来年の暮れには十六になります。ということは、数えだと十七ということです……」

「クウィント君は、ずいぶん数学が得意と見える」

リニウスは楽しそうにいって、クウィントをしげしげと見つめた。

「ところで、リニウスよ、この緊急《きんきゅう》の呼《よ》び出しはなんとしたことだ？　なにをたくらんでおる？」

風のジャッカルが真顔《まがお》でたずねた。

「まあ、そう急ぐな、友よ」

にっこり笑いながらいうと、リニウスはバルコニーの窓《まど》の奥《おく》に呼びかけた。

「マリス？　そこにいるのか？」

心臓《しんぞう》が飛び出しそうになりながら、マリスはカーテンの陰《かげ》から、未完成のモザイクが広げてあるテーブルにそそくさともどった。そして、声がうわずっていることを気づかれませんようにと祈《いの》りながら答えた。

「は、はい、お父さま」

「外に出てきなさい。まだ、風のジャッカルにあいさつをしていないではないか」

マリスはうつむいたまま、うす暗い部屋からバルコニーに出てきた。そして、風のジャッカルにほほえみかけた。

「なんと、まあ！」

風のジャッカルは思わず声を上げると、マリスに近づいた。

「このすらっとした、優雅《ゆうが》なご婦人《ふじん》はどなたですかな？　まさか、マリスということはないはずだが。それとも、マリスなのかな？」

そういいながら、風のジャッカルはマリスのあごに指をかけて、顔を上向かせた。

マリスは顔を輝《かがや》かせて答えた。

「ええ、あたしよ」

風のジャッカルは信じられないというように、首をふった。

「だが、そんなはずはない。いや、見きわめる方法が一つあるぞ。かわいいマリスは、いつでも耳に金貨《きんか》を入れておった」

風のジャッカルは片手《かたて》をのばして、マリスのほほをさっとなでた。

「ほうら、あった！　マリスにまちがいないわい」

そして、風のジャッカルは、マリスのてのひらに金貨を落とした。

「ありがとう」

マリスははずかしそうにいったが、みんなに注目されて、どうしていいかわからなくなった。なかでも、クウィントという、風のジャッカルの息子《むすこ》にじっと見つめられて。

「あ、あの、でも、あたし、そんなつもりじゃ……」

マリスは手のなかの金貨を見つめた。

「もちろん、わかっとるさ」

風のジャッカルはいった。

すると、リニウスがいった。

「マリス、わたしは風のジャッカルと大切な話がある。悪いが、ここにいるクウィント君を応接間《おうせつま》でもてなしてもらえると助かるのだが」

「クウィント」

マリスは、その名前を初めて聞いたとでもいうように、おずおずと口にした。さっと盗《ぬす》み見ると、クウィントの目は黒ではなく深い藍色《あいいろ》だった。ときおり断崖《だんがい》の向こうからやってくる、嵐《あらし》の雲のような色だ。

「じゃあ、こっちに来て」

マリスはクウィントに声をかけた。

二人が部屋に入ってしまうと、風のジャッカルはリニウスに向き直った。

「母親にそっくりじゃないか」

リニウスはさびしそうにうなずくと、首をふりながらいった。

「正直《しょうじき》いうとな、ときどき顔を見るのがつらくなるよ。顔立ちだけじゃない……くちびるをすぼめるしぐさや、髪《かみ》の先をかむ癖《くせ》までそっくりなのだ。会ったこともないのに、母親とそっくりな癖を持つなどということがあるのだろうか？」

風のジャッカルは、リニウスの肩《かた》に手を置いた。

「友よ、忘《わす》れんでくれ。おれも同じ思いを味わっているのだぞ」

リニウスははっとして、申《もう》し訳《わけ》なさそうにいった。

「許《ゆる》してくれ。心配事《しんぱいごと》が多くてな。いやな思いをさせるつもりでは……」

風のジャッカルはうなずいた。

「おたがい、つらいところだな」

「たしかに。話というのはそのことなのだ。まあ、すわってくれ」

リニウスがいうと、風のジャッカルはバルコニーのすみの、テツノキを曲げて作った長椅子《ながいす》に腰《こし》を下ろし、そのとなりにリニウスがすわった。周囲に林立する塔《とう》が二人の上に影《かげ》を落とし、あたりをうす暗く染《そ》めていた。

「風のジャッカルよ、あんなふうに家族を失うとは、さぞつらかっただろうな」

リニウスがいうと、風のジャッカルは答えた。

「そのとおりだ、リニウス。まさにそのとおりだよ。だが、一人だけは救い出すことができた——だからあの子は、片時《かたとき》でも目を離《はな》さずに育ててきた。どこへ行くのもいっしょだった。おれと、ク

ウィントと、ゲイルライダー号は一心同体だ……」

風のジャッカルは言葉を切った。

「友よ、実は折り入って頼《たの》みがあるのだが」

リニウスは、痛《いた》めた方の足をさすりながらいった。

「なんでもいってくれ、リニウスよ。遠慮《えんりょ》は無用《むよう》だ。なんでも聞くぞ」

すると、リニウスはいった。

「いや、この足なのだがな。こいつのおかげで、なに一つまともにできんようになってしまってな。わたしには重要な仕事があるのだ。むずかしい仕事でな。そのために助けがほしいのだよ」

風のジャッカルは笑いながらいった。

「おれは一介《いっかい》の空賊《くうぞく》船長だ。だが、偉大《いだい》なるサンクタフラクスの最高位学者のためにできることがあれば、よろこんでやらせてもらうぞ」

「それでは、あんたの息子《むすこ》をわたしに預《あず》けてもらいたい」

リニウスはゆっくりといった。

風のジャッカルはいきなり立ち上がった。

「クウィントを？」

リニウスはあわてて説明するように続けた。

「助手が必要なのだ。信頼《しんらい》できる者がな。風のジャッカルよ、あんたはサンクタフラクスというところをよく知らぬ。油断《ゆだん》ならん場所だよ。わたしはこの大いなる仕事を、顔では笑いながら、陰《かげ》でわたしを追い落とそうと画策《かくさく》しておるような連中とともに進めることはできんのだ。わたしには、深森《ふかもり》の住人が必要なのだ。若《わか》くて、機敏《きびん》で、学ぶことに熱心な者がな。空賊《くうぞく》の若者が必要なのだ」

「これは驚《おどろ》いた」

風のジャッカルはすわり直しながらいった。

「あの夜、妻《つま》と子どもたちを失い、今またクウィントを手放さなくてはならんとは……」

すると、リニウスは安心させるようにいった。

「べつに手放せというのではないのだ、友よ。クウィントはこのわたし、サンクタフラクスの最高位学者が育てる。この宮殿《きゅうでん》に住み、わたしの娘《むすめ》と同じように『泉《いずみ》の学問所』で教育を受けさせ、わたしの助手として簡単《かんたん》な手伝いをしてもらうのだ。なぜとな？　いいではないか。クウィントのようなすばらしい若者なら、いずれ飛空騎士団《ひくうきしだん》での地位が約束されるかもしれんしな」

「そうだな。だが、なんといえばいいのか。もしも……」

飛空騎士として生きることの危険《きけん》を重々承知《しょうち》している風のジャッカルは、目をうるませていった。

「風のジャッカル、わがよき友よ」

リニウスは風のジャッカルの両手を温かく包みこんだ。

「ここにいればクウィントは安全だ。崖《がい》の国で、ここより安全なところはないだろう。わたしのもとにいる間は、髪《かみ》の毛一すじ傷《きず》つけさせはしない。それは約束しよう」

「おれがおぬしでも同じことをいうだろう。おぬしは息子にすばらしい機会を与《あた》えてくれようというのだな、リニウス。ならば、おれはじゃまをすまい」

風のジャッカルは、にっこり笑っていった。

「ありがとう、友よ。わたしがどれほど感謝《かんしゃ》しているかわかるまい」

リニウスは心からそういうと、開いたバルコニーの窓《まど》の方に首をかたむけた。なかからは、おしゃべりをする声が低く聞こえてくる。

「どうやら、すでにくつろいでいるようだな」


「それをもどして！」

マリスが鋭《するど》くいった。

クウィントは手のなかで、風変《ふうが》わりな黄色い水晶《すいしょう》のかけらを、ためつすがめつながめている。

「だけど、これはなんなんだ？」

「そんなに知りたいなら教えてあげる。空水晶《そらすいしょう》よ。お父さまが、実験室で作ったの」

そういうとマリスは、そのかけらをさっと奪《うば》いかえした。

「君のお父さんて、頭がいいんだ」

「そうよ。サンクタフラクス一の学者だっていわれてるんだから。だからこそ、最高位学者になったんじゃない」

マリスはつんとすましていうと、空水晶のかけらをモザイク絵にもどした。

「もうさわらないでもらえるかしら？　これはお父さまにさしあげる絵なんだから。あたしが作ったのよ」

クウィントは肩《かた》をすくめた。そのもったいぶった口調《くちょう》も、あたしはあなたよりえらいのよという態度《たいど》も気に入らなかったが、なにもいわなかった。「声高《こわだか》にさけぶより、沈黙《ちんもく》で答えよ」と、ことわざにもある。マリスが背中《せなか》を向けて、空水晶のかけらを選んでは、モザイク絵にはめこんでいく間、クウィントは一人で部屋のなかを見てまわった。

さっき、バルコニーの窓《まど》から入ってきたときには、暗くてよくわからなかった。最高位学者は「応接間《おうせつま》」といっていたから、てっきり小さくて、こぢんまりした部屋を予想《よそう》していた。ところが、微妙《びみょう》にゆれ動くうす闇《やみ》に目がなれてくると、自分が立っているのは、アーチ型の天井《てんじょう》を高い柱に支《ささ》えられ、豪華《ごうか》なクリスタルのシャンデリアが下がった大きな広間だということがわかった。たしかに部屋のすみにしかれたカーペットのあたりには、ひじかけ椅子《いす》や吊《つ》り下げ椅子が置かれており、壁《かべ》にしつらえられた暖炉《だんろ》にはシズノキの燃《も》えるストーブが置かれていたが、その光景は不思議なほど小さいうえに場ちがいで、部屋全体の壮麗《そうれい》さをよりきわだたせる結果になっていた。

クウィントがマリスに、この一風《いっぷう》変わった闇の宮殿《きゅうでん》の役割《やくわり》をたずねようと思ったとき、目の前の吊《つ》り下げ椅子《いす》から声がした。

「じろじろ見るのは失礼だよ！」

　クウィントはぎょっとした。

「す、すみません……人がいるとは思わなかったんです」

　うす闇《やみ》に目をこらすと、背《せ》の低い小太りの人物が見えた——どうやらウッドトロルらしい。太い両足を前につきだしたかっこうで、吊り下げ椅子にすわっている。クウィントは前に進み出て、片方《かたほう》の手をさしだすと、礼儀《れいぎ》正しくあいさつした。

「おれはクウィントです。お近づきになれて、光栄《こうえい》です」

　ウェルマはくすくす笑いながら刺繍《ししゅう》をわきに置くと、床《ゆか》にぴょんと降《お》り立った。そして、作法《さほう》どおりにクウィントの手をにぎってあいさつを返した。

「あたしゃ、ウェルマ・ソーンウッド。こんなにちゃんと礼儀をわきまえた若《わか》いもんに会ったのは久《ひさ》しぶりだよ」

　そういって、ウェルマは笑った。

「それじゃ、空賊《くうぞく》船長の息子《むすこ》に会ったのも、久しぶりということですね」

クウィントは、聞いているかどうか確《たし》かめるように、マリスの方に目をやった。偉大《いだい》な父親を持っているのは自分だけではないことをわからせてやる。

「空賊の船長ってかね」

ウェルマは明らかに感銘《かんめい》を受けたようだ。

「大空一勇敢《ゆうかん》で、腕《うで》ききで、気高い空賊船長です」

赤い空水晶《そらすいしょう》のかけらをモザイク絵の上にかざしたまま、マリスは不満の声を上げた。だいたい、こんな荒《あら》くれ者をもてなすと考えるだけでも気分が悪いのに、ウェルマにあんな歯の浮《う》くようなおべっかを使うなんて！　ウェルマには、わからないのかしら？　あの人が、本当は野暮《やぼ》で、無骨者《ぶこつもの》で……。

「あれ、それってモリレムキンですよね？」

クウィントの声にふりかえると、チョビがシャンデリアからウェルマの吊り下げ椅子の背もたれに飛びおりるところだった。

「ああ、好きじゃないのかい？　だったら、つないでおくけど」

ウェルマがたずねた。

マリスは息をのんだ。ひょっとして、この人の弱点《じゃくてん》？

もちろん、そうではなかった。顔じゅうに満面の笑《え》みを浮《う》かべながら、クウィントはキイキイと声を上げるレムキンに手をさしだすと、親指と人差し指をこすりあわせた。たちまちレムキンはおとなしくなり、クウィントの腕《うで》のなかに飛び移《うつ》って、うれしそうにのどを鳴らしはじめた。期待を裏切《うらぎ》られて、マリスはぷいと顔をそむけた。

「レムキンは大好きです。それに、こいつはすごくきれいだ。名前はあるんですか？」

「チョビだよ」

ウェルマはいった。

クウィントはレムキンをにっこりながめおろすと、耳の後ろをかいてやった。

「コチョコチョされるのは好きか、チョビ？　そうかそうか、いい子だな……」

レムキンはすっかりくつろいで、いっそうはげしくのどを鳴らした。

マリスは顔をしかめた。最初は乳母《うば》で、今度はペットまで。風のジャッカルが早くお父さまとの仕事を済《す》ませて、このいやみな息子《むすこ》をさっさと連れていってくれればいいのに。ところがウェルマの方は、別の考えを持っているようだった。

「まだしばらくいるようなら、なにか持ってこようかね。なにがいいかね？」

クウィントは顔を上げていった。

「なんでもいいです。ただ、酢漬《すづ》けのツマヅキソウだけは遠慮《えんりょ》します。ウッドトロル族の好物なのは知ってますけど、どうにもがまんできなくて」

「そりゃまた、偶然《ぐうぜん》だね。マリスもだめなんだよ」

ウェルマは笑いながらいうと、せかせかと扉《とびら》に向かった。チョビがクウィントの腕から飛びおりて、そのあとを追った。

「ちょうどマリスもお茶の時間だ。すぐにもどるから、くつろいでいておくれ」

ウェルマがレムキンを連れて出ていってしまうと、大きな広間はしーんと静まりかえった。クウィントは、象嵌細工《ぞうがんざいく》のほどこされた壁《かべ》をもっとよく見てみようと、近づいていった。長靴《ながぐつ》が乾《かわ》いた音を立てる。

マリスは、今日はもうモザイクはおしまいにしたかった。日がかたむいてきたため、空水晶《そらすいしょう》の色合いがよくわからなくなってしまったのだ。でも、今やめてしまうと、クウィントと話す以外にすることがなくなってしまう——それだけはいやだった。

そんなマリスのいらだちも知らずに、クウィントは壁《かべ》ぎわに立つと、複雑《ふくざつ》な象嵌細工《ぞうがんざいく》にそっと指を走らせた。どの壁板も、さまざまな色合いの木をはめこんで、複雑精妙《せいみょう》な模様《もよう》を描《えが》き出している。渦《うず》巻《ま》き、らせん、縄目《なわめ》といった模様が、なめらかな曲線を描くフレームや、浮《う》き彫《ぼ》りにされた格子《こうし》のなかにはめこまれている。どの壁板にも、その四隅《よすみ》には大胆《だいたん》な渦巻き模様が描きこまれ、見たことのないこみいった紋章《もんしょう》がついている。花と、くるくるとまく花ヅタ。三重に重なりあうはしご形。なかに七芒星《しちぼうせい》をあしらった、幾重《いくえ》もの同心円……。

こんなものは、今まで見たことがない。

「すばらしい」

クウィントは小さな声でつぶやいた。

「ばらしい……らしい……しい……」

その声が部屋に反響《はんきょう》した。

マリスはこれ以上がまんならなかった。

あたしの計画を台なしにしておいて、自分だけ勝手に楽しんでるなんて！　どなりちらしながら入ってきて、あたしのモザイクを台なしにし、ウェルマに呪文《じゅもん》をかけ、チョビを魔法《まほう》であやつり……。マリスは思わずうなった。

するど、クウィントがくるりとふりむいて聞いた。

「だいじょうぶかい、マリス？」

クウィントの心配そうな声にとまどい、マリスは口ごもった。

「え、あの……ちょっとのどが」

そしてマリスは、ごまかすようにせきばらいをした。

「部屋に反響すると、大きく聞こえるの」

クウィントはうなずいた。

「こんなに響《ひび》くのは……初めてだ！」

「はじめて……じめて……めて……て……」

二人とも笑いだした。クウィントが、マリスがモザイク絵を作っているテーブルに近づいていくと、さまざまな音がその笑い声とまじりあって響いた。クウィントは言《い》い訳《わけ》するように、両手を上げた。

「さわらないから。約束する！」

「ええ、そうしてちょうだい」

マリスはわざとこわい顔でいった。

クウィントは眉《まゆ》をひそめた。

「でも、ちゃんと見える？」

「たしかに、ちょっと暗いわね。でも、お父さまにできるだけ早く完成させるからって約束したの」

マリスはクウィントの顔を見上げた。

「ランプに火を入れてもらえないかしら？　あたしは、許《ゆる》されていないから」

「おれが？」

クウィントはゴクリとつばをのみこんだ。マリスには、一瞬《いっしゅん》クウィントの顔に、生々しいむきだしの恐怖《きょうふ》の影《かげ》がよぎったように見えた。しかし、すぐにもとのクウィントにもどり、愛想《あいそ》よく答えた。

「ランプに火を？　いいよ、まかせときな」

マリスは、そんなクウィントをしげしげと見つめた。こんなうす闇《やみ》のなかでも、顔が汗《あせ》で光っているのがわかる。

「そんなに大変なことならいいわ。すぐにウェルマがもどるでしょうから」

ちょっと意地悪く、マリスはいった。

「だいじょうぶ。それで、どうやるの？　火つけ棒《ぼう》？　火打ち石？」

「ウェルマはいつも、ストーブから燃《も》えさしをとってつけるの。火ばさみはそこのひっかけ鉤《かぎ》にかかってるわ」

クウィントはうなずいてランプを手にすると、顔をこわばらせて、壁《かべ》の暖炉《だんろ》のなかに立つ、小さなストーブの方へ歩いていった。心臓《しんぞう》がはげしく高鳴る。足が鉛《なまり》のように重い。目のすみで、なにか光るものが部屋を横切ったような気がしたが、そちらに顔を向けてもなにもいなかった。

シズノキは勢《いきお》いよく燃《も》えていた。浮揚木《ふようぼく》であるシズノキは、深紫《ふかむらさき》の炎《ほのお》を上げながら浮《う》き上がり、ストーブのなかでコ

ツンコツンと音を立てている。びくびくふるえながら、クウィントはランプを床《ゆか》に置いた。そして、火ばさみをとると、腰《こし》をかがめてストーブの焚《た》き口を開いた。ガラス窓《まど》のはまった鉄の扉《とびら》が開いたとたん、焼けつくような熱気が顔にブワッと吹《ふ》きつけた。

「だいじょうぶ。ほ、炎《ほのお》はストーブのなかだ。落ち着け。ひ、火ばさみをつっこんで、小さい燃《も》えさしをひっぱりだして、ランプに移《うつ》せばいいんだ。お、おまえならできる、クウィント。なんにも、起こるはずがない……」

クウィントは、小声で自分にいいきかせた。

部屋の向こう側では、マリスがとまどいに眉《まゆ》をひそめていた。なにしろ音のよく響《ひび》く部屋のこと、クウィントの独《ひと》り言《ごと》は残らず聞こえていたのだ。なんらかの理由で、クウィントは炎を死ぬほどおそれている。ちょっとやりすぎたかもしれない。

マリスはたまらずに、クウィントに向かって駆《か》け出していた。

「いいのよ、クウィント！　無理しないで！」

ところが、そのときにはもう、クウィントはストーブから燃える木の枝《えだ》をひっぱりだしていた。手がぶるぶるふるえて、火ばさみをしっかりつかんでいることができない。ちょうどそのとき、マ

リスの声が部屋じゅうに響きわたり、驚《おどろ》いたクウィントは火ばさみを放してしまった。
火ばさみは床に落ちてガランと音を立てた。ところが、シズノキは、下に落ちもしなければ浮《う》き上がりもしなかった。炎を上げ、ぶすぶすとくすぶりながら、クウィントの目の前にふわふわと浮かんでいる。
催眠術《さいみんじゅつ》にでもかかったように、動くことも、声を上げることもできずに、クウィントは目を見開いたまま、燃えるシズノキを見つめている。火。火だ！　紫《むらさき》色の炎が目の前にせまってくる。炎はどんどん熱くなっていくようだ。また、あのいやなにおいが鼻をついた。味さえわかるようだ。髪《かみ》の毛と肉の燃えるにおい。音も聞こえてくる。シューシューパチパチ燃える音。そして、悲鳴、悲鳴、悲鳴……。
「だめだ！　今度はそうはさせないぞ！」

突然《とつぜん》クウィントはさけぶと、マリスが気づく前に、左手をのばして燃《も》え上がるシズノキの枝《えだ》をむんずとつかんだ。

「クウィント！　なにやってるのよ？　やめなさいよ、おばか……」

マリスのさけぶ声は、クウィントがシズノキの枝をストーブにつっこみ、焚《た》き口をバシンと閉《し》めると、急に弱々しくなった。

「……さん」

それと同時に、二人の背後《はいご》の扉《とびら》が開いた。マリスとクウィントがばつが悪そうにふりむくと、ウェルマが食べ物を載《の》せたお盆《ぼん》を手に立っていた。その肩《かた》からチョビが飛びおりて、こちらへ駆《か》けよってきた。

「モリイチゴのジャムをぬった、オークブレッドのトーストはどうだい？　ケナガオオツノのヨーグルトとシロップをかけてさ」

ウェルマは足で扉を閉めながらいうと、眉《まゆ》をひそめた。

「あんたたち、なにをやってたんだね？」

「べ、べつに、なにも……」

マリスがいった。

ウェルマはゴムボールのような鼻をくんくんいわせた。

「シズノキのにおいと……だれか、やけどしたね？　ほら、見せてごらん」

クウィントはてのひらをさしだした。てのひらと指は真っ赤にはれあがり、火ぶくれになっていた。特に、親指がひどかった。

マリスははっと息をのんで、下くちびるをかんだ。ウェルマはお盆を下に置くと、モリイチゴのジャムをたっぷりと一さじ、クウィントのてのひらに落とした。クウィントはマリスを見た。ウェルマがどうかしてしまったのかと思ったのだ。

「ジャムをぬるの？」

マリスは聞いた。

「モリイチゴのジャムだよ」

ウェルマは黄色いネバネバのジャムを、やけどの上にぬり広げながらいった。

「もちろん、モリイチゴはよくきくさ――それに、砂糖樹皮《さとうじゅひ》だって毒にはならないよ」

ジャムをぬりおわると、ウェルマは顔を上げていった。

「さあできた。これで、このナプキンをまいておけば、朝にはすっかり楽になっているよ」

「本当に、どうもありがとう」

クウィントはていねいにお礼をいった。

ところが、そのときにはもう、ウェルマはお礼の言葉を受け入れる雰囲気《ふんいき》ではなかった。

「それからね、今度またストーブで悪さしてるところを見つけたら、本当に尻《しり》をけとばすからね！」

「クウィントは、あたしのランプに火を入れてくれようとしていただけなの」

マリスがいった。

「そういうことは、できる人間にまかせときゃいいんだよ。さて、ジャムの代わりを持ってこようか。そのあとで、あたしが——いいかい、あたしがだよ——ランプをつけてあげるから。わかったね？」

そういうと、ウェルマは立ち上がった。

「わかりました、ウェルマ」

マリスとクウィントは声をそろえていった。

ウェルマが部屋を出ていってしまうと、マリスがクウィントに向き直った。

「いったい、どうしたの？　なにか見えたの？」

「見えた？」

「だって、燃《も》える枝《えだ》をじっと見てたでしょ」

クウィントは言葉にできなくて、首をふった。深く息を吸《す》って、のどのかたまりを無理にのみこもうとする。

「昔、火事にまきこまれたんだ。おそろしい火事だった」

「そうだったの」

マリスは静かな声でいった。

「西大桟橋火災《にしおおさんばしかさい》だ。あれは事故《じこ》なんかじゃなかった。火元は、おれの家だった。父さんの操舵手《そうだしゅ》だったスミールが、ゲイルライダー号の船長の座《ざ》を奪《うば》おうとして、家に火を放ったんだ。そのとき、父さんは出かけていた。でも……母さんと、兄弟たちと、乳母《うば》が……」

クウィントは言葉につまった。

「つらかったでしょうね」

「おれは屋根づたいに逃《に》げた。高いところは得意だったから。でも、家族は……助けられなかった……」

クウィントは両手に顔をうずめ、涙声《なみだごえ》でいった。

「炎《ほのお》や、煙《けむり》や、熱が……」

マリスは目を丸くして、クウィントを見つめた。それなのにランプに火を入れてくれようとした。ストーブの焚《た》き口を開けて、燃《も》える枝《えだ》をひっぱりだし……。それがどれほど勇気のいることだったか。そのとき、別のことに気づいて、マリスははっとした。クウィントは、それを自分のためにしてくれたのだ。

マリスの心がチリリとうずいた。最近のお父さまの奇妙《きみょう》なふるまいのせいで、マリスの心はとっくに乱《みだ》れていた。マリスは、まだふるえているクウィントにチラッと目をやって、ため息をついた。風のジャッカルが早くもどってきて、クウィントを連れていってくれればいいのに。

風のジャッカルとリニウスが部屋のなかに入ってくるころには、部屋じゅうのランプやたいまつに灯《ひ》がともされていた。日はとっぷりと暮《く》れ、冷たいつむじ風が吹《ふ》きはじめたために、ゲイルライダー号の乗組員たちは、船を宮殿《きゅうでん》のバルコニーの上で安定させておくのに骨《ほね》を折っていた。

「嵐《あらし》になりそうだな」

風のジャッカルがいった。

「それも、みぞれまじりのね。関節《かんせつ》が痛《いた》むから、まちがいありませんよ」

ウェルマ・ソーンウッドは顔をしかめていった。

「ならば、できるだけ早く風のジャッカルが旅立てるよう、仕事を片《かた》づけてしまわないとな。みんな、すわってくれ。知らせることがある」

リニウスは、落ち着かなげにもみ手をしながらいった。

マリスのとなりにすわったクウィントは、即席《そくせき》の包帯を見られないようにかくしていた――あとで説明すればいい。ウェルマは、自分の吊《つ》り下げ椅子《いす》にもどり、レムキンがそのひざに乗った。風のジャッカルがリニウスの後ろに立った。リニウスはせきばらいをすると、話しはじめた。

「風のジャッカルとわたしとで、ある取り決めをした。クウィントを泉《いずみ》の学問所に入学させる。そこで、空の伝説や、雲の形態学《けいたいがく》のほか、靄鑑定術《もやかんていじゅつ》、風分類学、雨占術《あめうらじゅつ》、霧探査術《きりたんさじゅつ》などを学ぶのだ。さっそく、明日から通ってもらうことにしよう……」

「で、でも……」

クウィントは思わず立ち上がり、顔を真っ赤にしていいかえそうとした。

「さえぎるんじゃない」

風のジャッカルがすかさず制《せい》した。

「細かいことは、マリスが責任《せきにん》を持って教えてくれるだろう」

リニウスは続けていうと、口出しは無用というように、マリスをじろりと見た。

「でも、父さん。おれは、学者の生活なんて……」

クウィントは思わず声を上げた。

「教育は必要だ、息子《むすこ》よ。いずれ、おれに感謝《かんしゃ》するときが来る」

風のジャッカルはぶっきらぼうにいうと、顔を曇《くも》らせた。

「今までだって、機会さえあれば……」

「でも、おれは……」

すると、リニウスが割《わ》って入った。

「それと、君には、わたしの助手としてやってもらいたい仕事がある。首尾《しゅび》よくなしとげれば、飛《ひ》空騎士団《くうきしだん》への道も開けるだろう」

「おれ、そんなのいやです」

クウィントは頑固《がんこ》にいいはると、風のジャッカルに向き直った。

「父さん、おれには、そんなのはどうでもいいことです。おれは空賊《くうぞく》です。父さんや、お祖父《じい》さんと同じ。それに……それに……」

マリスには、クウィントのくちびるがかすかにふるえるのがわかった。と、突然《とつぜん》、クウィントは両手を広げて、泣きながら父親のもとへ駆《か》けよった。

「おれは父さんと離《はな》れたくないんだ！」

「なにも永久《えいきゅう》にというわけではない」

そういう風のジャッカルのくちびるも、かすかにふるえていた。

「でも、ずっといっしょにやってきただろ？　うまくやってきたじゃないか。大空を二人で駆けめぐって。父さんとおれとで……」

そして、クウィントはゴクリとつばをのみこむと、涙《なみだ》ながらにいった。

「おれにはもう、父さんしかいないのに！」

「クウィント！　いいかげんにしろ！」

風のジャッカルはクウィントをどなりつけると、その両肩《りょうかた》に手を置いて目をのぞきこみ、おだやかにいった。

「みっともないまねをするな」

クウィントは鼻をすすりあげ、手の甲《こう》でぬぐった。

「ごめんなさい。でも……」

すると、風のジャッカルがいった。

「おれだってつらいんだぞ。おれは、おまえの冷静さと、交渉《こうしょう》の腕《うで》を頼《たよ》りにしてきたのだからな……」

一呼吸《ひとこきゅう》おいて、風のジャッカルはようやく聞きとれるほどの声でいった。

「おれにだって、おまえしかいないんだぞ」

二人の話を聞いていたリニウスが、杖《つえ》に体重を預《あず》けながら前に進み出た。

「クウィント、風のジャッカル。ここにいる間、クウィントはわたしの息子《むすこ》も同然だ。それでは足りぬかな?」

リニウスは二人を交互《こうご》に見つめて、にっこり笑った。

「おれにはもう、なにもいうことはない」

風のジャッカルは、最後にもう一度クウィントを抱《だ》きしめると、重い足取りでバルコニーの窓《まど》に向かった。バルコニーに出るとき、ひじがレースのカーテンにひっかかったが、風のジャッカルはふりかえらなかった。

マリスは内心がっかりしていた。まるで予想とちがう展開《てんかい》になってしまった。本当なら今ごろは、クウィントはいなくなっているはずなのに。ところが反対に、サンクタフラクスに残って、泉《いずみ》の学問所に籍《せき》を置くことになった——そのうえ、こともあろうに、自分がクウィントのめんどうを見ることになってしまった。マリスは憤慨《ふんがい》のあまり鼻を鳴らした。

こんなのって、あんまりだわ。

第三章　大図書館

クウィントはペンを置いて、耳をすました。まただ。また聞こえる。ほえるとも、泣きさけぶともつかない耳ざわりな声。さっきは遠かったが、少しずつ近づいてくる。今では、空気がビリビリふるえるほどだ。

「なんだろう？」

クウィントはつぶやいて、小さな窓《まど》にチラッと目を向けた。確《たし》かめる方法は一つしかない。

クウィントは、椅子《いす》をガタンと押《お》しやって立ち上がると、読んでいた

巻物《まきもの》が次々に板ばりの床《ゆか》に落ちるのもかまわず、窓に駆《か》けよった。そして窓を大きく開くと、耳ざわりな音が、突然《とつぜん》耳をつんざく騒音《そうおん》に変わった。なんの音だ？

クウィントは、小さな窓からできるだけ身を乗り出して、顔を上に向けた。吹雪《ふぶき》か？　空中にうずまく真っ白い雪のようなものを見て、クウィントは一瞬《いっしゅん》そう思った。でも、こんなに暖《あたた》かいのに？　それに、吹雪がこんな音を立てるだろうか？　そのとき、無数の光る目とカギ爪《づめ》に気がついた。吹雪なんかじゃない。羽が渦《うず》をまいているのだ。

「シロガラスだ！　それも、何百羽といる」

もちろん、シロガラスの群《む》れなら、前に地上町で見たことがある。その群れを見て、サンクタフラクスの学者たちは、岩の園の浮遊石《ふゆうせき》が大きく育って、地上を離《はな》れようとしていることを悟《さと》るのだ。だれでも知っていることだ。でも、こんなに間近で見たことはなかった。それに、その音といったら。シロガラスたちははげしく鳴きかわしながら、らせんを描《えが》いて空からぐんぐん降《お》りてくる。クウィントは、足が床《ゆか》から離《はな》れるのもかまわず、もう少し身を乗り出して、窓《まど》のさんの上に腹《はら》ばいになった。

クウィントがおそれおののいて見守るうちにも、シロガラスの大群《たいぐん》は、高楼観測所《こうろうかんそくじょ》の屋根をめがけて降りてきた。

「信じられない！　これは……」

とつぜん、なにか硬《かた》くてごつごつしたものに足首をつかまれて、グイッとひっぱられた。

「いたたっ！」

クウィントは悲鳴を上げたが、シロガラスたちの鳴き声にかき消されてしまった。クウィントは足をけりつけた。

「放せよ」

そのままもぞもぞと後ろに下がる。すると今度は、なにかとがったはさみのようなものに両足首をつかまれた。

「マリス、君か。だったら、容赦《ようしゃ》……わあああっ！」

体がぐいっと部屋のなかにひきもどされて、クウィントは悲鳴を上げた。次の瞬間《しゅんかん》、体がねじれてあお向けに床に落ち、そのひょうしに後頭部が窓のさんにぶつかって「ゴツン！」と音を立てた。

「いたたっ！」

するると、両足首が自由になり、そして床に落ちた。目を開けてパチパチとまばたきすると、ようやくあたりがはっきり見えた。クウィントは思わずどなった。

「おまえ！　なんだって、こんなことするんだ？」

するると、アシナガバッタのトウィーゼルがぎこちなく頭を下げて、ふるえる声であやまった。

「平にご容赦を。決して、悪意があったわけではなく……実をいえば、あなたさまがあぶないと思ったわけでして」

クウィントは後頭部をさすりながら、大げさに顔をしかめて見せた。

「あぶないことなんかないよ」

「それはようございました。と申しますのも、だんなさまより、会いにこられたしとの言づてを預《あず》かっておりまして、だんなさまはあなたさまの教師《きょうし》でもあり、また……」

「なんだって？」

クウィントはトウィーゼルをさえぎって聞いた。

トウィーゼルはもったいぶったようすで窓《まど》を閉《し》めて、シロガラスの騒々《そうぞう》しい鳴き声を締《し》め出した。

「最高位学者さまが、お会いになりたいとのことです」

「今すぐ？」

クウィントは、よろよろと立ち上がりながら聞いた。

「いえ、十五分前でございます。至急《しきゅう》、とのことでした。緊急《きんきゅう》の用向きだそうで」

クウィントはあわてて扉《とびら》に向かった。先週、実際《じっさい》に見たわけではないが、最高位学者が待たされて腹《はら》を立てるのを耳にしたのだ。部屋を出ようとすると、トウィーゼルの前足が肩《かた》に置かれた。

「一つ、ご注意を、助手のクウィントさま」

「なんだい？」

「最高位学者さまは、待たされるのがおきらいですので」

最高位学者の書斎《しょさい》へ行くには、まずクウィントのせま苦しい屋根裏《やねうら》部屋から、バルコニーのある応接間《おうせつま》へとせまい階段《かいだん》を下り、そこからさらに二階分下りなければならない。クウィントは階段を二段ぬかし、三段ぬかしで駆《か》けおりた。これ以上遅《おく》れるわけにはいかない。

息を切らし、真っ赤な顔をしたクウィントが書斎の扉をノックして開くと、リニウスが肩ごしにふりむいた。

「ああ、来たようだな。さあ、入ってくれ」

クウィントは書斎に入った。最高位学者は、地図だの巻物《まきもの》だのがあふればかりに載《の》った机《つくえ》の前で、古びた背《せ》の高い椅子《いす》に腰《こし》かけていた。表情《ひょうじょう》が硬《かた》く、疲《つか》れているように見えたが、思ったより機《き》嫌《げん》がいいので安心した。クウィントはまだ知らなかったが、トウィーゼルはいつも時間をさば読んでいたため、呼《よ》び出しに遅れるはずがなかったのだ。

リニウスは、あたりを警戒《けいかい》するように声を落としてつけ加えた。

「扉は閉めてくれよ。これから話すことは、絶対《ぜったい》にこの部屋から外にもらしてはならん。わかったな？」

クウィントは素直《すなお》にうなずくと、扉を閉めたが、心のなかはおだやかではなかった。なにを話そうというのだろう？

リニウスは、クウィントの方に向き直った。

「さて、クウィント、サンクタフラクスの生活はどうだね？」

「そうですね……えーと……」

クウィントは、どういえばいいのかわからずに、口ごもった。なれ親しんだゲイルライダー号での生活とは、なにもかもが異《こと》なっていて、とまどうことばかりだった――熱気にあふれる食堂での、あからさまではないが頑《がん》として存在《そんざい》する上下関係から、「高架橋階段《こうかきょうかいだん》」でかわされる、陰謀《いんぼう》や、うそや、うわさ話まで。そのうえ、泉《いずみ》の学問所のこともあった。クウィントは、ウィルケン・ワードスプール先生の教室の古くさい規則《きそく》を、そうと知らずに何度となく破《やぶ》っていた。授業《じゅぎょう》そのものも、長ったらしく、単調なうえに、同じことのくりかえしばかり……。

そのとき、しばらく静まっていた外のシロガラスたちが、ふたたびさわぎだした。その喧噪《けんそう》に、クウィントの声はかき消されてしまった。

「なんだ、このさわぎは?」

リニウスは耳を手でふさいで、どなった。

「うるさいです!　サンクタフラクスは、うるさいところです!」

「いかにも。学問の府《ふ》としては、情《なさ》けないほどうるさいな」

リニウスはしきりにうなずいて立ち上がり、窓《まど》をすべて閉《し》めてまわ

ると、ふりかえってにっこり笑った。

「ならば、サンクタフラクス一静かな場所へ行くというのはどうかな？」

「それはいいですね」

「よろしい。そこは、最初の日にわたしが話した仕事と関係がある。覚えているかね？」

リニウスは、指の関節《かんせつ》をポキポキ鳴らしながらいった。

「はい」

クウィントは慎重《しんちょう》に答えた。そういえば、飛空騎士団《ひくうきしだん》のことも話していたっけ。その仕事とやらが、飛空騎士団と関係なきゃいいんだけど。何度か飛空騎士団の養成所《ようせいじょ》の前を通ったけど、飛行槍《ひこうやり》試合《じあい》や、ポンメルボールや、一対一の戦闘《せんとう》訓練などをやっていたぐらいだから、サンクタフラクス一うるさい場所にちがいない。

「これからおまえさんに行ってもらうのは、大図書館だ」

リニウスがいうと、クウィントは眉《まゆ》をひそめた。

「大図……どこにあるのかわかりません」

「学者のなかでも、知っておる者は少ないだろうな。かつては、大地学の中心だった場所だ。昨今《さっこん》はまるでかえりみられていないがな。今では、だれもあそこには行かんよ」

そういうとリニウスはチョッチョッと舌打《したう》ちして、つぶやいた。

「ほんにのう、ここまで来てしまったのか。大図書館の存在《そんざい》をだれも気に留《と》めぬ時代の最高位学者が、このわたしであるとはな」

リニウスは、遠いところを見るような目をした。自分自身に話しかけているようだ。

「大地学と大空学が初めて分裂《ぶんれつ》した日は、なんとも悲しい日だった」

リニウスはだれかに盗《ぬす》み聞きされていないかというように、あたりを心配そうに見まわした。

「だが、誤解《ごかい》するでないぞ、クウィント。わたしは、大空学が重要でないといっているのではない。実際《じっさい》、風見師《かざみし》や雨占師《あめうらし》、そして、靄鑑定師《もやかんていし》がいなければ、嵐晶石《らんしょうせき》が手に入ったかどうかわからんのだからな。浮遊石《ふゆうせき》の浮力《ふりょく》と釣《つ》りあう嵐晶石なくば、サンクタフラクスは係留鎖《けいりゅうさ》を断《た》ち切って、大空のかなたへと消え去ってしまうだろう。だが……古《いにしえ》の大地学とて、膨大《ぼうだい》な知識《ちしき》を蓄積《ちくせき》していたのだ……」

リニウスの目がうるんでいる。クウィントは、すべてを理解《りかい》しようと耳をかたむけた。

「植物の特徴《とくちょう》、鉱物《こうぶつ》の特性《とくせい》、木々の秘密《ひみつ》、そして、動物に関する知識！　大地学者たちは、光と闇《やみ》の両博士《はかせ》が光明《こうみょう》を分類した以上に正確《せいかく》に、深森《ふかもり》を調査《ちょうさ》記録し、さまざまな条件《じょうけん》にしたがって分類したのだ。いや、それでもまだひかえめなぐらいだ！」

クウィントは、リニウスの勢《いきお》いに圧倒《あっとう》されている。

「だがな、問題は、何世紀にもわたり蓄積されてきた知識が失われてしまったということなのだ。わたしの復興《ふっこう》への努力もむなしく、大地学はかえりみられることのないまま、膨大な知識の宝庫《ほうこ》である大図書館も見すてられ、忘却《ぼうきゃく》のかなたへと追いやられた。こうして話している間にも、大図書館に所蔵《しょぞう》されている、値《ね》がつけられないほど貴重《きちょう》な巻物《まきもの》や大著《たいちょ》が、ぼろぼろにくずれ落ちていくのだ。そして、かけがえのない知識もまた……」

リニウスはため息をついた。

「ちょっと片《かた》づけにいくっていうのはどうです？　整理してみるとか？」

クウィントはいってみた。

「ああ、クウィントよ、おまえは自分でなにをいっておるかわかっておらんのだ。百人の学者が千日かかりっきりになったところで、ほんの表面をひっかく程度《ていど》のことしかできないのだぞ」

リニウスはため息まじりにいった。

「だったら、おれになにをさせようっていうんですか？」

外では、飛び立ったシロガラスの群《む》れが窓《まど》をかすめていく。それに刺激《しげき》されたのか、リニウスはふたたび指を、一本ずつポキポキ鳴らしはじめた。

「ある巻物《まきもの》をとってきてほしいのだ」

「それだけでいいんですか？」

クウィントはにっこり笑いながらいった。

リニウスの顔から血の気《け》がひいた。その声は冷ややかだった。

「笑いごとではないぞ。できるものならわたし自身が行きたいところだが、この足ではどうにもならんのだ」

「すみませんでした。そういうつもりでは……」

「この仕事がどれほど重要か、とても言葉では伝えきれん。もしも、失敗したら……」

リニウスは、ぶるっと体をふるわせた。

「決して失敗してはならん」

クウィントはおごそかにうなずいた。リニウスは顔を上げて、窓の外を流れるように飛んでいくシロガラスの群れに目を向けた。

「よく聞くのだ。トゥィーゼルが、大図書館までの道順を教えてくれる。内部は、初めて訪《おとず》れる者にとっては複雑《ふくざつ》だが、むずかしいというわけではない。ちょうど森のように配置されているのだ——いわば、知識《ちしき》の木の集まりというところだな。どの木にも、核《かく》となる項目《こうもく》がある——『水生植物』とか、『地中の微生物《びせいぶつ》』というようにな。どの分野かは、幹《みき》に打ちつけた小さなプレートに記されている。おまえさんが探《さが》す項目は、『空中生物』だ」

「空中生物ですね」

クウィントは記憶《きおく》に刻《きざ》みこもうというように、くりかえした。

「その木に登るのだ。木は、登っていくにしたがい、枝分《えだわ》かれしていく。枝に刻みこまれた言葉や記号にしたがって、正しい枝を登っていくのだ——それぞれの枝が一つの項目を表しているからな。やがて、目的の巻物のある枝にたどりつくはずだ」

「むずかしそうですね」

「だからこそ、注意深く聞いてもらいたいのだ」

リニウスがそういったとき、群れからはぐれたシロガラスたちが、窓をかすめて飛び去りながら、しわがれ声で鳴きだした。

「おっと、いかん。また遅《おく》れてしまうわい」

「なにに遅れるんですか？」

「清めの儀式《ぎしき》を受けて浮遊石《ふゆうせき》の収穫《しゅうかく》に行く学者たちを祝福《しゅくふく》するのが、最高位学者たるわたしの務《つと》めなのだよ。わたしが祝福しないかぎり、だれも岩の園には向かおうとしないだろう。なすべきことはあまりに多く、時間はあまりに少ない」

リニウスは袖《そで》で額《ひたい》の汗《あせ》をぬぐいながら、つぶやいた。クウィントはあらためて、最高位学者がどれほど疲《つか》れた顔をしているかに気づいた。

「それでは、その巻物《まきもの》を見つける方法をくわしく教えてください。急いでお願いします」

「否定《ひてい》の登りという方法を使うのだ。最初の枝分《えだわ》かれは『鳥』と『鳥ならぬもの』だが、『鳥ならぬもの』を選びなさい。二番目の枝分かれは、『爬虫類《はちゅうるい》』と『爬虫類ならぬもの』だ。『爬虫類ならぬもの』を選ぶのだ。三番目の枝分かれは、『ほ乳類《にゅうるい》』と『ほ乳類ならぬもの』だが――」

「『ほ乳類ならぬもの』を選ぶんですね」

「そのとおり。枝分かれが続くかぎり、同じように登っていきなさい。ただ、その先は少しやっかいだ――枝も細くなるしな。だから、足場と、備《そな》えつけの吊《つ》りカゴを使いなさい。二本の枝を見つけるのだ。一つは、『伝説』と記されている……」

「伝説」

「いま一つは、『天空』だ」

クウィントはうなずいた。

「二つの枝が交《まじ》わるところに、目指す巻物がぶらさがっている。覚えたかな？」

リニウスは大きく息をはきだした。

「そう思います。最初は『空中生物』。それから、枝分かれが続くかぎり『ならぬもの』を選ぶ。そして、『伝説』と『天空』ですね」

「よくできた。それならなんとかなるだろう。あとは、実際《じっさい》に迷《まよ》わずに見つけられることを祈《いの》るだけだな」

「まかせてください」

クウィントは胸《むね》をはって答えた。

「だといいが。前にもいったとおり、失敗は許《ゆる》されんからな。常《つね》に手元に集中して、気を散らさないようにするのだぞ」

リニウスは重々しい口調でいうと、背《せ》を向けて杖《つえ》を手にした。

「それでは、行くがよい。願わくば速《すみ》やかにもどらんことを。わたしは、学者たちを祝福《しゅくふく》しにいくとしよう」

リニウスの指示に加え、トウィーゼルに教えられた道順に頭がくらくらしながら、クウィントは闇《やみ》の宮殿《きゅうでん》から足を踏《ふ》み出した。毎度のことながら、外はまだ日が高いのを見ると、あらためてショックを受けた。周囲を高い建物《たてもの》に囲まれて日陰《ひかげ》になっているために、宮殿のなかは常にうす暗く、カンカン照《で》りの日でも、日差しはほとんど届《とど》かなかったのだ。せまい路地から中央高架橋《こうかきょう》に面した幅《はば》広《ひろ》い中央大通りに出たクウィントは、あまりのまぶしさに、思わず目の上に手をかざした。

「どっちだっけ？」

そうつぶやいてから、トウィーゼルにいわれた言葉をくりかえす。

「高架橋階段《かいだん》の南のはし、だ」

一週間前なら、たったこれだけでもわからなかっただろう。西発着場へ行くのに、まるで反対方向に行ってしまい、マリスに笑われたぐらいだ。というのも、サンクタフラクスの方位表示は、浮遊石《ふゆうせき》が空中に浮《う》き上がる前に決められたからだ。現在《げんざい》、浮遊石は空中に浮かび、常にゆっくりと回転しているため、南のはしといってもどちらの方角でもありうるのだ――ただ、最近学んだところでは、高楼観測所《こうろうかんそくじょ》が中央高架橋の南端《なんたん》に位置していたから、西階段をぐるりとまわってその方角を目指せばいい。

サンクタフラクスに来て一週間のうちに、クウィントはこの偉大《いだい》なる浮遊都市のことをずいぶん学んでいた。泉《いずみ》の学問所は、朝の六時などというとんでもない時間に始まるが、午後一時には終わるため、そのあとは自由時間だった。毎日午後になると、クウィントはさまざまな学問所や、大学や、研究施設《しせつ》の間を歩きまわり、通りや路地を覚え、大小の橋や発着場を見てまわった。なかでも、高架橋階段はおもしろかった。

高楼観測所と大会堂を結ぶ目ぬき通りとして、はるか頭上《ずじょう》にそびえる中央高架橋自体、みごとな建造物《けんぞうぶつ》だった。その上には、樹皮判断学《じゅひはんだんがく》から月詠唱《つきえいしょう》にいたるまで、二百もの小規模《しょうきぼ》学術《がくじゅつ》施設《しせつ》の塔《とう》が立ちならび、二十四本の頑丈《がんじょう》な柱に支《ささ》えられている。その根元のアーチの部分から、東西にのびているのが高架橋階段《こうかきょうかいだん》だった。

最初のうちクウィントは、大理石の階段にたむろするさまざまな学者たちの群《む》れには、あまり注意をはらわなかった。しかし、日がたつにつれて、場所ごとに常《つね》に決まった顔ぶれがいて、いつも同じことをしているのがわかってきた。そこでクウィントは、その会話に聞き耳を立てはじめた。

たとえば第十二西階段では、若《わか》い徒弟《とてい》たちが集まって、こっそりと試験問題や学者たちのうわさ話を交換《こうかん》していた。それに対し、第十八西階段では、なにかしら不満を抱《いだ》いた学者たちが人々にそれを訴《うった》えかけ、ときには多くの聴衆《ちょうしゅう》を集めていた。その反対側の第十八東階段では、ケラケラの試合や、違法《いほう》な賭《か》け事が行われているというぐあい……。

とはいうものの、その日は、最高位学者のせきたてるような言葉が耳のなかでまだ響《ひび》いていたため、誘惑《ゆうわく》にはかられたものの道草は食わなかった。わき目もふらず、一度も立ち止まらずに階段を次々に通りすぎていったクウィントは、高楼観測所《こうろうかんそくじょ》をまわりこんだところで足を止めた。その口がポカンと開く。

どうして今まで気づかなかったんだろう？　目の前に立つ巨大《きょだい》な木造建築《もくぞうけんちく》を見つめて、クウィントは思った。実に単純《たんじゅん》なデザインだ。建物自体は円形で、その上に、巨大なカサを広げたように、放射状《ほうしゃじょう》の溝《みぞ》のつけられた高い屋根がかけられている。それぞれの溝のはしには、さほど高くない展望塔《てんぼうとう》が作りつけられている。周囲を高い建築物に囲まれ、その陰《かげ》にうずくまるようにして立つ大図書館は、どこから見ても目立たなかった。

クウィントは影《かげ》に沈《しず》む広場を横切って、大屋根の下のひときわ暗い影のなかに姿《すがた》を消した。だれも、クウィントが円形の壁《かべ》に沿《そ》って歩き、閉《と》ざされた扉《とびら》の前に立つところを見なかったし、なかに入ったことも知らなかった。

「うわあっ！」

クウィントは感嘆《かんたん》の声を上げた。外観《がいかん》もさることながら、大図書館の内部はまさに圧倒的《あっとうてき》だった。どこまでも広く、まるでがらんどうだ。ひんやりとして、静まりかえっている。かすかに不快《ふかい》な、腐葉土《ふようど》を思わせる、シャクジョウソウのようなにおいが漂《ただよ》っている。こんな場所は初めてだった。

リニウスが「知識《ちしき》の木」と呼《よ》んだものは、地面をつき固《かた》めた床《ゆか》に立てられた太い柱だった。その両側には、登るための足がかりがずらりと埋《う》めこまれている。「枝《えだ》」というのは、その柱のはるか上にはりめぐらされた横木や腕木《うでぎ》のことだった。柱のさまざまな高さに足場がとりつけられ、柱から柱へとはりわたされたロープには、滑車《かっしゃ》つきの吊《つ》りカゴが下がっている。そして、それぞれの

「枝《えだ》」からは、無数の巻物《まきもの》が針金《はりがね》でぶらさげられている。あるものは、木の葉のように一つだけ枝から下がっている。それ以外は、数十巻《かん》を一つの束にまとめてぶらさげてある。なかには、枝から落ちて、秋の日の深森《ふかもり》さながらに、床《ゆか》に散り広がったものもある。

クウィントはひざまずいて、落ちていた巻物を床の上で注意深く広げてみた。そのとき、なにか光るものがいくつか、床の上をすべっていくのを見たような気がした。なにかの物体なのか、生き物なのかはわからない。ところが、あたりを見まわしても、なにも見えなかった。

巻物に目をもどすと、クウィントはなめらかな羊皮紙《ようひし》を手でのばして、なかを見た。細かい装飾《そうしょく》文字を使い、注釈《ちゅうしゃく》つきのスケッチや図表のそえられた本文には、深森の動物オオハグレグマについて、というより、オオハグレグマの厚い毛皮に繁殖《はんしょく》して、毛皮を緑色に染《そ》めるシティルゴケのことが書かれていた。その詳細《しょうさい》なことは驚《おどろ》くべきものだった。

「でも、これでも一巻の巻物にすぎないんだ。何千何万のうちの」

クウィントは感きわまったようにつぶやくと、頭上《ずじょう》にぶらさがる巻物の束を見上げた。

「なんという知識《ちしき》の量《りょう》！　なんてすごいところなんだ、この大図書館は。でも、よそ見をしている場合じゃない。いいつかった巻物を見つけて、できるだけ早く持って帰らなければ」

大図書館

THE GREAT LIBRARY

クウィントは立ち上がりながら、自分にいいきかせた。

しかし、すぐに、『いうは易《やす》し』ということがわかった。柱は何百本も林立しているうえに、項《こう》目《もく》のプレートに書かれている文字は奇妙《きみょう》に曲がりくねっていて、ひどく読みづらかった。

「空・中・生……空中生活か」

見なれない文字を指でなぞりながら、クウィントはいうと、次の柱に移《うつ》った。内、いや、肉……肉食……肉食植物。次、そして、また次。しだいになれて、読みやすくなってきた。「木」と「本」は似《に》ている。ほかにも「鳥」と「烏」、「気」と「气」なども。クウィントは次から次へと効率的《こうりつてき》に移動しては、目指す項目を探《さが》していった。

ところが、三十分、一時間、二時間と、時がたつにつれて、クウィントは不安になり、あせりはじめた。ひょっとして、見落としたんだろうか？　日没《にちぼつ》までに見つけられなかったらどうしよう？

図書館のなかに、使えそうな明かりはなかった。

最高位学者の重々しい言葉が、鐘《かね》の音《ね》のように頭のなかに響《ひび》きわたる。(失敗は許《ゆる》されんのだぞ！)でも、もし失敗したら？

「しっかりしろ。ここにあるのはたしかなんだ。必ず見つけてやる」

クウィントは自分にいいきかせた。まだ、確《たし》かめていない柱が十本あった。クウィントは一つ一つプレートを読んでいったが、おそれていたとおり、どれ一つとして「空中生物」と記されたものはなかった。計算が正しければ、これで最初の地点にもどってきたはずだ。

クウィントは目の前の柱のわきにしゃがみこんだ。

「たしかに、ここだった。『空中生活』だ……あれ、ちょっと待てよ」

顔を近づけてよく見る。

「信じられない！　これだったんだ！　『空中生物』。読みちがえていたんだ。それにしても、最初に見たのがそうだったなんて！」

自分のうかつさに腹《はら》を立てながらも、ようやく目指す柱を見つけたことにほっとして、クウィントはさっそく足がかりを使って登りはじめた。手先が器用なうえに、高いところもまるで平気だったから、その動きは軽やかだった。やけどをした手も登るのにじゃまにならないほど回復《かいふく》していたし、何年も空賊船《くうぞくせん》の上ですごして、ゆれるマストを登ったり、索具《さくぐ》につかまったりしていたおかげで、木に登るのは造作《ぞうさ》もないことだったのだ。ほどなく、最初の枝分《えだわ》かれに到達《とうたつ》した。

「『鳥』、『鳥ならぬもの』」

クウィントは、柱に刻《きざ》みこまれた、これまた読みづらい文字を読んだ。

いわれたとおり、「鳥ならぬもの」を選んで、登りつづける。ここから先は垂直《すいちょく》な登りではなかったが、足がかりがなくなっていたため、足をすべらせて落ちないように最大限《さいだいげん》の注意をはらわなければならなかった――特に、あたりがうす暗くなってきてからは。

最高位学者のいう「否定《ひてい》の登り」は、上に行くにしたがって奇妙《きみょう》なものになっていった。最初のうちこそなにも考えずに、単純《たんじゅん》に「ならぬもの」を選んでいたのだが、そのうちに、その巻物《まきもの》に描《えが》かれている空中生物というのはどんなものなのだろうと思いはじめた。「必要／必要ならぬもの」、「安定／安定せぬもの」、「正気／正気ならぬもの」。

「安定せず、正気ならぬものって？」

クウィントは不安げにつぶやいた。いったいなんだって最高位学者は、そんなぶっそうな生き物の情報《じょうほう》がほしいんだろう？　実際《じっさい》に飼《か》っているのかな？　それとも、これから飼おうっていうのかな？　そもそも最高位学者っていうのは、どういう人物なんだろう？　それよりもなによりも、次にはどんな選択肢《せんたくし》が来るんだろう？

ほぼ真っ暗になってしまった図書館の中空で、十分あまりも枝《えだ》に刻みこまれた文字を探《さが》しまわったあげく、クウィントは不安になってきた。今立っているのは、床《ゆか》からはるか上の、ほぼ水平にのびた細い枝だった。生来《しょうらい》の器用《きよう》さをもってしても、事態《じたい》はかんばしくなかった。体を動かすたびに、枝が不気味にしなう。もしも折れたら、闇《やみ》のなかを落ちていって、まちがいなく即死《そくし》だろう。クウィントはなんとか心を落ち着けようとした。

「否定の登りは終わったはずだ」

そうつぶやきながら、クウィントはこわごわあたりを見まわした。闇のなかに、さまざまな巻物がぶらさがっているのが見える。あるものは単独《たんどく》で、あるものは束になって。最高位学者がいっていたのは……。

「二本の交差する枝を見つけるんだ」

クウィントは声に出していった。なんの枝だったっけ？

「伝説」と……もう

一つは？　頭がくらくらする。足がふるえる。ここまで来て失敗するなんて……。でも、どうやっても思い出せない……。

「くそっ」

軽くののしっただけなのに、その声は円形の建物のなかで、それまでの静寂《せいじゃく》をあざ笑うようにいつまでも反響《はんきょう》し、やがて消えていった。そのとき、雲の陰《かげ》から満月が顔を出して、王冠《おうかん》のように屋根に作りつけられた塔《とう》のそれぞれの窓《まど》から、月明かりがさしこんだ。図書館のなかに、すばらしい銀色の光があふれた。

「『天空』だ。そうだった。おれは……」

うれしそうにいったとたん、細い枝《えだ》がグインとしなり、クウィントは恐怖《きょうふ》の声を上げて、死にものぐるいで枝にしがみついた。枝にほほをつけてしがみついているうちに、ゆれは収《おさ》まってきた。クウィントはあたりを見まわした。上を見る。そして、下を見る。

「助かった」

銀色の月明かりのなかで見ると、すでに「木」にしがみついている必要はないことがわかった。あたりにはネズミや虫などはおらず、新鮮《しんせん》な空気が入ってくるうえに、巻物《まきもの》がぶらさがっているあたりからは、シャクジョウソウのような芳香《ほうこう》が漂《ただよ》ってくる。かつて、司書たちが仕事をしていたこの場所には、木の間に、わたりばしごや吊《つ》りカゴのとりつけられた滑車《かっしゃ》つきのロープがはりめぐらされていて、先ほど下から見上げた巻物のもとにたどりつけるようになっている。

クウィントはほっと息をつくと、少し後ろにさがって、手近な吊りカゴにもぐりこんだ。カゴにとりつけられたロープから舞《ま》い上がったほこりが、月明かりを浴びてキラキラと輝《かがや》いた。

ロープをひっぱって前に進みながら、枝があるたびに調べ、ときおり目についた巻物も調べてみる。そうやって進めば進むほど、調べれば調べるほど、こんなこみいった分類法を思いつき、しかもそれをみごとに使いこなしていた、大地学者たちに対する好奇心《こうきしん》が強くなっていった。クウィントはなおも進んでいったが、やがて目指すものが見つかると、図書館じゅうに響《ひび》きわたるような歓《かん》声《せい》を上げた。

「『伝説』と『天空』だ！」

クウィントは刻《きざ》まれた文字を読み、顔を上げた。最高位学者がいったとおり、二本の枝が交差するところから、一巻の巻物がぶらさがっていた。クウィントは満面の笑《え》みを浮《う》かべた。

「あったぞ！」

さんざん探《さが》しまわったが、とうとう目的のものを見つけたのだ。クウィントは前に進もうと、ロープをひいた。ところが、吊《つ》りカゴはぐらりとかたむいただけで、それ以上動こうとしなかった。クウィントはもう一度ロープをひいた。今度はさっきよりも強く。それでも吊りカゴは動かない。もう一度。やっぱり動かない。

「この役立たず！」

クウィントは毒づいて、すぐ目の前にぶらさがる巻物《まきもの》をうらめしそうにながめた。

「身を乗り出せば、ひょっとして……」

クウィントは吊りカゴのへりに片足《かたあし》をかけ、ロープをしっかりつかんだまま、もう一方の手をのばした。巻物はまだ先だ。下には、奈落《ならく》の底が口を開けている。ふるえる手でロープを少しずつたぐりながら、クウィントはいっそう身を乗り出した。少し

ずつ少しずつ指が近づいていく。指先がわずかに巻物のはしをかすめた。巻物がクルリクルリとまわる。

「もう少しだ」

巻物は、じれったくなるほどゆっくりとまわっている。クウィントは体をいっぱいにのばしたまま、巻物がちょうどいい位置に来るのを待った。目は飛び出さんばかり、腕《うで》はぶるぶるふるえ、首すじもいっぱいにのびている。巻物のはしが近づくと、クウィントは手をグイッとのばした。指がなめらかな巻物のはしをつかむ。やった。とうとう手に入れたぞ。

「ふうっ！」

ほっとして息を吐《は》き出しながら、クウィントはロープに沿《そ》ってそろそろとあとずさり、吊りカゴのなかにストンと降《お》り立った。

「ここはとんでもない場所だ……」

ちょうどそのとき、背後《はいご》でなにかがピシピシとさける音がした。クウィントがはっとふりかえると、滑車《かっしゃ》がロープの結び目にひっかかり、繊維《せんい》がほつれて一本また一本と切れていくところだった。たちまちロープは、モリアザミの綿毛《わたげ》のようなありさまになった。クウィントのよろこびが恐怖《きょうふ》に変わった。

「うそだろ」

クウィントはつぶやいた。心臓《しんぞう》がはげしく打ちだす。

「ちょっと待って……」

クウィントは巻物《まきもの》を服の胸元《むなもと》につっこみ、ロープと吊《つ》りカゴのふちを必死につかんだ。その瞬間《しゅんかん》、最後の繊維がブツッと切れた。

「た、助けてくれーっ！」

落ちていく吊りカゴのなかで、クウィントはさけんだ。

クウィントは、吊りカゴとともに真《ま》っ逆《さか》さまに落ちていく。「枝《えだ》」をへし折り、巻物の束をはじきとばして、あたり一面にまき散らしながら。もんどり打って落ちていく間に、手が吊りカゴから離《はな》れ、クウィントの体は吊りカゴから飛び出した。

落ちる！　このままじゃ、まちがいなく即死《そくし》だ……。

と、そのとき、どこからともなく手が現《あらわ》れて、クウィントの手首をつかんだ。

「しっかりつかまれ！」

耳元で声が響《ひび》いた。

クウィントは首をひねって、声の主を見ようとしたが、あまりにも展開《てんかい》が目まぐるしくて、それどころではなかった。それでも、しわがれた声と、木の葉が腐《くさ》るときのような甘《あま》ったるいにおいはわかった。次の瞬間《しゅんかん》、クウィントの体は一方に大きくふられた。

クウィントはおそろしさに、思わず目をつぶった。一瞬、自分が、嵐《あらし》にもまれるゲイルライダー号の甲板《かんぱん》にもどったような気がした。それから、ザザッと衝撃《しょうげき》があって、足の裏《うら》に硬《かた》いものがふれた。目を開けてみると、柱の高いところに作りつけられた足場だった。

でも、だれが運んでくれたんだろう？

クウィントはよろよろと立ち上がると、林立する柱を見わたして、自分が落ちるところを救ってくれた人物を探《さが》した。しかし、だれもいなかった。

クウィントは首をかしげた。

「だれだか知らないけど、おかげで命拾いしたよ。別の意味でもね」

そうつぶやきながらクウィントは、胸元《むなもと》にちゃんと収《おさ》まっていた巻物《まきもの》をポンポンとたたいた。

手ぎわがよかったとはいえないことはわかっていたが、実際《じっさい》にどれぐらい時間がたったのかは見当もつかなかった。闇《やみ》の宮殿《きゅうでん》の入り口にたどりつくころには、すでに新しい一日が始まり、はるかな地平線は赤とピンク色にうっすら染《そ》まっていた。

クウィントは真鍮《しんちゅう》の取っ手をまわして、重たい扉《とびら》を開いた。耳ざわりなキイーという音が響《ひび》く。

クウィントは足を踏《ふ》み入れた。

「どこに行ってたのよ？」

突然《とつぜん》響いた声にふりかえると、玄関広間《げんかんひろま》のまんなかに、両手を腰《こし》に当てたマリスが立っていた。

「ちょ、ちょっとお遣《つか》いにね。君のお父さんに頼《たの》まれて」

クウィントは胸元から巻物をひっぱりだしながら、前に進み出た。

「これをとってこいといわれたんだ。急いで持っていかなくちゃ」

「なにいってるの、だめよ。お父さまがお疲《つか》れなのわかっているでしょ」

「でも……」

「ゆうべも徹夜《てつや》だったのよ。絶対《ぜったい》に起こしちゃだめ」

マリスは頑《がん》としてゆずらなかった。

「でも、マリス！」

クウィントは食い下がった。この子はどういうつもりなんだろう？　おれのことをきらってるのかな？　この子がいると、なに一つまともにさせてもらえないみたいだ。

「それ、よこしなさいよ。お父さまが起きたら、あたしがわたしといてあげるから」

マリスはせかすように、手をさしだした。

クウィントは、しぶしぶいわれたとおりにした。

「どうもありがと。それじゃ、顔を洗《あら》って服を着がえてらっしゃい。そんな身なりじゃ授業《じゅぎょう》に出られないでしょ。ワードスプール先生、ひきつけを起こしちゃうわよ。それに、お父さまやあたしの評判《ひょうばん》も悪くなるんだから」

マリスはすましたた声でいった。

「授業《じゅぎょう》？　ワードスプール先生って？　今、何時なんだ？」

そのとき、大会堂のてっぺんで、四十五分を知らせる鐘《かね》が鳴り響《ひび》いた。すると、マリスがいった。

「五時四十五分。授業開始まで、あと十五分しかないのよ！」

第四章　ウェルマ・ソーンウッド

台所はむっとするほど暑かった。真っ赤に燃《も》えるコンロの上の空気は、流れる水のようにゆらゆらとゆらめき、高い丸天井《まるてんじょう》には湯気が厚《あつ》くたちこめている。それでもまだ、ウェルマは満足していなかった。

「もっと熱くしなけりゃ」

最初に片方《かたほう》の足で、疲《つか》れるともう片方の足でふいごを踏《ふ》みながら、ウェルマは荒《あら》い息をついた。踏んで、離《はな》す、踏んで、離す。圧縮《あっしゅく》された空気がふいごの口からシューーッシューーッと送り出されるたびに、炎《ほのお》は一段《いちだん》と燃え上がる。

マリスは、汗《あせ》で光る額《ひたい》にかかったほつれ毛をかきあげながら、顔を上げた。午前中はワードスプール先生の、すきま風が吹《ふ》きこむ教室で寒さにふるえあがり、今はまた、灼熱《しゃくねつ》のコンロから放射《ほうしゃ》される熱でぼうっとしているのだ。

「こんなに暑くする必要あるの？」

マリスがたずねると、ウェルマはふうふういいながら答えた。

「スパイス入りのスコーンを、石みたいに硬《かた》くしたくないんならね。『火は熱けりゃ熱いほど……』」

「『生地《きじ》はやわらかくなる』」

マリスは代わりにいって、笑った。パンを焼くたびに聞かされてきたことだ。これはウェルマの口癖《くちぐせ》の一つで、もともとは深森《ふかもり》のウッドトロル族の間で、代々語り継《つ》がれてきたことわざだった。ウェルマは母親から教えられ、母親はその母親から教えられ、その母親はそのまた母親から、というぐあいに。そして、子どものいないウェルマは、それをマリスに教えたというわけだ。

ウェルマがふりかえってみると、マリスは丸テーブルの脚立椅子《きゃたついす》にちょこんと腰《こし》かけて、ニカニカと笑っていた。ウェルマはエプロンをひっぱって直した。

「失礼だけど、お嬢《じょう》さまは、外はパリパリでなかはふわふわのスコーンが好きだったんじゃないかね？」

「ええ、そうよ」

「だったらねえ、大事なことが二つあるんだよ。一つ、コンロをカンカンに熱くすること。二つ、生地がふわふわになるまで泡立《あわだ》てること……」

ウェルマの目が、ときどき思い出したように泡立て用のへらを動かすマリスの手に止まった。その目がすっと細くなる。

「それは、ふわふわに泡立っているのかね？」

マリスは、手元のボウルに目をやった。生地はボウルの底でなでられているだけだ。

「ちょっとちがうみたい」

ばつが悪そうに、マリスはいった。

「なら、ちゃんとかきまわしとくれ！　ほい、がんばって！　その間に、あたしゃモリリンゴを見るからね」

マリスはうなずくと、大きなボウルをわきにかかえて、ねっとりした生地を力まかせにかきまわしはじめた。子どものころから、ウェルマといっしょに作るお菓子《かし》やパンのなかで、スパイス入りのスコーンが一番好きだった。それだけでもおいしいのだが、モリリンゴをハチミツに漬《つ》けこんだ、伝統的《でんとう》な「ウォドギスの夜」風の詰《つ》め物をしたり、上にホイップクリームを載《の》せたりすると、絶品《ぜっぴん》だった。それをクウィントに作ってあげようと提案《ていあん》したのは、マリスだった。ところが、右腕《みぎうで》は痛《いた》くなるわ、左腕はパンパンにはるわで、みょうな親切心を起こしたことをすでに後悔《こうかい》しはじめていた。

「それで、空賊《くうぞく》船長の息子《むすこ》とは仲良くやってるのかい？」

ドロドロに溶《と》けたモリリンゴをかきまぜながら、ウェルマはたずねた。

マリスは、はっとした。前にも、ひょっとしたらウェルマは、ひとの心が読めるんじゃないかと思ったことはある。顔は熱でとっくにほてっていたから、顔を赤らめてもそうと知られずにはすんだけれど。

「ええ、うまくやってるわ」

マリスは答えた。

「あたしにいわせりゃ、うまくやってるなんてもんじゃないね。そうでなくて、どうしてウォドギス祭のスパイス入りスコーンを作ってやったりするんだい？」

ウェルマはいった。

マリスは、生地《きじ》をいっそう力を入れて泡《あわ》立《だ》てた。マリスのエプロンにも、テーブルにも、床《ゆか》にも、生地が飛び散った。

「いったでしょ。うまくやってるって」

「お嬢《じょう》さまがいったのは、あの子がちょいと粗野《そや》で、だらしがないってことだけだよ」

「だって、そうなんだもん」

マリスは鼻を鳴らしていった。

「ふーん。だんなさまは、あの子のことをずいぶんと高く買ってるようだけどね」

ウェルマは考えこむようにいった。

「あら、そう?」

マリスはそういうと、くちびるをきっと結んで、乱暴《らんぼう》に生地をかきまわしたために、顔に生地がピチャッと飛んだ。

「わっ！」

マリスが声を上げたひょうしに、腕《うで》にかかえたボウルがつるりとすべって、ガランという大きな音とともに石の床《ゆか》に落ちた。

そのとたん、マリスはわっと泣きだした。

「もういや！　あたしなんて、どうしようもない役立たずよ！　なに一つちゃんとできないんだから！」

「マリスったら、困《こま》った子だねえ」

ウェルマは心配そうに顔にしわをよせると、駆《か》けよってきて、マリスの腰《こし》をぎゅっと抱《だ》きしめた。

「ほらほら、そんなにカリカリしないの。たかがパン生地《きじ》じゃないの」

そうささやきかけながら、エプロンのはしでマリスの顔についた生地をふきとってやる。

「でも、だめにしちゃった。また、最初からやり直さなきゃ。ユキドリの卵《たまご》を白身と黄身に分けて、大麦粉をふるい、スパイスをひいて……」

マリスのほほを、熱い涙《なみだ》がぽろぽろとこぼれ落ちる。

ウェルマはマリスの体を離《はな》し、床を見るとかぶりをふった。

「いや、だいじょうぶだよ。見てごらん！」

幸いなことに、テツノキのボウルは底を下にして落ちていた。ふわふわに泡立《あわだ》った生地は、まったくこぼれていない。マリスはボウルを拾い上げると、テーブルの上に置いて、涙をふいた。

「ほらね。物事ってのは、最初に思ったほど悪くはならないものさ」

ウェルマはマリスの両手をとっていった。

マリスはビクリとした。最初に思ったほど悪くはならない。その言葉が、マリスの頭のなかに響《ひび》きわたった。最初に思ったほど悪くはならない。マリスはウェルマの手をふりほどくと、苦々《にがにが》しげに笑った。

「そんなのうそよ。悪くなるもの！　もっともっと悪くなるもの！」

「そりゃまた、どうしてだね？　いったいなんの話をしてるんだい？　なにが悪くなるって？」

「なにもかもよ！　あたしだって……あたしだって、一生懸命《いっしょうけんめい》やってきたわ。でも、お父さまはあたしのことなんか気にもしてくれない。あたしがなにをしたって。お父さまのせいじゃないっていうのはわかってる……。でも、最近は『大いなる仕事』とかにかかりっきりだし。ああ、ウェルマ、あたし、お父さまのことが心配でたまらないの。ほとんど寝《ね》ていないようだし……」

マリスは泣きじゃくりながらいった。

ウェルマは同情《どうじょう》するようにうなずいた。マリスがどれほど父親のことを案《あん》じているかは、よくわかっていた。

「そしたら、あいつが来たのよ！　あの、生意気《なまいき》な知ったかぶりの空賊《くうぞく》の息子《むすこ》、クウィントが！」

「だけど、うまくやってるっていったじゃないか」

マリスの腕《うで》をなだめるようにポンポンとたたきながら、ウェルマはいった。

「そうよ。でも、おかげでお父さまは、あたしのことなんて、いっそうほったらかしよ。いつだって、『クウィント、これはできるか？　クウィント、あれはできるか？』ばっかり。なんだかお父さま、娘《むすめ》より息子の方がよかったみたい……」

マリスは顔をそむけた。

すると、ウェルマが首をふりながら、きつい口調でいった。

「もうおやめ、マリス。いつまでもいってるんじゃないの！　そりゃ、あたしだって、だんなさまが仕事にばかりかまけてないとはいわないよ。たしかに、仕事漬《づ》けさね。でも、だからといって、お嬢《じょう》さまのことを愛してないということにはならないだろ。仕事は仕事、家族は家族。それに……」

「でも、クウィントには両方あるもの！　仕事も家族も」

「いいや、ちがうね」

「ちがわないわ。お父さまは、なにをするにもクウィントといっしょだもの。お遣《つか》いに出したり、なにかをいいつけたり……。でも、あたしは一度だって、なにかをいいつけられたことなんてないわ！」

マリスはキッとなって顔を上げた。

「だんなさまはクウィントを助手にしたんだよ。助手ってのは、そういうものだろ」

ウェルマはやさしくいった。

「そうね。でも、お父さま、風のジャッカルにはなんていった？『ここにいる間、クウィントはわたしの息子も同然だ』っていったのよ。『わたしの息子』だって！　わかるでしょ？　仕事と家族。クウィントには両方あるのよ！　それにくらべて、あたしは？」

涙《なみだ》をこらえて、マリスはいった。

「マリスったら。気を悪くしないでおくれよ。でも、あんたはちょっぴりやきもちを焼いているようだね」

「やきもち？　ふざけないで！　なんで、あんなやつに。やきもちなんかじゃないわ。あたしは……あたしは……」

はげしくいいかえすマリスの下くちびるがふるえ、やがて消え入りそうな声がもれた。

「さびしいの」

「ああ、マリス」

ウェルマは、悲しそうに首をふりながらささやいた。

「自分でもどうしようもないの。そう思っちゃうんだもの……」

マリスは吐《は》き出すようにいった。

「『感じることはしかたがない』って、ウッドトロルのことわざにもあるよ。それに、自分の気持ちを知ることは、気持ちを変えることの第一歩でもあるんだよ。ほんとにそうしたいならね」

ウェルマはマリスの肩《かた》をポンポンとたたいた。

マリスは肩をすくめた。泣きたい気分だ。

「まわりがなにも変わらないのに、どうして自分の気持ちを変えられるの？　お父さまは仕事をやめないだろうし、クウィントはお父さまを独《ひと》り占《じ》めしているし……」

「だったら、まわりを変えればいい」

「どうやって?」

ウェルマの目がキラリと輝《かがや》いた。

「筋道《すじみち》立てて考えてごらん。お嬢《じょう》さまは、だんなさまにないがしろにされていると感じている。いっしょにすごせないってね。だから、さびしい。ところが、反対にクウィントは、だんなさまの近くにいるけど、ここへはまだ来たばかりだ。友だちは一人もいない。クウィントも、ちょっぴりさびしいんじゃないかねえ。だれか同い年ぐらいで、話ができる人をほしがってるかもしれないね。だから……」

「だから、クウィントと友だちになれっていうの?」

マリスがいうと、ウェルマはにっこり笑った。

「いいや、ただね、おいしいウォドギスのスパイス入りスコーンを作るのは、悪いことじゃあないなってね。さあ、ほら、マリス。生地《きじ》をパン焼き皿に入れとくれ。あたしゃ、コンロに最後

の一吹《ひとふ》きをするから。それと……」

「生地《きじ》をオーブンに入れたら……」

「入れたら、なんだい？」

「ボウルに残ったの、なめさせてくれる？」

ウェルマがあんまりうれしそうに笑ったため、目は肉の間にかくれ、ゴムのような鼻はすっかり広がっていた。

「もちろんだよ。かわいいマリスや。好きなだけおなめ」

台所の真上の回廊《かいろう》、マリスとウェルマのはるか頭上《ずじょう》には、一人の人物が立っていた。その頭は台所から立ちのぼる水蒸気《すいじょうき》のなかを泳いでいる。クウィントだ。

大図書館で長い夜をすごしたために、その日は一日だるくてワードスプール先生の宿題をする気にならず、かといって目がさえて寝《ね》つくこともできず、また回廊に出てきてしまった。ここに来ると、わくわくするのだ。

たまたま足を踏《ふ》み入れたのは、音楽室だった。すばらしかった。演壇《えんだん》の上にはクラヴィネットが置いてある――内部で弦《げん》をひっかいて音を出す鍵盤楽器《けんばんがっき》みたいだ。そのわきには椅子《いす》が三つあり、それぞれにちがう楽器が載《の》っている。一つは管《かん》楽器、一つは弦楽器、そして最後の一つは、管楽器と弦楽器を合わせたような楽器だった。椅子の後ろに、弓が立てかけてある。巨大《きょだい》なキクイカブトムシの甲羅《こうら》で作った胴体《どうたい》に、空洞《くうどう》にしたシズノキのネックがとりつけられており、モリネコの腸《ちょう》で作ったガットがはられている。見たところ、弓で弾《ひ》きながら、同時に吹いて音を出すらしい。

なによりもクウィントが感動したのは、部屋がきれいだということだった。あの勤勉《きんべん》なアシナガバッタのトウィーゼルのおかげだ。ただきれいなだけではない——いつでも使えるようになっているのだ。まるで、今この瞬間《しゅんかん》にも、四人の音楽家が扉《とびら》を開けて入ってきて、それぞれの楽器を手にすると、なにごともなかったかのように演奏《えんそう》を始めそうだ。

回廊をめぐりながら、ふと足を踏み入れたほかの部屋も同じだった——どの階を歩いても、どの扉を開けても。どの部屋もどの部屋も、小ぎれいに整《ととの》えられ、それでいて、だれに使われることもなくひっそりと静まりかえっている。

一階には、会議用の小部屋があった——壁《かべ》には羽目板《はめいた》がはめこまれ、革《かわ》ばりの椅子がいくつも置かれている部屋だ。かつて先代の最高位学者が亡《な》くなったときに、上級司書たちがこの部屋に集まって、次の最高位学者を決めたのだ。そして、三階には、代々公式の場で贈《おく》られた贈答品《ぞうとうひん》を収《おさ》め

た、ガラスの陳列棚《ちんれつだな》が作りつけられていた——そこには、クリスタル製《せい》のウッドラム・グラスから、金箔《きんぱく》で飾《かざ》られたオオハグレグマの剥製《はくせい》まで、およそあらゆるものが飾られていた。回廊《かいろう》の壁《かべ》は肖像《しょうぞう》ギャラリーになっていて、きれいにチリのはらわれた、歴代の最高位学者の肖像画が延々《えんえん》と続いていた。そのなかには、数学者フェルミクスや、かつては異端《いたん》とされた、光に関する哲学的考察《てつがくてきこうさつ》のアルケマクスといった著名《ちょめい》人《じん》の肖像もあった。しかし、それ以外は、岩の園でシロガラスに骨《ほね》をついばまれて、魂《たましい》を解放《かいほう》される名誉《めいよ》を受ける前に忘《わす》れ去られてしまうような、とるにたらない人物ばかりだった。

　クウィントはリニウス・パリタクスの肖像の前に立ち、しばらくの間ながめていた。まだ絵の具のにおいがする肖像画は、プレートの日付によれば、この何十年かの間に描《えが》かれた唯一《ゆいいつ》のものだった——これもまた、リニウスが復興《ふっこう》した古い伝統《でんとう》の一つだった。

たしかによく似《に》ている。わし鼻、うすいあごひげ、先がねじれたような形の耳。どれも正確《せいかく》に再現《さいげん》されている。そして目は……画家はみごとに表情《ひょうじょう》をとらえていた――子どものような一途《いちず》さのなかに見えかくれする……。

「あれはなんだろう？　疲労《ひろう》？　絶望《ぜつぼう》？　恐怖《きょうふ》？　それとも、三つ全部を合わせたもの？」

クウィントはそうつぶやくと、ため息をついて肖像に話しかけた。

「でも、教えてはくれないんだろ？　自分で確《たし》かめるしかないんだよな」

クウィントが肖像ギャラリーの扉《とびら》を閉《し》めたとたん、最高位学者のことはどこかに消し飛んでしまった。回廊に漂《ただよ》っていたにおいが、一段《いちだん》と濃密《のうみつ》になっていたのだ。甘《あま》ったるい果物《くだもの》のようなにおいに、ハチミツとスパイスの香《かお》りがまじっている――ずっと前に、母さんが作ってくれたカシリンゴのリキュールを思い出す。顔を上げ、鼻をひくひくさせながら、クウィントはにおいをたどっていった。回廊をぬけ、階段《かいだん》を下り、宮殿《きゅうでん》の奥《おく》の小さな扉をくぐり……。

「うーん」

クウィントは思わずうなった。よだれの出そうなにおいのもとを見つけたのだ。まったりしたにおいは、どこか下の方から吹《ふ》きあがってきて、鼻をくすぐっていく。

クウィントは石の手すりに歩《あゆ》みよって、下を見た。もうもうとたちこめる湯気のなかに、装置《そうち》のようなものがいくつか見てとれる。最初クウィントは、なにかの作業部屋に出てしまったのかと思ったが、よくよく見ると、においから想像《そうぞう》できたとおり、大きな台所の真上に立っているのだった。装置と見えたものは、オーブンや、ボイラーや、肉焼き器にすぎなかった。どれも、かつて光の宮殿《きゅうでん》だったころに、学者たちの大群《たいぐん》や、ここで働いていた使用人たちを食べさせるに十分なほど大きかった。ところが闇《やみ》の宮殿になってからは、宮殿に住む人の数は五人に減《へ》り、ほかの部屋と同様、ほとんどの調理器具はピカピカにみがきあげられたまま、使われることはなかった。

「でも、だれかが料理をしてるってことだよな」

カシリンゴの煮《に》えるにおい。味までわかりそうだ。

クウィントは下をのぞいてみた。湯気は真下から立ちのぼってくる。ここからは見えないけど、コンロがあるんだろう。そう思いながら、手すりの反対側のはしに行こうとしたそのとき……。

「クウィント！」

クウィントは思わず飛び上がった。

「クウィント……」

声は、下の台所から聞こえる。マリスだ。

「クウィント……」

これで三度目だ。おれ、なにかやらかしたんだろうか？

クウィントは手すりから身を乗り出して、マリスがなにをいっているのか聞きとろうとしたが、ほとんど聞こえなかった。ただ、マリスがウェルマに話しかけていることしかわからない——それ以上、名前が呼《よ》ばれることはなく、結局なにを話していたのかよくわからなかった。

クウィントは背《せ》を向けて手すりから離《はな》れ、自分の部屋にもどっていった。自分の名前を呼んだときのマリスの口調には、明らかに怒《いか》りといらだちが聞きとれた。

「おれのこと、きらいなんだ。それしかない。おれはきらわれてる」

クウィントはぼそりとつぶやくと、寝室《しんしつ》の扉《とびら》をけり開けて、ベッドに身を投げた。

「高慢《こうまん》ちきな気取り屋め！」

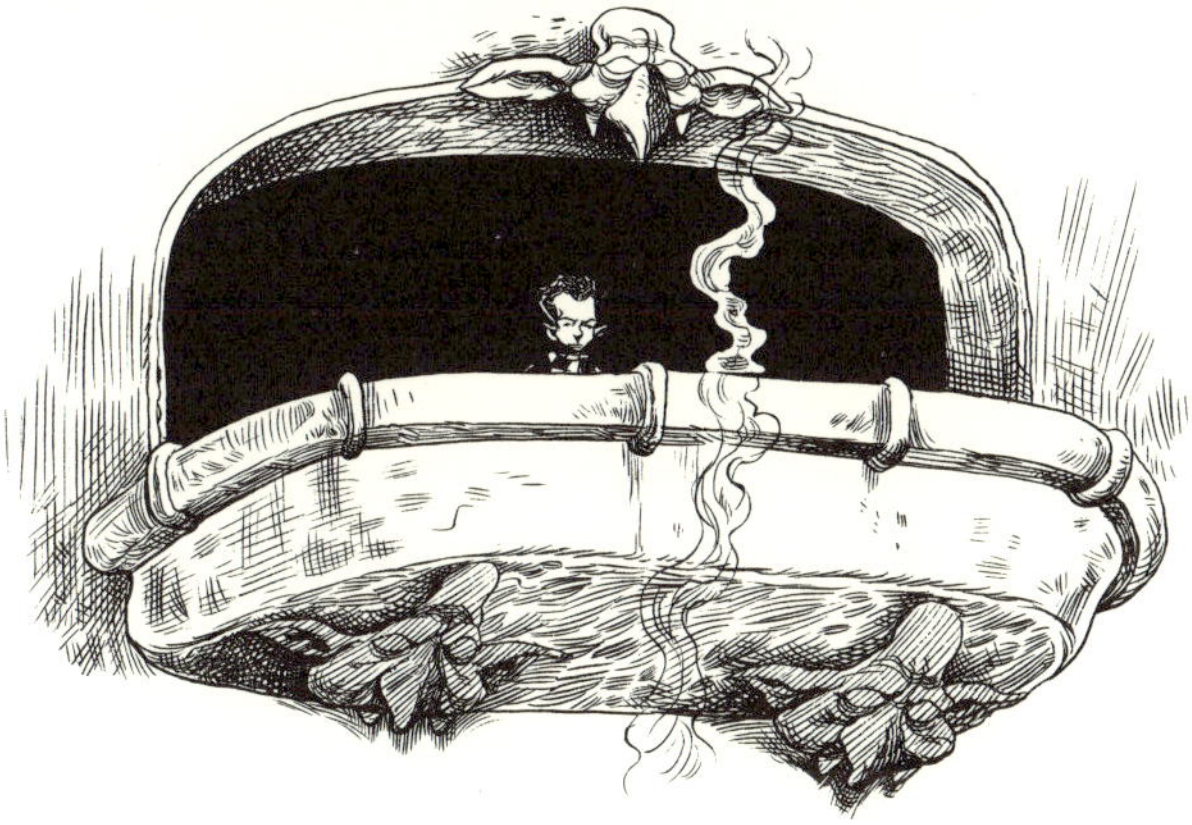

ウェルマの話は続いている。

「あたしがいいたいのはね、深森《ふかもり》で生まれた者として、だんなさまがサンクタフラクスでなさろうとしていることには賛成《さんせい》だってこと。あの大空学者どもときたら、でしゃばりすぎなんだよ——靄《もや》鑑定《かんてい》だの、雨占《あめうらな》いだのってうるさいうえに、手当たり次第高い塔《とう》をおっ建てて。あいつらの話を聞いてると、深森なんて存在《そんざい》してないみたいじゃないか。でもね、深森はちゃんとあるし、大地学が大切だった時代もあるんだ。年配の司書たちはみんな知ってることだ。もちろん、だんなさまもね……」

マリスは泡立《あわだ》て用のへらについた生地《きじ》をなめとりながら、ちょっと驚《おどろ》いて話に聞き入った。サンクタフラクスの学者のことに触《ふ》れるなんてウェルマらしくなかったが、パン焼き皿をオーブンに入れてしまうと、もう話は止まらなかった。

「そりゃ、いつ雨がふるかわかるのはありがたいけど、深森の住人として、深森の植物や動物の特性を知ることがどれだけ大切か、あたしにゃわかってる。どれが食べられるか、どれが着るものになるか、薬用になるのはどれか……。昔の司書たちは、そういうことをなんでも知っていたんだ。何世紀にもわたって蓄《たくわ》えられてきたそういう知識《ちしき》が失われるのを、だれかが食い止めなきゃならないんだよ」

マリスはうなずいて、口から木のへらをぬいた。

「そのだれかが、お父さまじゃなくたっていいじゃない」

「わかるよ。たしかに、大変な重荷を背負《しょ》いこんだものさ。それに、あそこまで思いつめると、ちょっと心配だね」

「どういうこと？」

マリスが聞くと、ウェルマは眉《まゆ》をひそめた。

「あたしがよく話してやった昔話、覚えてるかい？『空を飛べるといいつづけた木』だよ」

マリスの顔に笑《え》みが広がった。

「うん、覚えてると思う」

「じゃあ、話してごらん」

マリスは木のへらをテーブルに置いた。

「シズノキとナマリノキの話よね。シズノキはいつもいっていたの。『ぼくは空を飛べる。きっと空を飛べるんだ』って。そのたびに、ナマリノキがいうの。『だったら、証明《しょうめい》してみろ！』って」

ウェルマはにっこり笑って、先をうながすようにうなずいた。

「シズノキは枝《えだ》をバサバサいわせたけど、飛べなかった。葉っぱをぐるぐるまわしてみても、飛べなかった。根っこをゆらしてみたけど、やっぱり飛べなかった。ナマリノキが、シズノキのことをおおぼら吹《ふ》きっていおうとしたとき、雷《かみなり》がシズノキに落ちたの。浮揚木《ふようぼく》だったシズノキは、ぼっと燃《も》え上がったかと思うと、地面から根っこごとひきぬかれて、空中に浮《う》かび上がった。

『ほら見ろ。ぼくは飛べるっていっただろ』シズノキはいったの。

『そのとおりだ、友よ』。ナマリノキはシズノキにいったわ。『君は、きっと空を飛べるといった。

そして、たしかに空を飛んだ』」

マリスは顔を上げて、かすかにほほえんだ。

「小さいころは、あたし、これってハッピーエンドだと思ってた。でも、ほんとはちがうのね？」

「見方によるね。シズノキの願いはかなったじゃないか」

「ええ。でも、結局燃えてなくなっちゃった」

「そうだね。それじゃ、この話の教訓は覚えてるかい？『命あっての物種《ものだね》』さ」

それを聞くと、マリスはビクッとした。

「お父さまがそのシズノキと同じだと？　まさかお父さまが……」

ちょうどそのとき、台所の両開きの扉《とびら》がバタンと大きく開き、勢《いきお》いあまって両わきの壁《かべ》にぶつかった。マリスとウェルマがはっとしてふりかえると、そこにはリニウス・パリタクスが仁王立《におうだ》ちしていた。

長衣はよれよれ、髪《かみ》はぼさぼさ、顔は青白くやつれ、目をむいている——カンカンに腹《はら》を立てているのはまちがいない。

「なぜ起こさなかった？　すでに一日が終わろうとしているではないか」

「で、でも……一晩《ひとばん》じゅう起きていらしたから。休まなければいけないと思って」

マリスはおどおどと答えた。

「夜行性になったってんなら別ですけどね」

ウェルマは皮肉っぽくいった。

「わたしがいつ眠《ねむ》ろうと、おまえたちの口を出すことではない。それで、クウィントは見なかったか？」

リニウスはガミガミいうと、あたりを見まわした。

「いえ。ここには……」

マリスがいうと、リニウスはどなった。

「まったく、どうなっておるのだ！　なにもかも自分でやらねばならんのか！　大切なだけでなく、至急《しきゅう》の遣《つか》いを頼《たの》んでみれば、このありさまだ！　あいつめ、どこに消えおった？」

「至急の？」

マリスは眉《まゆ》をひそめて、ポケットから巻物《まきもの》をひっぱりだした。

「これのこと？」

リニウスは片足《かたあし》をひきずって駆《か》けよると、マリスの手から巻物をひったくって開いた。

「そうだ。これだ！　だが、なぜクウィントは、まっすぐにわたしのもとに持ってこなかったのだ？」

リニウスはぎらつく目でマリスをにらんだ。

「それは……あたしが……クウィントにそういったんです。お父さまは……眠《ねむ》ってらっしゃったから。起こさせたくなかったんです……」

マリスはしどろもどろで答えた。

「あいつがもどったのは、いつだ？」

マリスはうつむいて、つばをのみこんだ。

「今朝です。六時ぐらいに」

「六時だと！　マリス、なんということをしてくれたのだ！　なにもわからないくせに、よけいなことをしおって……」

リニウスはもう一度どなった。

「でも、あたしは……」

「これ以上、わたしのじゃまをしてくれるな。わかったか？」

「は、はい。お父さま」

消え入りそうな声で、マリスはいった。

それ以上なにもいわずに、リニウス・パリタクスはきびすを返して立ち去った。両開きの扉《とびら》がバタンと閉《し》まった。

「ほらね。いつだって、こうなのよ。お父さまは、あたしのすることが、なにもかも気に入らないんだ」

リニウスが出ていったとたん、マリスはさけんだ。

「いいや、だんなさまはそんなつもりじゃないよ。どれだけお疲《つか》れか、わかっただろ。あんなにいらいらして……」

ウェルマが答えると、マリスは苦々《にがにが》しげにいった。

「なにもかもクウィントのせいよ。あんなぼろぼろの巻物《まきもの》を持ってきて。あの巻物のせいで、お父さまは気が動転したのよ。お、お父さまが、あたしに、ど、どなるなんて！」

マリスはわっと泣きだした。

「泣かないのよ、マリス」

ウェルマはやさしくいった。しかし、マリスは聞きわけるどころか、ウェルマの手を押《お》しのけると、両腕《りょううで》に顔をうずめてしまった。ウェルマは軽く肩《かた》をすくめてオーブンにもどり、扉《とびら》を開けた。

マリスは、ウェルマの「あっ」という声に、顔を上げた。真っ黒い煙《けむり》がもくもくと立ちのぼっている。

「あたしも人のこといえないね。今のさわぎで、スコーンのこと、すっかり忘《わす》れてたよ」

「だめになっちゃったんだ！」

マリスは思わず声を上げた。

「まだ、食べられるとこはあるよ」

「すてて！　どっちみち、クウィントにはあげないんだから！」

涙《なみだ》をこらえながら、マリスは台所を飛び出して、階段《かいだん》を駆《か》け上がった。透明《とうめい》な前足にお盆《ぼん》をしっかりかかえて近づいてきたトウィーゼルが、うやうやしくおじぎをしたが、マリスはトウィーゼルを乱暴《らんぼう》に押しのけた。

「お嬢《じょう》さま？」

トウィーゼルの声が階段に響《ひび》きわたったが、マリスは立ち止まろうともせずに駆けぬけた。寝室《しんしつ》はだめだ――ウェルマがまっ先に捜《さが》しにくる場所だから。どこか、見つからないところ――バルコニーの部屋だ。マリスは部屋をつっきり、レースのカーテンをかきわけてバルコニーに出た。

走ったために荒《あら》い息をつきながら、バルコニーのはしに立つと、マリスは暖《あたた》かくまとわりつくような空気を吸《す》いこんだ。右には、八角形の小塔《しょうとう》のそびえる西発着場が、左には高楼観測所《こうろうかんそくじょ》が見える。

そして、下には、林立する建物の間に、にぎやかな高架橋階段《こうかきょうかいだん》がわずかに見える。

マリスは行きかう人々をながめながら、軽蔑《けいべつ》したようにつぶやいた。

「サンクタフラクスの学者たちか。まるで昆虫《こんちゅう》のように、右往左往《うおうさおう》してるわ。仲間を募《つの》り、約束を破《やぶ》り、陰謀《いんぼう》をめぐらし……」

マリスは鼻をすすりながら、目にかかった髪《かみ》をかきあげた。

「あたしのお父さま、サンクタフラクスの最高位学者、リニウス・パリタクスは、あんたたちを全員集めたよりも、もっとずっとえらいんだから」

第五章　高架橋階段《こうかきょうかいだん》

１　第十八西階段

　風が吹《ふ》きつのるにつれて、雲の峰《みね》が断崖《だんがい》からもくもくとわきあがってきた。空が暗くなり、風が冷たくなる。ざんばら髪《がみ》で目つきのけわしい一人の学者が、演説《えんぜつ》の途中《とちゅう》で言葉を切って、風にはためく長衣をかきあわせた。そして、背《せ》すじをのばして、まばらな聴衆《ちょうしゅう》を暗く刺《さ》すような目で見まわした。

「そして、なによりもひどいのは、大食堂で供《きょう》される食事だ。毎日毎日、あの巨大《きょだい》なシチュー釜《がま》にとりつけられたパイプから出てくるものがなんなのか、知っておるか？」

「知らねえよ。どのみち、あんたが話してくれるんだろ?」

小さな人垣《ひとがき》の後ろの方から声が飛び、モブノームたちがしのび笑いをした。

学者は続けた。

「いわく、ティルダーである。いわく、ケナガオオツノである。いわく、ユキドリである。だが、わが輩《はい》は確信《かくしん》をもって、そうではないと断言《だんげん》する」

そこで、学者はもったいぶって言葉を切った。

「今こそ、教えて進ぜよう。われらが毎日与《あた》えられておるのは、地上町で獲《と》れたばかりのドブネズミであると」

聴衆《ちょうしゅう》はいっせいにうめき声を上げた。その話は前にも聞いた! ドブネズミでなければ、泥地《どろち》のドロワニか、岩の園のシロガラス——はたまた、サンクタフラクス市民のなかでも、最も野蛮《やばん》な連中でさえ口にしようと思わないような、なにか別の生き物だった。一度などは、病気で亡《な》くなったばかりの学者たちが、シチュー釜《がま》行きになったといううわささえ、ささやかれたことがある。演説《えんぜつ》の内容が新しいものでないことがわかると、聴衆はがっかりして、一人減《へ》り二人減りして、最後にはヤジを飛ばしたがるモブノームの一団《いちだん》だけになってしまった。

高架橋階段《こうかきょうかいだん》

THE VIADUCT STEPS

「おらは厨房《ちゅうぼう》で働いてて、肉の半身《はんみ》が入ってくるとこ見たけんど、ありゃあ、でかかったぞ……」

モブノームの一人がいった。

「おまえは、昨今《さっこん》のドブネズミの大きさを知っておるのか？」

学者がやりかえした。

「ドブネズミにゃ、羽はねえぞ」

別のモブノームがどなった。

「下水道のなかでは、どんな形や大きさにもなる。なかには、頭が二つあるものや、肺《はい》があるくせに水中で暮《く》らしているものもいる。そして、なかには、羽を持つものもな」

学者は勝ちほこったようにいいかえした。

モブノームたちは顔を見あわせて、肩《かた》をすくめた。そのうちの一人が、こめかみに人差し指を当てて、クルクルまわした。

「いかれちまってんだな」

「四角い丸ってのとおんなじぐらいな。近ごろ、高架橋階段《こうかきょうかいだん》で演説《えんぜつ》するやつらときたら、どんどん質《しっ》が落ちてきてやがる」

別の一人がつけ加えると、一団《いちだん》は学者の声を無視《むし》して去っていった。

「止まれ！　待てというに！　まだ、月観測所《つきかんそくじょ》の醜聞《しゅうぶん》の話をしておらんぞ。それに、七人の霧探査《きりたんさ》師《し》の徒弟《とてい》が行方不明になった事件が、いかにもみ消されたのかも、灰色《はいいろ》の木曜日に、博士《はかせ》たちの評《ひょう》議会《ぎかい》で本当はなにがあったのかも……」

＝　第十八東階段

後ろにしたがえた、口うるさい道化《どうけ》をののしりながら、セフタス・レプリクスは、さわがしい群衆《ちょうしゅう》に向かって階段《かいだん》を下りていった。格《かく》闘《とう》に参加する四匹《ひき》のケラケラのどれかにかける前に、賭《か》け率《りつ》とそれぞれのコンディションを聞いておかなければならない。

浅黒《あさぐろ》いノクゴブリンの差配人《さはいにん》が、しわだらけの手で黒板に数字を書きなぐりながら、がなりたてている。

「お次は東のコーナー、勇者ブルート、賭け率四対一。西のコーナー、強力《ごうりき》スマーグ、六対一。最後は、南のコーナー、

こいつが本命だ。カギ爪《づめ》マグノ、三対一だ」

差配人《さはいにん》のまわりで無数の手がつきだされた。どの手にも、金貨《きんか》がにぎられている。

「ブルートに二枚《まい》」

だれかがさけぶと、別のだれかがどなった。

「マグノに三枚だ！」

セフタス・レプリクスはほくそ笑《え》んだ。内部情報《じょうほう》が正しければ（召使《めしつか》いのジャービスめ、ちがっていたら、目にもの見せてくれる）、勝つのは北のコーナーの、狡猾《こうかつ》ウィルバスのはずだった。こいつは、サンクタフラクスではまだ戦績《せんせき》はなかったが、地上町の居《い》酒屋《ざかや》などでは、何度か熾烈《しれつ》な争いを制《せい》しているという。それが賭《か》け率《りつ》十八対一とは、実にすばらしいかぎりだ。

セフタスは両手の指先をさっと走らせて、銀の鼻キャップがずれていないかを確《たし》かめた。細かい銀線細工《ぎんせんざいく》の網《あみ》でできた、手のこんだ三角錐《さんかくすい》の鼻キャップは、もともとは学者たちが、儀式《ぎしき》のときに浄化《じょうか》された空気だけを呼吸《こきゅう》できるように作られたものだった。ところが最近では、さまざまな理由で自分の正体をかくしたい学者たちに愛用されていた。セフタス・レプリクスもその例にもれず、正体が明らかになるのをおそれていた。要するに、靄鑑定所《もやかんていじょ》の副学部長が、ケラケラ格闘《かくとう》などに時間と金をつぎこんでいては、よろしくないというわけだ。しかし、昔からの習慣《しゅうかん》というものは、なかなかやめられるものではない。

セフタスは銀の鼻キャップの位置を直し、長衣のフードをかぶると、人ごみをかきわけて前に出た。

「北のコーナーに二十枚だ」

ノクゴブリンはくるりとふりむき、目を細めてセフタスを見た。

「二十枚だと？」

一瞬《いっしゅん》、ノクゴブリンはためらった。顔のわからない者は相手にしないことにしていたのだ。だが、考えてみれば、金は金だ。ノクゴブリンはさっと手をのばして、差し出された金貨の袋《ふくろ》をつかんだ。それから、賭け札《ふだ》に走り書きをすると、セフタスにわたしてから、黒板に向き直った。北のコーナーの賭け率が十二対一に直された。

大会堂の鐘《かね》が六時を打つと、ノクゴブリンは受付をしめきった。群衆《ぐんしゅう》はシーンと静まりかえった。

前の方に陣取《じんど》っていたセフタス・レプリクスは、四匹《ひき》のケラケラがカゴから出されるところを、じっと見守った。狡猾《こうかつ》ウィルバスはほかの三匹《びき》よりも若《わか》く、体も小さめだったが、ひもにつながれてはげしくはねまわるさまは、それを十分に補《おぎな》っていた——つばを吐《は》きかけ、歯をむきだしにしてうなりながら、しきりにほかの三匹に飛びかかろうとするのだ。

「凶暴《きょうぼう》そうだな。まあ、どちらにしても、もう変更《へんこう》はできないがな」

セフタスは楽しそうにつぶやいた。

四匹のケラケラは、それぞれ中央にある闘技場《とうぎじょう》にかろうじて届《とど》くだけのひもにつながれているが、たがいにからまりあうほど長くはない。それぞれの後足には、カミソリのように鋭《するど》い拍車《はくしゃ》が、ものをつかめるしっぽには、おそろしげなとげがとりつけてある。ふだんはおとなしいケラケラも、空腹《くうふく》と残酷《ざんこく》な扱《あつか》いをされたせいで凶暴になり、最後の一匹《ぴき》になるまで闘《たたか》いつづけるのだ。

「試合を始めるぞ！」

ノクゴブリンが宣言《せんげん》して、片手《かたて》を下げて合図をした。

そのとたん、あたりは騒然《そうぜん》とした空気に包まれた——わめき声、悲鳴、どなり声。試合はまさに圧巻《あっかん》だった。まず、東コーナーの勇者ブルートが、カギ爪《づめ》マグノの左足の拍車に首を切られて倒《たお》れた。次には、マグノの首が狡猾ウィルバスのとげのついたしっぽの標的《ひょうてき》にされた。

「行け、ウィルバス」

狡猾ウィルバスが、今度は西コーナーの強力《ごうりき》スマーグに向かっていくと、セフタス・レプリクスは小声で応援《おうえん》した。二匹《ひき》は血に赤く染《そ》まった毛皮と、ギラギラ光る拍車をひらめかせて、たがいにおそいかかった。

狡猾ウィルバスが前足をかまえるのを見ると、ノクゴブリンは顔をしかめて、逃《に》げ出すすきをうかがうように、あたりにこっそりと目を走らせた。

「おっと、そうはさせんぞ。逃がすわけにはいかん」

セフタスはいうと、ノクゴブリンの首の毛をわしづかみにした。

二人はそのまま、試合の結果を見届《みとど》けた。長くはかからなかった。ものの数秒の間に、敗者からは苦悶《くもん》のうなり声が、勝者からは勝ちほこったさけび声が響《ひび》いた。狡猾ウィルバスの勝ちだ。セフタスはねめつけるように、ノクゴブリンに顔を近づけてささやいた。

「さて、払《はら》い戻《もど》しの時間だ」

Ⅲ　第九東階段《かいだん》

かたむきかけた日差しが、東に面した九番目の高架橋階段《こうかきょうかいだん》に当たっている。別名「たかり場」だ。ここは、サンクタフラクスじゅうの大学や研究所の副学部長たちが集まって、さまざまな話題を議《ぎ》論《ろん》する場だ——役職柄《やくしょくがら》、わずらわしい仕事が多かったため、同僚《どうりょう》とのつきあいよりも横のつながりの方が強かったのだ。「たかり場」という呼《よ》び名は、古代トログ語の「集《たか》る」から来ているが、これはもともと、深森《ふかもり》のコモリフクロウが地面に作られた巣《す》にさわがしく集まることを指していた——ずるがしこいこの鳥は、そうやって次の狩《か》りのことを相談するのだ。コモリフクロウと同じように、副学部長になった学者たちも、たいていずるがしこくて頭がよく、騒々《そうぞう》しかった。

「セフタスめ、またしても不参加と決めこんだようだな」

雨占師《あめうらし》の副学部長がいった。

「おれたちにとっては、もっけの幸いよ」

雲読み師の副学部長がいった。

「ほかのいまいましい靄鑑定師《もやかんていし》たちもな。リニウス・パリタクスが最高位学者になってからというもの、やつらにはがまんがならん」

風見師の副学部長はそういうと、フンと鼻を鳴らした。

「それも、パリタクスのやつが闇《やみ》の宮殿《きゅうでん》に移《うつ》ってから、ひどくなる一方だ」

四人目の副学部長がいった。

「始終《しじゅう》、いばり散らしおって。ところが最高位学者は、ふだんからわれらはみな平等《びょうどう》だなどと、もっともらしいことをいっているくせに、やつらを止めようともせん」

別の副学部長が訴《うった》えた。

「平等だと？　よくいうわい。ひいきにされて、いい思いをするのは靄鑑定師ばかり。手厚《てあつ》く扱《あつか》われるのはやつらだけ。そして、おれたちは一顧《いっこ》だにされんというわけだ」

もう一人の副学部長がいった。

「これは正義《せいぎ》に反する！」

雲読み師の副学部長がいった。

「不公平だ！」

風見師《かざみし》の副学部長がいった。

すると、雨占師《あめうらし》の副学部長が、押《お》し殺した声でいった。

「なんとか手を打たねばな」

Ⅳ　第十二西階段《かいだん》

「金貨《きんか》五十枚《まい》。これ以上はびた一文まからない」

ひょろりとした、だんご鼻の徒弟《とてい》がいった。

「でも、スキリクス、今もいったとおり、金貨五十枚なんて持っていないよ」

もう一人の徒弟がいった。

「だったら、これ以上おれにつきまとうな、チビ」

スキリクスはニヤニヤ笑いながら、背《せ》を向けた。

ラネットは悔《くや》しそうな顔をした。チビと呼《よ》ばれるのはだいきらいだった。でも、今はそんなことをいっている場合ではない。大切な靄鑑定学《もやかんていがく》の試験まであと二日しかないというのに、全然準備《じゅんび》ができていない。使えるものはなんでも使わなければ。聞いたところによれば、スキリクスは試験問題の写しを持っているという。それさえ手に入れば、試験に通ることができる。手に入らなければ、みじめに放り出されるだけだ。そんなことになれば、商人連合の重鎮《じゅうちん》である父親に、勘当《かんどう》されてしまう。

ラネットは、遠ざかっていくスキリクスを追いかけて、その長衣にしがみついた。

「行かないでくれよ！」

「放せよ！」

スキリクスは身をよじって、ラネットを袋《ふくろ》かなにかのようにひっぱたいた。

「どうしてもほしいんだ。どうしても……」

ラネットはポケットから巾着《きんちゃく》をひっぱりだして、ジャラジャラとふって見せた。

「ここに三十八枚ある。あとは、来週持ってくるから」

「あととは？」

「残りの十二枚だよ。だから……」

「二十枚だな。だったら、考えてもいい」

ラネットはあんぐり口を開けた。

「二十枚《まい》？　でも、さっきは……無理だよ、そんなに……」

「ま、好きにするさ」

スキリクスは、もう一度背《せ》を向けた。

今度はラネットも止めようとはしなかった。自分がどうしても手に入れようとしたから、スキリクスがもっと高く売れると欲《よく》を出してしまったのだ。靄鑑定所《もやかんていじょ》には、もっと気前のいい父親を持ち、試験問題が手に入ると聞けば倍の値段《ねだん》でもはらおうという徒弟《とてい》が、ほかに何人もいることは、二人ともよくわかっていた。こうなったら、その話はすぐに広まってしまうだろう。

「ああ、ゴウママネキよ、ぼくはどうすればいいんだ？」

ラネットはがっくりと落ちこんで、両手に顔をうずめた。

すると、背後《はいご》で低くしわがれた声がした。

「そうだな、方法は二つある」

ラネットがふりむいてみると、背の高い人物が目の前に立っていた。大きすぎる学者の長衣に身を包み、ぶかぶかのフードのなかで、銀色の鼻キャップがにぶい光を放っている。

「ぼくに話しているんですか？」

ラネットがたずねると、学者はきょろきょろとあたりに目をやってから、うなずいた。

「そうだ。おまえさんの……難儀《なんぎ》を見すごしにできなかったんでな。そう……わたしなら、おまえさんを助けてやれるぞ」

「本当ですか？」

ラネットは疑《うたが》わしそうにいった。サンクタフラクスでは、なんの見返りもなしに、他人になにかしてやることなどあり得ない。ラネットは学者を、上から下までじろじろと見たが、鼻キャップのせいで、その正体はわからなかった。ただ、長衣から、かすかに獣脂《じゅうし》とモリショウノウのようなにおいがした。

「おまえさんは、靄鑑定の試験を受けるんだろ？」

ラネットはうなずいた。

「最終試験をね」

「そいつだ」

学者はそういうと、自分のポケットをたたいて見せた。

ラネットははっとした。

「試験問題の写しを持っているんですか?」

「もっといいものだ。試験の解答《かいとう》だよ」

ラネットは言葉を失った。解答だって! 試験問題の写しを買うだけの金もないのに、解答なんて買えるわけがない。でも、ひょっとしたら……。

ラネットは学者の顔をのぞきこむようにして、おそるおそる聞いた。

「い、いくらなんですか?」

「金貨《きんか》三十八枚《まい》だ」

「三十八枚? それならはらえます。ちょうど……」

ラネットは息せき切っていった。

学者はそれを制《せい》するように片手《かたて》を上げた。その目がすっと細くなった。

「金貨三十八枚。それと、ちょっとした仕事をやってもらいたい」

影《かげ》が長くなり、はるか頭上《ずじょう》の中央高架橋《こうかきょう》をふちどる街路灯《がいろとう》に火が点《とも》されるころ、第二十四階段には靄鑑定師《もやかんていし》が集まってきた。ほとんどが下級助手見習いや徒弟《とてい》たちだ。サンクタフラクスのたいていの下級助手見習いや徒弟たちの例にもれず、博士《はかせ》のあら探《さが》しをしたり、ぐちをいったりするのだ。ところがこの日の集会は、学部長や次席博士、上級および下級講師《こうし》が参加しているとあって、ふだんとは異《こと》なり、大きな意味を持っていた。

「あいつは公平であろうとするあまり、われわれ靄鑑定師のことをすっかり忘《わす》れている」

徒弟の一人が不満を述《の》べると、別の徒弟もしきりにうなずいた。

「そうだ。すべての人間が平等《びょうどう》だと証明《しょうめい》するために、自分を見失っちまったんだ。なにしろ、ダーヴィラスのやつ——ほら、あの退屈《たいくつ》なチビ——あいつでさえ昇進《しょうしん》させたんだからな」

「そのうえ、あの古くさい宮殿《きゅうでん》に移《うつ》ってから、よけいにひどくなりやがった！」

三人目が加わった。

「そのとおり。光と闇《やみ》両博士に、今以上の権力《けんりょく》を与《あた》えようと画策《かくさく》してるってうわさだぞ。おれたちをないがしろにしてな！　昇進するべきは、やつらでなくて、おれたち靄鑑定師だ！」

四人目の徒弟がまわりの連中をにらみつけた。

ラネットは、怒《いか》りに満ちた賛同《さんどう》の声が広がるのを聞いていた。

白い口ひげを油で固めた、背《せ》の高い上級講師《こうし》が、口元を手でかくしながら、となりの人物にひそひそと耳打ちした。

「もちろん、かれらのいっていることは正しい。だが、それを証明《しょうめい》したところで、時すでに遅《おそ》しということもある……」

「そうだ、そこが問題だ」

ささやき声が返ってきた。

ラネットは二人に向き直り、ためらいがちに羊皮紙《ようひし》の巻物《まきもの》をさしだした。

「これが、問題の解決《かいけつ》になるかどうかわかりませんが」

ずんぐりした副学部長が身を乗り出して、巻物を受けとり、開いてみた。上級講師がその肩《かた》ごしにのぞきこみ、口ひげをいじりながら書かれてある文字を読んだ。

「これはなんとしたことだ！」

上級講師が声を上げた。

「信じられん！」

学部長が絶句《ぜっく》した。

徒弟《とてい》たちはうわさ話の途中《とちゅう》でだまりこんだまま、あたりを見まわしている。

「これは、本人の筆跡《ひっせき》だ。まちがいない。立場上、わしにはよくわかる」

学部長はそういうと、ラネットにたずねた。

「これを、どこで手に入れた？」

「み、見つけたんです」

ラネットは、ほほを赤くして答えた。

「それにしても、よくもこんなことを。セフタス・レプリクスが、さぞ悔《くや》しがるだろう」

上級講師が割《わ》りこんで、首をふりながらいった。

「なにをです？」

徒弟たちはいっせいにいった。みな学部長のまわりに群《むら》がって、羊皮紙になにが書かれているのかをわが目で見ようと、やっきになっている。

「わたしがなにを悔しがるというのだ？」

「おお、これはレプリクス。いいところへ……。自分の目で確《たし》かめた方がいいだろう」

学部長は眉《まゆ》をひそめながら、羊皮紙《ようひし》をセフタスにわたした。

周囲が見守るなか、セフタス・レプリクスの顔色は次から次へと変わっていった——困惑《こんわく》から驚《おどろ》きへ、驚きから激怒《げきど》へ。やがて、セフタスは口ごもりながらいった。

「こ、これは……なんといえばいいのか……」

「心配はいらぬ。こんなことは絶対《ぜったい》にさせぬからな」

上級講師《こうし》はいった。

「なんですか？　教えてください。どうしたっていうんですか？」

徒弟《とてい》や下級助手見習いたちが、口々にせきたてる。

学部長は胸《むね》をふくらませ、精一杯《せいいっぱい》背が高く見えるように立ち上がると、徒弟や下級助手見習いたちに向かっていった。

「最高位学者自身の手になるこの手紙によれば、光と闇《やみ》研究所の副学部長を、われらが靄鑑定所《もやかんていじょ》の新しい副学部長にすえるつもりらしい。みな、このことは心に留《と》めておくのだ。これは、発端《ほったん》にすぎない」

「それで、セフタス・レプリクスはどうなるんです？　このままだまって、首にさせていいんですか？」

ラネットは、銀の鼻キャップの人物に入れ知恵《いちえ》されたとおりにいった。

徒弟や下級助手見習いや下級講師たちの間に、不穏《ふおん》な空気が広がった。

「セフタスは……副司書になる」

学部長は、ためらいがちにいった。

「信じられるか？　われらが最高位学者は、大図書館を復興《ふっこう》させる気らしいぞ」

上級講師が、口ひげを怒《いか》りにふるわせながらいった。

あちこちで、はっと息をのむ声が聞こえた。大図書館だと。あんな、わけのわからない、ほこりだらけの巻物《まきもの》でいっぱいの場所など、過去《かこ》の遺物《いぶつ》でしかない。今のサンクタフラクスには無用のものだ。

そのときラネットが、みなの気持ちを代弁《だいべん》するようにさけんだ。

「大空学よりも、大地学の方が幅《はば》をきかすことになったら、世界はどうなってしまうんだ？」

徒弟たちの間に、ふたたび怒りのさざ波が広がった。すぐにそれは、正義《せいぎ》が行われるべきだ、行動を起こすべきだという声に変わった。

「最高位学者が、わが副学部長を追放する前に、われらの手で最高位学者を追放すべきかもしれん」

だれかが、真剣《しんけん》とも冗談《じょうだん》ともつかない口調でいった。

「そうだ。どのみち、今となっては、最高位学者もたいして役に立たんのではないか？」

別のだれかが、勇気づけられたようにいった。

「役に立たないどころか、あいつは、靄鑑定所《もやかんていじょ》に害をなそうとしている」

また別の徒弟《とてい》が口をはさんだ。

「いいや、靄鑑定所だけではないぞ。もしも、最高位学者の浅はかな計画が実行に移《うつ》されれば、サンクタフラクスじゅうの大空学者が被害《ひがい》を受けることになるのだ」

「大地学者め！　好きにはさせないぞ！」

だれかが押《お》し殺した声でいった。

「そうだな、偶然《ぐうぜん》、事故《じこ》にあうとすれば、あそこしかないな」

赤毛でつんつん頭の、若《わか》い下級助手見習いがいった。

「例の年代物の低空降下機《こうかき》か」

徒弟の一人がいった。

「そのとおり。鉄わくはいつはずれてもおかしくないし、鎖《くさり》が切れることだってある……」

そういうと、赤毛の下級助手見習いはニヤッと笑った。

ラネットは、靄鑑定師《もやかんていし》の同僚《どうりょう》たちを満足げにながめた。第二十階段《かいだん》にいた銀の鼻キャップの人物は、ラネットが靄鑑定師たちの間にさわぎをひきおこしたら、試験の解答《かいとう》をくれると約束したのだ。

思ったよりも楽だった。学者というのは腹黒《はらぐろ》い連中だ。ラネットはほほえまずにはいられなかった。

任務《にんむ》が完了《かんりょう》すると、ラネットは背《せ》を向けて、階段を下りていった。あとは、謎《なぞ》の人物から試験の解答を受けとって、覚えればいいだけだ。空では、東白星《とうはくせい》がまたたきはじめていた。背後《はいご》から風が吹《ふ》きはじめると、またあのにおいが鼻をくすぐった——モリショウノウと、獣脂《じゅうし》のにおい……。

第六章　低空降下機《こうかき》

すでに真夜中になろうとしていたし、疲《つか》れてもいた。それでも、クウィントは眠《ねむ》れなかった。ベッドから抜《ぬ》け出して、部屋のなかをうろうろと歩きまわる。頭のなかには、答えの出ない問《と》いがうずまいていた。

「マリスは、どうしておれをきらうんだろう？　最高位学者は、おれになにを求めているんだろう？　おれがとってきた巻物《まきもの》は、そんなに大事なものなのか？」

クウィントは、ぶつぶつとつぶやきながら扉《とびら》に近づいていき、くるりと向きを変えて、また窓辺《まどべ》へともどっていく。

「大図書館で、おれが落ちるところを助けてくれたのはだれなんだろう？」

わからないことだらけだ！　クウィントは、ぶるんと首をふった。以前は、人生は単純《たんじゅん》そのものだったのに。

窓の外では、欠けはじめた月の表を、ちぎれ雲が横切っていく。ちぎれ雲と……。クウィントは足を止めて、目をこらした。

「飛空船だ」

クウィントはつぶやいた。

「父さん、どうしておれをサンクタフラクスなんかに置き去りにしたんですか？　大学や研究所には、うわさ話だの裏切《うらぎ》りだのがあふれてるし、学者たちはろくでなしばかりだし。そのうえ、ミス・高慢《こうまん》ちきのマリスまで。どうして、父さんといっしょにいちゃいけなかったんですか？　こんなに遠く離《はな》れて。見えるのは月ばかり、触《ふ》れるのは髪《かみ》をかきわけていく風ばかりなんて……」

ため息をついて窓を閉《し》めようとしたとき、扉が短くノックされた。

「カギはかかっていないよ」

クウィントがそういうと、扉の取っ手がゆっくりとまわりはじめた。やがて、扉が開くと、クウィントはうめいた。

「また、おまえか」

「さようでございます」

トウィーゼルが、陰気《いんき》な声で答えた。

「わたくしが床《とこ》につきましたところ、だんなさまからお呼《よ》びがかかりまして。あなたさまにお会いになりたいそうです」

「おれに？」

「今すぐでございます。お急ぎください。それから、外套《がいとう》をお忘《わす》れにならないように」

トウィーゼルは、触角《しょっかく》をびくびくふるわせながらいった。

「外套って……外に出るのか？」

クウィントは、目で外套を探《さが》しながら聞いた。

「わたくしは存《ぞん》じ上げません。だんなさまのお言葉をお伝えするだけですので」

そういいながらトウィーゼルは、机《つくえ》のわきにクウィントの外套が丸まっているのを見つけると、月明かりにピカリと光る透明《とうめい》な前足で拾い上げた。

「さあ、どうぞ」

「ありがとう」

クウィントはいうと、外套を肩《かた》にはおり、扉《とびら》に向かった。トウィーゼルのわきを通りすぎるとき、クウィントは足を止めた。足長バッタ特有の透明な体を通して、なにやら黒いものがいくつも、食道から胃袋《いぶくろ》へと動いていくのが見える。

「夜食かい？」

「お嬢《じょう》さまが、特別に焼いてくださいました」

トウィーゼルはほこらしげにいった。

「そりゃ、やさしいことで……」

「スパイス入りのスコーンでございます。少しばかり焼きすぎたようですが、十分おいしゅうございました」

クウィントは、にっこり笑ってつぶやいた。

「おれよりも、おまえってわけか」

「はい、いいえ、お嬢さまは、わたくしの仕事ぶりをお気に入りくださいまして……」

トウィーゼルがしゃべっている間に、クウィントはいなくなっていた。

「そうでない方もいらっしゃいますが」

トウィーゼルは、首をふりながらいった。


クウィントが書斎《しょさい》のある階に着いたとき、サンクタフラクスの最高位学者リニウス・パリタクスは、すでに踊《おど》り場をそわそわと行ったり来たりしていた。片手《かたて》に杖《つえ》を、もう片方の手には火を点《とも》していない獣脂《じゅうし》ランタンを手にしている。

「ようやく来たな、クウィント！」

リニウスは大声でいうと、クウィントの腕《うで》をつかんで、廊下《ろうか》を歩きだした。

「さあさあ、こっちだ。急がねばならん」

「次の仕事ですか？」

クウィントは、興味深《きょうみぶか》げにたずねた。

「そうだ。だが、くわしいことは外で話そう。なにしろ、わたしに敵対《てきたい》する動きがひそかに進んでいるからな。都合《つごう》の悪いことを盗《ぬす》み聞きでもされて、火に油をそそぐことだけはさけねばならん」

「宮殿《きゅうでん》のなかでも、ですか？」

クウィントは驚《おどろ》いて聞いた。

「宮殿のなかでも、だ」

リニウスは暗い声でいった。

二人はだまりこくったまま、廊下をぬけ、階段《かいだん》を下り、玄関《げんかん》広間を横切った。外に出て大理石の階段を下りると、リニウスは物陰《ものかげ》にひそんでいる者がいないことを確《たし》かめてから、左に曲がった。

はるか前方には、西発着場の巻《ま》き上げ機が、月の光を浴びてにぶく光っている。

クウィントはぶるっとふるえた。

「寒いですね」

「雲読み師《し》によれば、雪になるそうだ。だからこそ、できるかぎり急がねばならんのだ」

そういうとリニウスは、足を速めた。

「ど、どういうことですか？」

クウィントは外套《がいとう》を体にまきつけながら、リニウスに遅《おく》れないようついていった。

「ふだんでも、降下機《こうかき》をあやつるのはむずかしいのだ。雪やみぞれまじりの天候では、命取りになりかねない」

「降下機《こうかき》？　あの低空降下機に乗るんですか？　もう使われてないと思ってました」

「いや、わたしが使っておる。おまえも、父親の風のジャッカルから、飛空術《ひくうじゅつ》の基礎《きそ》ぐらい習っているものと思うが」

リニウスはそっけなくいった。

「は、はい。習いました」

クウィントはちょっととまどいながらも答えた。

「よろしい。飛空術と降下機の操縦《そうじゅう》は似《に》ているからな。といっても最近では、飛空騎士候補生《きしこうほせい》は、地上町の練習船を使うが。かつては、降下機で飛空術の基礎を覚えたものだ」

リニウスの言葉にクウィントはうなずいたが、なにもいわなかった。必要以上に長く、サンクタフラクスにいるつもりはなかったから、飛空騎士団の話など興味《きょうみ》がなかったのだ。リニウスは、そんなクウィントのようすには気がつかなかったようだ。

「わたしは、夜のサンクタフラクスが好きでな。吊《つ》りカゴがひっきりなしに昇《のぼ》り降《お》りをくりかえす、昼間の騒音《そうおん》がうそのようだ」

リニウスはクウィントに向き直った。

「いや、われら学者たちがこうしていられるのも、地上町の善良《ぜんりょう》な住人たちのおかげだということはわかっておる。だが、ああひっきりなしにうるさいとな！　言い争いに、どなり声に、しつこい物売りの声。毎日、真夜中になるのが待ち遠しいよ。一人残らず地上町にもどって、サンクタフラクスが本来の、静かで落ち着いた、学問の場にもどる時間がな……」

ちょうどそのとき、左手の建物から、かん高い驚《おどろ》きの声に続いて、笑い声がどっと響《ひび》きわたった。

それから、はやしたてる声がわきおこった。

「飲ーみほせ！　飲ーみほせ！　飲ーみほせ！」

クウィントが問《と》いかけるように見ると、リニウスはため息をついた。

「学者たちのなかにも、うるさいやつがいるようだな」

「だれなんですか？」

「嵐予見師《あらしょけんし》だ」

リニウスは、いらいらしたように顔を上げると、眉《まゆ》をひそめていった。

「あのさわぎからすると、ばかげた新入生歓迎《かんげい》の儀式《ぎしき》でもやっておるのだろう。あいつらのやることは、嵐《あらし》と同じくまるで予測《よそく》がつかん」

二人が道を急ぐうちに、らんちきさわぎは遠のいていった。ふたたび、深い静寂《せいじゃく》がもどってきた。最高位学者はよろこぶかもしれないが、クウィントはちがった。なんだか不気味だ。不自然というのか。昼間あれだけにぎわっていた場所に、今は人っ子一人いない。物陰《ものかげ》や建物のすき間の暗がりから、だれかに見つめられているような気がしてくる。近づいてみても、だれもいない――それでも、見られているという思いをはらいのけることはできなかった。

巨大《きょだい》な発着場に出ると、足の下で板ばりの床《ゆか》がギイギイとおそろしげな音を立てた。リニウスはクウィントを、風にキイキイとゆれる、いかにも古くさそうな降下機《こうかき》の前に連れていった。降下機は、発着場のはしにある巻《ま》き上げ機から、鎖《くさり》で宙《ちゅう》にぶらさがっている。リニウスは巻き上げ機の留《と》めピンをぬいて、降下機が発着場と同じ高さになるまでガラガラと巻き上げ機をまわした。それから、降下機の鉄わくの留め金をはずすと、鉄わくはキイッと開いた。

「先に乗りなさい」

リニウスはいった。

クウィントはおそれとともに、ぶらりぶらりとゆれる降下機を見つめた。サンクタフラクスと地

上町の間を、乗客を上げ下ろしする吊《つ》りカゴとちがって、この低空降下機は年代物だ。きゃしゃな枠組《わくぐ》み、鉄の容器《ようき》に入れられた浮遊石《ふゆうせき》、そして変色したじょうご型の底部と鉄のパイプからなる装置《そうち》全体は、今にもバラバラになりそうなほど頼《たよ》りない……。

「見た目ほど危険《きけん》ではない」

降下機の座席《ざせき》につきながら、リニウスはいった。それから、自分のランタンと、頭の横のわくにとりつけられたランプに火を点《とも》すと、クウィントに向き直った。

「だが、さっきもいったとおり、降下機に乗るのは危険がともなわないわけではない――特に、空中の水分が氷結《ひょうけつ》しているときにはな」

クウィントはゴクリとつばをのんだ。頭上《ずじょう》の空を、赤んぼうのようにミュウミュウ鳴きながら、ユキドリが横切っていく。歯を食いしばり、気持ちを奮《ふる》い立たせながら、クウィントは鉄わくをつかんで降下機《こうかき》に乗りこんだ。そのはずみで、降下機は大きくゆれた。リニウスが身を乗り出して、鉄の扉《とびら》を閉《し》めた。

「よろしい。さて、こいつが、機械を上下させる、なんとかいう装置《そうち》、このならんでいるレバーが……」

リニウスが説明を始めると、クウィントは知っているというようにうなずいた。

「錘《おもり》レバーですね。ゲイルライダー号のより単純《たんじゅん》だけど、飛空船と同じものだとすれば、角度、速度、そしてバランスを保《たも》つためのものです」

リニウスは感心した。

「ならば、操作《そうさ》もできるのか？」

クウィントは身を乗り出して、レバーの一本を自分の方にひき、二本目を向こうへ押《お》しやった。

降下機は、それぞれのレバーの動きに反応《はんのう》して角度や向きを変えた。するとクウィントは、満足そうにうなずいた。

「錘はちょうどよく調節されています。行きますか？」

「頼《たの》む。これ以上寒くならないうちに」

リニウスはそういって、長衣のポケットをぽんとたたいた。

「おまえさんがとってきてくれたこの巻物《まきもの》を、わたしがどれぐらい正確《せいかく》に翻訳《ほんやく》できたか、これでわかる。古《いにしえ》の深森《ふかもり》文字は、ときとして非常《ひじょう》にわかりづらいでな。あまりたくさん誤訳《ごやく》をしていなければいいのだが……。とにかく、正確であることを祈《いの》ろう。さあ、クウィント。降下してくれ」

その顔に、深い疲労《ひろう》の色がさっとよぎった。

巻《ま》き上げ機がまわりはじめると、鎖《くさり》のチャリチャリいう音とともに、降下機は発着場から降下していった。

すると、物陰《ものかげ》から、顔の片側《かたがわ》に大きな傷《きず》のある、図体《ずうたい》の大きな人物がのそりと現《あらわ》れた。平頭ゴブリンの衛士《えいし》、バグズウィルだった。最高位学者と若《わか》い徒弟《とてい》が発着場に来て以来、興味津々《きょうみしんしん》で見守っていたのだ。

低空降下機《こうかき》が視界《しかい》から消えてしまうと、バグズウィルはポケットから、より糸の束をとりだした。記憶《きおく》の糸だ。バグズウィルは頭のなかで、たった今見聞きしたことを、何度も確認《かくにん》した。リニウス・パリタクス。徒弟。時間と、場所と、天候……。そうやって覚えながら、記憶の糸に結び目を作っていくのだ。あとでその結び目を見れば、なにもかも正確《せいかく》に思い出せる。さぞや、この情報《じょうほう》を高く買ってくれる人間がいることだろう。


最初のうちは、くり出された鎖《くさり》もまだ短かったため、クウィントがすることはたいしてなかった。しかし、降下していくにつれて、頭上《ずじょう》の鎖がしだいに長くなり、搭載《とうさい》した浮遊石《ふゆうせき》の効果《こうか》が表れはじめると、微妙《びみょう》な操縦《そうじゅう》ができるようになった。リニウスの指示にしたがって、クウィントの指が軽々とレバーをあやつる——下へ、もう少し右へ、もう少し浮遊石に近づける……。

「すばらしいぞ、クウィント！　たったそれだけのことでも、わたしなら三十分はかかるところだ」

「大事なのは指の感触《かんしょく》をつかむことです。父さんが、そういってました」

クウィントは、リニウスをふりかえった。

「その後、父さんから連絡《れんらく》はありませんか？」

「父さんだと？　あ、ああ、ない。おそらく、これからも……」

リニウスは上《うわ》の空で答えた。ちょうどそのとき、降下機が回転して、穴《あな》だらけの巨大《きょだい》な浮遊石が目の前にせまってきたのだ。

とっさにリニウスは身を乗り出して、ブレーキレバーをグイッとひいた。降下機はガクンと止まり、あぶなっかしく片側《かたがわ》にかたむいた。クウィントは必死に鉄わくにつかまった。

「なにをするんだ？」

一瞬《いっしゅん》、相手がだれなのかも忘《わす》れて、クウィントはどなった。そして、死にものぐるいでレバーを上げたり下げたりして、ようやく降下機の姿勢《しせい》を安定させた。

「すみません、失礼なことといって。でも、この降下機は古いし、あつかいがむずかしいんです。だから、やさしく操作《そうさ》しないと」

そして、一呼吸《ひとこきゅう》おいてからいった。

「まだ降《お》りますか？」

すると、リニウスは首をふった。

「いや、ここでいい」

クウィントはとまどった。降下機《こうかき》はまだ、巨大《きょだい》な浮遊石《ふゆうせき》のわきにぶらさがっているのに。

今週ちょうど、泉《いずみ》の学問所で、サンクタフラクス周辺の空について学んだばかりだった。空は、学術的《がくじゅつてき》な理由で、三つの領域《りょういき》に分けられている。「低空域」は、浮遊石と地上町の間の空域であり、通常《つうじょう》降下機は、この「低空域」を調査《ちょうさ》するのに使われる。「高空域」は、浮遊石の最高地点より上の空域で、林立する大空学の塔《とう》において、この空域の調査研究を行っている。そして、「高空域」と「低空域」の間、浮遊石の周囲の空域については、だれが研究しているのかわからなかった。

「ここは、『中空域』ですよね?」

クウィントはたずねた。

「まさしく。しかもここは、きわめて興味《きょうみ》深い空域なのだ。わが高名なる同僚諸君《どうりょうしょくん》は知らないかもしれぬがな。むろん、中空域の研究が昨今《さっこん》流行《はや》らんことは、わたしもよくわかっておる。だが、この中空域では、われらが巨大な浮遊石のなかを、風が通りぬけていくのだ」

リニウスは、遠くを見るような目でいった。

「ここには、まだ解明《かいめい》されていない、大いなる謎《なぞ》がある。大地学者は、そのことを知っておった。

降下機をあそこに近づけることはできるか？」

リニウスが指さす浮遊石の右手の方には、くぼみだらけの表面のなかで、ひときわ色の濃《こ》いほぼ円形の部分があった。

「やってみます」

クウィントは鎖《くさり》を少し巻《ま》き上げると、レバーを動かして錘《おもり》を調節《ちょうせつ》した。降下機はゆっくりとゆれながら、右に移動《いどう》した。色の濃《こ》い部分が近づいてくると、そこには横穴《よこあな》が開いているのが見えた。降下機が穴の正面に来ると、だしぬけにリニウスは、鉄わくの間から手をのばして穴のわきの出っぱりをつかみ、手なれたしぐさで石留《ど》め綱《づな》をもやった。明らかに、これが初めてではなさそうだ。

それからリニウスは、座席《ざせき》から立ち上がり、ランタンをつかんで、クウィントに向き直った。

「よろしい。わたしは、これからすることがある。一人でな。おまえさんは、ここで待っていてくれ。決して動いてはならんぞ。わかったかな？」

「はい。でも……」

「今は、話しているひまはない」

リニウスはいうと、降下機の鉄わくを開いて、穴のふちにあぶなっかしげに降《お》り立った。穴は、どうやら、浮遊石《ふゆうせき》の奥《おく》に続いているらしい。

「できるかぎり早くもどるでな」

その言葉とともに、リニウスは背《せ》をかがめて、真っ暗な穴《あな》のなかに姿《すがた》を消した。

クウィントは、黄色いランタンの明かりを見守っていた。トンネルの奥へと急ぐ、最高位学者の足をひきずる音と、杖《つえ》をつく音が聞こえてくる。明かりはしだいに小さくなっていき、やがて見えなくなった。それからほどなくして、足音も聞こえなくなった。

定時を告げる大会堂の鐘《かね》の音《ね》が聞こえなかったら、どれぐらい時間がたったかわからなかっただろう。最高位学者がトンネルに入っていってしばらくすると、くぐもった鐘の音が一つ聞こえた。一時だ。鐘が二つ鳴るころには、クウィントはうんざりしていた。

なによりも、この身を切られるような寒さ。雲読み師《し》の予報《よほう》どおり、気温が急激《きゅうげき》に下がり、粉雪が舞《ま》いはじめた。外套《がいとう》を着てはいたが、クウィントは骨《ほね》の髄《ずい》まで凍《こご》えてしまった。手をふりまわしてみたり、体に腕《うで》をまわしてみたり、足を上げ下げしたりしてみるのだが、こんなせまい空間でいくら体を動かしてみたところで、体を温めることも、歯がカチカチ鳴るのを止めることもできなかった。そのうえ、体のふるえが降下機《こうかき》によって増幅《ぞうふく》され、鎖《くさり》全体に振動《しんどう》となって伝わった。クウィントは、心配そうに下に目をやった。

空賊船《くうぞくせん》の上で育ったクウィントは、高いところは平気だったが、今は事情《じじょう》がちがった。ゲイルライダー号の上では、浮遊石を心から信じていられた。どんなにきびしい天候でも、百回のうち九十九回は持ちこたえられる。それに対し低空降下機の場合、浮遊石はむしろ舵《かじ》を切るためのもので、どう見ても降下機を宙《ちゅう》に浮《う》かしておくほどの大きさはなかった。頼《たの》みの綱《つな》は鎖だけだが、これがまた、いつ切れてもおかしくないほど古いとくる。降下機《こうかき》がゆれるたびにギイギイ、カランカランと音を立てるのを聞くと、クウィントはじっとしていられないほど不安になった。

「切れないでくれよ。い、いや……そんな、こ、こと、考えるな！」

寒さと恐怖《きょうふ》にふるえあがりながら、クウィントはつぶやいた。命綱《いのちづな》である、さびた鎖《くさり》から気をそらすために、クウィントはここに来る前の生活を思い出そうとした……。

父さん、風のジャッカルが、寝酒《ねざけ》にウッドラムのグラスをかたむけている。そういえば、おれのハンモック……やわらかで、温かかったな……。

「だめだ、寒すぎる！」

クウィントは、目の前の、穴《あな》だらけの浮遊石《ふゆうせき》に目をやった。こんなに近くで見るのは初めてだ。といっても根本的には、サンクタフラクスの立つこの巨大《きょだい》な浮遊石と、空賊船《くうぞくせん》を宙に浮《う》かせるための浮遊石や、降下機に乗っている小さな浮遊石とは同じものだ。大きさはまるでちがうが。

泉《いずみ》の学問所での、ウィルケン・ワードスプール先生の授業《じゅぎょう》がよみがえってきた。先生、なんていってたっけ？　ああ、そうだ。浮遊石の外側は見た目ほど硬《かた》くなく、穴が開いていて、光を透過《とうか》させるんだった。それに対し、中心は硬い岩でできていて、赤く輝《かがや》いている。ワードスプール先生、それをなんて呼《よ》んだっけ？　クウィントは眉間《みけん》にしわをよせた。

「『石核《せきかく》』だ」

そうだった。硬く、決してこわれることがないため、宝物庫《ほうもつこ》が作られている——サンクタフラクスで最も安全な秘密《ひみつ》の場所だ。そして、石核のまわりは……。その呼び名を思い出して、クウィントはぞっとした。「石の巣《す》」だ。

石の巣とは、モリミツバチの巣を思わせる、無数に入り組んだ巨大なトンネル網《もう》のことで、それが石核の周囲をとりまいている。まるで生きているかのように、常《つね》に成長を続け、その形を変えていく。浮遊石に浮力《ふりょく》を与《あた》えているのは、ほかならぬこの石の巣なのだ。しかし、おそろしい場所でもある。年老いた大空学者であるワードスプール先生は、おどかすようにいった。恐怖の場所。そこは、前に進むにつれて、背後《はいご》で形を変えていく迷路《めいろ》だ。「大空学者は、決して行かぬ場所だ」と、ワードスプール先生は、重々しい口調でいっていた。

そりゃそうだ、だれが行きたいなんて思う？　そのときは、クウィントもそう思った。それなのに、今はこうして寒さにふるえながら、石の巣に続いているはずのトンネルの入り口を見つめているのだ。おれは、どうかしちまったのか？　クウィントは足を踏《ふ》みならした。鎖が不気味にきしんだ。いや、それよりも、どうかしてるのは最高位学者の方じゃないのか？

「ベッドにもどれたらなあ」

クウィントがつぶやくと、吐《は》く息が白かった。でも、最高位学者の指示は絶対《ぜったい》だ。クウィントは待つしかなかった。動くわけにはいかない。

大会堂の鐘《かね》が三時を打った。

雪はいつの間にかやんでいた。手と足の感覚《かんしょく》がない。こめかみがズキズキする。降下機《こうかき》にとりつけられたランプの明かりがなければ、とっくに凍《こご》えていただろう。頭のなかがぼんやりして、まともに考えられない。まるで、深森《ふかもり》のなかで冬眠《とうみん》する生き物みたいだ——体も心もスイッチが切れてしまっていた。

四時の鐘が鳴ったことには気づかなかった。トンネルのなかにちらつく明かりも見えなければ、近づいてくる足音も聞こえなかった。穴《あな》のふちに積もった雪を足でけり散らしながら、最高位学者が姿《すがた》を現《あらわ》したとき、初めてクウィントははっと身じろぎした。一度、二度、まばたきをする。ようやく、凍えるような待ちぼうけの時間が終わった。

「博士《はかせ》、もどっていらっしゃったんですね。おれはまた……」

クウィントの言葉が止まった。ゆらめくランプの心もとない明かりのもとでも、ようすがおかしいことはすぐにわかった。土気色《つちけいろ》の顔でぶるぶるふるえるリニウスは、やつれはて、正気《しょうき》を失っているようだった。

「博士？」

クウィントはおそるおそる呼《よ》びかけた。

「終わりだ……なにもかも終わりだ」

リニウスはぼそぼそとつぶやいた。顔と同じように、その声も、トンネルに入りこんでいる間に年老いてしまったかのようだった。

クウィントは鉄わくの扉《とびら》を開いて、最高位学者が降下機に乗るのを手伝った。降下機のランプの明かりに照らされたその顔を見て、クウィントは思わずひるんだ。口は苦痛《くつう》にゆがみ、絶望《ぜつぼう》の表情《ひょうじょう》を浮《う》かべた顔は、死人のように真《ま》っ青《さお》だった。ふだんなら生き生きとしている目には生気《せいき》がなく、まっすぐ前に向けられたまま、なにも見えていないようだ。自分のありさまも、わけがわからずとまどうクウィントの姿も。

急いで闇《やみ》の宮殿《きゅうでん》に連れ帰って、助けを求めなければ。トウィーゼルなら、どうすればいいかわか

るだろう。たしか、ウェルマは、水薬や飲み薬を持っているはずだ。そして、マリスは……。クウィントは顔をしかめた。マリスか！　あいつ、なんていうだろう？　最高位学者がこうなったこと、おれのせいにするんだろうか？

　クウィントは必死に頭を働かせた。すばやく、しかし、慎重《しんちょう》に行動しなければならない。石留《ど》め綱《づな》をはずしたあと、そのまま鎖《くさり》を巻《ま》き上げるわけにはいかない。からんだり、場合によっては切れてしまうかもしれないから。上昇《じょうしょう》する前に、まずもう少し降下《こうか》して、滑車《かっしゃ》のまわりの氷を落とさなければ。ところが、この寒さで冷やされ、浮遊石《ふゆうせき》の浮力《ふりょく》が増《ま》していたために、降下するのはかなりむずかしそうだった。

「おまえならできる」

　クウィントは歯を食いしばって自分にいいきかせると、石留め綱をほどいた。

「二人とも助かるんだ」

　そのロープで、用心のためにリニウスの体を座席《ざせき》にしばりつける。それでもリニウスは、身動きもしなければ、言葉も発しなかった。

「これでよし。あとは……」

突然《とつぜん》、低空降下機がガクンとゆれて、上昇を始めようとした。リニウスは鉄わくにしっかりとしがみついた。くるりとふりかえったクウィントは、さっと手をのばして、レバーを全部いっきに押《お》しやった。こんなバランスのとりにくい機械を操縦《そうじゅう》するには手荒《てあら》すぎたが、なんとかうまくいった。上昇は止まり、降下機は浮遊石の表面から離《はな》れながら、はげしく落下しはじめた。降下機にへばりついていた雪と氷がバラバラと落ちていく。

クウィントは思わず歓声《かんせい》を上げそうになったが、なんとかこらえた。今は集中しなければ。巻き上げ機が自由に動くようになったのを確《たし》かめると、クウィントは滑車をできるかぎりの速さで巻き上げはじめた。低空降下機が上昇を始めた。浮遊石の表面が離れていき、発着場が近づいてくる……。

さっきまで凍《こご》えそうだったのに、今度は暑くてしかたなかった。それでもクウィントは、リニウスのロープをほどいて、低空降下機をしっかりともやうまで、額《ひたい》の汗《あせ》をぬぐおうとはしなかった。

「さあ、降《お》りましょう、博士《はかせ》」

クウィントはリニウスを抱《だ》きかかえるようにして、降下機《こうかき》よりは安定している発着場に降《お》り立った。それから、ショックを受けてこわばっているリニウスの腕《うで》を自分の肩《かた》にまわして体を支《ささ》えながら、板敷《いたじ》きの発着場を歩きだした。

「あと少しです。もうすぐですからね」

それにしても、こんな状態《じょうたい》になるなんて、石の巣《す》のなかでいったいなにがあったのだろう？

しかし、最高位学者の身になにが起こったのだろうといぶかっているのは、クウィントだけではなかった。二人が通りすぎたあと、またしてもバグズウィルが、物陰《ものかげ》から現《あらわ》れたのだ。

「まちがいねえ。最高位学者のやつ、なにかとんでもない目にあったな。あんなに真《ま》っ青《さお》な顔をして、われを失ったみてえに、徒弟《とてい》に支えられてくなんてな……」

バグズウィルはつぶやきながら、記憶《きおく》の糸にもう一つ結び目を作った。そして、若《わか》い徒弟に身を預《あず》けているリニウスに目をやると、もう一つ結び目を作った。その顔に笑《え》みが広がる。

「あの徒弟を調べろってな！」

第七章　泉《いずみ》の学問所

結局、クウィントが最高位学者を連れて、闇《やみ》の宮殿《きゅうでん》にもどっても、マリスもウェルマも出てこなかった。ただトウィーゼルだけが、その鋭《するど》い耳で二人の足音を聞きつけて、出迎《でむか》えに下りてきた。

「おお、だんなさま。なんとおいたわしい！　今度はまた、どんな目にあわれたのですか？」

リニウスの状態《じょうたい》に気づいたとたん、トウィーゼルは触角《しょっかく》をふるわせながら、かん高い声でいった。

それを聞くと、クウィントは首をかしげた。

「それって、前にもあったってこと？」

「これほどひどいのは、初めてでございます。ですが、はい。たしかに、一度ならず、ひどいありさまで夜の外出からもどられたことがあります」

トウィーゼルは角ばった大きな頭でうなずき、チョッと舌打《したう》ちした。

「あの低空降下機《こうかき》ですね。いつか、命を落とすことになりますよ。日ごろから、だんなさまには、降下機操作手《そうさしゅ》を連れていってくださいと申し上げているのですが、お聞き入れにならなくて……」

クウィントはなにもいわなかった。トウィーゼルには、最高位学者がこうなったのは、降下機のせいだと思わせておいた方がいいかもしれない。そうすれば、なぜ最高位学者を、よりによって石の巣《す》に行かせたのか、そして、なぜ捜《さが》しにいこうともせずに、何時間も凍《こご》えながら待っていたのかと、めんどうなことを聞かれないですむ。

トウィーゼルは、最高位学者のふるえる体を調べながら、同情《どうじょう》するように舌を鳴らし、クウィントに向き直った。

「変ですねえ。クウィントさまは、なにかご存《ぞん》じですか？」

「いや、なにも。おれは……」

少なくとも、うそではなかった。そのとき、リニウスが体を動かした。

「もう、終わりだ。わたしの、せいだ……」

するとトウィーゼルは、ふたたびリニウスに向き直った。

「ああ、よかった。わたくし、倉庫《そうこ》から一番よくきくお薬をとってまいります。モリイチゴか、それともイヤシグサか……。それから、ベッドにお連れします。ひどくお疲《つか》れのようですから」

トウィーゼルの目が、すっと細くなった。

「あなたもですよ、クウィントさま」

「たしかに。おれはもう、くたくただよ。今、何時だい？」

クウィントは目をこすりながらいった。

「そろそろ五時でございます」

「それで、六時から授業《じゅぎょう》か」

クウィントはうめいた。

トウィーゼルは、ちょっと考えてからいった。

「それでは、わたくしがだんなさまを見ていますから、クウィントさまは少しお休みください。一時間でも、眠《ねむ》らないよりはましでしょうから」

「そうだね」

クウィントは力なく答えた。大図書館に続いて、低空降下機《こうかき》のなかでも夜を明かしたために、丸二日、一睡《いっすい》もしていないのだ。クウィントが背《せ》を向けてその場を離《はな》れようとすると、トウィーゼルに肩《かた》をつかまれた。

「それはそうと、このことは、宮殿《きゅうでん》以外では他言無用《たごんむよう》でございますからね。よろしいですね？」

クウィントはうなずいた。今までのサンクタフラクスでの経験《けいけん》から、言葉に気をつけなければならないことはよくわかっていた。どんなに根も葉もないうわさでも、ときとして非常《ひじょう》に危険《きけん》なことになりうるし、場合によっては命取りになることもある。ウェルマがうまいことをいっていた。

『一人の軽口《かるくち》が、多くの心臓《しんぞう》を止める』。

「だいじょうぶ、約束するよ」

クウィントは、服を着たままベッドに倒《たお》れこむと、頭が枕《まくら》につくかつかないうちにぐっすり眠《ねむ》りこんでいた。といっても、おだやかな眠りなどとはとてもいえないもので、何度も高いところから落ちる夢《ゆめ》を見た――中央高架橋《こうかきょう》や、大図書館の丸天井《まるてんじょう》近くの高みや、橋や、吊《つ》りカゴや、低空降下機から、両手両足をバタバタさせながら落ちていくのだ。それなのに、一度として地面には衝突《しょうとつ》しない。毎回、その寸前《すんぜん》に別の場所に移《うつ》っているのだ。まるで、夢のなかでさえ、地面に落ちた瞬間《しゅんかん》、心臓が止まってしまうことがわかっているとでもいうように。

西発着場から落ちているとき、クウィントは、夢のなかでよく起こるように、自分が同じ夢を何度もくりかえし見ていることに気がついた。闇《やみ》をのぞきこんでいる自分。だれかがいることはわかっている。突然《とつぜん》、なんの前触《まえぶ》れもなく、白首モリオオカミがおそいかかる。黄色い目をランランと光らせ、黄色い歯をむきだして。

「やめろ」

クウィントはつぶやきながらあとずさり、足を踏《ふ》みはずして、はるか下の地面に向かって、真っ逆《さか》さまに落ちていく。

「これは夢だ。目を覚ませ、クウィント。起きるんだ！」

自分の声に、クウィントは目を開けた。よろい戸を閉《し》めていない窓《まど》から、灰色《はいいろ》の光がさしこんでいる。大会堂の鐘《かね》が鳴っている。クウィントはあたりを見まわした。七時だ。寝《ね》すごしてしまった。ウィルケン・ワードスプール先生、怒《おこ》ってるだろうな。

「マリスのやつ！　どうして起こしてくれなかったんだ？」

思わず声を上げながら、クウィントはベッドから飛びおきた。洗面器《せんめんき》の水を手早く顔にかけ、髪《かみ》に手ぐしをかけると、クウィントは階段《かいだん》を駆《か》け下り、大理石の広間をつっきり、玄関《げんかん》から外に飛び出した。驚《おどろ》いたことに、天気はすっかり変わっていた。気温が上がったため、雪が溶《と》けて滝《たき》のような雨になっていたのだ。

襟《えり》を立て、頭を下げ、クウィントは大気湿度《しつど》研究所の前を通り、学問所に向かって転がるように走った。『愛国の柱』をまわりこむと、目の前に泉《いずみ》の学問所が立っていた。

クウィントは思わず息をのんだ。サンクタフラクスに来てから、これほど美しい泉の学問所を見たのは初めてだ。同じクラスの徒弟生たちが、ふざけて「穴開《あな》きバケツ」と呼《よ》ぶわけがようやくわかった。滝のような雨のなかでは、まさしくそう見えるのだ――穴だらけの巨大《きょだい》なバケツから、水がざあざあと流れ出している。

「すごいや」

クウィントはつぶやいた。

建物のてっぺんには、巨大な水盤《すいばん》のようなものが載《の》っていて、その下のドームに雨がかからない

泉《いずみ》の学問所

THE FOUNTAIN HOUSE

ようになっている。雨は、この水盤《すいばん》にたまるようになっているのだ。小雨であれば水盤は、岩の園に棲《す》むシロガラスたちの、かっこうの水浴び場になる。今日のように大雨のときは、水盤がいっぱいになると、底についている弁《べん》が一気に開いて、雨水はドームのなかに流れこむ。そして、ドームの外に飛び出したパイプから、建物をとりまく泉《いずみ》に向かって、勢《いきお》いよく流れ落ちていく。泉には、数々のピンクや緑のトリウオが泳いでいる。なんともすばらしい光景だった。

クウィントは正面玄関《げんかん》から、建物のなかに駆《か》けこんだ。大きな、彫刻《ちょうこく》をほどこされた石のテーブルの前に、ずんぐりした灰色《はいいろ》のオオモズがすわっていた。長いカギ爪《づめ》で、つるつるにみがきあげられたテーブルをコツコツとたたいている。その目が細くなった。

「生徒かい？」

「はい。あの……」

「名前は？」

オオモズはペンを手にすると、黄色い巻紙《まきがみ》を平らにのばした。

「クウィントです。あの……」

「クラスは？」

「ウィルケン・ワードスプール先生です。でも……」

オオモズは巻紙に書きとめると、顔を上げた。

「遅刻《ちこく》だよ、クウィント。ワードスプール先生は、生徒が遅刻するのがきらいなんだよ」

「知っています。でも……」

「いいわけは、先生の前でしな」

そういうとオオモズは、羽におおわれたカギ爪で、ふたたびテーブルをコツコツとたたきはじめた。

クウィントはしかたなくうなずいて、広間を横切っていった。丸天井《まるてんじょう》を水の流れる音が響《ひび》いてくる。滝《たき》のなかに入ったかのようだ。

濃《こ》い色のニスのぬられた、低学年教室の扉《とびら》の前を通ると、なかから子どもたちの声が聞こえてきた。抑揚《よくよう》のない歌をうたうような調子で、雲の形を唱えている。

「低草雲《ていそううん》、平草雲《へいそううん》、広金床雲《こうきんしょううん》、昇金床雲《しょうきんしょううん》……」

「ピーウィルト、よそ見をしないの！」

レムエラ・ヴァンダヴァンクス先生のキンキン声が響きわたった。

クウィントはため息をつきながら、高学年教室のある上の階へと中央らせん階段《かいだん》を上っていった。踊《おど》り場には、歴代の先生たちの肖像《しょうぞう》がかけられていた。何十年分か、最高位学者の肖像がぬけている闇《やみ》の宮殿《きゅうでん》の回廊《かいろう》とはちがい、ここでは一度もとぎれていない。クウィントのお気に入りは、うす暗い高い位置にかけられた、何枚《まい》かの非常《ひじょう》に古い肖像だった。みな長いあごひげを生やし、飾《かざ》り気《け》のない黒いふちなし帽《ぼう》をかぶっており、見るからに賢者《けんじゃ》らしい風格《ふうかく》がある。みな上級司書だ。

目の高さにかかっているのは最近の肖像だったが、どれもみな鼻持ちならない輩《やから》ばかりだった。派手派手《はではで》しく着飾り、なんともずるそうな目つきをこちらに向けている。大空学者か！　バーナム・トラプコット博士《はかせ》。スプリーンウォッシュ博士。そして、みょうにとりすました、ウィルケン・ワードスプール博士。クウィントは、その前にしばし立ち止まった。本物そっくりだ——イタチのような目、いやなにおいをかぎつけようとでもいうように、つんと上を向いた鼻、うす笑いを浮《う》かべたような口元……。

クウィントは、あたりを見まわした。だいじょうぶ、だれもいな

い。そして、ポケットから黒炭《こくたん》をとりだすと、ワードスプール先生の左耳のわきに、顔の方に向けて矢印を書き、その横に、花文字で「虚空《こくう》の人」と書きこんだ。

それから、一歩下がって、できばえを確《たし》かめた。

コツ、コツ、コツ……。

だれか来る！　クウィントは向かいの重たいテツノキの扉《とびら》に駆《か》けよると、三回ノックした。

「入りなさい！」

かん高い声が聞こえた。

クウィントは大きく息を吸《す》うと、扉を押《お》し開けた。

教室は細長いだけでなく、天井《てんじょう》が非常に高かった。その三方の壁《かべ》には、岩棚《いわだな》のようにたくさんの足場が作りつけられ、足をぶらんとたらし、頭をかたむけただらしないかっこうで、生徒たちがすわっていた。それぞれの首にかけられた携帯机《けいたいづくえ》の上には、巻物《まきもの》や、インク壺《つぼ》や、ペンが載《の》っていたが、使っている者は一人もいない。まるで、ナゲキの森に巣《す》を作る、ププフ鳥が眠《ねむ》っているかのようだ。教室の空気は、重苦しくむっとしている。

天井から銀の鎖《くさり》で、高い位置に吊《つ》り下げられた講義台《こうぎだい》には、飾りたてた長衣を着て、房《ふさ》つきの帽《ぼう》

子《し》をかぶった、小柄《こがら》な人物がすわっている。ウィルケン・ワードスプール先生だ。先生は眉《まゆ》をぴくりと上げると、半月型のメガネの上からのぞきこむように、遅《おく》れてきた生徒をじろりと見た。

「クウィント君か。貴重《きちょう》な時間を、こんなつまらない授業《じゅぎょう》にさいてくれてうれしいよ」

ワードスプール先生はふっと鼻を鳴らすと、細くかん高い声でヒッヒッと笑った。

「すみません、ワードスプール先生」

クウィントは、ほほを赤らめながらいった。

ほかの生徒たちは、興味《きょうみ》のなさそうな、どんよりした目でクウィントを見おろしている。このクラスではなにが起ころうと、無気力な状態《じょうたい》は変わらないらしい。

今朝は、なんの授業だっけ？　上の足場へとはしごを登りながら、クウィントは思い出そうとし

た。靄《もや》の追跡法《ついせきほう》？　雨の分類法？　ふと、ため息がもれた。学問を始める前は、めまぐるしい勉強漬《づ》けの毎日が続くのだろうと思っていた。ところが、実際に授業を受けてみると、来る日も来る日も、ワードスプール先生は、『空の伝説大全』という本を読むだけだった。

はしごのてっぺんに着くと、高価《こうか》な長衣を着た何人かのがっしりした生徒が、ぶつくさ文句《もんく》をいいながら席をつめてくれた。そのひょうしに、だれかの携帯机《けいたいづくえ》から、インク壺《つぼ》がはるか下の油をぬった床《ゆか》に落ちていって、ドサッと音を立てた。

思い出した。雲の形態学《けいたいがく》だ！　今日の授業は雲の形態学だった。延々《えんえん》と先生がくりかえす雲の形とサイズを、ひたすら覚えるのだ。そのたびに先生は、軽くうなずいたり、手をひらひらと動かしたり、頭を下にさげたり、まばたきをしたりする。あんなことに、いったいどんな意味があるんだ？

「雲の形態学《けいたいがく》において重要なのは……いつになったら、準備《じゅんび》ができるのかね、クウィント君！」

ワードスプール先生の、細くかん高い声が、どんよりした教室に響《ひび》きわたった。

「重要なのは、雲の名前ではなく、雲をどう表現《ひょうげん》するかということだ。たとえば、四分象限《しぶんしょうげん》を三雲《うん》尺《じゃく》の速さで上昇《じょうしょう》する、透過度《とうかど》の高いトサカ雲を表現するには、中指をつきだして、斜《なな》めにうなずく。こんなふうに」

ワードスプール先生は、中指をつきだして左耳のわきでふりながら、頭を横に勢《いきお》いよくかたむけた。まるで、頭のおかしいオオモズが、テツノキの幹《みき》をつついているようだ。

クウィントは、女子生徒の足場に目を向け、マリスの注意をひきつけようとした。どうして起こしてくれなかったのか、どうしても知りたかった。ただ忘《わす》れただけなんだろうか？　それとも、自分のことを怒《おこ》ってるんだろうか？　ゆうべ、最高位学者と外出したことに気づいたのだろうか？

どれが本当なのかはわからなかった。太ったモブノームのブラッド・オーククロスは、となりでいびきをかいている。クウェスリング・ウィニクスは、ロッド・クウァンモアに手紙をまわし、いやらしい笑いを浮《う》かべ、アンブリス・アンブリクスは泣いているようだ。そのとき、マリスがクウィントの方を向いて、じっと見つめた。なんの表情《ひょうじょう》も浮かんでいない。しかたなく、クウィントはワードスプール先生の方に向き直った。

「三と半雲尺の速さで、分枝《ぶんし》の範囲《はんい》が対数的に成長する雨雲の場合は……」

ワードスプール先生は、人差し指で右耳を指し、意味ありげに右目でウインクした。思わず外の肖像《しょうぞう》を思い出して、クウィントはにんまりした。

「虚空《こくう》の人」

「クウィント君？　なにかいいたいことがあるのかね？」

ワードスプール先生が、目をぎらりと光らせて、クウィントをにらみつけた。

「い、いえ、なにも……」

クウィントはうつむいて、羽根ペンをもじもじといじりまわした。
「なにも？　なにもだと？　おやおや、クウィント君。高貴《こうき》なる空賊《くうぞく》の君が、なにもというのかね？　『虚空』とかいったようだが」
ワードスプール先生の声は、どこまでも細く、かん高くなっていく。
「はい、いいました」

クウィントは、みじめな気持ちで答えた。

「わたしは雲の形態学《けいたいがく》の重要なポイントを教えようとしているのに、君はそれをじゃまするのだな。虚空《こくう》の話などを持ち出してな。虚空だぞ、クウィント君！」

「あの……おれ……」

クウィントはなにかいおうとしたが、口ごもるばかりだった。

「虚空だと、まったく！　われわれは大空学者なのだよ、クウィント君。われわれ大空学者は、この美しい都市の壮麗《そうれい》なる塔《とう》の上から、大空を調査《ちょうさ》研究しておるのだ。われわれが研究するのは、高空域《こうくういき》だ、クウィント君。それに対し――なんといえばいいのか――より学問の才に恵《めぐ》まれぬ輩《やから》があつかうのが、低空域ないしは中空域だ。だが、よりによって虚空とは。クウィント君、虚空だぞ！　なんと僭越《せんえつ》な。なんと不敵《ふてき》な。唯一《ゆいいつ》死者のみが、虚空に帰ることができるのだぞ」

「でも……」

クウィントはいいかけたが、ワードスプール先生は、もういいとばかりに手をふって話をさえぎり、ほかの生徒たちに向かっていった。

「われわれが虚空を研究しないのは、虚空が手の届《とど》かぬところにあるからだ。だが、われわれは、この世界に生きているのだ！　空が、われわれのもとに降臨《こうりん》するのだ。生徒諸君《しょくん》、それを忘《わす》れぬように」

ワードスプール先生は、興奮《こうふん》にうちふるえながらいった。帽子《ぼうし》の房《ふさ》が、はげしくゆれる。

「残念だが、クウィント君、君にふさわしいのは低空域の研究のようだな。聞けば、低空降下機《こうかき》にも乗ったようだしな。これ以上、君に教えることはない！」

「でも、先生、おれは決して……」

「出ていけ。さっさと出ていくのだ！」

ワードスプール先生は、かん高い声でわめきちらした。

「ワードスプール先生！」

突然《とつぜん》響《ひび》きわたった声に、生徒たちがいっせいにふりかえった。高い足場の上で仁王立《におうだ》ちしたマリスが、ワードスプール先生を上からにらみつけていた。

「先生は、われを失っています！」

マリスは冷《ひ》ややかにいった。

後ろの方で、舌打《したう》ちしたり、シッシッという声が聞こえた。

「お父さまは、サンクタフラクスではどのような学問でも——高空域《こうくういき》だろうと、低空域だろうと、大地学……」

その言葉に、どよめきが広がった。

「そうです、大空学だろうと、大地学だろうと、許《ゆる》されると宣言《せんげん》なさいました。お父さまはさぞ悲しまれることでしょう。もしも、今の先生の言葉を……」

マリスはもったいぶるように、一度言葉を切った。

「今の先生の言葉をお聞きとがめになるようなことにでもなれば」

ワードスプール先生は色を失った。講義台《こうぎだい》の上に置いた手は、きつくにぎりしめているために真っ白だ。

「これは、また……なにゆえに、お父上がわたしの言葉をお聞きとがめになるというのかな、マリス君？」

ワードスプール先生は虚勢《きょせい》をはってたずねた。

「クウィントなら、思慮《しりょ》に欠ける行動をとることはないと思います、先生」

そういうとマリスは、クウィントにほほえみかけた。

「場合によるでしょうけど」

ワードスプール先生は額《ひたい》に汗《あせ》を浮《う》かべていった。

「もちろん、もちろん。わたしの早合点《はやがてん》だったよ、クウィント君。そう、早合点だった。わたしが『出ていけ』といったのは、本当は……つまり……授業《じゅぎょう》は終わりということだ！」

生徒たちはわっと歓声《かんせい》を上げると、はしごを次々に降《お》りてきて、テツノキの扉《とびら》に駆《か》けよった。しかし、二人だけ、このにぎやかな大移動《だいいどう》に加わらない者がいた。クウィントとマリスだ。二人がたがいに向きあうと、目と目が合った。マリスは眉《まゆ》をぴくりと上げると、あごで扉の方を指し示した。クウィントもうなずき、二人は立ち上がった。

教室の外では、生徒たちがワードスプール先生の肖像《しょうぞう》に群《む》がって、大笑いしながらはやしたてていた。

「虚空《こくう》の人！　虚空の人！　虚空の人！」

「ありがとう」

クウィントはそっけなくいった。

「なにが？」

マリスは冷たく落ち着きはらった声でいった。

「助けてくれたことだよ。ワードスプールに追い出されそうになったとき」

「べつにいいわよ。――それに、あんたのためにしたわけじゃないもの。お父さまの名誉《めいよ》を守るためよ」

「わかってる。でも、おれのことも助けてくれた」

マリスはうなずいて、クウィントに向き直った。

「そうよね。あたし、話がしたいの」

「話？　なんの？」

「わかってるくせに」

マリスはつっかかるようにいった。

クウィントはゴクリとつばをのみこんだ。

「わかった。でも、ここじゃだめだ」

二人は、ほかの何人かの生徒とともに、泉《いずみ》の学問所のひさしの下に立っていた。雨が小降《こぶ》りになるのを待っていたのだ。足元の泉では、トリウオがエサを求めてさえずりながら、飛びはねている。雨は一段《いちだん》とはげしさを増《ま》していた。

「なかにもどる？」

マリスが聞いた。

「君の話っていうのが、おれの考えてるとおりだとしたら、そうするしかないな」

クウィントは答えると、ほかの生徒たちを意味ありげに見まわした。マリスも、肩《かた》ごしにふりかえってみた。

「そうね。だったら、宮殿《きゅうでん》に帰りましょ」

二人は階段《かいだん》を下りて、泉にかかる橋の一つをわたっていった。雨をさけるように身をよせあって走る二人を見た者は、仲のいい友だちと思っただろう。実際《じっさい》には、マリスについて走りながらも、クウィントはとまどっていた。最高位学者があんなことになったのを、おれのせいだと思ってるのかな？

愛国の柱まで来ると、突然《とつぜん》マリスは足を止めて、くるりとふりかえった。もう、これ以上がまんできなかったのだ。

「あんたなんか、きらいよ！　きらい！　きらい！　だいっきらい！」

マリスはさけびながら、クウィントの胸《むね》にこぶしを何度も何度もたたきつけた。

クウィントはやりかえすこともできずに、ただ立ちつくしていた。そのうちに勢《いきお》いが弱まっていき、やがてマリスは、こぶしを開いて、両手を力なく体のわきにたらした。その目に涙《なみだ》があふれ、ほほを流れ落ちる雨粒《あまつぶ》とまじりあった。マリスが顔を上げた。クウィントは見つめかえした。

「どうしてあんなことができるの？」

低くふるえる声で、マリスはいった。

クウィントは顔をそむけた。

「今朝、お父さんを見たんだね」

マリスはうなずいた。

「あんなひどい状態《じょうたい》のお父さまは、初めて見たわ。真《ま》っ青《さお》、いいえ、土気色《つちけいろ》で。ぶるぶるふるえるばかりで、話すことさえ……。そしたらトウィーゼルが、あなたがいっしょだったって」

マリスは鼻をクスンといわせて、顔にかかるぬれた髪《かみ》をはらいのけた。

「だから、今朝、朝ご飯にあなたが来なかったとき、起こしてあげなかったの。遅刻《ちこく》すればいいんだって思った……」

「ごめん。あれは仕事で……」

マリスは、そういってあやまるクウィントの深い青色の目に、とまどいが浮《う》かぶのを見て、はっとした。

「あたしの方こそ、ごめんなさい。あたし、お父さまを愛しているの。お父さまの力になりたいの。それなのに、お父さまったら、どこかの……助手を信頼《しんらい》して、その人とばかり仕事をするんだもの」

そのとたん、マリスの目が燃《も》え上がった。

「お父さまを、半死半生《はんしはんしょう》の状態で連れ帰るような助手をね！　あたしが聞きたいのは、低空域でなにがあったのかってことなの！　低空降下機《こうかき》に乗らなかったなんていってもむだよ。夜な夜な、お父さまがどこへ行くか、ちゃんとわかってるんだから！」

クウィントは首をふりながらいった。

「おれにも、なにがあったかわからないんだ」

「わからないですって？」

マリスは、信じられないというように、声を荒《あら》げた。クウィントは、だれかに聞かれてはいないかと、こっそり目を走らせたが、土砂降《どしゃぶ》りの雨のたたきつける通りには、人っ子一人いなかった。

「わからないって、どういうこと？　いっしょに低空降下機《こうかき》に乗ったんでしょ？　それなのに、どうしてわからないの？」

「は、博士《はかせ》は……ずっと降下機に乗っていたわけじゃないんだ」

クウィントは静かにいった。

マリスはポカンとした。

「乗っていなかった？　それじゃ、下まで降《お》りたってこと？　地上町でなにかあったの？」

クウィントは首をふった。

「それじゃ、どこなのよ？」

マリスにつめよられて、クウィントは眉《まゆ》をひそめた。

「博士に、だれにもいっちゃいけないっていわれてるんだ。だから、悪いけど……」

「やめてよ、クウィント！　あたしは、生まれも育ちもサンクタフラクスなのよ。だれに聞かれるかわからないから、言葉に気をつけろなんて、あなたみたいな、ろくにここのことを知らない人にいわれたくないわ……」

「おれはリニウス・パリタクスと約束したんだ。最高位学者であり、君の父さんでもある……」

クウィントはマリスをさえぎっていった。

マリスはクウィントを見た。たちまち怒《いか》りがしぼみ、涙《なみだ》がこみあげてきた。

「ごめんなさい、クウィント。でも、心配でしかたないの。お願いだから、知っていることを教えて。なにもかも」

ためらいがちに、マリスはいった。

クウィントは、声をひそめていった。

「なにかが起こったのは、サンクタフラクスの浮遊石《ふゆうせき》のなかなんだ。横に穴《あな》が開いていて、それが、石の巣《す》のなかまで続いているんだ。博士はその穴に入っていったきり、明け方までもどってこなかった。そして、もどってきたときには、今朝、君も見たような状態《じょうたい》だった」

「石の巣《す》……。でも、どうして?」

マリスは静かにいった。

「博士《はかせ》は話してくれなかった。おれが大図書館からとってきた巻物《まきもの》と、関係があるんだと思うけど」

そういうと、クウィントは肩《かた》をすくめた。

「宝物庫《ほうもつこ》じゃないのかな? たしか、浮遊石《ふゆうせき》のなかにあったよな。きっと、そこへ行ったんだよ」

しかし、マリスは首をふった。

「宝物庫の入り口は一つしかないわ。でも、それはサンクタフラクスにあるの。おそろしい石の巣にわざわざ入りこむなんて、なにがそんなに大事なのかしら」

これを聞くと、クウィントはぞっとした。

「そんなに危険《きけん》なところなのか?」

マリスは肩をすくめていった。

「いろいろなうわさを聞くわ」

「うわさ?」

「石の巣が形を変えるために、トンネルのなかに閉《と》じこめられて、出られなくなってしまった人とか、目の見えない透明《とうめい》な怪物《かいぶつ》がトンネルの闇《やみ》にひそんでいて、なかに入ってくる者におそいかかって食べてしまうとか。モウリョウがいるっていううわさもあるわ」

「モウリョウ？　なんだ、それ？」

「たしかなことは、だれも知らないの。でも、どうやら石の巣の一番暗くて深いところに棲《す》んでいて、迷《まよ》いこんでくる者をなんでも食べてしまうんだって。それに、光るのよ。ときどき、サンクタフラクスにも出てくるんだって」

「ほんとに？」

「ええ。でも、面と向かって見た者はいないの。ときどき、チラッと見かけるだけで——目のすみを光がパッと横切っていくの……」

「ああ。それなら、おれも見たよ。闇の宮殿《きゅうでん》で。それから、大図書館でも」

クウィントが興奮《こうふん》したようにいうと、マリスはうなずいた。

「どういうわけか、古い建物を好むみたいね」

「そのモウリョウが、博士をおそったってことは？」

「わからない。でも、宝物庫の衛士《えいし》の話が本当なら、そういうこともあるかもしれない。あたしなら、石の巣《す》なんかには絶対《ぜったい》に行きたくないけど」

クウィントはうなずいた。

「でも、博士《はかせ》はそういう危険《きけん》を知っていて、それでも行こうと思ったんだ」

マリスは、考えこむようにいった。

「そうね。それだけの理由があるのよ。お願いだから、これからなにかいいつけられたら、あたしに教えてちょうだい」

「わかった。教えるよ」

「あたしも、お父さまがうっかり秘密《ひみつ》をもらすようなことでもあれば、ちゃんと教えてあげるから。お父さまが、なにかやってることはたしかね。それも、危険なことを。お父さまのためにも、それがなんなのか、つきとめなくちゃ」

そういうと、マリスはクウィントの両手をとった。

「今度また、低空降下機《こうかき》に乗ることがあったら、絶対に石の巣までついていって。お願い、お父さまのこと、ちゃんと見ていて。ほんとにお願いよ」

「できるだけやってみるよ」

自分自身の不安はかくしながら、クウィントはにっこり笑った。

「なぐさめになるかわからないけど、博士がもどってきたとき、『終わりだ』っていったんだ――どういう意味かはわからないけど。おれは……あれはなんだ？」

だしぬけに大歓声《だいかんせい》がまきおこり、クウィントはふりかえった。そして、高楼観測所《こうろうかんそくじょ》の方を指さした。

「あっちの方から聞こえてくる」

そのとたん、マリスの困惑《こんわく》の表情《ひょうじょう》がふっとやわらぎ、代わりにうれしそうな笑顔《えがお》になった。

「そっか。今日は『宝物《ほうもつ》の日』じゃない。行きましょ、クウィント。楽しいわよ」

第八章　宝物庫《ほうもつこ》

宝物《ほうもつ》の日は、その年の第二の月に最初に、月が下弦《かげん》になった日に決められている。サンクタフラクスでは、非常《ひじょう》に大切な日だ。というのも、サンクタフラクスの歴史において、まさにこの日、大空学者が大地学者を支配下《しはいか》に置き、史上初めて嵐晶石《らんしょうせき》を、浮遊石《ふゆうせき》の中心に新しく作られた宝物庫に収《おさ》めたのだ。

これに対し、大地学者は猛反発《もうはんぱつ》した。すなわち、第三浮遊法則《ふゆうほうそく》に反するだけでなく、その必要もないというのだ。大地学者が主張《しゅちょう》するには、年々浮遊石の浮力が増大《ぞうだい》する問題を解決《かいけつ》するのは、浮遊石自体の研究によるべきであって、きわめて比重《ひじゅう》が大きく重たい物質《ぶっしつ》である嵐晶石を使ってバランスをとるなどという、その場しのぎの方法ではないのだ。

それに対し、大空学者は、嵐晶石で浮力を打ち消してやらなければ、サンクタフラクスは係留鎖《けいりゅうさ》をひきちぎって、大空へと飛んでいってしまうだろうという主張を変えなかった。議論《ぎろん》はどこまで行っても平行線のままだったが、自分たちこそ正しいと信じ、大空のかなたへ飛び去るのはごめんだと思っていた大空学者は、屈強《くっきょう》な平頭ゴブリンの力を頼《たの》んで、強引《ごういん》に自分たちの計画を実行したのだった。

その運命の日が明けはじめるころ、平頭ゴブリンの群《む》れが大図書館になだれこみ、大地学者たちをうむをいわさず外に追い出した。昼までには、サンクタフラクスの歴史において初めて、大空学者が浮遊都市を完全に掌握《しょうあく》することになった。大空学者は長持ちに入れた嵐晶石を、暗いトンネルを使って、新たに作られた宝物庫に運びこみ、厳密《げんみつ》に測定《そくてい》して定《さだ》められた中心に、注意深く下ろした。何人かの平頭ゴブリンが残って、じゃまが入らないように見はっていたが、これがのちに、泣く子もだまる宝物庫の衛士《えいし》となる。

といっても、これはみな、はるか昔の話であり、物語の登場人物たちはとっくに死に絶《た》えて、今では歴史書や民間伝承《でんしょう》に残るばかりである。しかしながら、あの特別な日にまつわることは、伝統《でんとう》や、しきたりや、格言《かくげん》のなかにさえ息づいていた。たとえば、サンクタフラクスでは――のちには地上町でも――「空を信じよ！」が「幸運を！」という意味であるのに対し、「司書の丸損《まるぞん》！」は反対の意味になる。やがて「宝物《ほうもつ》の日」は、メッセージを送ったり、贈《おく》り物を交換《こうかん》したりする日として知られるようになり、サンクタフラクスの食堂では、七品のディナーが盛大《せいだい》にふるまわれるようになった。

もっと重要な催《もよお》しとしては、その日に、次期最高位学者が、宝物庫とその衛士《えいし》を視察《しさつ》する儀式《ぎしき》が行われる。旗《はた》やのぼりにいろどられた、宝物庫に続くトンネルのまわりには、その光景を見ようと、朝早くから人だかりができるのだ。

「今年は、たいした人出だな」

オオグチハイカイがそろそろとひく二輪車の上で、光博士《はかせ》がいった。二輪車は三時きっかりに、四分象限《しぶんしょうげん》モザイクの広場へと入った。

「実にすばらしい」

毛皮の長衣の袖《そで》をまくりあげ、歓声《かんせい》を上げる沿道《えんどう》の人々に向かって、ゆったりと手をふりながら、闇《やみ》博士がいった。

「それに、天気も申し分ないな。先ほどの雨雲もすっかり晴れて」
　二輪車は、タイルが埋《う》めこまれた精巧《せいこう》なモザイクの上を通り、ピラミッド型の入り口へと近づいていく。扉《とびら》から七歩のところでオオグチハイカイは二輪車を止め、光と闇の両博士は、赤と金の絨毯《じゅうたん》の上に降《お》り立った。
　大会堂の階段《かいだん》に陣取《じんど》ったクウィントは、わくわくしていた。こんなに華《はな》やかな催しは見たことがない。
「あのオオグチハイカイを見ろよ！　くつわについてる沼宝玉《ぬまほうぎょく》と泥真珠《どろしんじゅ》は、どっちも本物みたいだぞ」

クウィントは興奮《こうふん》してしゃべっている。

「まちがいなく、本物でしょうね」

マリスはいった。

「それに、博士《はかせ》たちの長衣！　あれって、本物のマツオコジョかな？」

「当然よ。光博士のは冬の毛皮、闇《やみ》博士のは夏の毛皮よ」

クウィントはうなずいて口を閉《と》じたが、いつまでもだまってはいられなかった。

「でも、なんで次期最高位学者なんだ？　最高位学者が自分でやればいいのに。それに、どうして二人もいるんだ？」

「あなたって、なんにも知らないのね。そんなにおしゃべりばかりしてると、儀式《ぎしき》を見そこなうわよ。ほら、来たわよ」

マリスは、ちょっと得意げにいった。

「ごめん。もう、しゃべらないよ」

クウィントは、ぶすっとしていった。

「そうして。今日は宝物《ほうもつ》の日なんだから、あたし、ちゃんとしてなくちゃ」

マリスはすました声でいうと、さきほどまでの雨でぬれた髪《かみ》をなでつけ、湯気の立つ長衣のしわをのばした。そのとき、靄鑑定所《もやかんていじょ》の次席博士が手をふっているのに気づいて、もったいをつけるようにうなずいた。

「なんていっても、あたしは最高位学者の娘《むすめ》で……」

二人の真下の階段《かいだん》に立っていた、フードつきの外套《がいとう》と、銀の鼻キャップという出《い》で立《た》ちの人物が、こちらを見あげた。

「じゃまをして申《もう》し訳《わけ》ない。だが、その少年のいうことももっともだ。近ごろは、ものごとを盲目《もうもく》的《てき》に受け入れる風潮《ふうちょう》が強すぎる。できれば、もう少し問《と》いただした方がいいのかもしれんな」

男の声は低く、しわがれていた。

マリスはフンと鼻を鳴らして、そっぽを向いた。クウィントは男の方に近づいて、たずねた。

「あなたは、どうしてなのか知っているんですか?」

「少しはな。まず、次期最高位学者が最初に選ばれたのは、宝物庫が作られたときで、当時の最高位学者は大地学者だった。そういう理由から、宝物庫を守るために、大空学者が選ばれたのだ。もちろん現在《げんざい》は、最高位学者も大空学者であるから、次期最高位学者の役割《やくわり》というのは、たぶんに形式的なのだがな」

宝物庫《ほうもつこ》のトンネルへの入り口では、二人の博士《はかせ》が同時にゆっくりと、杖《つえ》で扉《とびら》をたたいていた。一度。二度。三度。大きな音が響《ひび》きわたり、やがて消えていくと、広場は静まりかえった。すると、静けさのなかで、くぐもった声が聞こえた。

「なかに入ろうとするは、だれか？」

「サンクタフラクスの友だ」

二人の博士は、声をそろえて答えた。

扉がギイーッと開き、なかから、片手《かたて》に剣《つるぎ》を持ち、もう一方の肩《かた》に鋲《びょう》を埋《う》めたこん棒《ぼう》をかついだ、平頭ゴブリンが姿《すがた》を現《あらわ》し、二人の博士をじろじろと見た。

「あれはだれ？」

クウィントが小声でたずねた。

「シグボルド。衛士長《えいしちょう》よ」

マリスはささやきかえした。

群衆《ぐんしゅう》は、息をするのもはばかられるように、静まりかえったままだ。すると、平頭ゴブリンが武《ぶ》器《き》を下ろして、口を開いた。

「入るがいい、友よ！」

そのとたん、広場に割《わ》れんばかりの歓声《かんせい》が響きわたった。

二人の博士がなかに入ると、扉はぴたりと閉《と》ざされた。歓声がいっそうはげしくなった。ところが、クウィントは首をかしげた。

「でも、次期最高位学者って二人いるのか？　二人は双子《ふたご》？」

すると、銀の鼻キャップの男がいった。

「いや、よく似《に》ているが、双子ではない。二人はまだ徒弟《とてい》だったころ知りあったのだが、二人とも光に関する分野に興味《きょうみ》を抱《いだ》いていたために、たがいにひきよせられたのだ。そして、ともにすごす時間が長くなるにつれて、二人の声はよく似てきたばかりでなく、姿形までがそっくりになってきたのだ……」

男は扉の方に目をやった。

「二人の研究している学問と同じく、二人はコインの裏表《うらおもて》のようなものだ。いずれかのみを次期最高位学者にすることは不可能《ふかのう》なのだよ」

「なるほど」

クウィントはいった。そろそろ、群衆《ぐんしゅう》は引き上げはじめていた。クウィントもその場を離《はな》れようとすると、男に腕《うで》をつかまれた。

「だが、わたしは認《みと》めたわけではないぞ」

男は押《お》し殺した声でいった。

「な、なんですか?」

クウィントはギクリとして、男の手をふりほどこうとした。ところが、男はクウィントの腕をつかむ手に力を入れると、あたりに目を走らせながらいった。

「光と闇《やみ》両博士《はかせ》が、あの最高位学者に対してどれほどの影響力《えいきょうりょく》を持っているのか知らんが。つまりだ、なぜ靄鑑定師《もやかんていし》が、別の学校から補佐役《ほさやく》を受け入れなければならんのだ? それに、なぜ……」

「行くわよ、クウィント。もうもどらなきゃ」

突然《とつぜん》、マリスがきつい口調でいうと、クウィントのもう一方の腕をつかんでぐいぐいとひっぱっていった。

二人が、四分象限《しぶんしょうげん》モザイクから思い思いの方向に散っていく人の群《む》れに入りこむと、クウィントはきょろきょろとあたりを見まわした。

「なんでそんなに急ぐんだ?」

マリスはクウィントに向き直った。

「あの男、うわさやデマを広げてまわってるの。だから、離れたかったの。あんな話、もう百回も聞いたわ。耳打ち、陰謀《いんぼう》、うそ。問題は、あの男がなにをたくらんでいるかということよ」

背後《はいご》で扉《とびら》が閉《し》まると、光と闇の両博士はほっとした。儀式《ぎしき》の残りの部分は、熱狂的《ねっきょうてき》な群衆《ぐんしゅう》の目の届《とど》かない場所で執《と》り行《おこな》われるため、もう仰々《ぎょうぎょう》しくふるまう必要がなかったのだ。光博士は、伝統的《でんとうてき》な三点帽子《ぼうし》をぬぐと、ぼりぼりと頭をかいた。

「ところで、シグボルド、きのう話していた件《けん》だが、なにか新しい知らせはあるかね?」

シグボルドは長い手足と頑丈《がんじょう》な体を持つ大柄《おおがら》な平頭ゴブリンで、体じゅうの傷《きず》や入《い》れ墨《ずみ》が、衛士《えいし》としての経歴《けいれき》の長さを物語っていた。シグボルドはランプを掲《かか》げて、ふりむいた。

「ありますぜ」

そういうと、シグボルドはあたりのようすをうかがい、声を落としていった。

「それも二つ。まず、靄鑑定師《もやかんていし》たちが、なにかたくらんでるようで——徒弟《とてい》たちだけじゃありませんぜ。かなり上の連中まで加わってるようで。学部長、副学部長、次席博士《はかせ》。そのうちの一人か二人、ひょっとすると三人とも関わってるかもしれません」

光博士は首をふった。

「リニウスは知っているのか？」

すると、闇博士《やみ》が言葉をはさんだ。

「本来ならばな。リニウスがあれほどなにかに心を奪《うば》われていなければな。あわれなやつよ。最高位学者になったばかりのころはよくやっていたのに——近ごろときたら、ひどいありさまではないか……」

「眠《ねむ》らない。食べない。それだけではない。昔からの大切な友ゆえに、こんなことをいうのは心苦しいのだが、最近では最高位学者としての職務《しょくむ》も放棄《ほうき》している……」

「低空降下機《こうかき》を使って、低空域《ていくういき》の研究に時間を奪われているせいだ。だが、それがわからん」

闇博士はいきりたっていった。

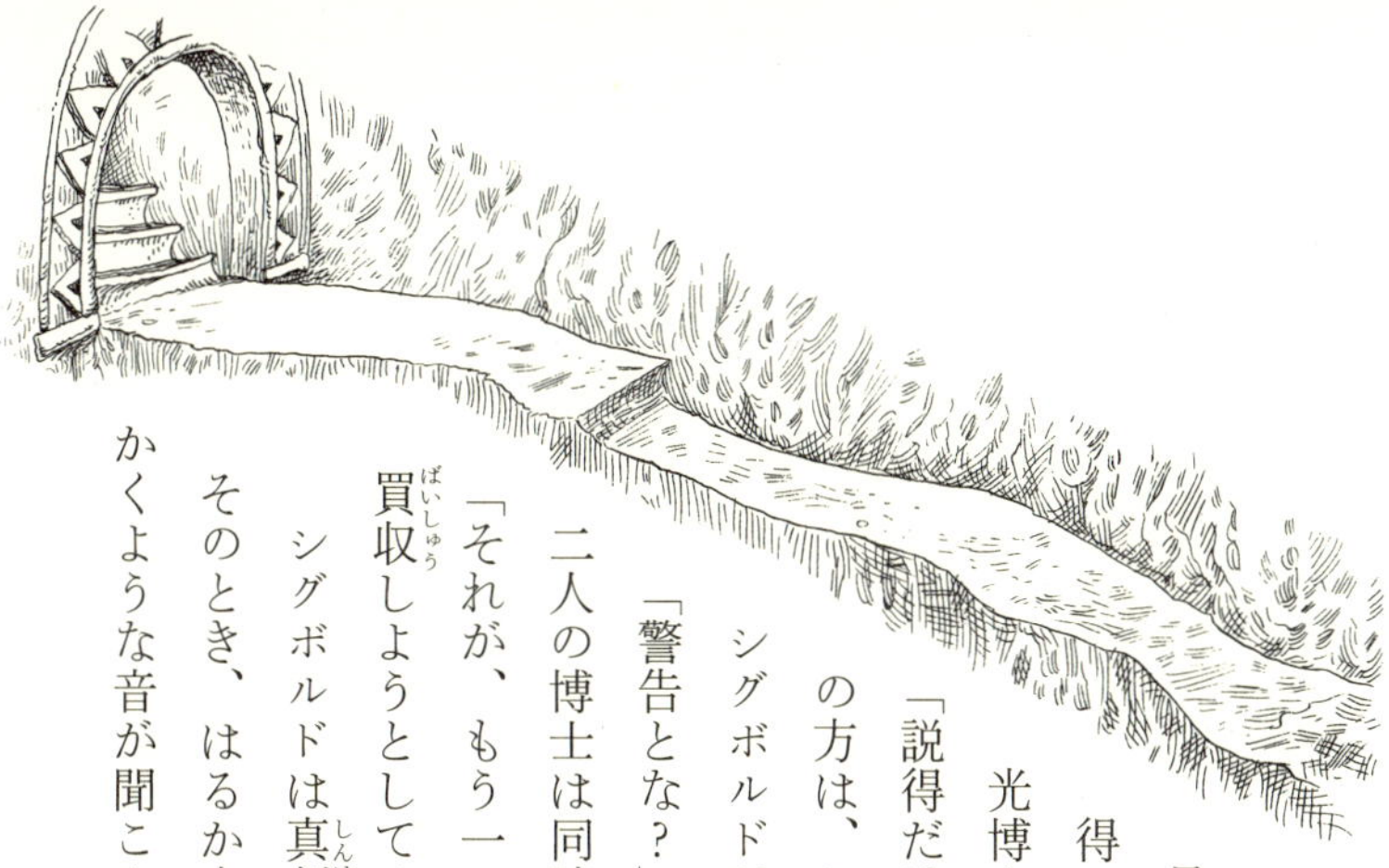

「それは、わしとて同じよ。ならば、最も親しい友であるわれら二人で、説得せねばなるまい」

光博士はいった。

「説得だけでなく、警告《けいこく》の方もお願いします。あの方は、おれのいうことなど聞いてくれませんので」

シグボルドが、ため息まじりにいった。

「警告とな？」

二人の博士は同時にいった。

「それが、もう一つの知らせで。何者かが、降下機発着場の衛士《えいし》を買収《ばいしゅう》しようとしてるようですぜ……」

シグボルドは真剣《しんけん》な口調でいった。

そのとき、はるか右手にあるトンネルの闇のなかから、なにかをひっかくような音が聞こえた。シグボルドは剣《つるぎ》をぬいて、聞き耳を立てると、

博士《はかせ》たちの方をふりかえった。

「気をつけた方がいいですぜ。宝物庫《ほうもつこ》のトンネルのなかでさえ、軽はずみなことをいおうものなら、ためらいなく利用してやろうという輩《やから》がいますから」

闇《やみ》博士は眉《まゆ》をひそめた。

「それはつまり、宝物庫の衛士《えいし》たりといえども、すでに信用ならんということかね？」

シグボルドはいっそう声をひそめた。

「残念ながら、そのとおりで。最高位学者のおかしなふるまいが、サンクタフラクスじゅうに影響《えいきょう》を与《あた》えてます。衛士たちの士気も、これ以上ないぐらい下がってます」

それから三人は口をきかずに、石の巣《す》のなかに作られたトンネルをぬけて、浮遊石《ふゆうせき》の中心である石核《せきかく》に向かった。その硬《かた》い岩をくりぬいて、聖《せい》なる嵐晶石《らんしょうせき》を収《おさ》めた宝物庫が作られていた。掘《ほ》られたばかりのころは、トンネルはまっすぐで、サンクタフラクスの地表から石核まで最短距離《きょり》で結んでいた。ところが、時がたつにつれて、石の巣のなかのトンネルは曲がりくねりはじめた。日々成長を続ける浮遊石にトンネルを掘ると、こういうことになる。そのうえ、この多孔性《たこうせい》の浮遊石が膨《ぼう》張《ちょう》し変化することにより、トンネルそのものも天井《てんじょう》が低くなったり、壁《かべ》がせまってきたりして、トンネルを維持《いじ》することは、終わりのない重労働になっていた。

「まちがいなく、毎年、長くなっているな」

闇博士が文句《もんく》をいうと、光博士がうなずいた。

「そろそろ新しいトンネルを作らねば。光と闇研究所から直接《ちょくせつ》な。大工事だし、費用もかかるだろうが、それだけのことはある」

膨張しつづける石の巣は、まるで海綿《かいめん》のように穴《あな》だらけだった。そんなさまざまな穴や裂《さ》け目が結合して複雑《ふくざつ》な迷路《めいろ》を作り、なかを通りぬける風に、ブオンブオン、シューシューとやむことのない音を立てている。そんなトンネルには、人間が楽々歩けるほど大きいものもあったが、なかには、石の巣に住みついている、小さなクモネズミでさえもぐりこめないほど細いものもあった。そこは広大で、入り組んだ、常《つね》に形を変えつづける迷路で、こだまやささやき声に満ち、得体の知れない影《かげ》や、闇のなかにぼうっと浮《う》かび上がる謎《なぞ》の物体のひそむ場所だった。あるものは幽霊《ゆうれい》のよう、またあるものは肉体らしきものを持ち、なかには獲物《えもの》をおそって食うものもいた。

三人の前方から、なにかくぐもった声が聞こえてくる。そのとき、唐突《とうとつ》に石の巣が終わり、目の前に深紅色《しんこうしょく》の石核が姿《すがた》を現《あらわ》した。

「やれやれ、助かったわい」

闇博士《やみはかせ》は、まっすぐにのびるトンネルの硬《かた》い岩肌《いわはだ》に、指をすべらせながらいった。

「何度通っても、石の巣《す》はびくびくものだ。わしには、モウリョウをふりきれるほど体力もないしな」

前方の声はいっそう大きくなった。三人がトンネルの終点に近づくと、鋲《びょう》を埋《う》めこんだ大きな扉《とびら》が右側に開き、黄色い光が床《ゆか》の上に扇形《おうぎがた》に広がった。がっしりした平頭ゴブリンの衛士《えいし》がなかから進み出て、通路をふさいだ。

「止まれ！　何者だ？」

平頭ゴブリンが問《と》いかけると、シグボルドが前に出た。

「おれだ、モグワーム。今日がなんの日か、忘《わす》れたというのか？」

「い、いや、そんなことは……」

その低いだみ声には、深森《ふかもり》の平頭ゴブリン特有の、まのびした調子が聞きとれた。モグワームは二人の博士を見ると、無遠慮《ぶえんりょ》にあごで指し示した。

「この二人は何者で？」

シグボルドはため息をついて、二人の博士の方に顔を向けた。

「申《もう》し訳《わけ》ありません。こいつは、まだ新入りでして」

そういうと、モグワームに向き直った。

「今日は宝物《ほうもつ》の日だ。一年に一度、次期最高位学者が嵐晶石《らんしょうせき》を視察《しさつ》にいらっしゃる日だ」

モグワームはうつむいて、ぶつぶつとつぶやいた。

「そんなこと、おれにわかるわけねえだろが」

「いいや、今朝話してやったばかりだ。さっさとわきにのいて、おれたちを通すのだ！」

モグワームがひきさがった。シグボルドは通りすぎざま、モグワームの頭をひっぱたいた。

「まぬけめ！」

そういうと、シグボルドは二人の博士にいった。

「今もいいましたとおり、新入りでして。深森から出てきたばかりなんでやす。腕《うで》っぷしは強いんですが、頭の方はからっきしってなぐあいで。困《こま》ったもんです。でも、そのうち覚えるでしょう」

そしてシグボルドは、半開きのままの、彫刻《ちょうこく》をほどこした大きな扉《とびら》を通りぬけた。光と闇の両博士も、長衣のすそをはためかせながら、急いであとを追った。扉をぬけると、そこは、硬い岩をく

りぬいて作った、奥行《おくゆ》きのあるかまぼこ型の部屋になっていた。

ここは、衛士《えいし》の詰《つ》め所《しょ》になっていて、はえぬきの平頭ゴブリンたちが三交代で任務《にんむ》についていた。ある者は壁《かべ》をくりぬいたベッドで高いびきをかき、またある者はテーブルでトランプに興《きょう》じ、モグワームをふくむ残りの者が、見はりの任務についていた。みな、シグボルド同様、屈強《くっきょう》の戦士ばかりだ。

詰め所の奥まで来ると、シグボルドはベルトに吊《つ》るしたカギの束をとりだして扉《とびら》を開いた。そして、自分はわきにのいて、光と闇《やみ》の両博士《はかせ》を先になかに入らせた。

「いつ来ても圧倒《あっとう》されるわい」

だだっ広い宝物庫《ほうもつこ》に足を踏《ふ》み入れた光博士は、ささやくようにいった。

「まさしく、おそれ多いことよ」

闇博士もうなずいた。

床《ゆか》の上に足を踏み出すと、足音が巨大《きょだい》な丸天井《まるてんじょう》に響《ひび》きわたった。岩をくりぬいて平らにした床には、目盛《めも》りのように三角形の模様《もよう》のついた同心円が描《えが》かれ、中心から外に向かって放射状《ほうしゃじょう》に稲妻《いなずま》が何本ものびている。四分象限《しぶんしょうげん》モザイクと同じデザインだ。二人の博士は、その中心に置かれた、部屋の広さにくらべるとあきれるぐらい小さな長持ちの前へと進み出た。

「明かりを消してくれ」

闇博士が平頭ゴブリンに命じた。

シグボルドがランプの芯《しん》を下げると、炎《ほのお》はゆらゆらとゆらめいてから消えた。宝物庫は漆黒《しっこく》の闇に包まれた。ところが、光博士が進み出て、長持ちのふたを持ち上げたとたん、部屋じゅうに目もくらむような嵐晶石《らんしょうせき》の放つ光があふれだした。二人の博士は、長持ちのなかの、貴重《きちょう》な嵐晶石のかけらをかぞえた。それがすむと、二人は頭《こうべ》をたれた。

「闇の内なる光よ」

光博士は儀式《ぎしき》に則《のっと》ってつぶやいた。

「光の内なる闇よ」

闇博士がそれに応《こた》えるようにつぶやいた。

そして、言葉を唱《とな》えおわったとき、宝物《ほうもつ》の日の儀式《ぎしき》は終わった。

闇博士《やみはかせ》が長持ちのふたを閉《し》め、シグボルドがランプの火を点《とも》した。

部屋の外に出ると、扉《とびら》が閉められ、シグボルドが二人の博士の方を向いた。

「思わず息をのみますね、あの嵐晶石《らんしょうせき》には。毎年のことだって、わかってるんですがね。あんなに美しいものは見たことがありません」

シグボルドは言葉を切ってから続けた。

「だが、わからねえのは、なんだってあんなに小せえ嵐晶石のかけらが、これほどでけえ浮遊石《ふゆうせき》をつなぎ止めておけるのかってことで」

光博士はほほえんだ。

「指輪ほどの嵐晶石で、千本以上のテツノキと釣《つ》りあうのだ……」

「漆黒《しっこく》の闇のなかではな」

闇博士がつけ加えた。

「まさしく。これこそ大空の驚異《きょうい》なのだよ、シグボルド。浮遊石が温められると沈《しず》み、冷やされると浮《う》き上がるようにな……」

光博士はいった。

「そして、シズノキのような浮揚木《ふようぼく》は、燃《も》やされると浮き上がる」

闇博士はいった。

「だが、ゆめゆめ警戒《けいかい》をおこたってはならん」

光博士が考え深げにいった。

「というのも、浮遊石は常《つね》に成長しつづけておるからだ。それをつなぎ止めておくには、嵐晶石を増《ふ》やしてやらねばならん。きのうの雲読み師《し》の話では、このところ断崖《だんがい》から飛来する酸性霧《さんせいむ》の粒子《りゅうし》数《すう》が増加《ぞうか》しているということだ」

「大いなる嵐《あらし》が近づきつつあるのだ」

闇博士はいった。

「まさしく。飛空騎士団《ひくうきしだん》よりガーリニウス・ゲルニクスが、新しい嵐晶石を求めて、薄明《はくめい》の森に遣《つか》わされようとしておる」

光博士はシグボルドに向き直った。

「美しい嵐晶石だぞ、シグボルド。大いなる嵐の稲妻《いなずま》が、薄明の森に落ちたときにのみ形成される、大空にも大地にも唯一《ゆいいつ》の妙《たえ》なる物質《ぶっしつ》だ……」

シグボルドは頭をかいた。

「おれには想像《そうぞう》もできませんや、博士《はかせ》。そういうむずかしいことは、あんたがた学者さんたちにまかせときましょう。おれは、ただの衛士《えいし》ですから」

「おいおい、これはまたずいぶんとひかえめなことだな、シグボルド。おまえさんはわしらの目であり、耳なのだぞ」

光博士はいった。

「おまえさんなしでは、陰謀《いんぼう》をたくらむ靄鑑定師《もやかんていし》たちや、低空降下機《こうかき》発着場の衛士を買収《ばいしゅう》しようとしている者がいることも、わからなかったのだからな」

闇博士がいうと、光博士がひきついだ。

「だが、備《そな》えあれば憂《うれ》いなし。できるだけ早い機会に、最高位学者に伝えることにしよう。いかに大きな危険《きけん》がせまっているのかをな」

第九章　石の巣《す》

三晩《ばん》で三度、クウィントの夢《ゆめ》は破《やぶ》られた。寝室《しんしつ》の扉《とびら》をだれかがコツコツコツとそっとたたく音で目を覚ますと、朝の四時だった。クウィントはごろりと体を回転させて、暗い部屋に目をこらしながら、寝《ね》ぼけ声でたずねた。

「だれ？」

扉をたたく音が大きくなった。やむ気配はない。

「だれなんだよ？」

クウィントの声も大きくなった。

「クウィント、いるのか？」

ただならぬようすの声がした。

「博士《はかせ》ですか？　どうぞ」

クウィントは起きあがった。

「クウィント！　大事な話があるのだ！」

リニウスはせきたてられるようにいった。

「カギはかかっていません」

「クウィント！」

「まったく……」

クウィントはぶつぶつ文句《もんく》をいいながら、ベッドを出て扉《とびら》に近づいた。

「カギはかかって……うわっ！」

取っ手をつかもうとしたとたん、扉がバンッと開いて、クウィントは床《ゆか》に尻《しり》もちをついた。目の前に、ランタンを手にした最高位学者が立っていた。その顔はやつれていたが、それでいて興奮《こうふん》のせいか紅《こう》潮《ちょう》していた。最高位学者は、血走った目でとりつかれたように部屋のなかを見まわした。

「クウィント、いっしょに来てくれ。大至急《だいしきゅう》だ」

クウィントはうなずいて、よろよろと立ち上がった。勢《いきお》いよく開いた扉で、頭の横をしたたかに打ったのだ。

「すぐに、服を着ますから」

「ああ、そうだな」

リニウスは上《うわ》の空で答えると、クウィントが身支度《みじたく》を整《ととの》える間、ランタンを壁《かべ》にかけて、なにやらしきりにつぶやきながら、部屋をせかせかと歩きまわった。

「一晩《ひとばん》じゅう眠《ねむ》れんのだ。もう二度と眠れないかもしれん。もう一度……もう一度確《たし》かめないことには」

リニウスはしだいに早口になり、声も大きくなっていった。なにかにせきたてられているようだ。やがてリニウスは、足を止めて、頭をかかえこんだ。

クウィントは、そんなリニウスを横目で見ながら、長靴《ながぐつ》の金具を留《と》め、チョッキのボタンをかけ、ベルトを締《し》めた。尊敬《そんけい》すべき最高位学者は、今にも神経《しんけい》が切れてしまいそうだ。

「ああ、許《ゆる》してくれ。わたしはなんということをしてしまったのだ。あんなものを呼《よ》び出してしまうとは……」

クウィントはなにもいわなかった。自分に向けられた言葉ではないとわかっていたから。リニウスは、ふたたび部屋のなかを、せかせかと歩きまわりはじめた。

「あれは頭がいい。ずるがしこい。これが最後のチャンスだ。大空よ、今度こそ成功してみせる。さもなくば……」

リニウスはくるりとふりむき、今初めて見たとでもいうように、クウィントの顔をじっと見つめた。

「なんとしても、成功しなければ」

「博士《はかせ》?」

リニウスはランタンを手にとると、いった。

「行くぞ。やらねばならんことがある」

外は暗かった。真っ暗だった。夜明け前の、最も暗い時間だ。リニウスの獣脂《じゅうし》ランタン以外に明かりはなく、西発着場のランプも、この時間はすべて消えていた。クウィントは空をあおぎ見た。

こんなに星が明るいのは、サンクタフラクスに来て初めてだ。ゲイルライダー号の甲板《かんぱん》で見たのと同じぐらい。南の空に見えるのは、ホッキョクグモ座《ざ》だ。ハグレオオクマ座も見える。東の方にあるのは、ハシリリュウ座だ。その左の翼端《よくたん》をなしているのは、常《つね》に同じ位置で輝《かがや》く東白星《とうはくせい》だ。

クウィントはため息をもらした。サンクタフラクスと地上町の明かりがついているときは、星はまったく見えない。気がつくとクウィントは、なつかしい星座《せいざ》を必死に探《さが》していた。ところが、見つかれば見つかったで、父さんや空賊船《くうぞくせん》の生活が今さらのように恋《こい》しくなってくるのだった。

「ぐずぐずするな、クウィント。一刻《いっこく》の猶予《ゆうよ》もならんのだぞ」

頼《たよ》りなげな低空降下機《こうかき》の方から、リニウスの声が飛んだ。

クウィントは、あわてて駆《か》けよった。今はホームシックになっている場合ではない。父さんは、おれを最高位学者に預《あず》けていった。だから、忠義《ちゅうぎ》を尽《つ》くさなければ——今しばらくだけでも。

「すみません、博士《はかせ》。以後気をつけます」

「そう願いたいものだな」

そうつぶやくと、リニウスは降下機《こうかき》に乗りこみ、ランプに火を点《とも》してクウィントの方を向いた。

「前回同様、うまくトンネルの入り口まで降《お》ろしてくれたら、今のことは不問《ふもん》に付《ふ》そう」

クウィントはうなずいた。このことをマリスに伝えるひまがあればよかったのに。そう思いながら座席《ざせき》に着くと、クウィントは錘《おもり》レバーに手をかけた。

「おれが声をかけたら、鎖《くさり》を下げてくださ……うわあああっ！」

だしぬけに降下機が落下を始めたため、クウィントは思わず悲鳴を上げた。それでもなんとか姿《し》勢《せい》を保《たも》ちながら、クウィントはブレーキを踏《ふ》み、錘レバーを必死に操作《そうさ》した。なにも起こらない。

完全にこわれてしまったのか？

くり出される鎖がジャラジャラと音を立て、機体がギイギイときしむ。と、突然《とつぜん》、ガラガラいう大きな音とともに、はげしくゆれながら、低空降下機の速度が落ちはじめた。

「助かった。一巻《いっかん》の終わりかと思いました。この手の古い飛行機械は、いつ故障《こしょう》するかわからないんです」

クウィントはほっとしていった。

西発着場では、平頭ゴブリンの衛士《えいし》バグズ

ウィルが、下をのぞきこみながら、額《ひたい》に浮《う》き出たあぶら汗《あせ》をぬぐっていた。間一髪《かんいっぱつ》だったな。おれが手を下す前に、降下機が目的をはたしてしまうところだった。だが、それだけは願い下げだ。

本当は、よろこんで降下機に細工《さいく》をして、最高位学者が非業《ひごう》の死を遂《と》げるところを見たいところだったが、今はまずい。ちゃんと仕事の報酬《ほうしゅう》を受けとってからでないと。金貨《きんか》二百枚《まい》だといったら、最銀の鼻キャップの人物はうなずきはしなかったが、拒絶《きょぜつ》もしなかった。取引が成立するまでは、最高位学者に死んでもらっては困《こま》るのだ。そんなことになったら、ただ働きになってしまう。

バグズウィルは、はるか下の方で停止している降下機を見おろした。今にもこわれそうなほど頼《たよ》りなげだ。たいしておもしろくもなさそうに笑うと、バグズウィルは背《せ》を向けて立ち去った。これから大事な仕事があるのだ。

クウィントがあらためて操縦《そうじゅう》を始めると、降下機はなめらかに降下していった。やがて、この前のトンネルの入り口に到着《とうちゃく》した。するとリニウスは、この前と同じように、石留《ど》め綱《づな》をつきだした岩にもやった。そして、やはりこの前と同じようにクウィントを残したまま、リニウスは岩棚《いわだな》に降《お》り立ち、片手《かたて》に杖《つえ》、もう片方の手に獣脂《じゅうし》ランタンを持って、トンネルのなかへと消えていった。しかし、今回は、クウィントはおとなしく降下機《こうかき》のなかで待ってはいなかった。

黄色いランタンの光が見えなくなり、コツコツコツと杖《つえ》をつく音も聞こえなくなると、クウィントはちょっと不安そうに、降下機のランプをはずした。そして、自分のいない間に石留《ど》め綱《づな》がほどけたりしないことを確《たし》かめると、鉄わくを開いて、おそるおそる岩棚《いわだな》に降《お》り立った。

そのとき、上の方の岩のくぼみに止まっていた大きなシロガラスが、バサバサと舞《ま》い上がった。そして、空中で向きを変えると、ガアガアと鳴き立てながら、クウィントめがけて急降下してきた。

クウィントは頭を低くして、あわててトンネルに飛びこみ、ランプを掲《かか》げてみて、はっと息をのんだ。浮遊石《ふゆうせき》の内部、石の巣《す》のなかに入るのはこれが初めてだったが、そこはとてつもない場所だった。巨大《きょだい》なモリスズメバチの巣のように、トンネルや小さな室《むろ》がどこまでも延々《えんえん》と続いている。風が通りぬけるたびに、サワサワとざわめくような音や、うめき声のような音が響《ひび》きわたる。トンネル自体が淡《あわ》く輝《かがや》いているのを見て、クウィントはぞっとした。まるで、石の巣そのものが生きているようだ。

ワードスプール先生の強い口調がよみがえってきた。

(大空学者は、決して行かぬ場所だ)

それをいうなら、空賊《くうぞく》だって行かないよ。クウィントは思った。少なくとも、わざわざ行こうとは思わない。にもかかわらず、今、自分はこうして、せまいトンネルが複雑《ふくざつ》に入り組んだ、油断《ゆだん》のならない迷宮《めいきゅう》の入り口に立っているのだ——運に見放されたが最後、常《つね》に形を変えるトンネルに押《お》しつぶされたり、出口をふさがれて永久《えいきゅう》に閉《と》じこめられることにもなりかねない。口から心臓《しんぞう》が飛び出しそうになりながら、クウィントは歩きだした。

ところが、十歩も行かないうちに、トンネルが三本に分かれている場所に出てしまった。どのトンネルを選べばいいかがわかったのは、左側のトンネルの奥《おく》で、黄色いランタンの明かりがぼんやりと見えたからだ。クウィントはほっとして道を急いだが、ふと不安を覚えた。常に形を変える石の巣のなかでは、いかにたやすく迷《まよ》ってしまうかに思いいたったのだ。そこでクウィントは、ポケットから黒炭《こくたん》をとりだして、道しるべを残しておくことにした。

何世紀にもわたり、だれの手も加えられずに浮遊石が成長してきた結果、トンネルは虫の食ったミツノキのように、複雑に入り組んでいた。奥へ奥へと、クウィントは進んでいく。何歩か進むたびに、黒炭で手早く矢印を書き

ながら。足を止めるたびに、クウィントはなにかに見られているような気がしてぞっとした――ところが、あたりを見てもなにもいない。淡《あわ》い光を放つ穴《あな》だらけの岩のなかを、風がヒュルヒュルシューシューと通りぬけていくばかりだ。

クウィントはリニウスに離《はな》されないように、できるだけすばやく矢印をつけながら進んでいった。しかし、トンネルはあまりに複雑《ふくざつ》で、歩きづらくてしかたがなかった。天井《てんじょう》が低いうえに、地面のいたるところに穴が開いたり、隆起《りゅうき》したりしていて、クウィントは何度となくつまずいて転び、ひざ小僧《こぞう》をすりむいた。そのうえ、あちこちでせまくなっているため、体を横にして、ざらざらの表面にこすりつけるようにして、やっと通りぬけられるというありさまだった。

きっと最高位学者は、前に来たときに障害物《しょうがいぶつ》をかなりとりのぞいておいたのだろう。ときどき、新しくつるはしでけずったあとがあり、地面には岩のかけらや細かい砂粒《すなつぶ》が落ちていた。あたりには、不気味なうめき声のような音や、ぜいぜいとあえぐような音がやむことなく響《ひび》いていた。本当に、風の音だけなのだろうか？　ついそんなことを考えてしまい、ざらざらの岩肌《いわはだ》に矢印を書くクウィントの手はふるえた。

そんなトンネルのなかでも、いくらか見通しのいいところに出ると、最高位学者の長衣のすそがチラリと見えた。クウィントはハッとしてあとずさり、息をひそめた。あとをつけていることを知られるわけにはいかない。絶《た》え間《ま》なく響く風のうなりにまじって、いらいらしたように毒づく声が聞こえてくる。最高位学者の長衣のすそが、とがった岩の出っぱりにひっかかったらしい。

「落ち着くのだ、リニウスよ」

最高位学者が、長衣のすそを出っぱりからはずしながら、つぶやく声が聞こえてくる。

「こんなにいらだった状態《じょうたい》で行ったら、ろくなことにならないぞ。おのれをコントロールするのだ。さもないと、あれにコントロールされることになる！」

クウィントは眉《まゆ》をひそめた。どういう意味だ？　それを知る方法はただ一つだ。

背《せ》すじを冷たいものが走るのを無視《むし》して、クウィントは最高位学者のあとを追った。トンネルの空気はむっと暖《あたた》かくなってきた。ブーンブーンという音が大きくなる。反対に、シューシューいう音は遠のいていった。あたりは深い赤色に染《そ》まっている。クウィントが岩の角を曲がったとたん、ほんの数歩のところに最高位学者が立っていた。その前には、硬《かた》い岩をくりぬいたところに、石の扉《とびら》がはまっている。

クウィントは後ろに下がって、だまってようすを見守った。

扉《とびら》は円形で、深紅色《しんこうしょく》の石核《せきかく》から切り出したもののようだった。表面に浮《う》き彫《ぼ》りにされている無数の動物たちの彫刻《ちょうこく》がなければ、まったくまわりの岩と区別がつかなかっただろう。

最高位学者は扉に近づいた。首に下げていた金印を手にして、扉の浮き彫りの方にかがみこむ。そのせいで、クウィントの位置からは、最高位学者の肩《かた》にかくれて浮き彫りが見えなくなった。次の瞬間《しゅんかん》、なにかが回転するような低いギギギという音に続いて、カチリと小さな音がした。すると、石の扉が内側に開き、広くて、ぼんやりと明るい部屋があらわになった。

クウィントが首をのばしてみると、不思議な光景がチラリと目に入った。かぞえきれないほどの大きな細ロビンやガラスの球が、キラキラと光を反射《はんしゃ》している。ところが、それらがすべて、曲面を描《えが》く壁《かべ》から、植物の茎《くき》のようににょきにょきと生えているガラス管につながっているのだ。そして、部屋の真ん中には、あたかも光そのもので織《お》り上げたかのような、巨大《きょだい》な輝《かがや》く球が浮《う》かんでいた。

「あれはいったい……？」

もっとよく見ようと、クウィントはしゃがみこんで、じりじりと前に出た。

そのとき、なにかが聞こえてきた。赤んぼうが苦痛《くつう》にすすり泣くような、低いあわれをさそうような声だ。クウィントの背中《せなか》を寒気が走った。もう少し前に出てみるが、最高位学者の背中がじゃまでよく見えない。あんな声を出すなんて、いったいなにがいるんだろう?

「おとなしくせんか、この邪悪《じゃあく》な生き物め」

最高位学者が、しかりとばすようにいった。

それが引き金になったのか、すすり泣きが、はげしく泣きわめく声に変わった。そして、その嘆《なげ》き悲しむ声にまじって、言葉が聞きとれたような気がした。なにかを乞《こ》い願っている。

「もうやめて。お願いだから、もう堪忍《かんにん》して……」

思わずクウィントが立ち上がって、前に進み出ようとしたとき、扉がゴゴゴゴッと閉《し》められた。とたんに泣きわめく声が聞こえなくなり、静寂《せいじゃく》のなかでクウィントは、円形の石の扉を見つめていた。扉に近づいて、耳を押《お》しあててみたが、扉はよほど分厚《ぶあつ》いのか、なかの音はほとんど聞きとれなかった。

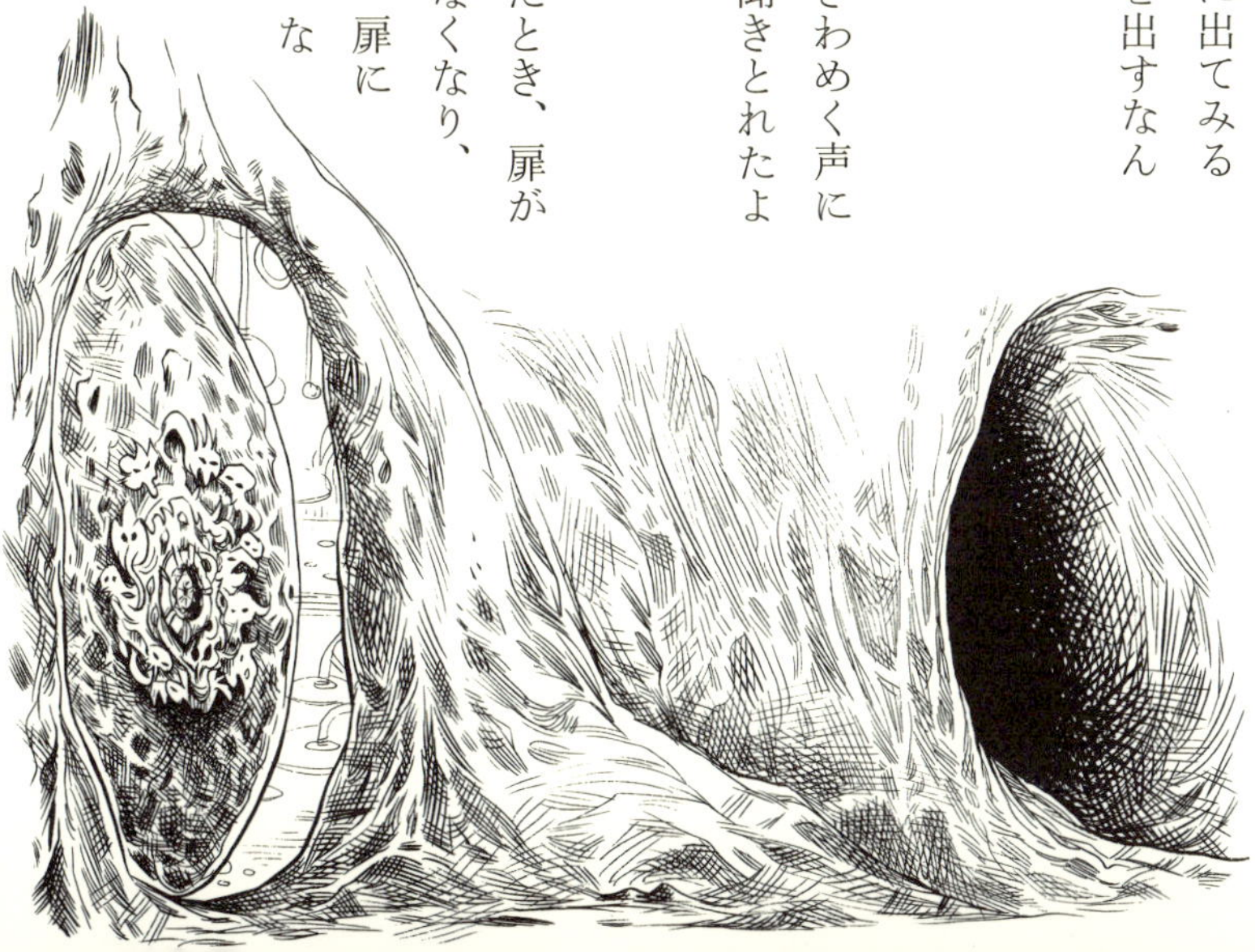

クウィントは扉《とびら》に背《せ》を向けた。最高位学者は、この部屋になにか、いやだれかを閉《と》じこめている。こんなことは予想もしていなかった。クウィントはぶるっとふるえた。頭がくらくらする。最高位学者のことを信じていたのに。いや、尊敬《そんけい》さえしていたのに。今はもう、どう考えればいいのかわからなかった。

いったい、なにを閉じこめているんだろう？　あんなに泣きさけぶなんて、いったいどんなおそろしい実験をしているんだろう？　そのときクウィントは、はっとした——マリスになんていえばいいんだ？　父親が実は狂《くる》っていて、地下の部屋にあわれな生き物を閉じこめて、責《せ》めさいなんでいるというのか？

一つだけたしかなのは、最高位学者より先に、低空降下機《こうかき》にもどらなければならないということだ。あとをつけていたことは、まちがっても知られたり、疑《うたが》われたりしてはならない。クウィントは、できるだけ早くもどるべく、急ぎ足で歩きだした。

疲労《ひろう》と不安に汗《あせ》を浮《う》かべながら、次から次へと角を曲がる。いたるところで、岩がブーンブーンとうなっている。クウィントは黒い矢印をたどりながら、延々《えんえん》と続くトンネルをもどっていく……。

「ああ、クソッ！　どうなってるんだ？」

クウィントは思わず悪態《あくたい》をついた。目の前にあったのは、円形の石の扉だった。どういうわけか、どこかで道をまちがえて、もどってきてしまったのだ。なんてマヌケなんだ、おれは。部屋のなかでなにが行われているのかに気をとられて、矢印をちゃんとたどらなかったんだ。

クウィントはふたたび歩きだした。今度はもっと気をつけよう。いつ最高位学者が出てくるかわからないからな。また迷《まよ》うわけにはいかない。

やがて、なぜ道をまちがえたのかがわかると、クウィントの心臓《しんぞう》の鼓動《こどう》が速くなった。トンネルの入り口から部屋の扉の前まで、ちゃんと矢印をつけてきたはずだったが、不安とあせりからか、急いで書きなぐってしまったために、まるで矢印に見えなかったり、かすれてほとんど見えなかったりするのだ。それだけではない。もともと石の巣《す》自体が、さまざまな印のようなものにおおわれていた。黒い染《し》みや、よごれ、すすをなすりつけたようなあと……。

おれがつけた印はどれだ？　どれが、前からあったやつなんだ？

なお悪いことに、そのとき、岩自体が動くことを思い出した。せまい部分はなおさらせまくなり、天井《てんじょう》が低かった場所では、今はかがまなければならないぐらいだった。クウィントはあせった。うめくような音、あれは風ではなかった。多孔性《たこうせい》の石の巣《す》が成長し、動き、形を変える音だったのだ。トンネルの壁《かべ》自体が動いているのでは、矢印を信用することなどとてもできない。

「どっちへ行こう？」

クウィントはつぶやいた。枝分《えだわ》かれしている場所に来たとき、どちらのトンネルにも矢印らしきものが書かれていたのだ。

「おれは一つしか書いていないはずだ。でも、どっちなんだ？」

クウィントは片方《かたほう》の矢印を人差し指でこすってみた。指先には、黒炭《こくたん》の粉《こな》がついた。だったら、左側のトンネルだ。そうは思ったが、ためしにもう一つの矢印も中指でこすってみた。中指にも、人差し指と同じ、黒い粉がついていた。

「ウソだろ！」

クウィントは思わずさけんだ。恐怖《きょうふ》といらだちのまじったその声は、うねうねと複雑《ふくざつ》に入り組んだトンネルやくぼみに響《ひび》きわたった。

「ウソ、ウソ、ウソ……」

やがて、こだまが消えていくと、なにか別の音が取って代わった。

地面をひっかくような、小走りに走るような音だ。近づいてくる。

一瞬《いっしゅん》、クウィントは、最高位学者が降下機《こうかき》に急ぎもどっていく音かと思った。だが、一瞬だけだ。音は後ろからではなく、二本のトンネルのどちらからか聞こえてくるのだ。どっちなんだ？　音が反響《はんきょう》してしまうため、よくわからない。

クウィントは右のトンネルに足を踏《ふ》み入れて、耳をかたむけてみた。その眉間《みけん》にしわがよった。なんともいえない。後ろに下がって、左のトンネルをためそうとしたとき、奥《おく》の方から明かりが近づいてくるのが見えた。

心臓《しんぞう》がドキンと高鳴った。あざやかな赤い色が規則《きそく》正しく明滅《めいめつ》しながら、こちらに向かってどんどん近づいてくる。鼻をクンクンいわせて、においをかぐような音が、しだいに大きくなってくる。

クウィントは迷《まよ》うことなく、右側のトンネルに飛びこんだ。足音が速くなり、あたりには、クンクン鼻を鳴らすような音や、しめったようなペタペタいう音が響いている。正体がなんであれ、そいつは追跡《ついせき》を開始したようだ。

走りながら後ろをふりかえったひょうしに、クウィントはつまずいて転び、つき出した岩に左ひざをしたたかに打ちつけた。幸いランプは消えなかった。音はなおも近づいてくる。今では、赤い光がはっきり見える。

恐怖《きょうふ》とはげしい痛《いた》みをこらえて立ち上がると、クウィントはふたたび走りだした。

「急げ！　もっと速く！」

足をひきずりながら、せまい部分に体をこじ入れていく。

背後《はいご》では、謎《なぞ》の生き物が立ち止まったようだ。クンクンいう音に続いて、ペチャペチャとなにかをなめるような音が聞こえる。クウィントは、気持ち悪さに吐《は》きそうになった。おれがひざを切った場所を見つけたんだ。

「ウィイイ、ウィイイ、ウィイイイ！」

かん高いうれしそうな声が、トンネルに響《ひび》きわたる。クウィントはおぞましさにふるえあがった。どうやらそいつは、おれの血をなめて、気に入ってしまったらしい。

クウィントは首からスカーフをはずして、痛みに顔をしかめながら、けがをしたひざにきつくまきつけた。血のあとなんか残しておいたら、あとをつけてきてくれといっているようなものだ。

そして立ち上がると、できるかぎりの速さで走りだした。こめかみがズキズキする。心臓《しんぞう》が早鐘《はやがね》のように打っている。ブーンブーンとうなる岩の音にまじって、ふたたび風がシューシューいう音

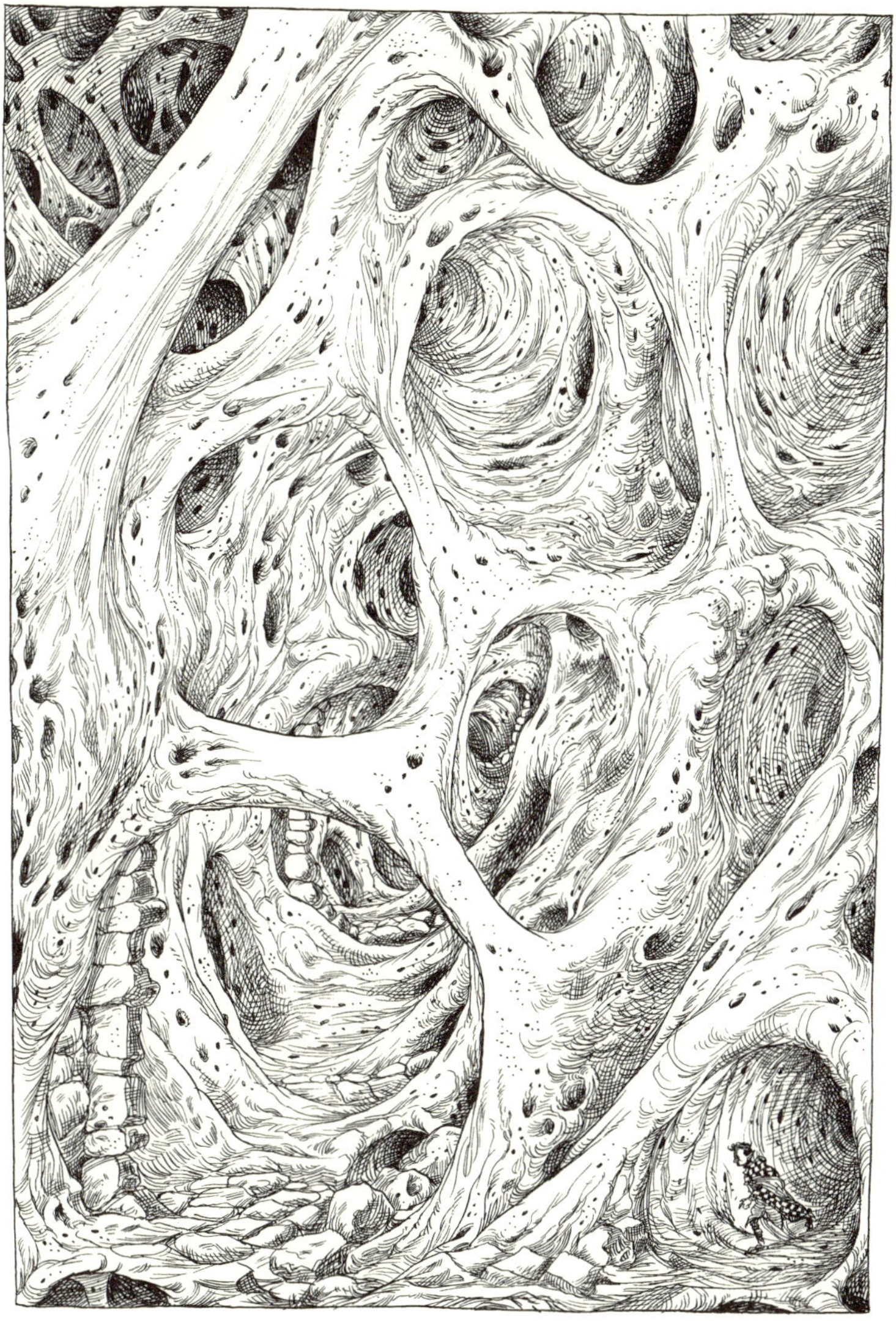

が聞こえはじめた。そういえば今まで、風の音が聞こえなくなっていることに気づいてもいなかった。変化はほかにもあった。空気がひんやりと新鮮《しんせん》に感じられる。まちがいない。浮遊石《ふゆうせき》の表面に近づいているんだ。

「どうか、トンネルの出口であって、行き止まりなんかではありませんように」

ほどなく、どちらだったのかわかった。

最初、クウィントの頭は、自分の目が見ているものを認《みと》めようとしなかった。前にかがみこんで、飛び出した岩にひっかかっている裂《さ》けた布切《ぬのき》れを手にとる。まちがいない。最高位学者の長衣のすそだ。正しい道をたどってきたんだ。このおそろしい、息づまるようなトンネルに入りこんで以来、初めてのいい知らせだ。そればかりか、明滅《めいめつ》する赤い光も、ペチャペチャとなめるような音も、どうやら遠ざかっていくみたいだ。なんとかまいたのか？

次の瞬間《しゅんかん》、前方に現《あらわ》れた光を見て、クウィントは凍《こお》りついた。もちろん、そんなはずはなかった！　なんで、まいたなんて思ったんだ？　どうやったのかは知らないが、謎《なぞ》の生き物は先まわりしたようだ。恐怖《きょうふ》に満ちた目で赤い光を見つめながら、クウィントはゆっくりとあとずさったが、すぐに足を止めた。後ろから、音が聞こえる。パタパタ、クンクン、ウィイイ……。さっとふりかえると、一段《いちだん》と明るい光が目に入った。二匹《ひき》いる！

「はさまれた」

クウィントはうめいた。てのひらがじっとりと汗《あせ》ばみ、髪《かみ》の毛が逆立《さかだ》っている。

進むべきか？　しりぞくべきか？　パタパタいう音が大きくなる。進むしかない。

クウィントは覚悟《かくご》を決めると、ナイフをぬき、ランプを掲《かか》げて進みはじめた。風のジャッカルの教えてくれた、身を守る方法を思い出しながら。こんな追いつめられた状況《じょうきょう》では、攻撃《こうげき》こそ最大の防御《ぼうぎょ》なのだ。敵《てき》が動いた瞬間、前に踏《ふ》みこんでナイフをつき立ててやる。

細い曲がり角まで来ると、クウィントは、このまま進むべきか迷《まよ》って聞き耳を立てた。背後《はいご》のクンクンいう音がまた大きくなった。すぐ近くまで来ている。心臓の鼓動《こどう》をおさえ、緊張《きんちょう》に体をこわばらせながら、クウィントはじりじりと進んだ。光は前にも増《ま》して強くなってきた。息をこらえ、角を曲がる……。

「助かった！」

目の前の光は、深紅色《しんこうしょく》でも、明滅《めいめつ》してもいなかった。それは、ピンクがかった青色の、朝の光だった。ほっとするやらうれしいやらで、泣きだしそうになりながら、クウィントは光に向かって最後の何歩かを進むと、岩棚《いわだな》に足を踏《ふ》み出した。とうとう、おそろしい石の巣《す》から出ることができた。

ところが、低空降下機《こうかき》の上には、シロガラスがとまっていた。クウィントが身を乗り出して、鉄わくの扉《とびら》を開けようとすると、シロガラスはギャアギャアとしわがれた声を上げながら、凶暴《きょうぼう》そうなくちばしでつつこうとした。クウィントはカッとなった。

「おまえなんかを、こわがると思ってんのか？　おれはたった今まで……血に飢《う》えた怪物《かいぶつ》に追われていたんだぞ！」

クウィントは大声でいうと、シロガラスに向かってこぶしをふりまわした。シロガラスは黄色い目をぎらつかせながら、ギャアギャアと鳴いた。

「どうなんだよ？　ええっ？　どうなんだ？」

するとシロガラスは、バサバサと翼《つばさ》を羽ばたかせて舞《ま》い上がり、怒《おこ》ったようにグワッグワッと鳴きながら飛び去った。クウィントが扉を開けて乗りこもうとしたとき、トンネルのなかから物音が聞こえた。ふりむいたクウィントは、博士《はかせ》の姿《すがた》を見て思わず声を上げた。

「博士！　こ、今度はいったい、なにがあったんですか？」

最高位学者を低空降下機に乗せようとしたとき、クウィントの目が、最高位学者の首に下がっている金印にとまった。まぶしい朝の光を受けて、金印はキラキラと輝《かがや》き、有名な稲妻《いなずま》の模様《もよう》がはっきりと浮《う》き上がった。クウィントの顔に、なにかを思いついたような表情《ひょうじょう》が浮かんだ。

「クウィント……」

うちひしがれたように、最高位学者がうめいた。

クウィントは、はっとわれに返った。

「すみません、博士。しっかりつかまっててください。急いでもどりましょう」

第十章　陰謀《いんぼう》と策略《さくりゃく》と

「お父さまがどうしたっていうの？」

マリスは声を荒《あら》げた。

クウィントはあわててあたりを見まわした。風見の塔《とう》に向かう二人の風見師《かざみし》の徒弟《とてい》が、足を止めてふりかえった。クウィントはマリスの手をとって、塔の裏手《うらて》にひっぱっていった。

「大声を出すなよ。今、目立つのは絶対《ぜったい》にさけなきゃ」

「ごめんなさい。でも……とても、信じられない……」

マリスはすまなそうにいった。

「おれは、自分が見聞きしたままを話してるんだ。博士《はかせ》は、なにかの生き物を地下の部屋に閉《と》じこめている」

マリスは首をふった。

「どんな生き物？　ペット？　チョビみたいな？　それとも、護身《ごしん》用の動物？　それとも……」

「そいつ、しゃべったんだ」

マリスはえっと驚《おどろ》いた。

「しゃべった？　ひとまねしたんじゃなくて？　モノマネドリとかノタリザルみたいに？」

クウィントは首をふった。

「そいつ、お願いだから、っていったんだ。頭を使えるんだよ」

「だったら、知性《ちせい》のある生き物ってことね」

マリスはため息まじりにいった。

「きっと、小ゴブリンとかトロルのたぐいね……それも、お父さまのようすから察《さっ》するに、凶暴《きょうぼう》なやつだわ。あたし、こわいわ、クウィント。お父さま、もう少しで死ぬところだったのよ」

「わかってる」

リニウス・パリタクスがトンネルから出てきたときのことを思い出して、クウィントはいった。足をひきずり、長衣のいたるところに血が飛び散っていた。リニウスが顔を上げたとたん、クウィントは思わずさけんでしまった。何者かがもぎとろうとでもしたかのように、耳がほとんど切りとられて、かろうじて皮一枚《まい》でぶらさがっていたのだ。あんなにか弱そうで、あわれな声を出す生き物にしては、ずいぶんはげしくあばれたにちがいない。

最高位学者の言葉も思い出した。あのときは、あまり気にとめなかったのだが。

「博士《はかせ》は、そいつを邪悪《じゃあく》な生き物と呼《よ》んでいた」

クウィントは静かにいった。

「そりゃそうでしょ、お父さまをあんなふうにけがさせるなんて。それに……」

マリスは腹立《はらだ》たしげにいってから、ふとだまりこんだ。クウィントは、マリスが話を続けるのを待った。

聞こえるのは、はるか頭上《ずじょう》で回転する風見の帆《ほ》が、パタリ、パタリとふくらんではへこむ音ばかりだ。風はほとんどなかったが、堂々たる風見の塔《とう》の帆は、わずかな風にも敏感《びんかん》に反応《はんのう》するのだ。

「それに、なんだい？」

クウィントが聞くと、マリスは顔を上げた。

「わからない。ただ、自分の意志に反して閉《と》じこめられたら、どんな気がするかなって思ったの」

クウィントは同情《どうじょう》するようにうなずいた。自分の父親が悪いことをしているかもしれないという事実を受け入れるのが、どんなにつらいことかよくわかった。マリスが、閉じこめられた生き物に同情する以上のことをしないのが、せめてもの救いだった。

すると、だしぬけにマリスがいった。

「あたし、行かなくちゃ。クウィント、あたしを連れてって。自分の目で確《たし》かめたいの。もしも、そこで……。もしも、父さんが……」

マリスは声をつまらせて、だまりこんだ。

「やるべきことをやるしかない。おれは……」

クウィントが真剣《しんけん》にいいかけると、突然《とつぜん》、頭上《ずじょう》でなにかがこすれるような音がした。クウィントが顔を上げると、さっき見かけた二人の風見師《かざみし》の徒弟《とてい》が、さっと窓《まど》の奥《おく》に頭をひっこめた。

「マリス、おれたち見はられてるよ。別の場所に行こう」

高架橋階段《こうかきょうかいだん》には、いつもと同じようにうわさや中傷《ちゅうしょう》が飛びかい、陰謀《いんぼう》や策略《さくりゃく》がささやかれ、豪華《ごうか》な雲の大学の屋根にすえつけられた酸性霧貯蔵桶《さんせいむちょぞうおけ》からシューシューと吹《ふ》き出す、圧縮《あっしゅく》された蒸気《じょうき》のような音となって響《ひび》いていた。あるときは不透明《ふとうめい》、またあるときは透明になる蒸気と同様、そこでかわされる言葉もまた、熱く、毒をふくんでいた。それは、なにか劇的《げきてき》なことが起こる前触《まえぶ》れでもあった。虚空《こくう》では、大いなる嵐《あらし》がせまりこようとしている。一方、サンクタフラクスでは――もしも、うわさの半分でも正しければ――それ以上に大きな嵐が吹き荒《あ》れようとしていた。

第十八西階段は、ふだんよりも人出が多かった。陰謀だの、世界の終末に対する警告《けいこく》だのをわめきたてたり、熱に浮《う》かされたように語ったりするいつもの輩《やから》にまじって、あまり見かけないたぐいの人間たちが、大理石の階段の上で店開きをしていたのだ。易者《えきしゃ》や、予言者や、占《うらな》い師といった人々だ。

こういったあわれな人々は、かつての誇《ほこ》り高き大地学者のなれのはてだといわれていたが、今ではその深森《ふかもり》の知識《ちしき》も、空話《くうわ》だの迷信《めいしん》だの以外は失われ、大道芸人のたぐいになりさがっていた。大空学者はそんな人々をさげすんでいたが、いかに大地学が下等であるかを示《しめ》す生きた証拠《しょうこ》として大目に見ているのだった。占い師たちはおのおの、自分たちの占い道具を持っていた――カモシ石、ティルダーの腸《ちょう》、ツマヅキソウの根というぐあいに。そのなかでも、背《せ》が高く、白目がにごり、二重あごに半白のひげをたくわえた男のまわりに、かなり大きな人垣《ひとがき》ができていた。

「骨《ほね》はうそをつかぬ」

男は真っ白にさらしたシッチウオの骨を、目の前の人垣に向かってふりながら、興奮《こうふん》のあまり裏《うら》がえった声でわめいた。

「わしは見た。闇《やみ》の宮殿《きゅうでん》に死と絶望《ぜつぼう》がしのびよるのを。わしは見た。最高位学者が青い炎《ほのお》に包まれ、死に神とおどる姿《すがた》を」

男は声をひそめていった。

「わしは見た。われらが浮遊都市《ふゆうとし》、愛すべきサンクタフラクスが、悪霊《あくりょう》にのみこまれ……」

男の声が大きくなる。

「粉々にかみくだかれ……」

なおも大きくなる。

「しまいに吐《は》き出されるところを」

男はさけんでいた。

「無知《むち》と野望によって解《と》き放たれた悪霊《あくりょう》だ。いかなる牢獄《ろうごく》にもつなぎとめておけない悪霊だ。あまりにおそろしく、何人《なんびと》もその怒《いか》りからは逃《のが》れられぬ」

群衆《ぐんしゅう》ははっと息をのんだ。予言者がここまで血なまぐさいことをいうのは、めったにないことだ。

「それで、その悪霊をどうやって見つければいいんだ？」

だれかがさけぶと、男は答えた。

「実にむずかしい。なんとなれば、その悪霊は変化《へんげ》だからだ。親しき者の声音《こわね》を使い、近しき者の姿《すがた》を借りるのだ。人の目をあざむき、たぶらかす。崖《がい》の国で最もおそろしい生き物だ……」

「まるでゴウママネキじゃないか！」

人垣《ひとがき》の後ろの方から声が飛び、笑いの輪が広がった。

崖の国の子どもたちならだれでもこわがる、血も凍《こお》るほどおそろしい怪物《かいぶつ》の話を、母親や父親や乳母《うば》はよく話して聞かせた。とはいえ、大人たちの間では、ゴウママネキなどを信じているのは、昔ながらの生活をしている部族や種族だけだった。深森《ふかもり》を出てサンクタフラクスや地上町を目指す者たちは、家族や村ばかりでなく、土着《どちゃく》の信仰《しんこう》まで捨《す》て去ってしまう。それに、浮遊都市《ふゆうとし》や、その下に広がるごみごみした町で生まれた者たちは、もともとゴウママネキの話など、大昔の空話《くうわ》や伝説のたぐいとしか考えていなかった。

予言者はシッチウオの骨《ほね》をはげしくふりながら、わめいた。

「笑いたくば、笑うがいい！」

「それはご親切に、どうも」

だれかがまぜっかえすと、笑い声はいっそう大きくなった。

予言者はひるむことなく、暗い目でゆっくりと群衆をながめわたした。斜視《しゃし》のため、予言者がなにを見ているのかはわからなかった。ざわめきがしだいに静まった。

「そうか、みなの衆はゴウママネキを信じとらんというわけか？」

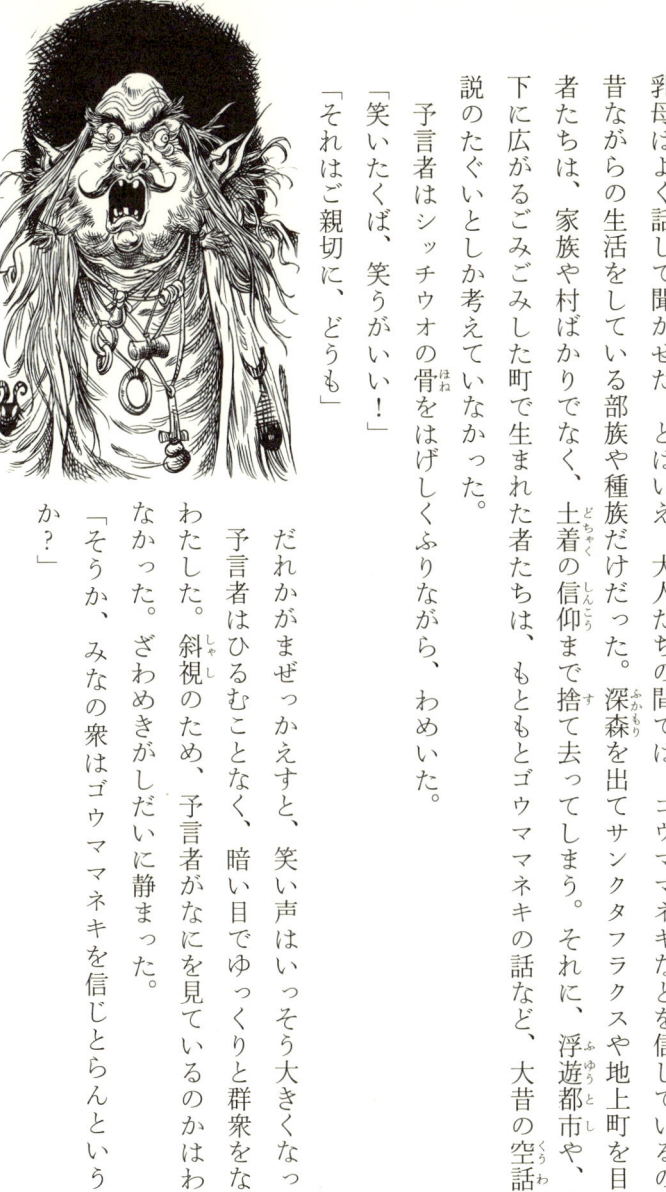

予言者はぞっとするような声でささやいた。

だれもしゃべらない。だれも動かない。

「わしは、肉食植物の話を信じなかった者を知っておるが、そやつは、結局身の毛もよだつチスイガシにのみこまれてしまった。よいか、みなの衆《しゅう》、信じないことこそゴウママネキの力になるのだぞ」

その声はより大きく、よりはげしくなっていく。

「わしの言葉を肝《きも》に銘《めい》じておくがよい。ゴウママネキは来る！　これは、大地の大空に対する復讐《ふくしゅう》なのだ。骨《ほね》にそう出ている！」

あざけるような笑いが起こった。

「おれたちをなんだと思ってるんだ？」

「深森《ふかもり》のガキか？」

そして人々は、引き上げはじめた。

破滅《はめつ》の日がせまっているといううわさは、高架橋階段《こうかきょうかいだん》では別段《べつだん》目新しくもなかった。シッチウオの骨占《ほねうらな》いをする予言者が現《あらわ》れる前に、すでに第十八東階段では、賭《か》けがさかんに行われていた。

人々はさんざん笑ったりからかったりしたものの、予言者がもたらした言葉は、さっそく賭けの対象になった。人々は、ダフ屋のまわりに群《むら》がった。

「闇《やみ》の宮殿《きゅうでん》に雷《かみなり》が落ちるに、金貨《きんか》十枚《まい》」

毛の縁取《ふちど》りのついた長衣を着た、背《せ》の高い雨占師《あめうらし》の徒弟《とてい》がいった。

「次の満月までに、最高位学者が亡《な》くなるに、金貨十五枚」

その連れがいった。

ダフ屋は賭け率《りつ》を書きとめると、金貨を受けとって、数字を書きこんだ紙切れをわたした。階段の上の方では、ゴウママネキが実在《じつざい》するかどうかという賭けで、賭け率がかなり下がっていた。一週間、一日、いや、たった一時間前でも、ゴウママネキがおとぎ話や悪夢《あくむ》の登場人物にすぎないという方に、千対一でかけられただろう。ところが、うわさが一人歩きを始め、やがてゆるぎない真実に姿《すがた》を変えると、だれそれの知り合いの知り合いが、ゴウママネキをじかに見たなどという者まで現れた。

となりの第十七階段には、見かけない学者たちの一団《いちだん》が集まっていた。高架橋階段群《ぐん》のちょうど真ん中に位置するため、この階段は東も西も中立地帯と考えられており、きびしい階級制度《せいど》にしばられたさまざまな学校や研究施設《しせつ》の学者たちが、正体をかくして会うことのできる場所だった。

その学者たちは、自分の属《ぞく》する学校の長衣は着ていなかったが、顔を知っている者なら、ふだん第九東階段《かいだん》にたむろしている十人あまりの副学部長を見分けることができた。いずれも、新顔の靄《もや》鑑定師《かんていし》の徒弟《とてい》や下級助手見習いの一団《いちだん》と、熱心に話しこんでいる。というより、みなわれがちに話そうとしているようだった。

「だが、その提案《ていあん》は、いささか行きすぎなのではないか？」

「火急《かきゅう》の際《さい》には、火急の方策《ほうさく》が求められるものよ」

「最高位学者のふるまいは不届《ふとど》ききわまりない。断《だん》じて受け入れることはできん……」

「そうだ、あいつはしりぞくべきだ！」

「だが、みずから進んでやめないというのなら……」

「飛ぶことをためらうやつは、後ろから押《お》してやればよい……」

そんなふうにいきりたつ学者たちの間を、長衣のフードを目深《まぶか》にかぶった背《せ》の高い人物が、だれにも気づかれずに動きまわっている。その男が連れに向き直ったひょうしに、つきだした銀の鼻キャップに光がキラリと反射《はんしゃ》した。男はささやいた。

「うわさを広めるのがどれほどたやすいことか、よくわかるだろう、バグズウィル。陰謀《いんぼう》をめぐらし、策略《さくりゃく》を練り、反感の芽を植えつけ……」

やはり長い長衣をまとい、フードをかぶった平頭ゴブリンの衛士《えいし》は、しきりにうなずいてささやきかえした。

「おれが思ってたより、ずっとうまくいきやした。それで、肝心《かんじん》な作戦の方は？」

「準備《じゅんび》はできておる」

男がそう答えると、二人はあたりをそっと見まわした。

「今夜、最高位学者が低空降下機《こうかき》に乗りこんだとたん、鎖《くさり》が切れることになるだろう……」

クウィントとマリスはなおもひそひそと話しながら、風見の塔《とう》から続いている中央水路の岸を歩いていた。風見の塔の風帆《かざほ》を動力源《どうりょくげん》として、大きな水車で送り出され

る水は、せまい水路を流れていき、サンクタフラクスで最古の建物を除《のぞ》くすべての建物に通じるパイプへと、流れこんでいる。クウィントの話に耳をかたむけていたマリスは、ポケットのなかに空《そら》水晶《すいしょう》のかけらが入っていることに気づいて、なにげなく泡立《あわだ》つ流れにポイと投げこんだ。

「おそろしい話ね」

マリスは顔をそむけた。

「ああ。おそろしかったよ。鼻をクンクンいわせ、ペチャペチャと舌《した》なめずりをするような音が聞こえるんだ。そいつ、光ってた。それも、赤く。血のような赤だ！」

クウィントがいうと、マリスはぶるっとふるえた。

「石の巣《す》だけでもおそろしいのに、そんなものがうじゃうじゃいるなんて……。でも、それの正体はなんなの？」

「わからない」

クウィントは首をふった。

「あんなもの、今まで見たことも聞いたこともない。でも、これだけはいえるよ——無事にもどれたのは、運がよかっただけだ」

マリスがかすかにほほえんだ。クウィントは、あらためてマリスに聞いた。

「マリス、それでも行きたいのか?」

「どういう意味よ?」

マリスの目がギラリと光った。

「い、いや……ちょっと思っただけだよ。だってさ、低空降下機《こうかき》はあぶなっかしいし、石の巣は危《き》険《けん》だし、そのうえ、なんだかわからないけど、おそろしい真っ赤なやつまでいるんだ……やめるなら、今のうちだよ」

マリスはフンと鼻を鳴らした。

「やめる? もちろん、あたしはやめないわよ。野生のオオグチハイカイがおそってきたって、気持ちは変わらないから。日が沈《しず》んで一時間後に、西発着場で待ってて」

そういうとマリスは、背《せ》を向けて歩き去った。

クウィントは、せかせかと遠ざかっていくマリスの後ろ姿《すがた》をじっと見つめていた。その口元が、困《こま》りはてたようにゆがんだ。どこまでいっても、マリスのことは理解《りかい》できそうもない。

第十一章　自由落下

マリスは、暗い廊下《ろうか》に立っていた。目の前には、カギのかけられた最高位学者の寝室《しんしつ》がある。その目は泣きはらして赤く、足がふるえている。こぶしは、ノックをしつづけたために、赤くなってヒリヒリしている。

お父さまに内緒《ないしょ》でなにかをしようというだけでも気がとがめるのに、キスもしないで行くと考えると、いっそう後ろめたかった。裏切《うらぎ》っているような気がした。けれど、どんなことになろうと、地下の部屋の秘密《ひみつ》をつきとめなくてはならない。クウィントが助けてくれるはずだ。

マリスは、チリッと嫉妬《しっと》を覚えた。どうしてお父さまは、あたしよりもクウィントを信用して、秘密の仕事をいいつけたりしたの？　マリスは首をふった。今は、そんなことを考えているときではない。理由はどうあれ、クウィントが悪いわけじゃないんだから。それに、このことを教えてくれたときは、腹《はら》が立つどころか、感謝《かんしゃ》したぐらいだ。

マリスは、もう一度最高位学者の寝室の扉《とびら》に目をやった。なんとしても、行く前にお父さまに会いたい。どうしても、お父さまのことを愛してるんだって、最高位学者の娘《むすめ》であることを誇《ほこ》りに思ってるって、わかってほしい。部屋のなかに入れさえすれば！

「開けて！　お願いだから、なかに入れて……」

マリスはさけびながら、前にもまして強く扉をたたいた。

そのとき、カギのはずれるカチッという音がした。扉が開いて、すき間からウェルマの顔がのぞいた。

「マリスお嬢《じょう》さま！　いったい、なんのさわぎです？」

「お父さまに会いたいの」

「だんなさまはお休みだよ。だれも入れるなって、きつくいいわたされているんだから」

「でも……」

「マリス、だんなさまはおそろしい目におあいになったばかりなんだよ。お話しにはならないよ」

「あたしには話してくれるわ。わかるの。だって、お父さまは……」

ウェルマはそっと廊下《ろうか》に出て、後ろ手に扉《とびら》を閉《し》めた。そして、マリスのほほをいとおしげになでながらいった。

「だんなさまは、特にお嬢《じょう》さまは入れてはいけないとおっしゃられたんだよ」

「そんな……。お父さまは、あたしのこと、きらいになっちゃったの？」

マリスののどに、かたまりがせりあがってきた。涙《なみだ》がこみあげてくる。

「きらいになっただって？　そんなことあるもんかね、おばかさんだね。だんなさまは、あんたのことを愛してるからこそ、今の状態《じょうたい》を見せたくないんじゃないか。顔ときたら、傷《きず》だらけのあざだらけだし、耳にも大けがをしてるし……」

ウェルマは眉間《みけん》にしわをよせた。

「そういや、マリス、あんたも顔色が悪いね。鼻も目も真っ赤だし、まぶたがはれぼったいよ。ほら、お使いよ」

そういうとウェルマは、エプロンのポケットから、染《し》みだらけの大きなハンカチをとりだして、マリスにさしだした。

マリスはハンカチを受けとると、涙をふいて、鼻をかんだ。

「ごめんなさい。ばかなことして。それに、お父さまもお疲《つか》れよね」

ウェルマはうなずいた。

「赤んぼうのように眠《ねむ》ってるよ」

マリスはこわばった笑《え》みを浮《う》かべた。

「お父さまのめんどうを見てくれて、ありがとう。おまえがいてくれれば安心よ。お父さまに伝えてちょうだい。あたしからだって……」

マリスはかがみこんで、ウェルマのゴムのような鼻にキスをした。

「なにがあっても、お父さまのことを愛していますって」

「かならず伝えるよ」

ウェルマは、いとおしいお嬢さまの後ろ姿《すがた》を見送りながら、後ろめたさにとらわれていた。うそだけはつきたくなかった。しかし、なにがあっても、だんなさまが本当はどんな状態なのかを話すわけにはいかない。頭にまかれた、血で真っ赤に染《そ》まった包帯も痛々《いたいた》しかったが、だんなさまのうつろな目のなかにある、なにかにとりつかれたような表情《ひょうじょう》にいたっては、たとえ望んだとしても、言葉で表現《ひょうげん》することはできなかった。

リニウス・パリタクスは、ウェルマのいうように眠《ねむ》ってはいなかった。ベッドの上で背中《せなか》を丸めてすわったまま、身動き一つせず、恐怖《きょうふ》に目を見開いて、自分にしか見えないなにかを見つめていた。

＊

「遅《おそ》いな」

クウィントはつぶやいた。

日が暮《く》れて一時間後っていってたよな。太陽が地平線の下にかくれたのは、七時五分だった。そろそろ、大会堂の鐘《かね》は九時を告げようとしている。クウィントは心配そうに、西発着場を見まわした。

「マリス、どこにいるんだ?」

あたりが闇《やみ》に包まれると、気温が急激《きゅうげき》に下がり、身を切られるような寒さになった。クウィント

は寒さをしのぐために、足を踏《ふ》みならしたり、腕《うで》をふりまわしたりした。あたりを行ったり来たりしはじめる。何度も何度も……。

視線《しせん》をさけるようにしてはいたが、発着場の衛士《えいし》の一人にうさんくさく思われているのはわかっていた――がっしりした平頭ゴブリンで、左の眉《まゆ》からほほにかけて、深くみにくい傷《きず》あとが走っている。とうとう、その衛士が近づいてきた。

「もう二時間もそうやってうろうろしてるようだが、おめえは何者だ?」

衛士は顔を近づけて、問《と》いただした。

「お、おれは徒弟《とてい》だ。最高位学者の」

クウィントはいった。息が白い。その名前を出せば、衛士もそれ以上口出ししないだろうと思ったのだ。

たしかに、口出しはしなかった。

ところが、立ち去りぎわに、衛士の顔にさっと好奇《こうき》の色がよぎるの

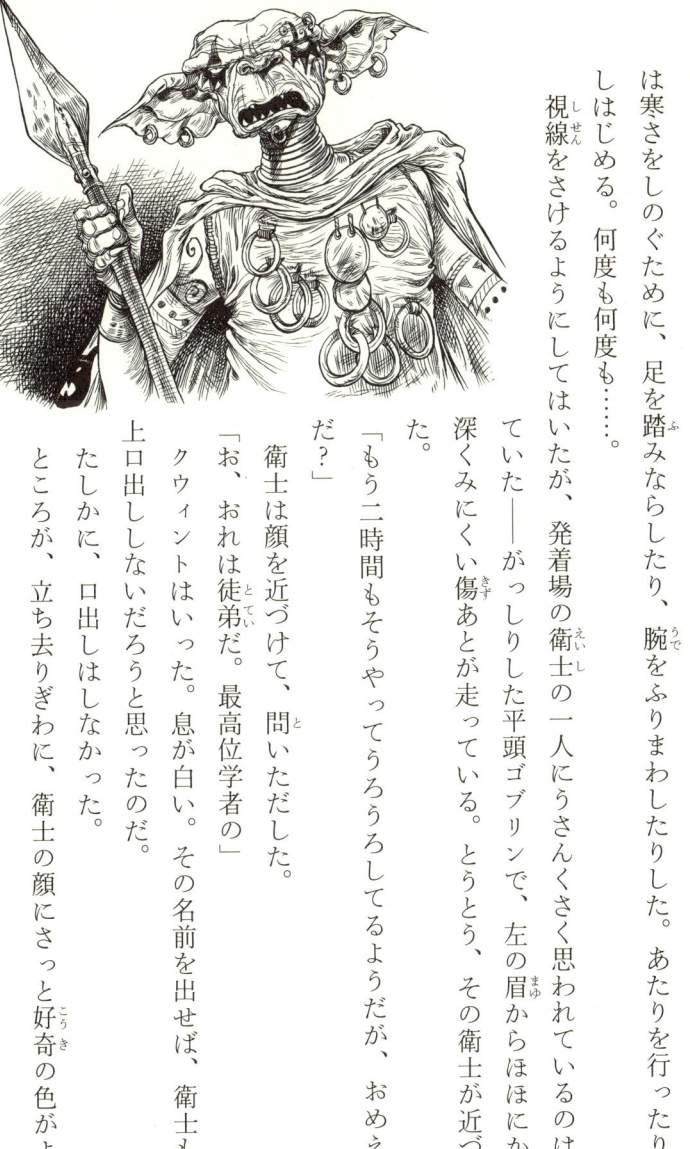

を、クウィントは見のがさなかった。一言よけいだったことに気づいて、クウィントは下くちびるをかんだ。サンクタフラクスでは、よけいなことはいわない方がいい。この衛士《えいし》がなにを考えているか、わかったものじゃない。だれかに話さないともかぎらない。

クウィントは、衛士がどこへ行くのか確《たし》かめようとしたが、すでに、靄《もや》のたちこめる闇《やみ》のなかに姿《すがた》を消していた。発着場は、地上町との間を昇《のぼ》り降《お》りする人々でにぎわっていたが、衛士の姿はどこにも見あたらなかった。その代わり、見たことのある顔に気づいた。

「あいつ、会ったことがある」

宝物《ほうもつ》の日に大会堂の階段《かいだん》で話した、銀の鼻キャップの男だ。クウィントは近づいていって、あのとき、ろくにあいさつもせずに別れたことをわびようかと思ったが、なにかが思いとどまらせた。あたりのようすをしきりにうかがっているところが、どうもあやしい。だれかを捜《さが》しているのか？ それとも、だれかから身をかくそうとしているのか？ 答えを知るのを待たずに、クウィントはフードをかぶり、商人の屋台《やたい》の間に身をかくした。

鐘《かね》が九時を打った。

「やっぱり、なにかあったんだ。これ以上、待っててもしかたないな」

フードをかぶったまま歩きだしたクウィントは、反対方向から急いできた、大きすぎる外套《がいとう》をまとった人物にぶつかった。

「すみません、おれ……」

クウィントは、目の前の外套を見た。見覚えがある。

「博士《はかせ》、ですか？」

クウィントはおずおずと聞いた。

長袖《ながそで》の腕《うで》がつきだされて、フードをはらいのけると、緑色の目がはっとしたようにこちらを見つめた。

「クウィント」

マリスだった。

「マリス！　なにやってたんだ？」

クウィントはどなりつけた。

「あ、あたし……お願い、怒《おこ》らないで」

ランタンを持つ手がふるえ、顔がくしゃくしゃになった。

クウィントは眉《まゆ》をひそめた。マリスがこんなに落ちこむなんて、ふつうじゃない。

「ずっと待ってたんだよ」

クウィントはやさしくいった。

「ごめんなさい、クウィント。あたし、お父さまに会いたかったの。会って……」

クウィントは、屋台《やたい》の間にマリスをひっぱりこんだ。平頭ゴブリンと、あやしげな鼻キャップの男がうろうろしているのでは、慎重《しんちょう》に行動した方がいい。

「博士《はかせ》はどうだった？　今朝はひどい状態《じょうたい》だったけど」

クウィントはささやいた。

「眠《ねむ》ってたわ。だ、だから。じゃましたくなかったの」

クウィントはうなずいた。下弦《かげん》の月の光が、マリスの涙《なみだ》のあとにキラキラと反射《はんしゃ》している。泣いていたんだ。クウィントはやさしくいった。

「それじゃ、行こうか。博士がなにをしていたか、おれたちの目で確《たし》かめるんだ」

クウィントがマリスの手をとろうとすると、なにか硬《かた》くて冷たいものをつかんだ。

「なんだ、これ？」

マリスが重たい最高位学者の外套《がいとう》を開くと、かくし持っていた、切っ先鋭《するど》い鉤《かぎ》のついた杖《つえ》が現《あらわ》れた。クウィントは驚《おどろ》いてマリスを見た。マリスは低い声でいった。

「まさかのときのためよ。その生き物が、お父さまになにをしたか見たでしょ。理由はどうあれね」

クウィントはなにもいわなかった。こんなマリス、今まで見たことがない――断固《だんこ》として、冷静そのもので。しかし、緑の目の奥《おく》には、恐怖《きょうふ》が宿《やど》っていた。クウィントは、その勇気をほめてやりたい気持ちになった。そして、ベルトに下げたナイフの柄《え》をつかんでいった。

「こいつも、まさかのときのためだ」

闇《やみ》をぬうようにして、クウィントとマリスは西発着場へと進んでいった。冷たいつむじ風がまきおこり、たちこめる靄《もや》を吹《ふ》き散らし、夜の空気をいっそう冷えこませた。発着場に沿《そ》ってぶらさげられた獣脂《じゅうし》ランプが風にゆられ、炎《ほのお》がちらついたり、燃《も》え上がったり、ときに吹き消されたりするたびに、あたりが明るくなったり、暗くなったりした。

発着場の先へと出ていくにしたがって、そこに群《むら》がる人々の数が増《ふ》えていった。どなったり、さけんだりする声が、キーンと冷たい夜の空気に響《ひび》きわたる。

「背中《せなか》に気をつけろ！」

「下に行くぞ！」

「もうちょっと右へよれ！」

吊《つ》りカゴ操作手《そうさしゅ》が、商人や、召使《めしつか》いや、衛士《えいし》や、学者を、次から次へと地上町へ降《お》ろしたり、サンクタフラクスに引き上げたりするたびに、声が飛んだ。そのなかのだれ一人として、人ごみをぬって低空降下機《こうかき》乗り場に向かう二人の若者《わかもの》に、気づいた者はいなかった――それにもかかわらず、二人はだれかに見はられているという気がしてしかたなかった。

「下がってろ」

クウィントは石留《ど》め綱《づな》をほどいて降下機を目の高さに下げると、マリスのために扉《とびら》を開けてやった。

マリスが乗りこむと、降下機は大きくゆれた。

マリスはキャッと声を上げて、鉄わくにしがみついた。

「なんとかしてよ」

「すぐになれるよ。ふつうの人が空足《そらあし》を覚えるには、時間がかかるものなんだ」

クウィントはそういうと、ちょっと得意げにつけ加えた。

「もちろん、おれは何年も飛んでるから、はげしい嵐《あらし》のなかでも立っていられるけどね」

「あら、そう。じゃあ、その空足とやらを覚える間に、あたしがランプを点《とも》してさしあげるわ。それとも、自分でする？」

マリスは、クウィントをにらみつけていった。

クウィントは、ばつが悪そうに笑《え》みを浮《う》かべた。てのひらのやけどは、もうすっかり治《なお》ってはいたが、バルコニーの部屋でのことを思い出すと、今でもズキズキとうずいた。クウィントはいった。

「ごめん。えらそうな顔するつもりじゃなかったんだ。ただ、おれ、空を飛ぶ感覚が大好きだから、そうじゃない人がいるって信じられなくて。だって、浮遊石《ふゆうせき》があるんだから、空を飛ぶのは自然なことだろ」

マリスはぶるっとふるえた。

「だったら、さっさと行きましょ」

「わかった」

クウィントは、血行をよくするために両手をこすりあわせると、骨《ほね》でできた錘《おもり》レバーの柄《え》をにぎった。

「それじゃ、マリス、おれが合図をしたら、鎖《くさり》をくり出してくれるかい？」

「こ、これのこと？」

寒さと恐怖《きょうふ》にふるえながら、マリスは鎖《くさり》の巻《ま》き取り装置《そうち》にとりつけられた、さびの浮《う》いた平らなレバーを指さした。

「そうだ。いいか……よし、今だ」

小さなかけ声とともに、マリスは堅《かた》いレバーを下にひいた。降下機《こうかき》はガクンとゆれて、上の方で軽いカリカリという音を立てながら、鎖がくり出されていった。マリスは腰《こし》を下ろした。降下機はゆっくりと下がりはじめた。

マリスは、自分の持ってきたランタンを鉄わくにひっかけ、降下機のランプに火を点《とも》そうとした。クウィントは錘《おもり》レバーを調節した。腕《うで》のいい船乗りの例にもれず、クウィントも手元は見ていなかった。

『目を信じるな、指を信じよ』

これは、お祖父《じい》さんが父さんの風のジャッカルに伝え、父さんがクウィントに伝えた教えだった。

実に的《まと》を射《い》た教えだった。飛空船をとりあえず飛ばすことは簡単《かんたん》だ。だが、本当に大空を手中に収《おさ》めたといえるのは、指の感触《かんしょく》を自分のものにしたときだった。それはともかく、もしもクウィントの目がそのとき錘レバーにいっていたら、発着場の物陰《ものかげ》から、二人の人物が姿《すがた》を現《あらわ》したことに気がつかなかっただろう。顔を上げたマリスもまた気がついた。

「あらっ？　あのときの、銀の鼻キャップの気味悪い男だわ。大会堂の階段《かいだん》で見かけた……」

マリスは意外そうにいった。

「わかってる。もう一人は、発着場の衛士《えいし》だ。さっき話しかけてきた……二人は顔見知りみたいだな」

降下機が降《お》りていくと、二人の姿は視界《しかい》から消えた。

「衛士の名前はバグズウィルよ。あの入《い》れ墨《ずみ》見たことあるわ。それに、顔の傷《きず》も。昔、闇《やみ》の宮殿《きゅうでん》で働いてたのよ。お父さまに首にされたけど……」

「首にされた？　なんでまた？」

クウィントがたずねると、マリスはため息まじりにいった。

「よくあることよ。陰謀《いんぼう》。かたり。公金着服……。あいつ、チョッキのなかに袋《ふくろ》とか巾着《きんちゃく》とか入れてなかった？　あの二人が、なにかよからぬことをたくらんでいたとしても、不思議はないわ……」

マリスは、ふと口をつぐんだ。降下機《こうかき》はなおも降《お》りていく。鉄わくを風がピューピューと吹《ふ》きぬけ、鎖《くさり》はチャリチャリと音を立てている。

やがて、クウィントがいった。

「たまたま、いっしょになったんならいいんだけど」

マリスは肩《かた》をすくめた。

「そうね。だといいけど。でも、サンクタフラクスがどういう場所か……」

ガキン！

大きな金属音《きんぞくおん》が、鎖を伝わって、降下機全体に響《ひび》きわたった。なんだ？

「今のはいったい……きゃあああっ！」

クウィントに話しかけようとしたマリスが、悲鳴を上げた。突然《とつぜん》、降下機がおそろしい速さで落ちはじめたのだ。

「鎖が切れたんだ！」

クウィントはさけんだ。

支《ささ》えを失った鎖は、あちこちにぶつかって、裏切《うらぎ》り者の金貨《きんか》の袋のようにジャラジャラと音を立てている。降下機はぐんぐん速度を上げながら落ちていく。マリスは座席《ざせき》から腰《こし》を浮《う》かして、鉄わくをつかんだ。クウィントは錘《おもり》レバーをつかんだまま、何度も何度もブレーキペダルを踏《ふ》んだ。

氷のように冷たい風が降下機のなかを吹きぬけ、恐怖《きょうふ》にわしづかみにされた二人を、骨《ほね》の髄《ずい》まで凍《こご》えさせた――そして、同時に浮遊石《ふゆうせき》の中心まで冷やした。突然、クウィントの指が、落下速度が変化したことを感じとった。錘レバーから伝わってきたのだ。

「速度が落ちてる！　冷たい風が、浮遊石の浮力《ふりょく》を増加《ぞうか》させたんだ」

クウィントは大声でいったが、絶望的《ぜつぼうてき》な表情《ひょうじょう》は変わらなかった。

「でも、墜落《ついらく》までの時間がちょっとのびただけだ」

クウィントの指が、信じられないような速さで、錘レバーの上を舞《ま》った。

「マリス、岩が口を開けているのが見えるか？　下の方だ……」

マリスはランタンを手にして、でこぼこの岩の表面を照らした。

「いえ、よくわから……あっ、あったわ！」

「どこだ？」

クウィントはさけんだ。

「ひ、左よ」

「左だな。何度ぐらいだ？」

クウィントは、錘《おもり》レバーを必死に操作《そうさ》しながらいった。

「な、何度って？」

「時計を思い浮《う》かべて。十二時から見て、何分のところだ？」

クウィントは辛抱《しんぼう》強くいった。

「五分よ。もっと少ないかも……」

「二十五度から三十度の間か」

クウィントはつぶやくと、外側の錘をもう少し下げた。降下機《こうかき》はなおも落下を続けているが、速度はかなりゆるやかになり、目指す方向に進んでいた。巨大《きょだい》な浮遊石《ふゆうせき》がせまってくる。トンネルの入り口が近づいてくる。クウィントは錘レバーをロックし、手をのばして鉄わくの扉《とびら》を開けた。

「なにをする気？」

マリスがさけんだ。

「今なら助かるかもしれない。来いよ、マリス。飛びおりるぞ」

「飛びおりる？　そ、そんなこと、無理よ……」

マリスは見るからにおびえている。

「無理じゃない！」

降下機はなおも落下を続ける。トンネルが大きくなってくる。

「岩棚《いわだな》が見えるだろ。あそこに飛びおりるからね」

「いやよ、クウィント、あたしには……」

しかしクウィントはそれ以上耳を貸《か》さず、マリスの手首をつかむと鉄わくの扉の方へひっぱった。

「やめて！」

マリスがさけんだとたん、降下機よりも速く落ちてきた鎖《くさり》が、機体を追いこして落ちていき、そのひょうしに降下機がガクンとひっぱられて、浮遊石が容器《ようき》から飛び出した。降下機は浮力を失って、まっしぐらに落ちはじめた。

「クウィント！」

マリスは悲鳴を上げて、クウィントの腕《うで》にしがみついた。

「今だ、飛べ！」

二人は落ちていく降下機《こうかき》から飛んだ。悲鳴を上げながら空中に飛び出したマリスを、クウィントがしっかり抱《だ》きとめる。次の瞬間《しゅんかん》、二人はたがいにしがみついたまま、岩棚《いわだな》に着地して重なりあうように倒《たお》れこんだ。

マリスのランタンが岩にぶつかってこわれ、獣脂《じゅうし》が流れ出したために、火が消えてしまった。

背後《はいご》では、キイキイギシギシと音を立てながら、低空降下機がはるか下に落ちていき、ほどなく、ガッシャーンという音が耳に届《とど》いた。

そして、沈黙《ちんもく》が訪《おとず》れた。マリスはふるえる足で立ち上がり、クウィントに手を貸《か》した。

「助かったな」

マリスはゴクリとつばをのみこんで、浮遊石《ふゆうせき》を下の方へと目でたどった。岩が曲面を描《えが》いているせいで、この位置からだと地面は見えなかったから、低空降下機がどうなったのかを確《たし》かめることはできない。しかし、マリスにはわかっていた。ねじれ、ひしゃげ、バラバラにこわれているのだ。もしも飛び出さなかったら、自分たちもそうなっていただろう。

マリスは静かにいった。

「あなたのおかげよ。あなたは命の恩人《おんじん》よ、クウィント」

マリスは静かにいうと、顔をゆがめた。

「鎖《くさり》は勝手に切れたんじゃないわ。だれかが切ったのよ。あの鼻キャップの男と、衛士《えいし》にちがいないわ。クウィント、あの二人、あたしたちを殺そうとしたのよ！」

クウィントは首をふった。

「あいつらが殺そうとしたのは、おれたちじゃない。君の父さんだよ。君が博士《はかせ》の外套《がいとう》を着ていたから、まちがえたんだ」

二人は上を見た。はるかはるか頭上《ずじょう》に、モリアリほどの大きさもない二つの黒い人影《ひとかげ》が、発着場のランプの明かりに浮《う》かび上がっている。手すりごしに、こちらを見おろしているようだ。

「やっぱり。あいつらの仕業《しわざ》にちがいない」

クウィントは悔《くや》しそうにいった。

「だったら、望みをかなえてあげましょ」

マリスは、服の袖《そで》から鉤《かぎ》つきの杖《つえ》をひっぱりだし、最高位学者の外套《がいとう》をぬいで丸めると、岩棚《いわだな》から投げすてた。クウィントは、すぐ後ろでそのようすを見守った。

「これでしばらくの間は、あの人たち、目的をはたしたって思うでしょう」

そういうとマリスはクウィントに向き直り、にんまりと笑った。ところがクウィントは、陰気《いんき》な顔でマリスを見つめるばかりだった。

「元気出して！　あの人たち、失敗したのよ。あたしたち、生きてるじゃない」

クウィントは鼻を鳴らした。

「気づいてないみたいだけど、おれたち、ここに釘《くぎ》づけなんだよ。地表から何百尋《ひろ》も離《はな》れた、この岩棚にね。飛びおりることはできない。岩を登ることも、降《お》りることもできない。パラウィングもない。どうすればいいいんだ？　教えてくれよ」

マリスは、まるで動じることもなく、クウィントを見つめかえした。その緑色の目が、キラリと光った。

「計画を実行するのよ」

第十二章　モウリョウ

「マリス、ちゃんとランプを持っててくれ。よく見えないよ」

クウィントは、いらだちをおさえていった。壁《かべ》につけた黒い矢印を確《たし》かめようとしているのだが、マリスのおかげでちっともはかどらないのだ。

「じゃあ、自分で持ったら?」

マリスにぴしゃりといいかえされて、クウィントはビクッとした。その口調には、横柄《おうへい》な調子がもどっていた。闇《やみ》の宮殿《きゅうでん》や泉《いずみ》の学問所で見せた、冷たい怒《いか》りだ。

「あら、忘《わす》れてた。あなた、火が苦手《にがて》だったんだっけ」

クウィントは顔をそむけて、ごくりとつばをのみこんだ。壁をていねいに調べる。今や、迷子《まいご》になりかけているうえに、いさかいまで始まってしまった。

「こっちだ」

ようやくクウィントはトンネルの奥《おく》を指さすと、マリスが持ってきた鉤《かぎ》つきの杖《つえ》を拾い上げ、歩きだした。

この前トンネルに入ったときとは、状況《じょうきょう》がまるでちがっていた。前回は、最高位学者のあとを追うだけで、どこへ向かっているのかもわからなかった。ところが今は、先頭に立つのはクウィント自身だ。二人が、この常《つね》に形を変える、はてしない迷宮《めいきゅう》にのみこまれないでいられるかどうかは、クウィント次第《しだい》なのだ。

最初のうちは、マリスが先頭に立ち、クウィントがあとに続いた。ところが、これはうまくいかなかった。ランプを持っているマリスには、まわりがはっきり見えるが、なにを探《さが》せばいいかわからない。一方、クウィントは、矢印を描《か》いた本人だったから、それがどんなものかはわかっていたが、暗くてよく見えないというわけだ。トンネルが細くなって、横にならんで歩けなくなると、二人は前後の位置を交代した。

こちらの方が、ずっとよかった。クウィントが先に立ち、マリスが後ろから、クウィントの左肩《ひだりかた》の上にランプを掲《かか》げて続くのだ――ただ、ランプが顔のすぐわきにあるため、まぶしいうえに熱くて、気が散ってしかたない。クウィントはくちびるをかんで、目の前に広がる不気味な闇《やみ》に目をこらした。はるか前方で、赤みを帯びたかすかな光が、いくつもまたたいているように見える。

「ごめんなさい」

耳元でマリスがいった。

「おれも、悪かったよ。今は、けんかなんかしてる場合じゃないもんな」

「それって、石の巣《す》のなかだからってこと?」

クウィントはうなずいた。

「こんな気味の悪い場所は、ほかにないよ。はてしないトンネルの迷路《めいろ》だ。それも、常《つね》に形が変わるんだ……。止まらずに進んだ方がいい」

クウィントが心配しているのは、石の巣だけではなかった。このおそろしい場所をすみかにしている怪物《かいぶつ》のこともあったのだ。前の日に、トンネルのなかをしつこく追いかけられたことは、まだ記憶《きおく》に生々しく残っていた。明滅《めいめつ》する血のように赤い光。パタパタ、クンクンいう音と、岩にたれ

たクウィントの血をペチャペチャなめたときの、うれしそうな声。

クウィントは足を止めた。トンネルが二つに分かれている。なんとしても、正しい方を選ばなくては。壁《かべ》を丹念《たんねん》に調べていたクウィントの背中《せなか》を、悪《お》寒《かん》が走った。まちがいない、見はられている。

「これがそう？」

マリスが、一方のトンネルの壁に雑《ざつ》に描《か》かれた、小さな矢印を指さした。

「ああ。そう、そうだよ。行こう」

クウィントは自信なさそうにいった。

二人はだまったまま、左のトンネルを進んでいった。奥《おく》へ入りこむにしたがい、あたりの空気が変化してきた。風がシューシューいう音が収《おさ》まり、岩がブーンブーンとうなる音が大きくなる。温度も上がってきた。

ほどなく、マリスもクウィントも、額《ひたい》の汗《あせ》をぬぐい、襟元《えりもと》をゆるめていた。道が上りになっていることで、不快感《ふかいかん》はいっそうつのることになった。そのとき、突然《とつぜん》クウィントが立ち止まった。マリスは、勢《いきお》いあまってクウィントにぶつかり、ランプが大きくゆれた。

「どうしたの？」

「おかしい」

「おかしい？　でも、あなたがつけた印にしたがって来たんじゃないの？」

マリスの声に、ふたたび冷たい怒《いか》りがもどっていた。

「そうだよ。ただ、おれが博士《はかせ》のあとをつけていったときは、トンネルはずっと平らだった。でも、このトンネルは……」

クウィントは、努めて冷静にいった。

「上り坂になってる」

マリスはそういうと、ため息をついた。

「どこかでまちがえたんだ。もどるしかない」

「あら、すてき。それって、迷《まよ》ったってことね」

マリスは投げやりにいった。もう、怒《おこ》ってはいなかった——ただ、うんざりしていたのだ。突然、体じゅうの力がぬけて、マリスは地面にへなへなとすわりこんだ。ティルダー油が残り少なくなり、ランプの明かりが弱くなってきた。

「あきらめちゃだめだ」

クウィントはかがみこむと、勇気をふりしぼって、ふるえる手でランプをとった。炎《ほのお》がゆらめいた。

「行こう、マリス。おれがランプを持てるんだから、君だってまだ歩けるはずだ」

マリスは両腕《りょううで》に顔をうずめたまま、なにもいわなかった。

「マリス、頼《たの》むよ！　君が必要なんだ。おれ一人じゃ無理なんだよ」

そういうとクウィントは、手をさしだした。マリスがのろのろと顔を上げた。その目は涙《なみだ》にぬれていたが、その下には、クウィントにも最近ようやくわかってきた頑固《がんこ》さと勇気が見てとれた。マリスはにっこり笑うと、クウィントの手をとって立ち上がった。

「ごめんなさい」

マリスはもう一度いうと、クウィントの手からランプをとった。そのとたん、炎がジジッとゆら

めいて消えた。二人は重苦しい闇《やみ》に包まれた。クウィントは目をこらしてみた。闇といっても漆黒《しっこく》の闇ではなく、石の巣《す》自体がかすかに光を発しているおかげで、かろうじてものを見分けることはできた。

「これで、矢印を見つけるのがもっとむずかしくなったよ」

「やっぱり、迷《まよ》ったんじゃない。あたしがいったとおり」

マリスはがっかりしたようにいった。

その声がトンネルに反響《はんきょう》して、消えていった。そのはるか遠くでは、闇のなかで小さな明かりがチラチラとまたたいている——ときに氷の青に、ときに毒の緑に。

その明かりに照らされて、マリスの姿《すがた》が浮《う》かび上がった。うつむき、肩《かた》を落としている。クウィントは、マリスの腕《うで》をつかみ、元気づけるようにいった。

「だいじょうぶだよ、マリス。かならず助かるから」

クウィントの目のすみで、ふわふわ漂《ただよ》う明滅《めいめつ》する光が、淡《あわ》いピンクと黄色に変わった。

「でも、どうやって？　ねえ、どうやってよ？　暗すぎて、矢印が見つからないって、自分でそういったのよ」

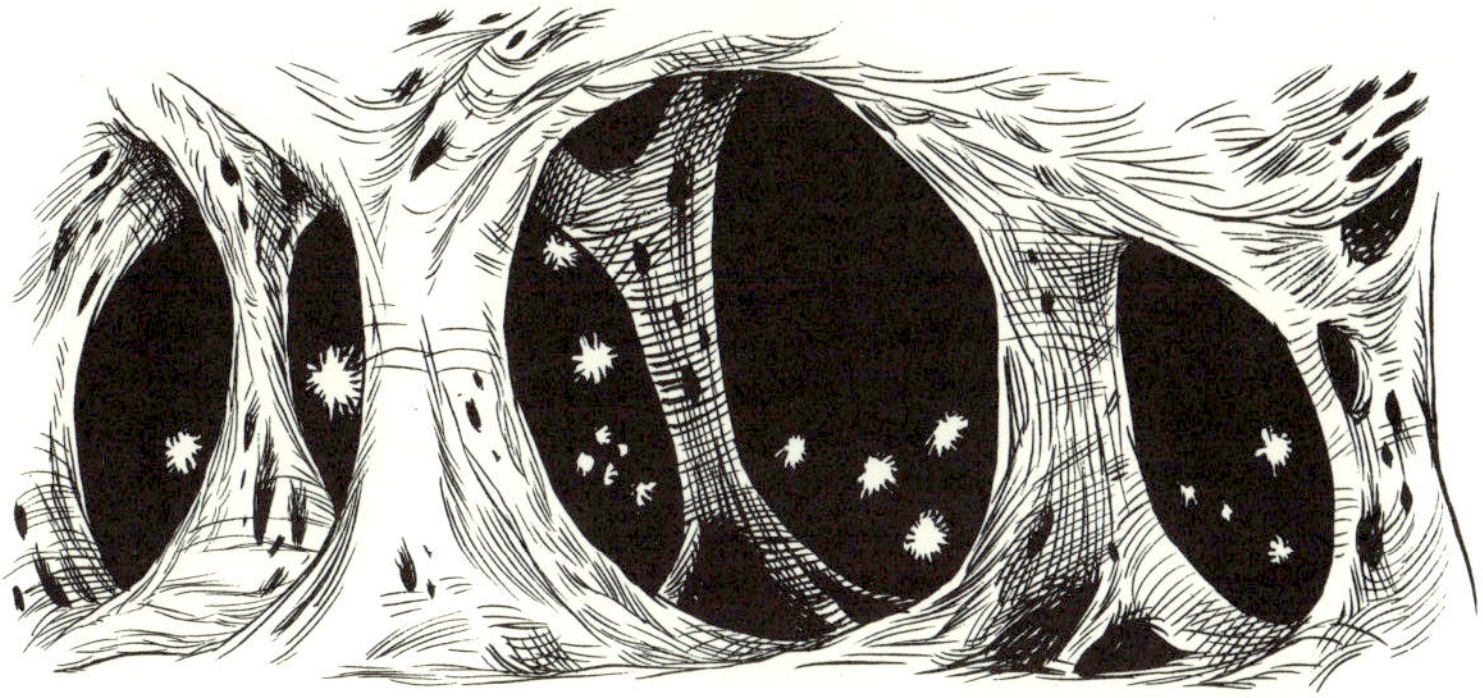

「おれは、むずかしいっていったんだ。見つからないとはいってない。それに、目で見るのがむずかしいなら……むずかしいなら、手探《てさぐ》りで進めばいい。一定の方向に歩きつづけていれば、きっとなんとかなるさ」

「手探りで、どこへ行くっていうのよ？　どっちがどっちなのかもわからないのよ。クウィント、あたしたち、もうだめよ！」

　マリスのうちひしがれた泣き声が、暗いトンネルに響《ひび》きわたった。天井《てんじょう》から地面に、砂粒《すなつぶ》がさらさらとこぼれ落ちた。と、突然《とつぜん》、明滅する光が、急にまぶしく輝《かがや》きだした。いたるところで、ピカリ、ピカリとまたたいている……。

「見たかい？　なんだろう、あれ？」

　クウィントは、ただならぬようすでいった。

　マリスは不安そうにうなずいた。その手は、クウィントのチョッキをしっかりつかんでいる。

「たぶん、モウリョウだと思う。一度にこんなにたくさん見たことはないけど。なんだかゾッとする」

「まるで、君のいったことに反応《はんのう》しているみたいだ……そんなことって、あるのかな？」

「わ、わからない。でも、あるかも」

マリスはクウィントのチョッキを放して、こわごわ暗闇《くらやみ》に目をこらした。ふわふわ漂《ただよ》う光は、つっついいっと動きまわっている。トンネルの奥《おく》から、低いうめき声のような音が不気味に響《ひび》いてくる。やがて、マリスはいった。

「ウェルマがそんなことといっていたわ」

「ほんとに？」

「ええ」

マリスの目が、不安そうにきょろきょろ動く。

「あたしたちの気持ちがわかるんだって——あたしたちの感情《かんじょう》に反応《はんのう》するの。たとえば、年に一度の『おろか者の行進』の日に、高架橋階段《こうかきょうかいだん》にひきよせられるモウリョウは、暖《あたた》かい色に光るんだけど、岩の園で葬式《そうしき》が行われるときに集まってくるのは、もっとはげしくピカピカ光っているんだって」

そういうとマリスは、ぶるっとふるえた。

「でも、だれもがウェルマほど見えるわけじゃないの。ウェルマがいうには、絶対《ぜったい》に心を許《ゆる》しちゃだめだって」

光はピカリ、ピカリとまたたいている。

「ほら、まただ。マリスがしゃべるたびに、やつら光りだすんだ！　ところが、おれがしゃべっても……」

クウィントは考えこむような顔をした。

「ちょっと見たかぎりじゃ、すごくきれいだ。でも、よく見ると……」

「クウィント、だめ」

マリスがけわしい声でさえぎった。

「モウリョウを、じっと見つめてはいけないっていわれてるの」

クウィントは驚《おどろ》いたように、マリスを見た。

「なぜ？」

マリスは肩《かた》をすくめて、低い声でいった。

「不幸を呼《よ》びよせるって」

今までオレンジと赤に輝《かがや》いていたモウリョウが、急にまぶしく光りだした。あるものは、トンネルのなかをこちらに向かって近づきはじめ、またあるものは、岩壁《いわかべ》の穴《あな》に入りこんで、見えなくなった。低くうめくような声が、あたりに響《ひび》いている。

クウィントとマリスは、頭を下げて進んでいった。動きつづけるしかなかった。クウィントは、肩《かた》ごしにふりかえった。

「でも、あれって……ほんとはなんなんだ？」

マリスは肩をすくめた。

「いろいろな説があるの。サンクタフラクスから離《はな》れた場所で死んだ学者たちの、さまよえる魂《たましい》だっていう人もいる。シロガラスに骨《ほね》をついばまれて、魂が大空へと昇《のぼ》っていくことができなかった学者たちよ」

「死んだ学者たちの魂か」

クウィントの首すじの毛が逆立《さかだ》った。

「なかには、深森《ふかもり》の悪魔《あくま》だっていう人もいるわ。深森でも最も暗い奥地《おくち》にひそむ、名なき者たち。

あと、石の巣《す》それ自体の精霊《せいれい》だっていう人もね……」
クウィントはふるえあがった。遠くの光は、見るからにおそろしげにピカリ、ピカリと光ってい
る。不気味なうめき声が大きくなった。
すると、後ろからついてくるマリスが、いどむようにいった。
「でも、ほんとのことなんて、だれにわかる？　サンクタフラクスで語られる話は、かならず飾《かざ》り
立てられたり、尾《お》ひれがついてたりするものよ。モウリョウの話だけ別ってわけがないでしょ？」
光がやわらかくなり、遠のいた。空気がほっと吐息《といき》をついたようだ。クウィントは後ろに手をの
ばして、マリスの手をきつくにぎり、率直《そっちょく》にいった。
「君はすごく勇気があるんだね」
マリスもクウィントの手をにぎりかえすと、重苦しい闇《やみ》を見まわした。
「そうでもないわよ。あたし、こんなところだいっきらい」
「そうだよな」
自分のせいで、こんなトンネルの迷宮《めいきゅう》のなかで迷《まよ》ってしまったことに、腹《はら》が立ってしかたなかっ
た。やがて、クウィントはいった。

「もうすぐ、さっきまちがえた場所にもどるから。それはたしかだよ。そしたら、どうするか決めればいい――トンネルの入り口にもどるか、秘密《ひみつ》の部屋を探《さが》すか」

「そりゃ、秘密の部屋よ。決まってるじゃない！　ここまで来て、今さらあとにはひけないわ。それに、もしもお父さまが……。クウィント、見て！」

突然《とつぜん》、マリスがさけんだ。

「どうしたんだ？」

「そこよ。岩壁《いわかべ》の、あなたのひじのあたり」

トンネルいっぱいに、うめき声やうなり声が響《ひび》きわたり、光がいっせいにピカピカとまたたいた。マリスの指さす方をふりかえってみたクウィントは、思わず飛び上がりそうになった。今度はまちがいない。クウィント自身が描《か》いた矢印だ。

「やった！　見つかるってわかってたんだ」

二人は、矢印の示す方向へ進んでいった。このあたりは幅《はば》が広く、横にならんで歩くことができた。クウィントは、鉤《かぎ》つきの杖《つえ》を手にしている。マリスは、ひょっとしたらと考えて、火の消えたランプを大事に持っていた。秘密《ひみつ》の部屋でティルダー油が見つかれば、もどるときに明かりを点《とも》すことができる。トンネルの迷宮《めいきゅう》に入って初めて、二人は先行きに希望を抱《いだ》くことができた。

「もうすぐだ」

「いいわ。ここまで来たんだから、その秘密の部屋になにがあるのか確《たし》かめないうちは、絶対《ぜったい》にもどらないから」

「それは、おれも同じ……」

クウィントがいいかけると、マリスが悲鳴を上げた。

「あつっ！」

その声にふりかえると、マリスがおそるおそる頭の横をさすっていた。

「だいじょうぶか？」

「ええ、だいじょうぶ。つきでた岩に頭をぶつけただけ」

「ちょっと見せて」

クウィントは心配そうにいった。

「なんでもないの。ほんとに」

ところが、マリスの髪《かみ》は、ぬるぬるしたものでぬれ光っていた。クウィントは、おそろしさに息が止まるかと思った。

「マリス！　血が出てるじゃないか！」

その声がトンネルに響《ひび》きわたると、トンネルそのものがうめき声を返した。はるか遠くで、光がピカッピカッと点滅《てんめつ》した。

「うそでしょ？」

マリスは、ビクッとして自分の指を見た。

「ほんとだ。でも、ほんのかすり傷《きず》だし……」

「そうじゃないんだ。君は知らないだろうけど、おれが話した怪物《かいぶつ》……でかくて赤いやつは……血のにおいをかぎつけて追ってくるんだ……」

クウィントは、前日の生々しい記憶《きおく》に声を押《お》し殺していった。

すでに、うなり声やうめき声にまじって、クンクンかぎまわるような音が聞こえている。しかも、近づいてくる！　クウィントは恐怖《きょうふ》にわしづかみにされて、マリスの腕《うで》をつかんだ。

「追ってくるぞ！　急げ、マリス！　今のうちに逃《に》げるんだ！」

二人は、暗いトンネルを走った。背後《はいご》から、パタパタ、クンクンいう音がせまってくる。まちがいない、なにかが追いかけてくる。つかまったら、ただではすまない。

「急げ！　急ぐんだ！　やつが血を……」

「ウィイイ、ウィイイイ、ウィイイイ！」

だしぬけに、かん高い鳴き声がトンネルに響きわたり、クウィントは心臓《しんぞう》が止まるかと思った。きのうとまったく同じだ。怪物が岩についたマリスの血痕《けっこん》を見つけたのだ――クウィントのと同様、マリスの血も気に入ったにちがいない！　ペチャペチャとなめるような音が大きくなる。クウィントはふるえあがった。

「ウィイイ、ウィイイイイ！」

突然《とつぜん》、怪物の鳴き声がトンネルいっぱいに響きわたり、あたりが真昼のように明るくなった。そのひょうしに、クウィントはよろけて、地面にどうと倒《たお》れこん

だ。あたりの空気がなま暖《あたた》かくなり、なにかが腐《くさ》ったようなにおいがたちこめた。パチパチ、ゴウゴウという音が響《ひび》く。シューシューいう音とともに、バチバチッと火花が飛んだ。

やがて、あたりは静かになった。クウィントは、おそるおそる顔を上げてみた。

トンネルは、ふたたび深紅色《しんこうしょく》の明かりに包まれていた。怪物《かいぶつ》は行ってしまった。そのうえ、マリスまでいなくなっていた！

「クウィントォ！」

マリスの声だ。トンネルの奥《おく》の方から響いてくる。

クウィントははじかれたように飛び起きた。おそろしい怪物は覚えた血の味を追ってきて、マリスをさらっていったのだ！　クウィントは、鉤《かぎ》つきの杖《つえ》をきつくにぎりしめた。その目がギラリと光る。

「今行くぞ！」

クウィントは一声どなると、全速力でトンネルを走りだした。いたるところで、火花がパチパチとはじけている。前方に目をやると、遠ざかっていく怪物の発する、深紅色の光が見えた。

「クウィント！」

マリスが必死に助けを求める。息も絶《た》え絶《だ》えだ。

「がんばるんだ！」

クウィントはどなりかえした。

ふいに、光が見えなくなった。そのまま進んでいくと、クウィントの目の前でトンネルは二つに分かれていた。クウィントは足を止めて、耳をすましてみた。右側のトンネルから、かすかに鼻を鳴らすような音が聞こえる。

「そっちか。なにがあろうと、つかまえてやるからな」

突然《とつぜん》わきあがってきた怒《いか》りに、クウィントは歯ぎしりしていうと、背《せ》をかがめ、せまくて天井《てんじょう》の低いトンネルに飛びこんでいった。岩がうなりを上げて、光を発した。

「クウィント！」

マリスがさけびかえした。クンクンいう音が大きくなる。空気がゆらめき、はるか前方に、ふたたび深紅色の光が見えた。

クウィントはスピードを上げて、きのうは自分を追いかけてきた怪物を、必死に追いかけた。でこぼこの地面に、つまずいたりよろけたりしながらも、怪物の姿《すがた》も音も絶対《ぜったい》に失うものかと堅《かた》く心に決めていた。マリスの身になにかあったら、悔《く》やんでも悔やみきれない。

　そのとき、ふたたび光が消えた。怪物《かいぶつ》がまた角を曲がったにちがいない。クウィントはその曲がり角まで来ると、足を止めて耳をかたむけた。そして、ふたたび遠ざかる音を追って走りだした。

「待ってろよ、マリス！　かならず助けてやるからな！」

　ざらざらの壁面《へきめん》でこぶしをすりむき、飛び出した岩につまずき、低い天井《てんじょう》に頭をしたたかに打ちつけながらも、クウィントは走りつづけた。怒《いか》りにまかせて、あらんかぎりの速さでマリスを連れ去った怪物を追っていった。にもかかわらず、怪物との距離《きょり》は広がっていくばかりだ。

「くそっ、見失ってたまるか」

　クウィントはなおも自分をせきたてたが、時がたてばたつほど追跡《ついせき》はむずかしくなっていった。石の巣《す》は油断《ゆだん》のならない、おそろしい迷路《めいろ》だ。細いトンネルが、急に広くなるかと思えば、突然《とつぜん》何本もの小さなトンネルに枝分《えだわ》かれして、四方にジグザグにのびているというぐあいだ。見失ってしまったのか？　クウィントは足を止めた。どっちへ行けばいいんだ？

「マリス！　マリース！」

　クウィントは大声で名前を呼《よ》んだ。

「クウィント！」

声は左の方から聞こえた。かなり弱っているようだ。クウィントは、声のした方へ走りだした。トンネルは広くなり、天井も高くなっていった。なんとか怪物に追いつこうと、死にものぐるいで走る。

「クウィント！」

さっきよりも大きな声だ。距離が縮《ちぢ》まったにちがいない。

「マリス、今行くからな！　がんばるんだ！」

そのトンネルの角を勢《いきお》いよく曲がったところで、クウィントは思わず立ち止まった。あんぐりと口が開く。うす明るいトンネルは、がらんどうだった。深紅色《しんこうしょく》の光も、ピカピカ点滅《てんめつ》する光も見えない。耳をすましても、物音一つ聞こえない。

「でも、こっちに来たにちがいないんだ」

クウィントはふるえる声でつぶやくと、大声で呼びかけた。

「マリス！　マリス！」

しかし、こだまが返ってくるだけで、ほかにはなんの音も聞こえなかった。クウィントは首をふりながら、のろのろと歩を進めた。

「消えてしまうはずがない。だって……」

そのとき、なにかが聞こえた。カリカリとひっかくような音だ。でも、どこから聞こえるんだ？前方ではない。それはたしかだ。クウィントは今来た道をゆっくりともどりながら、耳をすました。またた。カリカリ、カリカリ。それに、想像力《そうぞうりょく》のいたずらでなければ、ペチャリ、ペチャリとなにかをなめるような音も。クウィントの全身を冷たいものが走った。

おそるおそる角を曲がると、十歩も離《はな》れていないところで、壁《かべ》の下の方に開いた穴《あな》から、赤い光が広がっていた。まるで、血の池のようだ。

「こんなところに！　うっかり通りすぎちまったんだ」

クウィントは思わず声を上げた。

その声がトンネルに響《ひび》きわたると、カリカリ、ペチャペチャいう音がぴたりとやみ、赤い光も消えた。

クウィントはとまどいながらも、しゃがみこんで穴をのぞいた。心臓《しんぞう》がはげしく高鳴る。目の前には、細いトンネルがどこまでも続いている。マリスがここに入ったのだとすれば、選択《せんたく》の余地《よち》はない。自分ももぐりこむだけだ。だけど、そうじゃなかったら？　ひょっとして、罠《わな》だったら？

「マリス？」

自分の声のこだまが消えると、クウィントは耳をすました。

なにも聞こえない。そのままじっと待つ。やはり、なにも聞こえない。あきらめて、よそを探《さが》そうかと思ったとき、細く曲がりくねったトンネルの奥《おく》から、あのカリカリ、ペチャペチャいう音が聞こえてきた。

「マリス？」

すると、弱々しくふるえる声が返ってきた。

「クウィ……ント……助け……ムググググ」

マリスの声が急にとだえた。クウィントの胃袋《いぶくろ》がぎゅっと縮《ちぢ》みあがった。でも、とにかく生きてはいる。なによりそれが大事なことだ。マリスは生きている！　クウィントは、鉤《かぎ》つきの杖《つえ》をにぎり直した。

「今行くからな、マリス」

クウィントは思いつめた声でつぶやくと、はやる胸《むね》をおさえて、四つんばいでそのトンネルにもぐりこんだ。トンネルはしだいにせまくなり、両側からせまってくる壁《かべ》に、肩《かた》をせばめなければ通れないほどだった。ざらざらの表面で、ズボンのひざがすり切れ、てのひらがすりむける。

「もう、そんなに遠くないはずだ」

クウィントは自分をはげますようにいった。

体がふるえ、顔を冷たい汗《あせ》がしたたり落ちる。周囲の岩は、どこか前の方からもれてくる赤い光に染《そ》まっている。カリカリいう音は、今ではとぎれとぎれになり、前ほどしつこくなくなっていたが、ペチャペチャとなにかをなめるような音は、低くやむことなく続いていた。

「マリス、がんばれよ。今行くからな」

前方に目をやると、明るい光が見えた。この細いトンネルの出口にちがいない。

「もうすぐだ」

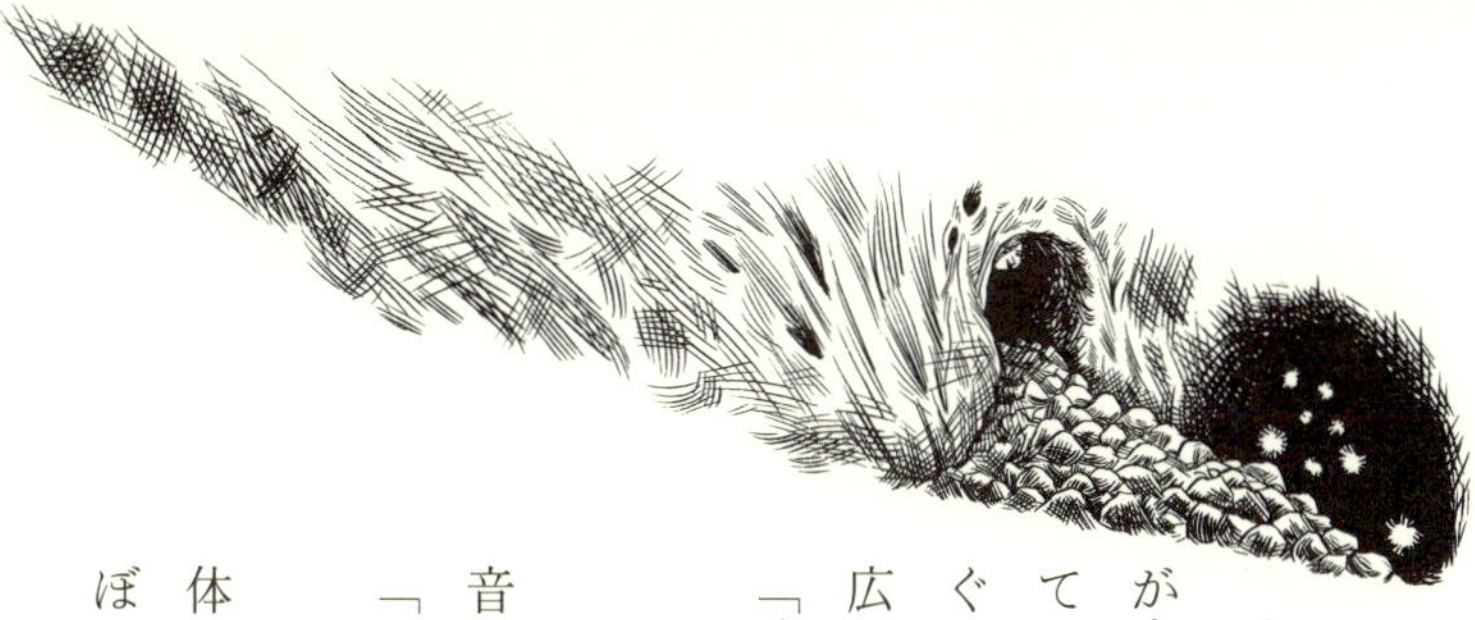

クウィントはつぶやいた。

頭を下げ、歯を食いしばって、最後の何尋《ひろ》かをはいずっていくと、あたりの空気が変わった。ひんやりとしめり気を帯び、大きな空洞《くうどう》かなにかのように音が反響《はんきょう》している。クウィントは、もう一度顔を上げて前を見た。せまいトンネルの出口はすぐ目と鼻の先だった。目の前には、がれきの傾斜《けいしゃ》が、空洞の地面に向かって扇形《おうぎがた》に広がっている。かなり巨大《きょだい》な空洞のようだ。

「油断《ゆだん》するなよ。目と耳を総動員《そうどういん》しておけ」

クウィントは自分にいいきかせた。

トンネルの出口ににじりよると、だしぬけにまた、いまわしいペチャペチャいう音が始まった。さっきより大きい。

「まずい」

クウィントは、あわてて体をひっこめようとした。ところが、がれきがくずれ、体がつんのめったかと思うとトンネルから飛び出して、がれきの上をもうもうと砂《すな》ぼこりを上げながらすべり落ちていった。

ペチャペチャいう音が止まり、赤い光が消えた。クウィントはよろよろと立ち上がり、あたりをきょろきょろと見まわした。

まさしく洞窟《どうくつ》だった――卵形《たまごがた》の巨大《きょだい》な空洞は冷え冷えとして、あやしげな光や影《かげ》がふわりふわりと飛びまわっている。周囲の壁《かべ》はざらざらで、無数の小さなくぼみにおおわれている。そのうえ、クウィントはとんでもないことに気がついた――今自分が落ちてきたせまいトンネルのほかには、出口が一つもないのだ。

「大空よ、助けたまえ……」

クウィントは荒《あら》い息をつきながら、つぶやいた。

何者かは知らないが、マリスをおそったやつは、この暗闇《くらやみ》のどこかにひそんでいるにちがいない。こちらを見つめ、聞き耳を立て、おそいかかる機会をうかがっている……。

「お、落ち着け」

クウィントは自分にいいきかせようとしたが、心臓《しんぞう》は今にも破裂《はれつ》しそうだった。こんなとんでもない場所で、どうやって落ち着けっていうんだ？　なにもかもがおそろしいというのに……。

そのとき、また聞こえてきた。鼻をクンクンいわせる、しめったようなおぞましい音だ。聞きちがえようがない。どこか右の方の、重くたれこめた闇のなかだ。心臓がドクンと高鳴る。つま先から頭のてっぺんまでふるえが走る。

クウィントをとりまく壁面《へきめん》のくぼみが、ピカリピカリと光りだした。岩のくぼみや、つきだした部分に、無数の小さなモウリョウがしがみついているのが、かろうじて見える。ときおり、壁を離《はな》れて空中に漂《ただよ》い出したモウリョウが、クウィントの視界《しかい》のすみをすいっと横切っていく。

冷たい汗《あせ》が顔にふきだす。なんという数だ。とつぜん、自分がどこにいるのかわかって、クウィントはがく然とした――ここは、モウリョウの巣《す》だ！

胸《むね》の悪くなるような音が、一段《いちだん》と大きくなる。クウィントはふるえあがった。手遅《ておく》れにならないうちに、マリスを見つけ出さなければ。ともすればしぼみそうになる勇気をかき集めて、クウィントはおそるおそる音のする方へ足を踏《ふ》み出した。点滅《てんめつ》する光が、岩のくぼみや、地面に散らばる石くれからいっせいに舞《ま》い上がった。足音が、洞窟に響《ひび》きわたる。クウィントはあわててひざまずいて、できるだけ音を立てないように四つんばいで進んだ。

今の音を聞かれただろうか？　それとも、血のにおいをかぎつけられたとか？　マリスは、今でも怪物《かいぶつ》につかまっているのだろうか？　それとも、うまく逃《に》げることができただろうか？　今ごろは、どこかすみの方にうずくまって、ふるえながら、クウィントが助けにくるのを待っているのではないだろうか？

　クウィントは、おぞましい音に向かってじりじりと進んでいった。やがて、目の前にぼんやりと黒い怪物《かいぶつ》の姿《すがた》を認《みと》めて、ギクッとした。足を止めると、頭の上をモウリョウがピカリピカリと舞《ま》い、その明かりに、巨大《きょだい》な怪物のうずくまった姿が一瞬《いっしゅん》浮かび上がった。

「今のは、いったい……？」

　クウィントは、おそろしさにふるえあがった。

　怪物は、クウィントのつぶやきに答えるように、かすかに光を発したが、ふりむきはしなかった。なんともおぞましい光景だった――決まった形を持たない、血のように赤い巨大な体が、凶暴《きょうぼう》なケラケラをぎっしりつめこんだ袋《ふくろ》のように、ひっきりなしに形を変えている。丸くなるかと思えば、長くなり、真っ平らになったかと思うと、今度は目とグニャグニャの触手《しょくしゅ》のかたまりになるというぐあい。そして、どんな形をとろうとも、ぼんやりと光る体のなかには、脈《みゃく》打つ血管にそって、にぶい赤色の光が流れるように点滅《てんめつ》している。

「なんという、おぞましさだ」

血のように赤い怪物がグニャグニャとうごめくさまに、クウィントはうめいて、背《せ》を向けた。逃《に》げ出したい。でも、マリスは？　マリスを置いていくことはできない。

クウィントは必死に目をこらして、岩の割《わ》れ目やくぼみを探《さが》した。思わず前に踏《ふ》み出した足が、地面のでっぱりにドスッと当たった。

その音が洞窟《どうくつ》に響《ひび》きわたると、ペチャペチャいう音が止まり、怪物の体のなかの光も消えた。聞き耳を立てている。しばらくすると、赤い光がふたたび点滅を始め、前にも増《ま》して勢《いきお》いよく、ペチャペチャいう音を立てはじめた。その場に根が生えたようにつっ立ったまま、クウィントは恐怖《きょうふ》に目を見開いて怪物を見つめていた。

そのとき、クウィントは気づいた！　巨大な怪物の体の下から、足がつきだしているのを。

「マリス！」

クウィントはさけんで、飛び出した――と思ったら、つまずいてどうと倒《たお》れこんだ。あわてて起きあがる。なにかに足首をつかまれたとでもいうようだ。

洞窟《どうくつ》のなかを舞《ま》う無数のモウリョウたちは、クウィントのおそれに反応《はんのう》して、ピカピカ、チカチカと光っている。その明かりで、なににつまずいたのかがわかった。

それは死体だった——ひからびて骨《ほね》と皮だけのミイラになったその死体は、くちびるがめくれあがり、目はがらんどうで、とてつもない恐怖《きょうふ》におそわれて死んだことがわかる。クウィントは、その左腕《うで》につまずいたのだ。左腕は死体からもぎとられて、少し離《はな》れたところでほこりにまみれていた。

クウィントははげしくあえいだ。

「うそだ、うそだ！」

見るもあわれなほど怖《お》じ気《け》づいたクウィントは、必死にあとずさろうとするが、目はおぞましい光景に釘《くぎ》づけになったままだった。

死体は、宝物庫《ほうもつこ》の衛士《えいし》だった。細工《さいく》のほどこされた革《かわ》の胸当《むねあ》てと、先のとがった飾《かざ》りのついた兜《かぶと》から、そうとわかった。しかも、平頭ゴブリンだ。こんな、屈強《くっきょう》でおそれ知らずの種族でさえ、赤い怪物《かいぶつ》の餌食《えじき》にされるのだ。もしも、自分がおそわれたら……。

「マリス。マリス！」

クウィントは呼《よ》びかけた。口のなかに、苦《にが》いものがこみあげてくる。

鉤《かぎ》つきの杖《つえ》をかまえながら、クウィントは足を踏《ふ》み出したが、またなにかにつまずいた。腕《うで》をふ

りまわして転びそうになるのをこらえながら、下を見ると、別の死体だった。最初の死体と同様、死んだときのまま、歯をむきだし、頭は不自然な角度にねじれ、手足をくの字に折り曲げたまま固まっている。
しかし、それで終わりではなかった。
いっそう明るさを増《ま》したモウリョウの光に照らされて、あたり一面に、累々《るいるい》たる屍《しかばね》が広がっていた。ウッドトロル、ホフリ、モブノームなどは、お守りや髪《かみ》の毛でかろうじて判別《はんべつ》できる。学者たちの骨《ほね》と化した体には、死に装束《しょうぞく》のように長衣がまとわりついている。ほかにも、枯《か》れ木のようにしなびた手足に、歴史の本でしか見たことがないような服装《ふくそう》をした、めずらしい種族もいた。
目の前の形なき怪物《かいぶつ》は、毒々しい赤色の光を発しながら、ぴくりとも動かないマリスの体からむくむくと起きあがってきた。これほど巨大《きょだい》になるのも無理はない。クウィントはふるえながら思った。いったい何世紀の間、こいつはここにひそんで、不注意や無謀《むぼう》さやおろかさのゆえに迷《まよ》いこんできた者たちを、餌食《えじき》にしてきたのだろう。いったい何人の犠牲者《ぎせいしゃ》が、身の毛のよだつようなこの巣《す》にひきずりこまれて、水分の一滴《てき》まで吸《す》いつくされたのだろう？

おぞましい怪物が、光を発する長い触手《しょくしゅ》をマリスの目からひきはがすと、洞窟《どうくつ》じゅうにしめったグポッという音が響《ひび》きわたり、クウィントは気味の悪さに吐《は》きそうになった。これは遊びではない。ルールや休憩《きゅうけい》のある、子どもの探検《たんけん》遊びではないのだ。これは現実《げんじつ》だ。おそろしい現実だ。すでに、マリスは死んでいるのかもしれない。そして、次は自分なのかも。だからといって、逃《に》げるわけにはいかない。自分が同じ目にあうことになるとしても、マリスを放ってはおけない。

動物の雄叫《おたけ》びのような声を発すると、クウィントは飛び出した。鉤《かぎ》つきの杖《つえ》がうなりを上げ、足の下で骨がくだける。

「ウィイイ、ウィイイ、ウィイイ！」

耳をつんざくような怒《いか》りの声を洞窟じゅうに響かせながら、怪物がクウィントの方に向き直った。

クウィントは、自分の体が空中で止まったような気がした。頭がガンガンし、体がガタガタふるえる。すさまじい怪物のほえ声とともに、胸の悪くなるような風が吹《ふ》きつけてきた。

クウィントはとっさに目を閉《と》じた。鉤つきの杖が、手からはじきとばされ、次の瞬間《しゅんかん》、クウィントは地面にあお向けにたたきつけられていた。

たちまち怪物がクウィントの上におおいかぶさった。グニャグニャの体に押《お》さえつけられて、筋《きん》肉《にく》すら動かせない。身動きできずに恐怖《きょうふ》にとらわれているクウィントの顔に、なにか焼けるように熱いものがしのびよってきて、まぶたをこじ開けようとした。

それでも、悲鳴を上げることさえできなかった。息をするのも苦しい。外ばかりでなく頭のなかでも、「ウィイイ、ウィイイ」という声が響《ひび》きわたる。体がしめつけられ、さんざんに打ちすえられる。おぞましい赤い光が、頭のなかといわず外といわず、どんどん強くなっていって、ついには頭が破裂《はれつ》しそうになり……。

やがて、なにもわからなくなった。

第十三章　バンガス・セプトリル

意識《いしき》が少しずつもどってくる。クウィントは身じろぎした。背骨《せぼね》の根元の方が、にぶい痛《いた》みにうずいている。クウィントがかすかにうめき声を立てると、暗く静まりかえった部屋に響《ひび》いた。頭がみょうに軽く、なんだか空っぽになったような気がする——記憶《きおく》や考えが全部吸《す》い出されてしまったかのようだ。

ここはどこだ？　おれは、だれだ？　一瞬《いっしゅん》、自分の名前さえ思い出せないような気がした。

「クウィント」

泥《どろ》の池に顔を出すシッチウオのように、名前が頭のなかに浮《う》かび上がってきた。

「そうだ、おれはクウィントだ」

それでもまだ、自信が持てなかった。頭のなかが、泥《どろ》の池のようににごり、よどんでいる。別の思いが浮《う》かび上がってきた。意識《いしき》のすぐ下を漂《ただよ》っている。なにかおそろしいものだという以外は、なんなのかはっきりしない。闇《やみ》のなかでなにかに出会った。なにか、邪悪《じゃあく》で形のないもの——つかまえることができない、それでいて悪《あ》しき沼気霊《しょうきれい》のように、はっきり見ることができるもの。

クウィントは顔をしかめた。おれは、そいつにおそわれたんだ。地面に押《お》さえつけられて、動くこともできなかった。そいつは、おれの体をまさぐり、おれの頭をこじ開けようとした……。

そのいまわしさがよみがえってくるとともに、クウィントは、今もなにかが近くにいることに気がついた。カサカサいう音が聞こえる。木の葉が朽《く》ちるときの、かすかにツンとするにおいが鼻をつく。クウィントは息を止め、目を固く閉《と》じて、そいつが近づいてこないことをひたすら祈《いの》った。

と、突然《とつぜん》、なにか紙のようなものが、クウィントのはれぼったいまぶたを、さっとこすった。

「うわあっ！」

クウィントは悲鳴を上げて、両手をむちゃくちゃにふりまわした。

ガツンという音がして、クウィントの左のこぶしがなにか手応《てごた》えのあるものに当たり、ぎゃっと

声が上がった。

クウィントは、はっと息をのんだ。なんなのかわからないが、硬《かた》いものだった。パチッと目を開けると、やせた老人《ろうじん》がかがみこんで、ふしくれだった指であごをなでながら、クウィントを見おろしていた。

ランタンのうす明かりに、ぼさぼさにのびた口ひげと、ひくひく動くくちばしのような鼻と、長くのびた眉毛《まゆげ》が浮かび上がった。老人は、紙でできたような変わった外套《がいとう》をまとい、肩《かた》には、小さな革《かわ》のかばんを下げていた。

クウィントに見つめられていることに気がつくと、老人は目を細めた。

「命を救ってやったのに、そのお礼がこれかね」

老人は、紙のようにガサガサと乾《かわ》いた声でいった。

「命を救ってくれた？」

クウィントは、とまどったようにくりかえした。

「おぬしは実に運がよかったのだぞ。あのとき、わしがたまたま通りかからなければ……」

突然《とつぜん》、記憶《きおく》がよみがえり、クウィントは声を上げた。

「赤い怪物《かいぶつ》だ！　おれは赤い怪物におそわれたんだ！」

「モウリョウだよ」

クウィントは、老人に顔を向けた。

「モウリョウ？　そんなはずありません。だって、ものすごく大きかったんです」

「知っておる。だが、たしかにモウリョウなのだ。石の巣《す》に巣くう、巨大《きょだい》なハグレモウリョウなのだ。やつは、弱い者や道に迷《まよ》った者を狩《か》り……」

「マリス！」

だしぬけにクウィントはさけぶと、がばっとはね起きて、老人のカサカサ音を立てる外套《がいとう》をつかんだ。

「おれの友だちなんです。マリスは……マリスは……」

そのとき、背中《せなか》のにぶいうずきが急に鋭《するど》い痛《いた》みに変わり、クウィントは顔をしかめた。

「動くでない」

老人はいうと、クウィントをやさしく、しかしうむをいわさず地面に横たえた。そのひょうしに、外套がカサコソと音を立てた。しめった枯《か》れ葉のにおいが強くなった。

「でも……」

クウィントがいいかけると、老人が制《せい》した。

「おぬしの友人は生きておる。だから、今は休め」

「本当に？　ああ、大空よ……」

クウィントがほっと息をつくと、鋭い声が飛んだ。

「よさぬか、ぼうず。おぬしが感謝《かんしゃ》すべきは、大地だ。大空ではない」

老人は自分の背後《はいご》に手をのばして、口を開けた壺《つぼ》をとりだした。

「さあ、この軟膏《なんこう》を、モウリョウに焼かれたまぶたにぬりこんでやろう。目を閉《と》じなさい」

クウィントはいわれたとおりに目を閉《と》じ、老人の乾《かわ》いた指が軟膏《なんこう》をすりこむ間もじっとしていた。まぶたのはれがすーっとひいていき、ひんやりとした心地よさが広がった。枯《か》れ葉の朽《く》ちるにおいが、一段《いちだん》と強くなった。

それにつれて、記憶《きおく》も次々によみがえってきた。最初はちょろちょろとしたたっていたのが、やがてはっきりした流れとなり、ついには勢《いきお》いよくゴウゴウと流れ下りながら、クウィントの頭のなかによどんでいた泥《どろ》のかたまりを、一気に押《お》し流したのだ。マリス。最高位学者。巻物《まきもの》、石の巣《す》の探検《たんけん》、謎《なぞ》の部屋……。枯れ葉のにおいのおかげで、すべての記憶がもどってきた。そのとき、前にもこのにおいをかいだことがあるのを思い出した――そういえば、あのとき、カサコソいう音も聞こえていた。

「大図書館だ！　それじゃ、おれが落ちそうになったのをつかまえてくれたのは、あなただったんですね。あ、あなたは、命の恩人《おんじん》です」

クウィントがいうと、老人はフンと鼻を鳴らした。

「どうやら、人助けが習慣《しゅうかん》になったらしいわい」

クウィントのまぶたをなでる老人の指が止まった。

「さあ、これでいいだろう。今度は背中《せなか》だ。うつぶせになりなさい」

クウィントはいわれたとおりにすると、首だけ後ろにねじまげてたずねた。

「あなたは、どなたですか？」

「聞いたことはないはずだ。わしの名は、バンガス・セプトリル。上級司書にして、大地学の保護者《ほごしゃ》だ。といっても、近ごろでは、たいしたことでもないがな」

老人は、幅広《はばひろ》の親指で、クウィントの腰《こし》のあたりをぐっと押《お》した。

「痛《いた》むかね？」

「いえ」

「それでは、ここは？」

「痛くないです」

「ならば、ここはどうだ……」

「いたたたっ！　痛いです、痛いです！」

クウィントは悲鳴を上げた。まるで、氷のかけらが骨《ほね》のなかにいす

わっているようだ。

「ふーむ。モウリョウ挫傷《ざしょう》だな。それも、かなりひどい」

バンガスは考え深げにいった。

「なんですか、それ？」

クウィントは驚《おどろ》いてたずねた。おそろしそうな名前だけど、深刻《しんこく》な病気なのか？

バンガスはカサコソと音をさせながら、クウィントの頭の上にすわりこみ、さりげない口調でいった。

「つまりだ、一生懸命治《いっしょうけんめいなお》さねばならんということだ。どれ、みてやろう」

バンガスは革《かわ》のカバンのなかから、包みをとりだして開いた。クウィントは首を曲げたまま、おそれ半分、興味《きょうみ》半分で見守った。バンガスは別の壺《つぼ》をとりだすと、そのなかから、なめらかなロウのような肌合《はだあ》いの葉を八枚《まい》とって口に放りこんだ。そしてクチャクチャとかみながら、カバンのなかから、さらしの布《ぬの》をとりだして地面に広げた。

「お、おれ……死ぬんですか？」

クウィントはこわごわたずねた。

ところがバンガスは、なにもいわずににっこり笑うと、口のなかから緑色のねばねばのかたまりをとりだして、クウィントの背骨《せぼね》の上にぬり広げた。

「マダラ草の軟膏《なんこう》だ。炎症《えんしょう》を鎮《しず》め、痛《いた》みをとりのぞいてくれる」

「焼けるようです」

クウィントがいうと、バンガスはうなずいた。

「軟膏がきいている証拠《しょうこ》だ」

そしてバンガスは、指を長衣のすそでふくと、さらしを背中にぬった軟膏の上に広げて押《お》しつけた。焼けるような熱さがほんわりしたぬくもりに変わり、背骨にしみこんでいった。氷のような痛みをとかしてくれるようだった。

「よし。さあ、立ち上がってみなさい」

クウィントは、痛みに声が出るのではないかとびくびくしながら、そろそろと立ち上がった。しかし、痛みはなかった。きれいさっぱりなくなっていた——しかも、こわばった筋肉《きんにく》をのばしてみると、ほかのにぶい痛みも消えていた。

「どうだね？」

「いいです。最高の気分です」

「マダラ草は、かつてはよく知られた薬草だった。だが、いわゆる大空学者とやらは、はやりのたわごとをまくしたてるばかりで、薬草の知識《ちしき》などまるで持っておらん……」

バンガスはいったが、クウィントは聞いていなかった。巨大《きょだい》な卵形《たまごがた》の洞窟《どうくつ》に広がる闇《やみ》に目がなれてくると、目を閉《と》じたまま壁《かべ》によりかかるマリスの姿《すがた》が見えたのだ。顔色は真《ま》っ青《さお》で、体がこわばっているようだ。

「マリス。マリス、だいじょうぶか？」

クウィントは駆《か》けよってひざまずくと、マリスの手をとった。

マリスは目を開け、かすかにうなずいたが、なにもいわなかった。その肌《はだ》はじっとりとしめり、目はどんよりと曇《くも》っていた。

「時間が必要だ」

いつの間にか後ろに来ていたバンガスがいった。

「おぬしと同じく、この娘《むすめ》も間一髪《かんいっぱつ》だった。そのうえ、この娘の方が、長い間モウリョウにつかまっておったしな。できるだけのことはしたが」

そういうと、バンガスは革《かわ》のカバンをポンとたたいた。

「深森《ふかもり》の本草学《ほんぞうがく》は、大地学のなかでも最も古い学問だ。それでも、しばらくは一進一退《いっしんいったい》の状態《じょうたい》が続くだろう。ハグレモウリョウは実におそろしく危険《きけん》な生き物なのだ……」

バンガスは首をふりながらいった。

「あたし、つかまっちゃったの、クウィント。どんなにあばれても、逃《に》げられなくて……」

マリスが、低く抑揚《よくよう》のない声で一言一言つぶやいた。

「やつは、君を追ってきたんだ。君の血のにおいをね……」

バンガスがゆっくり首をふっているのに気づいて、クウィントは向き直った。

「本当です。それも、これが初めてじゃないんです。おれがけがをしたときも、やつは血のにおいを追ってきました」

すると、バンガスはいった。

「たしかに、追ってきたのだろう。前にいったとおり、やつは狩《か》りをする。だが、血のにおいをかぎつけたのではない」

「そうなんですか？　だったら、なにを？」

クウィントはとまどいながら聞いた。

「恐怖《きょうふ》だ。やつは、おぬしたちの恐怖のにおいをかぎつけたのだ」

二人ともどれほど恐怖にとらわれていたかを思い出して、クウィントはぶるっとふるえた。

「もちろん、モウリョウをひきつけるのは、恐怖ばかりではない。怒《いか》りや、不満や、ねたみ……。モウリョウというものは、その大きさに関係なく、そういった感情《かんじょう》に敏感《びんかん》なのだ」

クウィントはしきりにうなずいた。

「それは気づいていました。そうだよな、マリス？」

「あたしのあとを追ってきたの。どうやっても逃《に》げられなかった」

マリスは弱々しくつぶやいた。

クウィントはバンガスにいった。

「おれたちが話すたびに、モウリョウたちはちがう反応《はんのう》をするみたいでした。ぼんやり光ったり、ピカピカ光ったり」

「感情が強ければ強いほど、光も明るくなる。ただ、モウリョウがなにより明るく輝《かがや》くのは、恐怖を感じたときだがな。恐怖のにおいが、やつらの空腹《くうふく》をあおる」

「空腹ですか」

クウィントは、ぞっとしてくりかえした。

バンガスは首をふりながらいった。

「やつらは恐怖をエサにするのだ。といっても、ふつうのモウリョウの場合は……モリジラミがケナガオオツノにたかるようなもので、なんの害もない。首すじの毛が逆立《さかだ》ったり、寒気が走ったりするぐらいで、やつらは満足する。わしは、下級司書のころから石の巣《す》のモウリョウを研究してきた。だから、信じるがいい……」

そういうとバンガスは、無数に横たわるひからびた死体をながめわたした。

「だが、ハグレモウリョウは、ほかのモウリョウたちとはまるでちがって……」

「おそろしかった」

さっきよりもはっきりした声で、マリスがいった。

「あたしを追ってきたの。つかまって、逃《に》げることも、体を動かすこともできなかった。あいつ、まぶたをこじ開けて、頭のなかに無理矢理入ってこようとした。痛《いた》かったわ、クウィント。すごく痛かった！」

言葉を切ってバンガスの方を向いたその目には、涙《なみだ》が浮《う》かんでいた。

「もしも、あなたが来てくれなかったら！」

「だが、わしは来た。だから、もうだいじょうぶだ」

バンガスはやさしくいうと、マリスの手をとった。

クウィントは、わからないという顔をした。

「でも、どうやっておれたちを見つけたんですか？　おれたちのあとをつけてきたとか？」

クウィントの頭のすみに、この上級司書は、最高位学者に対してなにかたくらんでいるのではないかという疑《うたが》いが芽生えた。バンガス・セプトリルがクウィントの口調に気づいたのかどうかはわからなかったが、いずれにしても表情《ひょうじょう》には出さなかった。

「いや、おぬしたちをつけていたのではない。わしは、ハグレモウリョウを追っていたのだ」

バンガスは乾《かわ》いた声でいうと、ため息をついた。

「上級司書の職《しょく》を追われてのち、石の巣《す》がわしの住まいだった——ここなら大空学者どもから身をかくせるからな」

そういうとバンガスは、上に目をやり、こぶしをふりあげた。

「だが、ずいぶん以前から、うわさを耳にするようになった。行方不明になるもの、説明のつかない物音、そして不思議な現象《げんしょう》。おぬしたちは、あとをつけられたといった。だが、おぬしたちが初めてではない。最初に巨大《きょだい》で血のように赤いモウリョウの姿《すがた》を見かけたのは、宝物庫《ほうもつこ》の衛士《えいし》たちだった。その報告《ほうこく》によれば、ハグレモウリョウは恐怖《きょうふ》をエサにするばかりでなく、目から頭のなかに入りこんで、あらゆる感情や記憶《きおく》や思考をむさぼり食うのだという——その結果、犠牲者《ぎせいしゃ》は頭が空っぽになり、息をすることもできずにひからびていく。大空学者どもは、その報告を深森《ふかもり》の迷信《めいしん》だと決めつけおった。だが、わしにはわかっておる。それに、おぬしたちもな」

「どうやって、そのハグレモウリョウを追いはらったんですか？　殺したんですか？」

クウィントがたずねた。

「殺す？　よほどモウリョウのことを知らないと見えるな。学問所でなにを教わっているのだね？」

バンガスは悲しげに首をふった。

クウィントは、泉《いずみ》の学問所で、雲の形を暗唱したときのことを思い出した。低草雲《ていそううん》、平草雲《へいそううん》、広《こう》金床雲《きんしょううん》、昇金床雲《しょうきんしょううん》……。機械的にくりかえされる、意味のない単語……。

バンガスは話を続けている。

「モウリョウに関しては、さまざまな迷信《めいしん》が語り伝えられている。人間の霊魂《れいこん》だとか、幽霊《ゆうれい》だとかな。だが、事実は、モウリョウとは、断崖《だんがい》のかなたより吹《ふ》きよせられる虚空《こくう》の種子なのだ。そのいとなみは、時の始めよりくりかえされ、大地に生命をもたらしてきたのだ。虚空の種子こそ生命の基本《きほん》単位であり、嵐《あらし》により大河《たいが》の源《みなもと》へと運ばれ、そこで大地へと帰り、崖《がい》の河《かわ》にそって深森《ふかもり》へと広がり、生きとし生けるものへと花開いていくのだ」

バンガスはだまりこんだ。その顔が考え深げな表情《ひょうじょう》に変わった。

「少なくとも、大いなるサンクタフラクスの浮遊石《ふゆうせき》が、崖の国の上空に浮《う》かび上がるまではな。だが、浮遊石が浮き上がって以降《いこう》、少なからぬ虚空の種子が、大いなる浮遊石の内部へと吹きこまれ、石の巣《す》のなかに根づいたのだ。ただ、大河の源より遠く隔《へだ》たっているため、種子はモウリョウにしかなれなかった――トンネルのなかを飛びまわる霊魂のような存在《そんざい》にしかな」

クウィントはあたりを見まわしたが、幸い一つも見あたらなかった。

「もちろん、その大半は無害だ。ときに、小さなやけどを起こすことはあるが。あれほど巨大《きょだい》で凶《きょう》暴《ぼう》なやつは見たことがない。だが、大きかろうと小さかろうと、モウリョウを殺すことはできない。なぜなら、モウリョウは生き物ではないからだ――少なくとも、わしらが知っているような生き物ではない。やつらは、生命を持たない幽霊のような存在なのだ。そして、石の巣の外に迷《まよ》い出たものは、すぐに消滅《しょうめつ》して無に返ってしまう」

そしてバンガスは、長衣のポケットから革《かわ》の巾着《きんちゃく》をとりだし、口ひもをほどいた。

「石の巣の内部でモウリョウを追いはらうには、これを使う」

クウィントとマリスは、なかをのぞきこんだ。

「砂《すな》ですか？　これがなんの役に立つっていうんです？」

クウィントはいった。

「ただの砂ではない。大地学者の間では、清流砂《せいりゅうさ》として知られているものだ」

バンガスは巾着のなかから、白いさらさらの粒《つぶ》をひとつまみとりだした。

クウィントは、上級司書のなめし革のようなてのひらでキラキラと光る、細かい結晶《けっしょう》をまじまじと見た。

「これは、大河《たいが》の源《みなもと》にある湖の岸で採《と》れるものだ」

バンガスは説明した。

クウィントは感銘《かんめい》を受けたようにいった。

「大河の源。父さんのゲイルライダー号でさえ、そんな深森《ふかもり》の奥地《おくち》までは行ったことがありません。実在《じつざい》してるとも思わなかったぐらいです」

「だが、大地学者は、かつて何度となく訪《おとず》れておる」

そういうとバンガスは、にっこり笑った。

「わし自身、何度行ってみたいと思ったことか。だが、大地学同様、大河の源への道も、今は失われてしまった。大空学者に嵐晶石《らんしょうせき》があるように、大地学者には清流砂《せいりゅうさ》がある。これは、大河の源の水を結晶化《けっしょうか》したものだ。この清流砂はまた、強酸《きょうさん》のようにモウリョウを腐食《ふしょく》させる働きを持つ。だから、モウリョウが近づいてきたときはこれで……」

バンガスは、清流砂を指でつまんで、ぷっと吹《ふ》き飛ばした。

「たちまち退散《たいさん》、というわけだ」

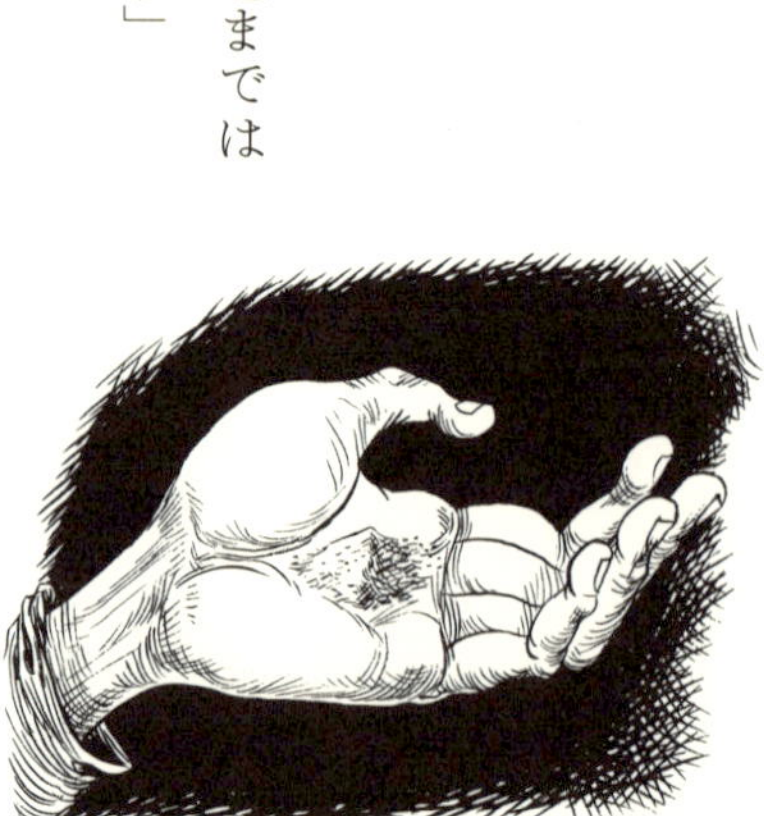

「おれたちも、それを持っていれば……」

「ああ、だが、あの赤い怪物《かいぶつ》を止めるには、今ここにあるすべての清流砂が必要だろう」

バンガスは、革《かわ》の巾着《きんちゃく》をポケットにもどしながらいった。

「さっき使った分で、いくらか弱らせたとは思う――おそらく数時間はもつだろう。だが、やつはまたもどってくる。さあ、立ちなさい。ここを離《はな》れた方がいい」

バンガスはマリスを立ち上がらせると、ランタンを手にした。

マリスは、バンガスの手にしがみついた。肉体的にも精神《せいしん》的にも、あのおそろしい体験から、まだ完全には回復《かいふく》していなかったのだ。

「助けてくれてありがとう。お父さまから、ごほうびが出ると思うわ」

マリスがつぶやくと、バンガスはにっこり笑ってマリスを支《ささ》えた。

「お父さまとな？　どうせ大空学者だろう。おぬしの気持ちはうれしいが、みずからの地位をかけてまで、わしのような老いぼれの大地学者を助けようなどと思う大空学者はおるまい」

「お父さまなら、きっとそうするわ。だって、サンクタフラクスの最高位学者なんですもの」

マリスはもったいぶった調子でいった。

バンガスは、はたと足を止めた。マリスの方に顔を向ける。その目はまん丸になり、口はあんぐり開いている。

「おぬしは、リニウス・パリタクスの娘《むすめ》なのか？」

今度は、マリスが驚《おどろ》く番だった。

「お父さまを知っているの？」

バンガスはうなずいた。

「知っているとも。いや、知っていたというべきか」

「でも、どうしてそんなことが？　教えてちょうだい」

マリスは目を輝《かがや》かせて、バンガスの袖《そで》をつかんだ。

「おお、大地よ！　おぬしのなんとよく似《に》ていることか。さっきは気づかなんだが……」

バンガスはそういうと、首をふった。

「まだ若《わか》いころ、リニウスはよく大図書館に通ってきたものだ。あいつは、泉《いずみ》の学問所の教師《きょうし》とやらが教える、重箱のすみをつつくような授業《じゅぎょう》に飽《あ》き飽きして、よくぬけだしてきてな。大図書館じゅうにぶらさがる巻物《まきもの》に記されている、古《いにしえ》の真実の知恵《ちえ》を熱心に探求《たんきゅう》しておった。最初に、わしが大地学の基礎《きそ》を教えてやったのだ。そのうちに、知識《ちしき》の木になれてくると、一人で好奇心《こうきしん》のおもむくままに学びはじめた」

クウィントはうなずいた。

「それで、あんなにくわしかったんだ。目的の巻物を手に入れるのに、どこを探《さが》せばいいか正確《せいかく》に教えてくれたんです」

バンガスは合点《がてん》がいったようにうなずくと、顔を上げた。

「わしの図書館にいたのは、そういうわけだったのか。それで、リニウスが探していた巻物がなんだったのか、覚えてはいまいか？」

「あんまりよく見なかったから……たしか……」

「ならば、どこで見つけたか覚えておるか？　なんとか思い出してくれ。どの知識の木に登ったのだ？」

バンガスは、クウィントをひたと見つめた。

クウィントは、ハグレモウリョウに大切な記憶《きおく》を消されてしまったのではないかとおそれながらも、脳《のう》みそをふりしぼった。すると、頭のなかに、ふいに金色のプレートが浮《う》かび上がった。

「空中生物」

バンガスはうなずいた。

「たしかかね？」

「はい。『ならぬもの』を選びながら、てっぺんまで登りました——鳥ならぬもの、爬虫類《はちゅうるい》ならぬもの、ほ乳類《にゅうるい》ならぬものというぐあいに……。その巻物《まきもの》は、二本の枝《えだ》が交差するところにぶらさがっていました。『天空』と……だめだ、思い出せない」

バンガスの顔が曇《くも》った。

「わしの教え子は、なにをしようというのだ？　だが、それをいうなら、自分の娘《むすめ》と徒弟《とてい》に、石の巣《す》にもぐりこむことを許《ゆる》すとは、どういう了見《りょうけん》なのだ？」

クウィントとマリスは顔を見あわせた。赤色のハグレモウリョウの巣に立つ二人は、自分たちが急に小さくなったような気がして心細くなった。ひょっとしたら、紙のような外套《がいとう》をまとい、強力な薬草を持つ、風変わりなこの大地学者なら、助けてくれるかもしれない。クウィントは、闇《やみ》のなかでマリスの手をぎゅっとにぎった。マリスもにぎりかえしてきた。

「あなたのこと、信用できる？」

マリスは聞いた。

「信用できるかとな？　わしは大地学者だが、おぬしの父上は、かつてわしを信用したぞ」

そういってバンガスは笑った。

「ならいいわ。話してあげて、クウィント」

急に疲《つか》れを覚えて、マリスはいった。

クウィントはうなずいて、最高位学者が最近なにかにとりつかれていることや、クウィント自身も、その手伝いをさせられたことを話した。夜中に石の巣に入りこんだことや、最高位学者がそこで大けがを負ったことも。

そして、あやしげな銀の鼻キャップの男や、信用ならない発着場の衛士《えいし》のこと、そして、低空降下機《こうかき》に細工《さいく》がされていたことも打ち明

けた……。

その間ずっと、バンガスはうつむき、眉根《まゆね》にしわをよせて耳をかたむけていたが、どう思っているのか表情《ひょうじょう》からはうかがい知れなかった。ただ、秘密《ひみつ》の部屋をのぞいたときのことを話すと、初めてバンガスが顔を上げた。

「巨大《きょだい》な光の球だと？　泣き声が聞こえたというのか？　うそではあるまいな？」

バンガスの顔が蒼白《そうはく》になった。

そのとき、マリスが身ぶるいした。ハグレモウリョウにおそわれたことで、気持ちが萎《な》え、頭がもうろうとしていたのだ。

「ここから出たいの。お願い」

しかし、バンガスは闇《やみ》をにらみつけたきり、答えなかった。やがて、自分自身にいいきかせるように、話しはじめた。

「はるか昔、すでに伝説と呼《よ》ばれし時代……。わが教え子リニウスは、本当に『古《いにしえ》の研究室』を発見したのか？」

クウィントは眉をひそめた。高架橋階段《こうかきょうかいだん》での、銀の鼻キャップの男の話を思い出したのだ。

「でも、『大研究所』は宝物庫《ほうもつこ》になったんですよね」

バンガスは首をふった。

「かつて、研究所は二つあった。大研究所と古の研究室だ。それぞれ、まったく異《こと》なる目的のために作られたのだ。大研究所は大地学の中心であり、動物でも、植物でも、鉱物《こうぶつ》でも、新たな発見があると調査《ちょうさ》して分類するのだ……大空学者どもに奪《うば》われて、宝物庫にされるまではな」

その口調は苦々《にがにが》しげだった。

「それに対し、古の研究室は……ああ、クウィントよ、まだこの浮遊石《ふゆうせき》が若《わか》かったころ、そこはすでに古の研究室と呼ばれておったのだ。なぜといえば、始源《しげん》の物質《ぶっしつ》を研究する学者たちが、そこで呪《のろ》われた研究を行ったからだ」

バンガスはポケットからハンカチをとりだすと、額《ひたい》に浮《う》かんだ冷たい汗《あせ》をぬぐった。

「なにをしたんですか？」

クウィントは聞いた。

「かれらは尊大《そんだい》で、うぬぼれが強かった。かれらにとっては、すでにある世界を理解《りかい》するだけでは十分ではなかった。かれらは……」

バンガスのふるえる声が小さくなった。

「どうしたんですか？」

クウィントにうながされて、バンガスはいった。

「かれらは、最も古い謎《なぞ》、生命の秘密《ひみつ》を解《と》き明《あ》かそうとしたのだ。生命を創造《そうぞう》しようとしたのだ」

クウィントはあっけにとられた。

「そ、それで……成功したんですか？」

「わからん。だが、なにか大変なことが起こったのはたしかだ。伝説によれば、古《いにしえ》の学者たちは研究室を封印《ふういん》し、そこに続く石の巣《す》のトンネルもふさいだということだ。ほどなく大地学と大空学の間に『大いなる亀裂《きれつ》』が生じ、研究室も、そこで行われていた実験も忘《わす》れ去られてしまった」

バンガスはため息をついた。

「その日以来、すべては大きな謎のままだ。ただ、おぬしの話によれば、サンクタフラクスに一人だけ、その答えを知っておる者がいるようだ。リニウス・パリタクスだ」

少しずつ落ち着きを失ってきていたマリスは、父親の名前が話に上るのを聞くと、はっと顔を上げた。お父さまが、なにか危険《きけん》なことをしたのはまちがいない。マリスは混乱《こんらん》していた。息ができない。頭がくらくらして、足に力が入らない。ふらふらしながらも、かろうじて立ってはいたが、いつ倒《たお》れてもおかしくない状態《じょうたい》だ。

「マリス」

バンガスが、そんなマリスを支《ささ》えようと進み出ながら、クウィントにいった。

「この娘《むすめ》は、おぬしよりもはるかにひどいおそわれ方をしたのだ。わしが見つけたとき、命は風前の灯火《ともしび》というようなありさまだった。あんな状態だったのに、今こうして立っていられるとは、驚《おどろ》くべきことだわい。早く、父上のもとに連れていってやらねば」

クウィントはうなずいた。

「だいじょうぶだからな、娘よ。すぐにもどれるからな。わしによりかかって、片足《かたあし》ずつ前に出すのだ」

バンガスはささやきかけながら、紙のような外套《がいとう》をはずして、マリスの体を包みこんでやった。

そして、はげましの言葉をかけながら、歩きだした。

「そうだ。それでいい」

やがて、一行はトンネルの入り口に着いた。バンガスは足を止めてふりかえった。

「わしが先に行く。マリス、わしのあとについてきなさい。クウィントは、後ろを頼《たの》む。マリスが止まらないように、気をつけてくれ」

バンガスは、小声でクウィントに耳打ちした。

一行は、一人ずつ四つんばいでがれきの斜面《しゃめん》を登り、暗くせまいトンネルに入っていった。暗闇《くらやみ》に包まれると、クウィントは身ぶるいした。マリスが前にいるせいで、バンガスのランタンの明かりはほとんど届《とど》かない。不安を押《お》し殺すようにくちびるをかみしめて、クウィントはじりじりと前に進んでいった。

トンネルはせまく、しめつけられるようで、場所によっては体を岩と岩の間にこじ入れなければならないほどだった。クウィントの動悸《どうき》がはげしくなる。地上に生まれ育った者でも、石の巣《す》に閉じこめられて平気な者はいないが、大空を飛びまわることになれているクウィントにとっては、まさしく拷問《ごうもん》だった。クウィントは不安をの

みこんで、最初に石の巣に入った理由を思い出そうとした。そして、今するべきことがなんなのかに、気持ちを集中する。秘密《ひみつ》の部屋、つまり古《いにしえ》の研究室を見つけて閉《と》ざされた扉《とびら》の向こうになにがかくされているのかを確《たし》かめるのだ。あの奇妙《きみょう》な古めかしい部屋のなかに、なにが閉じこめられているのかを考えると、よけいに動悸がはげしくなる……。

「あいたっ！」

頭が、なにかにぶつかった。顔を上げても、なにも見えない。手をのばしてみると、足首だった。ぴくりとも動かない。

「マリス！　前に進むんだ、マリス」

反応《はんのう》はない。

「マリス！」

クウィントは声を上げた。

前の方で、バンガスが呼《よ》びかけるのが聞こえた。

「どうした？　がんばるのだ、もうすぐだからな」

「マリス、あきらめちゃだめだ。今のが聞こえただろ。あともう少しだから、前に進むんだ」

クウィントは必死にはげました。

「う、動けない……ち、力が出ない……」

弱々しい声が返ってきた。

「でも、進まなくちゃだめだ！」

とにかくこのせまいトンネルからぬけだしたくて、クウィントはマリスを必死に押《お》した。

マリスは少し動いたが、すぐにまた止まってしまった。

「マリス！　頼《たの》むから、動いてくれ！」

クウィントは思わずさけんだ。トンネルの壁《かべ》が周囲からせまってくるような気がする。

すると、バンガスの声がした。

「わしのベルトをつかみなさい。そう、それでいい。しっかりつかまっているんだぞ。わしがひっぱってやるからな」

マリスが動きはじめたことが、気配でわかった。そのひょうしに、マリスの肩《かた》からバンガスの外《がい》套《とう》がはずれた。クウィントはそれを拾うと、あわててあとを追った。

「もう少しだ。いいぞ、その調子だ……」

バンガスの声が聞こえる。

少しずつ、少しずつクウィントは進んだ。すりむいたひざが、ざらざらの岩にこすれて痛《いた》い。そのとき、バンガスの声が響《ひび》きわたった。

「よし、よくやった。マリス！」

次の瞬間《しゅんかん》、クウィントの頭も広いトンネルにひょいと飛び出した。マリスは地面にすわっていた。バンガスがそのわきにしゃがみこみ、安心させるようにささやきかけながら、ランタンの明かりで、まばたきしない目を片方《かたほう》ずつ調べていた。

「難関《なんかん》はぬけたからな、マリス。すぐに、ここから出してやる」

マリスは、もうだいじょうぶだ。クウィントは思った。バンガスが、無事に最高位学者の待つサンクタフラクスまで連れ帰ってくれるだろう。だけど、おれはまだもどるわけにはいかない――とはいえ、あたりを見まわすうちに、先ほどの決心もゆらぎはじめていたが。トンネルの迷路《めいろ》は、あらゆる方向に不気味にのび広がっている。行き先を確《たし》かめるためのランプはない。そのうえ、どこかにまだ血のように赤いモウリョウがいるのだ。しかし、たとえあの怪物《かいぶつ》とまた顔を合わせることになっても、研究室を見つけなければならなかった。

「勇気を持て。おれたちは、秘密《ひみつ》の研究所を見つけるためにここに来たんだ。今さらあきらめるわけにはいかない」

クウィントは自分にいいきかせると、闇《やみ》に目をこらした。

「幸い、壁《かべ》がぼうっと光っているせいで、なんとか道は見えそうだ。それに、ハグレモウリョウも、しばらくは弱っているという。バンガスのいうとおりだとすればだけど……」

クウィントは、二、三歩足を踏《ふ》み出してみた。だいじょうぶ、バンガスは気づいていない。やがて、ランタンの明かりは見えなくなったが、目がなれてしまうと、岩の放つぼんやりとした明かりでも十分見えることがわかった——それに、研究室まで行けば、ランプも置いてあるはずだ。クウィントはためらった。でも、たどりつけるんだろうか……。

やっぱりバンガスとマリスのもとにもどろうかと思いはじめたとき、なにかが目に入ってドキッとした。ちょうど肩口《かたぐち》のあたりの壁に、黒炭《こくたん》で書かれた小さな矢印だった。トンネルの奥《おく》を指している。

「まちがいない。もとの道にもどったんだ」

心は決まった。後ろをふりかえることもなく、クウィントはトンネルの奥へと進みはじめた。紙のような外套《がいとう》を手につかんだまま。十歩ほど歩くと、別の矢印が見つかった。どうやら正しい方向に進んでいるようだ。

「必ず古《いにしえ》の研究室を見つけて、秘密を解《と》き明《あ》かしてやる」

そうつぶやくと、クウィントはにっこり笑った。

「マリスのやつ、おれのこと自慢《じまん》に思うだろうな」

遠くから、低くかすれた声が聞こえてきた。バンガスだ。

「わしがマリスをおぶっていく。クウィント、おぬしは後ろからついてきてくれ。聞いておるのか？」

一瞬《いっしゅん》、間があり、ふたたびバンガスの声がした。

「クウィント？　クウィント……？」

第十四章　望まれざる客

マリスは、朝のサンクタフラクスの空気を胸《むね》いっぱいに吸《す》いこみ、それが体のすみずみに行きわたる感覚を味わった。空気は冷たくてすがすがしく、生きかえるようだった。頭がはっきりし、体のこわばりは消え、石の巣《す》のなかにいる間おそわれていた、おそれからくる脱力感《だつりょくかん》からも、ついに解放《かいほう》された。マリスはバンガスに向き直った。

「クウィントのことが心配だわ」

「リニウスの徒弟《とてい》のことかね？」

バンガスがたずねると、マリスはうなずいた。

「どこではぐれたのかしら？」

「わからぬ。すぐ後ろにいたと思ったら、次の瞬間《しゅんかん》にはいなくなっていたのだ」

バンガスは一息おいてからつけ加えた。

「古《いにしえ》の研究室を探《さが》しにいったにちがいない」

「たった一人で」

マリスは悲しそうにいった。

バンガスは、マリスの手をとった。

「あの少年ならだいじょうぶだ。見たところ、自分のことは自分で解決《かいけつ》できるたぐいの人間のようだったからな」

「そのとおりよ。でも、本当は、二人で確《たし》かめるはずだったの。あたしも、いっしょにいるはずだったのに。あたし、なんの役にも立たなかった」

マリスはつらそうにいうと、バンガスのこげ茶色の目を見上げて、必死に頼《たの》みこんだ。

「もう一度、石の巣に連れていってもらえない？　もうすっかり元気になったから。ねえ、いいでしょ、バンガス？　お願い……」

「次の計画を立てる前に、一度そなたの父上のもとにもどるとしよう。リニウスと腹《はら》を割《わ》って話すときだ。あやつが、あの研究室でなにに手を染《そ》めていたのかを知らねばならん」

バンガスは考えこむようにいった。

ちょうどそのとき、大会堂の鐘《かね》が鳴った。

「七時だ！　信じられないわ。一晩《ひとばん》じゅう、石の巣《す》のなかにいたなんて」

「ならば、なおさら急がねば。さあ、おいで」

バンガスはマリスの手を放すと、紙のようなチョッキのフードをかぶり、路地《ろじ》の暗がりのなかへと入っていった。

「どこへ行くの？　闇《やみ》の宮殿《きゅうでん》はあっちよ」

マリスは、あわててあとを追いながらいった。

「いいや、だめだ。わしは、サンクタフラクスの目ぬき通りを堂々と歩くわけにはいかんのでな」

「どうして？」

マリスが聞くと、バンガスは腹立《はらだ》たしげに答えた。

「なぜならば、わしが大地学者だからだ。現在《げんざい》のサンクタフラクスに、大地学者の居場所《いばしょ》はないの

だよ――高架橋階段《こうかきょうかいだん》でたわごとをまくしたてているまぬけどもを除《のぞ》いてな。もしもだれかに見とがめられたら、わしは即座《そくざ》に追放されて、地上町の裏通《うらどお》りで一生を終えることになってしまう。それ故《ゆえ》、昼の間は、大図書館に身をかくしておる。今では、訪《たず》ねてくる者もないから、だれもわしがいることは知らんのだ」

マリスはあたりを見まわして、だれにも見られたりつけられたりしていないことを確《たし》かめた。幸い、早朝で人影《ひとかげ》はまばらなうえに、こちらに注意を向ける者もいなかった。

「でも、お父さまなら……」

「シーッ！　衛士《えいし》だ」

マリスがいいかけるのをバンガスが制《せい》し、マリスの手をひいて、物陰《ものかげ》に飛びこんだ。

重たい長靴《ながぐつ》の音があたりに響《ひび》いた。マリスが物陰《ものかげ》からのぞいてみると、平頭ゴブリンの分隊が路地の前を横切っていくところだった。

バンガスが、声をひそめていった。

「そなたの父上といえば、わしは何年も前にサンクタフラクスを離《はな》れたから、おそらく、最後の粛《しゅく》清《せい》の間に、浮遊都市《ふゆうとし》から追放されたと思っておるだろうな」

「でも、最高位学者として、なにか手助けできたはずよ」

「その逆《ぎゃく》に、追放されるべき大地学者と関わりがあることが知れれば、大変なスキャンダルになっていただろうな。今の地位を失うことになったかもしれぬ。それどころか、若《わか》いころ大図書館に通いつめていたことが明るみに出れば、最高位学者になど決して選ばれなかっただろう」

バンガスはそういってため息をついた。

「なあ、マリスよ、わしはそなたの父上に大きな期待を抱《いだ》いていたのだ。それだけの知識《ちしき》があれば、いずれ大地学と大空学の間の亀裂《きれつ》を埋《う》める方法を思いつくかもしれんとな」

「でも、そのつもりだったのよ。だから、闇《やみ》の宮殿《きゅうでん》に移《うつ》ったんだし、だから……」

マリスの言葉をさえぎって、バンガスはきびしい口調でいった。

「わしは、大図書館にかくれ住む身だ。だが、わしの知るかぎりでは、サンクタフラクスはなんら変わってはおらん。リニウスが、大志《たいし》をいだいて最高位学者になったことは知っておる。亀裂を修《しゅう》復《ふく》して、サンクタフラクスに安定をもたらそうとな……だが、なにが変わった？　あやつはなにかに気をとられて、わき道にそれてしまったではないか」

マリスは路地に目をもどした。長靴の音は小さくなり、やがて消えていった。ところが、バンガスはいっこうに歩きだそうとしない。

「リニウスは、『大いなる仕事』とやらに没頭《ぼっとう》するあまり、ほかのすべてをおろそかにしてしまった。希望も、夢《ゆめ》も、責任《せきにん》も……」

バンガスは軽蔑《けいべつ》するかのように顔をしかめた。

「自分の娘《むすめ》もね」

マリスは小さな声でいった。

「だが、昨今《さっこん》のサンクタフラクスは、最高位学者がなにかに気をとられていられるような場所ではないのだぞ。ほんの一瞬《いっしゅん》たりとも、気をぬいてはならん。機会あらば最高位学者の地位を奪《うば》いとろうとする輩《やから》など、いくらでもおるのだからな」

そのとき、人声が聞こえてマリスがふりかえると、下級徒弟《とてい》が二人、路地の向こうからやってくるところだった。長衣の毛皮の縁取《ふちど》りからすると、雨占師《あめうらし》のようだ。

「人が来るわ。行きましょ」

マリスがうながすと、バンガスもうなずいてフードをかぶり直し、二人はせまい路地を歩きだした。路地のはずれまで来ると、あたりの様子をうかがった。屋台《やたい》の準備《じゅんび》をしている、地上町の商人が何人かいる以外、人影《ひとかげ》はない。二人は足早に中央通りをわたると、反対側の暗がりへと消えていった。

雲の大学の裏手《うらて》をまわり、階段《かいだん》を下り、低いアーチの下をぬけていくと、闇《やみ》の宮殿《きゅうでん》が目の前に現《あらわ》れた。マリスは上の方の窓《まど》に目をやり、ため息をついた。

「お父さまの寝室《しんしつ》の窓、まだ閉《し》まってる。よくなっているといいのだけど」

マリスは心配そうにいった。

「すぐによくなるて」

バンガスは、肩《かた》にかけた、飲み薬や膏薬《なんこう》の入った革《かわ》のカバンをポンとたたいた。

「ひどい状態《じょうたい》だったって。切り傷《きず》や打ち身だらけで、わけのわからないことを口走って……」

マリスは首をふりながらいった。

「たとえそうであっても、わしならたいていの病気やけがは治《なお》して、ふたたび元気にしてやれる。さあ、おいで、マリス」

バンガスは、宮殿の玄関《げんかん》に続く階段を上っていった。

「そなたの父親を治したうえで、いったいどんな悪さをしておったのか、とことんつきとめようではないか」


そのころ、闇の宮殿の裏口では、二人の来訪者《らいほうしゃ》が意味ありげな表情《ひょうじょう》を浮《う》かべて立っていた。一人目は、がっしりした体つきの平頭ゴブリンで、武器を下げ、鋲《びょう》を埋《う》めた兜《かぶと》に、発着場の衛士《えいし》の胸当《むねあ》てという出《い》で立《た》ちだった。その横に立つのは、背《せ》が高く、いくらか猫背気味《ねこぜぎみ》の人物で、厚《あつ》い外套《がいとう》のフードからは、シロガラスの鋭《するど》いくちばしのように銀の鼻キャップがつきだしていた。

「もう一度、ノックしてみろ、バグズウィル。今度はもっと強くな」

平頭ゴブリンはこぶしをにぎりしめて、扉《とびら》を力まかせにノックした。

「はい、ただいま、ただいま。すぐにまいりますでございます」

なかからかん高い声が聞こえた。

平頭ゴブリンは、にたりと笑った。

「すぐ、来ますぜ」

「よし。今度は、低空降下機《こうかき》のときのようなことにはならないだろう」

セフタス・レプリクスがいうと、バグズウィルはぶつくさいった。

「どうして失敗したのか、まだわからねえ。外套《がいとう》は地上町で見つかった。それなのに、なんで……?」

かんぬきがひきぬかれる音に続いて、カギがカチリとはずれる音がした。セフタスは、指で銀の鼻キャップに触《ふ》れた。

「もうよい、バグズウィル」

かすかなキイッという音とともに扉《とびら》が開き、湯気がもわっと噴《ふ》き出してきた。その湯気が晴れると、なかから角ばった透明《とうめい》な頭がつきだされた。

「なにか、ご用でしょうか? 信号旗《しんごうばた》をごらんになりませんでしたか? 最高位学者さまは、だれ

にもお会いになりませんですよ」

そういうとトウィーゼルは、上のバルコニーにはためく、刺繍《ししゅう》をほどこした旗を指さした。

バグズウィルはにっこり笑っていった。

「トウィーゼル、久《ひさ》しぶりだな。元気そうじゃねえか」

トウィーゼルは顔をしかめた。

「そちらさまは？」

バグズウィルは笑いながらいった。

「わからねえか？　きのう、市場で会っただろ？」

「そうでしたか？」

バグズウィルの顔が曇《くも》った。

「忘《わす》れたなんていうなよな。せっかく来たってのによ」

トウィーゼルは、キリッキリッと音を立てた。

「ちょっとお待ちくださいませ。このところ、なにかといそがしいものですから」

バグズウィルは、また笑った。

「きのうも、同じことをいってたな。おれがティルダーソーセージを買おうとしてたら、あんたが店の場所を教えてくれたんだ。親切な深森《ふかもり》の住人に会えて、うれしかったぜ」

トウィーゼルは、平頭ゴブリンに顔を近づけた。その触角《しょっかく》がふるふるとゆれた。

「思い出しましたです。それで、どんなご用でしょうか？」

「いや、ちょいと手助けをと思ってな。あんた、だんなさんの具合が悪いとかいってただろ。これも、巡《めぐ》り合わせってやつだな。すばらしい方法を思いついたのよ」

「そうでございますか？」

「そうとも。あんたと別れて三十分もしねえうちに、この……セフにばったり出くわしてな」

「どうぞ、お見知りおきを」

セフタス・レプリクスはそういうと、長衣のなかから、ねっとりとした赤い液体《えきたい》の入ったガラスビンをとりだした。

「モリワインとモリイチゴのリキュールのカクテルです。深森で一番効果《こうか》のある強壮薬《きょうそうやく》ですぞ。わたし自身も飲んでいます」

触角をふるわせながら、トウィーゼルはビンをしげしげとながめたが、手

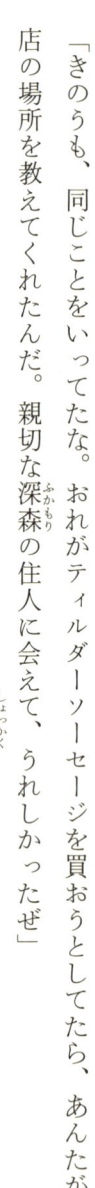

を出そうとはしなかった。そのとき、トウィーゼルの背後《はいご》、正面玄関《げんかん》の方から、コンコンコンと
ノックをする音が聞こえてきた。

「とるがいい。信じられんほどよくきくぞ。わたしが保証《ほしょう》する」

「それはありがたいことでございます。ですが、毒味をしていないものを、だんなさまにさしあげてよろしいものかどうか……」

トウィーゼルがいうと、バグズウィルが口をはさんだ。

「寝《ね》る前に、一口飲む。それだけで、効果てきめんだ。トウィーゼル、あんたのだんなは生まれ変わったように元気になるぜ」

「そうではありましょうが……」

正面玄関をノックする音がはげしくなった。

「わかる、わかるよ。用心深くなるのも当然だ」

バグズウィルはそういうと、セフタスの方を見た。

「このお方が、高貴《こうき》の生まれだって話したかな？　あんたのだんなは大空学者だから、ちゃんと治《ち》療法《りょうほう》がわかってるんだろうが、おれたちは、もっといい方法を知ってるよな、トウィーゼル？　お

れたち、深森《ふかもり》の住人には、昔ながらの薬草ってもんがあるもんな」

トウィーゼルのくさび形の頭が、かすかにうなずいた。

「ほんの少しなら、ためしてみてもよろしいかも」

「ああ、それがいい。セフ、カクテルをわたしてやってくれ」

トウィーゼルはカギ爪《づめ》のついた前足でビンを受けとると、しげしげとながめた。そのとき、正面玄関《げんかん》のノックの音が一段《いちだん》と大きくなったため、二人の来訪者《らいほうしゃ》の耳にも届《とど》いた。

「出た方がいいんじゃねえか？」

バグズウィルはいった。

「ですが、お薬のことが。お礼はいかがいたしたら？」

トウィーゼルはいった。

「ああ、それにゃおよばねえよ。深森の住人の贈《おく》り物ってことにしといてくれ」

「それはそれは、ありがたいことでございます」

「いいってことよ。それより、早く出ねえとまずいんじゃねえのか。手のかかるだんなに仕《つか》えるのは、大変なことだよな」

バグズウィルは意味ありげに目くばせした。

トウィーゼルは頭をひっこめた。

「それと、必ずだんなのようすを教えてくれよ」

バグズウィルが念《ねん》を押《お》した。

「もちろんですとも」

扉《とびら》が閉《し》められると、バグズウィルは満面の笑《え》みを浮《う》かべて、セフタスに向き直った。

「いったとおりだ。あのまぬけめ、おれの話を頭からしっぽまで信じやがった」

「いかにも。よくやったぞ、バグズウィル。だが、わたしの名前を出したのはまずかったな。『セフ』だけとはいえな。正体を悟《さと》られなければいいのだが」

「心配のしすぎですぜ。あのビンには、大学一つ分の学者に使えるだけの、トビムシの毒が入ってます。無味無臭《むみむしゅう》だが、致命的《ちめいてき》です。ひとなめしただけで、リニウス・パリタクスはトロックボールのようにパンパンにふくらんじまいます。降下機《こうかき》のときのあんたみてえなドジは踏《ふ》みませんって。明日の今ごろには、おれはサンクタフラクスの衛士長《えいしちょう》、あんたは新しい最高位学者って寸法《すんぽう》で」

セフタスが愉快《ゆかい》そうに笑うと、銀の鼻キャップがゆれた。

「そういうことなら、バグズウィル、急いだ方がいいな。まだやることが残っているからな」

「今開けます、今開けますよ」

トウィーゼルはぜいぜい息をしながら、玄関《げんかん》のかんぬきをはずして、扉《とびら》を開けた。

目の前に、マリスの怒《おこ》った顔があった。ほこりまみれで、くちびるをきっと結んでいる。

「なんだって、こんなに待たせるのよ？　さっきから、ずっとノックしてるのに」

「申《もう》し訳《わけ》ありませんです、お嬢《じょう》さま。少々気分がすぐれませんで」

「ほんとに役に立たないわね。あたしたち、お父さまに会わなくちゃならないの」

マリスは、まだぷりぷりしながらいった。

トウィーゼルは、マリスのとなりに立つ、みすぼらしい姿《すがた》の老人に目をやり、見下すように上から下までじろじろとながめた。

「それで、最高位学者さまに拝謁《はいえつ》なさりたいのは、どなたとお伝えすればよろしいのでしょうか？」

トウィーゼルは、堅苦《かたくる》しい声でたずねた。

「あなたはいいの、トウィーゼル。あたしが自分で、この方をお父さまにお引き合わせするから」

マリスはトゥィーゼルを押《お》しのけ、バンガスがあとに続いた。

トゥィーゼルはふん然としていいかえした。

「でも、お嬢さま、こんなことは絶対《ぜったい》に許《ゆる》されません。わたくしの一存《いちぞん》でお通しするわけには……」

ところが、すでにマリスは、フードをかぶった謎《なぞ》の人物をしたがえて、階段《かいだん》を上りはじめていた。

トゥィーゼルはため息をついた。こうなると、もうどうしようもない。近ごろは体の節々がこわばっていて、とても宮殿《きゅうでん》じゅうを追いかけまわすことはできない。それに、お嬢さまの頑固《がんこ》さは筋《すじ》金入《がねい》りだ。トゥィーゼルが最高位学者の寝室《しんしつ》にたどりつくころには、マリスと謎の人物は、ベッドの両わきに立って、最高位学者に話しかけているだろう。

「近ごろの若《わか》い者ときたら。手順は無視《むし》する、マナーはなっていない、礼儀《れいぎ》はわきまえない……」

ぶつぶつと文句《もんく》をいいながら、トゥィーゼルは厨房《ちゅうぼう》へともどっていった。このモリワインのカクテルとやらを、よく調べてみないと……。

マリスとバンガスが二階の踊《おど》り場まで上ると、上の階から言い争う声が聞こえてきた。マリスはバンガスを見た。その目が不安に見開かれる。

「だれだろう？　なにを争っているのかしら？」

「急いで行ってみよう」

二人は階段《かいだん》を駆《か》け上がった。言い争う声が大きくなった。

「どうしてこんなことが？」

だれかが声高にいった。

「この状況《じょうきょう》の深刻《しんこく》さがわからんのか！」

別のだれかがわめいた。

「最高位学者の身になにかあったら、どうするのだ？」

三人目がどなった。

「好きなだけどなっていればいいさ」

ほかの三人よりも耳ざわりだが、気味悪いぐらい落ち着いた声で、四人目がいった。

「ウェルマだ。あたしの乳母《うば》よ」

長い廊下《ろうか》を走りながら、マリスがあえぎあえぎいった。

「あたしが『だめ』といったら、だめなんだよ。絶対《ぜったい》になかには入れないからね」

「わたしがだれだか知っているのかね？」

三人のうちの一人がいった。

「あんたが闇博士《やみはかせ》だったとしても、あたしの知ったこっちゃないね」

ウェルマはいどむような調子でいった。

「だが……わたしは、その闇博士なのだぞ！」

ふん然とした声が響《ひび》いた。

「それでも、いったとおりだよ。あたしの知ったこっちゃない」

ウェルマはそっけなくいった。

三人はあっけにとられ、次の瞬間《しゅんかん》、いっせいにどなりはじめた。マリスは廊下の角を全速力でまわりこみ、そのあとに、フードで顔をかくしたバンガスが続いた。

「ウェルマ、どうしたっていうの？」

「やっと帰ってきたね、マリス。ベッドに寝《ね》た形跡《けいせき》はなかった。一晩《ひとばん》じゅう、どこへ行っていたんだい？」

最高位学者の寝室《しんしつ》の前で、扉《とびら》をふさぐように陣取《じんど》ったウェルマがいった。

「そんなことはいい。最高位学者の身に危険《きけん》がせまっているのだぞ。すでに一度……」

闇博士《やみはかせ》がいいかけると、衛士長《えいしちょう》のシグボルドが割《わ》って入った。

「わたしのスパイが、第二の陰謀《いんぼう》をあばいたのだ。平頭ゴブリンのバグズウィルが、ある人物に雇《やと》われた――銀の鼻キャップで顔をかくした謎《なぞ》の男だ。最高位学者をお守りするのは、わたしの務《つと》めで……」

ウェルマが両手を上げていった。

「何度もいっているとおり、だんなさまはなんでもないよ。だが、だんなさまがお休みになってる間は……」

「そんなことをいっている場合ではない！　何度いったらわかるのだ。大いなる嵐《あらし》がせまっているのだぞ。いっしょに来てもらわなくては困《こま》るのだ！」

光博士がどなりつけた。

「至急《しきゅう》、ガーリニウス・ゲルニクスの任命式《にんめいしき》を執《と》り行わなければならん。それなくして、新しい嵐《らん》晶石《しょうせき》の探索《たんさく》の成功はありえん」

闇博士がつけ加えた。

すると、茶色のフードのなかから、あざ笑うように鼻を鳴らす音が聞こえた。

「嵐晶石だと、いやはや」

マリスはバンガスの足を軽くけりつけ、だまっていてと小声でたしなめた。

「それに、任命式はしきたりどおり最高位学者に執り行ってもらわなければならん。さもなくば……」

するとバンガスが、今度はもっと大きな声でいった。

「そんなことをいわずに、自分でやればよかろう？」

その声は、紙のようなフードのせいで、くぐもっていた。

「失礼だが、あんたは何者だね？　顔を見せてくれんか？」

闇博士は、バンガスのみすぼらしいなりに目を見はりながらも、問《と》いただした。

しかし、バンガスには従《したが》う気持ちはさらさらないようだった。こんなやっかいな学者たちに、正体を知られるわけにはいかない。

「わしの理解《りかい》するところでは、あんたたち次期最高位学者なら、任命式《にんめいしき》を執《と》り行えるはずだが。単《たん》独《どく》でも、二人いっしょでもな」

光と闇《やみ》の両博士《はかせ》は、驚《おどろ》いたように顔を見あわせた。

「わたしたちが？」

「そんなことができるのか？　法律《ほうりつ》上、許《ゆる》されるのか？」

考えてみる価値《かち》はあった。なにしろ、サンクタフラクスの立つ巨大《きょだい》な浮遊石《ふゆうせき》は、日一日と大きくなってきていたのだ。宝物庫《ほうもつこ》の嵐晶石《らんしょうせき》を時に応《おう》じて増《ふ》やしてやらなければ、いつ浮遊石が係留鎖《けいりゅうさ》をひきちぎって、大空へと飛んでいってしまうかわからない。二人の博士は同時に心を決めると、手をとりあって歩き去った。

「まず第一に、『空の伝説大全』に当たってみないとな」

光博士が話している。

「いや、一刻《いっこく》の猶予《ゆうよ》もならん。大全に当たるのは、任命式のあとのほうがいいのではないか」

闇博士の声はしだいに遠くなっていった。

バンガスが、もう一度鼻を鳴らした。

「欲深《よくふか》な老いぼれどもめ。ちょっとたきつけただけで、ウィジットに飛びかかるモリネコのようにがっつきおって!」

「でも、とりあえず行っちゃったから」

そういうと、マリスはシグボルドに向かっていった。

「それに、お父さまは寝室《しんしつ》から出ないんだから、あなたにいてもらう必要はないわ」

たくましい衛士長《えいしちょう》は、マリスを見おろした。なにかいいかえすのかと思ったが、結局言葉をのみこんだ。今までの経験から、最高位学者の娘《むすめ》のいうことにはしたがっておいた方がいいと学んでいたのだ。

「さあ、行きなよ。お嬢《じょう》さまのいうことが聞こえたろ?」

ウェルマがいった。

シグボルドは軽く会釈《えしゃく》をした。

「衛士を十二人派遣《はけん》して、宮殿《きゅうでん》の周囲を警護《けいご》させます」

「お好きなように。さあ、行った行った！」

ウェルマは両手をパンパンとたたいて、衛士長《えいしちょう》を追いはらった。

ウェルマが離《はな》れたすきに、マリスは扉《とびら》に駆《か》けより、取っ手をつかんでまわした。カギがかかって
いるだろうと思ったが、ツキが味方してくれた。マリスが扉を開く音に、ウェルマがふりかえった。

「マリスお嬢《じょう》さま！　今の話を聞いてなかったのかい？」

ウェルマはどなりつけた。

マリスは耳を貸《か》さずに、バンガスを部屋に引き入れると、扉を閉《し》めてカギをかけてしまった。

「マリス！　マリス、今すぐ開けなさい！」

「いやよ！　あたしのお父さまなのよ！　会う権利《けんり》があるわ」

マリスはどなりかえした。

すると、ウェルマはだまりこんだ。扉に耳を押《お》しつけてみる。最初はなにも聞こえなかったが、
やがて廊下《ろうか》を歩き去る足音が聞こえた。

おずおずと、マリスはふりむいた。どうしてお父さまはなにもいわないの？　こんなに大さわぎ
をしているのに、眠《ねむ》っていられるの？　暗がりをのぞきこむ。暖炉《だんろ》の上で短くなったロウソクがチ

ラチラ燃《も》えているほかは、部屋のなかは真っ暗だ。

そのロウソクをとると、マリスはベッドに近づいた。ロウソクの明かりがリニウスの顔を照らし出す。マリスははっと息をのんだ。

ベッドの背《せ》にもたれるように横たわっているリニウスは、想像《そうぞう》していたよりもはるかにひどいありさまだった。顔は真《ま》っ青《さお》で、ほおがげっそりこけている。頭にまかれた包帯には血がにじみ、そのすき間から髪《かみ》の毛が飛び出している。なによりひどいのは、目だった。前に向けられたその目には、なにも映《うつ》っていないばかりか、恐怖に見開かれていた。

「お父さま！」

マリスはベッドに登ると、リニウスをしっかり抱《だ》きしめた。やせこけた胸《むね》にほほを押《お》しつける。体は冷たくこわばっていた。心臓《しんぞう》の鼓動《こどう》が聞こえなかったら、死んでいると思っても不思議ではない。

「ああ、お父さま、いったいなにがあったの？」

ちょうどそのとき、ガラガラと音がしたのでふりかえると、バンガスがよろい戸を開くところだった。

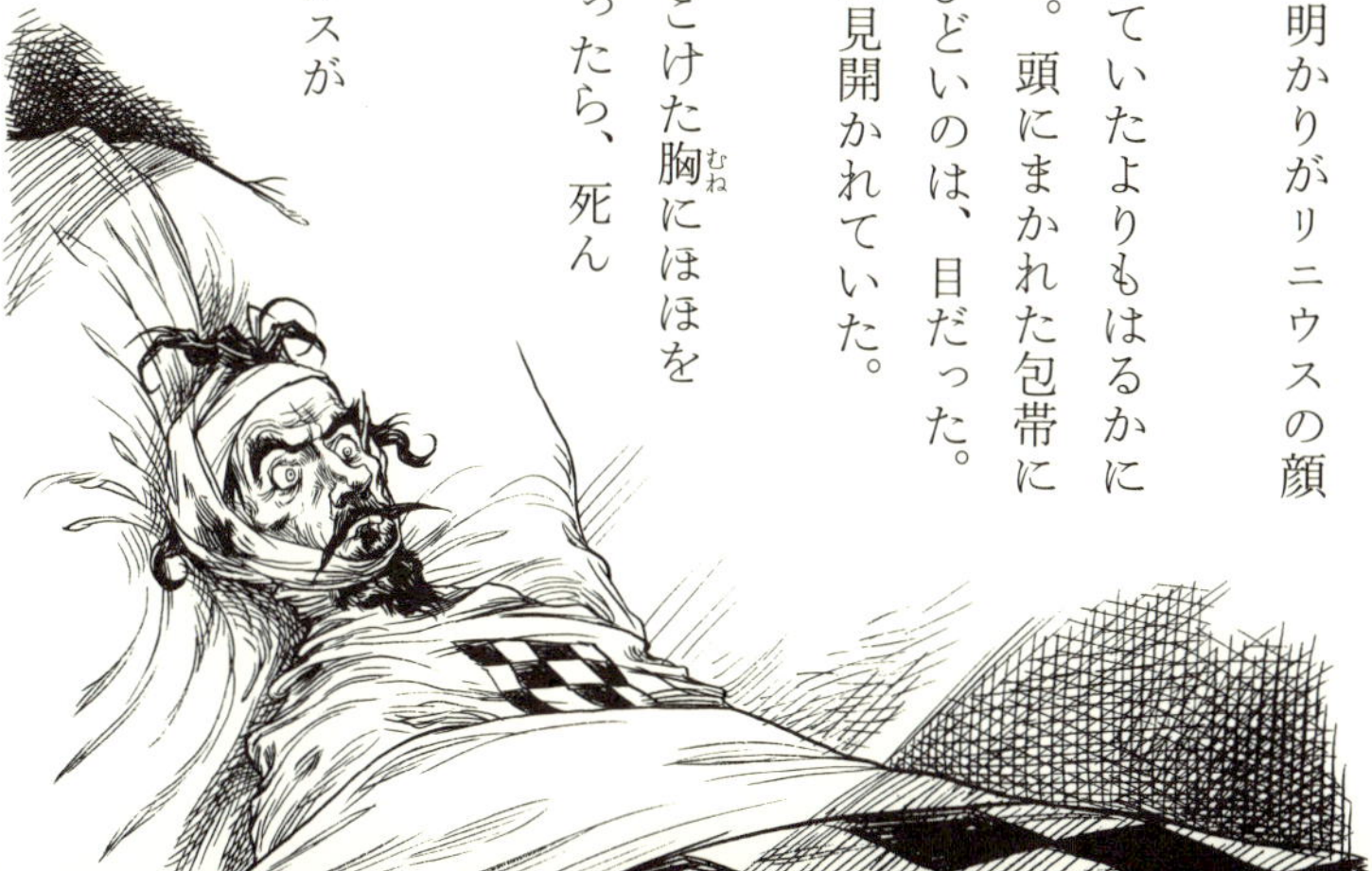

「こんなに暗くしておくとはもってのほかだ。リニウスに必要なのは光だ」

朝のまぶしい太陽の光がひとすじ、部屋にさーっとさしこんだ。光がこわばった顔を照らすと、リニウスはまばたきをした。一度、二度……。

「マリス」

リニウスの口から、低くしわがれた声がもれた。

マリスはほほえんで、リニウスに顔をよせると、額《ひたい》にやさしくキスをした。

「気がついたのね」

リニウスは驚《おどろ》いたような顔をした。

「なにを泣いておるのだ？」

「泣いてなんかいないわ」

マリスは鼻をすすりあげた。

リニウスはなにもいわずに、骨《ほね》ばった指でマリスのほほの涙《なみだ》をふきとると、それを見せながら、やさしくいった。

「なにがあったのだ。話してみなさい」

マリスはわっと泣きだし、もう一度リニウスを抱《だ》きしめた。

「ああ、お父さま！　あたし、心配で心配で。お父さまったら体じゅう傷《きず》だらけで……それにその耳！　いったいなにがあったの？」

「シーッ、マリス。もう終わったんだよ。わたしはもどってきた。無事にな」

そういいながらリニウスは、マリスの顔を上げさせて髪《かみ》をなでていたが、ふと、窓《まど》を背《せ》にして立つ人影《ひとかげ》に気づいた。

「あれはいったいだれだね？」

マリスは体をひきはなして、ふりかえった。

「あれは……」

すると、バンガスは人さし指をくちびるに当てた。そして、光のなかからベッドに歩みよると、フードをはずした。

「どうかな、リニウス。旧友《きゅうゆう》を覚えてはいないかな？　もう、ずいぶんになるが」

マリスは期待をこめてリニウスを見つめ、バンガスに目をやってから、もう一度リニウスを見つめた。リニウスのとまどいの表情《ひょうじょう》が、なにかを思い出した顔つきに変わり、やがて子どものような笑顔《えがお》が顔いっぱいに広がった。

「バンガス・セプトリルではないか。わたしは夢《ゆめ》を見ているのか？　また会える日が来ようとは……」

リニウスは、信じられないというように首をふりながらいった。

「久《ひさ》しぶりだの、リニウス。いいや、夢ではないぞ」

バンガスは進み出て、リニウスの手をにぎった。

「だが、あんたはサンクタフラクスを脱出《だっしゅつ》したのではなかったか。わたしはそう聞いたが……」

リニウスは弱々しい声でいった。

「深森《ふかもり》にもどったと聞かされたのだろう。じゃまだてされずに、大地学の研究をするためにな」

「そのとおりだ」

「そのうわさは、わし自身が広めたものだ。だれにも、大図書館にかくれ住んでいることを知られたくなかったのでな」

「ということは、今までずっと、大図書館にかくれていたというのか？　だが……だが、わたしも何度となく大図書館に行ったが、あんたの姿《すがた》は見なかった」

リニウスはとまどったようにいった。

「見られたくなかったのでな」

バンガスはそっけなくいった。

「だが、なぜだ？　わかってさえいれば……」

リニウスはだまりこんだ。

「それは危険《きけん》すぎた。どちらにとってもな」

「でも、こうして会えたじゃない。大事なのはそのことよ」

マリスが口をはさんだ。そして、リニウスに向き直った。

「バンガスは、お父さまを治《なお》すために来てくれたのよ。深森の秘密《ひみつ》の治療法《ちりょうほう》を知っているの」

「そうなのか？」

リニウスのくちびるに笑《え》みが浮《う》かんだ。

「本当よ！　あたしとクウィントが巨大《きょだい》なモウリョウにおそわれたとき……」

そこまでいってマリスは、とりかえしのつかないまちがいをしたことに気がついた。心臓《しんぞう》がはげしく高鳴り、ほほがカーッと赤くなる。

「モウリョウだと？　まさか、石の巣《す》にもぐりこんだなどというのではあるまいな？」

リニウスはあえぎながら起きあがろうとしたが、そのまま倒《たお》れこんだ。顔には不安の色が浮《う》かんでいる。

マリスは後ろめたそうに、顔をそむけた。

「そうなのか、そうなのだな？　あの徒弟《とてい》のやつだ。あいつがマリスをまきこんだのだ。あいつめ、生きたまま皮をはいでくれる！」

リニウスは目をランランと光らせ、力をふりしぼって体を起こした。

「クウィントじゃないわ。あたしの思いつきなの。お願い、お父さま、無理をしないで」

マリスはいったが、リニウスは耳を貸《か》そうともせずにまくしたてた。

「それなのに、わたしは、すっかりあいつを信用していた。これは、はっきりと風のジャッカルにいってやらねば……」

「聞いて、お父さま。石の巣《す》に行きたいっていったのは、あたしなの。お父さまがなにをしているのか、知りたくてたまらなくて。どうして、こんな大けがをしたのかって……。あたしが、無理をいって連れてってもらったのよ」

リニウスは疲《つか》れはてて、倒れこんだ。その顔は灰色《はいいろ》に染《そ》まっていた。

「それで、あやつはどこにいる？　恥《は》じ入って、顔も出せぬというわけか？」

「クウィントは……まだ、石の巣のなかよ」

マリスは正直にいった。

そのとたん、リニウスの顔色がさっと変わり、身を乗り出しながら、恐怖《きょうふ》にふるえる声でいった。

「置き去りにしたというのか？　クウィント——わが友、風のジャッカルの一粒種《ひとつぶだね》を、あのおそろしい石の巣に残してきたのか？　なぜだ？　いっしょに行ったのなら、なぜいっしょにもどらなかった？」

「あ、あたし、歩けなくて。バンガスが背負《せお》ってくれたの。クウィントは、後ろからついてきたはずなのに……気がついたら、いなくなっていたの」

バンガスが言葉をひきついだ。

「あの無鉄砲《むてっぽう》め、古《いにしえ》の研究室を探《さが》しにいきおった」

リニウスはがく然として、マリスの両手をつかんだ。

「おまえも、古《いにしえ》の研究室のことを知っているのか？」

「もちろん知っているとも、リニウス、わが友よ。ほかに、石の巣《す》をうろつきまわる理由があるかね？」

バンガスが代わりにいった。

「だとすれば、クウィントがあぶない。研究室に足を踏《ふ》み入れてはならん！　扉《とびら》を開けたが最後……」

リニウスは必死の形相《ぎょうそう》でいうと、両手に顔をうずめて体を前後にゆすりはじめた。

「わたしは、なんということをしてしまったのだ。なんということを……」

バンガスはベッドのわきに腰《こし》を下ろすと、リニウスの手をやさしく、しかしうむをいわさず顔からひきはなした。そして、リニウスの顔を上げさせ、その目をじっとのぞきこんだ。

「ひょっとしたら、この老いさらばえた大地学者が力になれるかもしれん。話してみよ、リニウス。なにもかも、洗《あら》いざらいな」

第十五章　リニウスの話

ベッドに横たわるリニウスの顔は窓《まど》に向けられていた。さしこむ朝日が、その目にまぶしい。外の通りからは、街《まち》が目覚める音が聞こえてくる。鐘《かね》の音《ね》、荷馬車の車輪がガタガタいう音、人々の話し声や詠唱《えいしょう》の声、朝日のぬくもりに翼《つばさ》を広げる、シロガラスの耳ざわりな鳴き声。リニウスはため息をついて寝返《ねがえ》りを打ち、天井《てんじょう》を見上げた。

「初めは……よかれと思っていた。サンクタフラクスのためになるはずだったのだ」

そうつぶやくリニウスの目は、涙《なみだ》で曇《くも》っていた。

バンガスは身を乗り出して、最高位学者の左手を、自分の左手で包みこんだ。

「話してくれ、リニウス。聞いておるから」

リニウスは、かつての師《し》を見つめ、長く深く息を吐《は》き出した。

「ああ、バンガスよ。あんたがわたしに、大図書館の秘密《ひみつ》を教えてくれたのは、ついきのうのことのようだ。ずいぶんたくさんのことを教えてもらったが、それがどこに導《みちび》かれていくのかはわからないままだった……」

リニウスは力なく笑うと、そのまま目を閉《と》じた。バンガスは力づけるように、手を強くにぎった。

リニウスは目を開け、昔をなつかしむように吐息《といき》をもらした。

「楽しい日々だった。だが、わたしはあまりに純粋《じゅんすい》すぎた。あまりに単純だった。サンクタフラクスは善意《ぜんい》にあふれた場所で、すべての知識《ちしき》はよい知識だと思っていた。そして、学者の務《つと》めは、万《ばん》人《にん》のために知識を積み重ねていくことだとな」

リニウスの顔が、嫌悪《けんお》にゆがんだ。

「大空学者ども！　あのころは、連中が裏《うら》で画策《かくさく》をしたり、背信《はいしん》を働いたりしていることを知らなかった。裏切り、抗争《こうそう》、派閥《はばつ》争い。靄鑑定師《もやかんていし》対雨占師《あめうらし》、雲読み師対風見師……。そして、連中がそんな内部抗争を一時的に中断《ちゅうだん》するのは、大地学に対する軽蔑《けいべつ》や憎《にく》しみを分かちあうときだけとくる！」

そういうとリニウスは、額《ひたい》に浮《う》かんだ汗《あせ》をぬぐい、腹立《はらだ》たしげに続けた。

「わたしは、それがまんならなかった。当時はまだ徒弟《とてい》であり、地位の低い靄鑑定師にすぎなかったが、それでもたえがたかった。そして、自分が同じことをせざるを得なくなったとき……」

ため息まじりに語るリニウスに、マリスはたまらずバンガスにいった。

「お父さまは疲《つか》れています。少し休ませないと」

しかし、リニウスは手をふってマリスを制《せい》すると、無理に笑って見せた。

「だいじょうぶだ、マリス。わたしは話したいのだ。かつてわたしが抱《いだ》いていた希望や夢《ゆめ》のことを、おまえに聞いてほしいのだ」

リニウスは、またため息をついた。

「とはいうものの、なんという希望や夢だったのだろう。わたしは、最高位学者になれば、学者たちの派閥抗争を終わらせることができるのではないかと思っていた。それどころか、大地学者をサンクタフラクスに呼《よ》びもどそうと考えたのだ。大地学と大空学の間の亀裂《きれつ》は埋《う》めねばならん。大図書館を再開《さいかい》せねばならん。崖《がい》の国に関する、これほど豊《ゆた》かな知識を失うのはしのびない」

バンガスに向けられたその目は大きく見開かれ、真剣《しんけん》そのものだった。

「わたしは、就任式《しゅうにんしき》の演説《えんぜつ》で、聴衆《ちょうしゅう》である学者たちにそのことを訴《うった》えたが、おろか者たちは耳を貸《か》さなかった。というより、自分たちに都合《つごう》のいい部分だけしか受け入れなかったのだ。わたしが闇《やみ》の宮殿《きゅうでん》に移《うつ》ったのは、サンクタフラクスのどの大学からも独立《どくりつ》していることを示《しめ》すためと、何世紀も前に古《いにしえ》の学者によって始められた伝統《でんとう》を復活《ふっかつ》させるためだった。だが、その動機でさえ誤解《ごかい》されてしまった。実際《じっさい》、わたしがサンクタフラクスに調和をもたらそうとするたびに、より大きな不和が生じてしまうことになった。わたしの抱《いだ》いていた希望は、すぐに絶望《ぜつぼう》に取って代わられた」

リニウスは言葉を切り、首をふっていたが、やがて少し明るい表情《ひょうじょう》でいった。

「だが、闇の宮殿に移ろうと決心したことは後悔《こうかい》していない。後悔などするはずがない。なぜというに、もしも移らなければ、宮殿の管理人であり、忠実《ちゅうじつ》な召使《めしつか》いであるトゥィーゼルと出会うことはなかったからだ。もしも、トゥィーゼルに会わなければ……」

そのとき、軽く扉《とびら》をノックする音に続いて、取っ手をまわそうとする音が聞こえた。

「かまうでない。話を続けてくれ」

バンガスはいった。

ところが、リニウスが口を開く前に、カチャリと音がして扉が開いた。入ってきたのは、前足にお盆《ぼん》をかかえたトウィーゼルだった。お盆の上には、薬草入りの薄焼《うすや》き菓子《がし》と、空《から》のグラスと、あざやかな赤色の飲み薬の入った水差しが載《の》っている。

「わたくしの名前をお呼《よ》びでしたでしょうか？」

トウィーゼルがいうと、最高位学者はにっこり笑った。

「ああ、トウィーゼル、呼んだぞ。さあ、入るがいい。ちょうど今、おまえと初めて会ったときのことを話そうとしていたところだ」

そういうとリニウスは、ほかの二人の方に向き直った。

「管理人としての長い経験から、トウィーゼルは闇の宮殿のことをすみずみまで知っておった。『彫刻《ちょうこく》の間《ま》』のことを教えてくれたのも、トウィーゼルだった」

「なんなの？　あたし、宮殿のことならなんでも知ってるはずなのに、そんな部屋があるなんて知らなかった」

マリスはいった。

リニウスは、バンガスに顔を向けた。

「あんたは知っているだろう」

「いかにも。ただし、今の今まで、実在《じつざい》するのか、それとも言い伝えにすぎんのかわからなかったがな」

「むろん、実在するとも。そうではないか、トウィーゼル？」

リニウスがいうと、トウィーゼルは答えた。

「さようでございます。だんなさまは、わたくし同様、この宮殿《きゅうでん》がいたくお気に入りでございまして。何年にもわたり、さまざまな秘密《ひみつ》をお見せしてまいりました。なかでも、常《つね》にだんなさまをとらえて放さないのが、彫刻《ちょうこく》の間《ま》でございました」

「それはなんなの？　なにがそんなに特別なの？」

リニウスのまぶたがふるふるとふるえ、やがて閉《と》じた。

「あんたから話してやってくれ、バンガス。わたしは少し疲《つか》れた。それに、いくらか熱が出てきたようだ」

「それでしたら、ちょうどいいものがございます、だんなさま。果物《くだもの》と植物の根を発酵《はっこう》させて作ったカクテルでございます。深森《ふかもり》の特別な配合でして、たちまち元気が出ること請《う》けあいです」

トウィーゼルはお盆《ぼん》を戸棚《とだな》の上に置くと、水差しの赤い液体《えきたい》をグラスについだ。そして、白く泡《あわ》立《だ》つグラスと薬草入りの薄焼《うすや》き菓子《がし》を前足でつかんだ。

「それと、こちらもお持ちしました。滋養《じよう》になるかと思いまして」

トウィーゼルがベッドに近づくと、リニウスは目を開けて起きあがり、あえぎながらいった。

「行き届《とど》いたことだな、トウィーゼル」

「たしかに、よく行き届いておる。だが、わしは、それよりきき目のあるものを持っておる」

そういうとバンガスは、トウィーゼルの前足からグラスと薄焼き菓子を奪《うば》いとった。

「なんということを！」

トウィーゼルはふん然としていった。

「バンガスよ、あんたのいうのは、そのカバンに入っているさまざまな薬のことだな。だが、今度ばかりは、それも役に立ちそうにない」

リニウスは弱々しく笑った。

バンガスはどちらの言葉にも耳を貸《か》さず、グラスと薄焼《うすや》き菓子《がし》をお盆《ぼん》にもどすと、なにやらぶつぶつとつぶやきながら、カバンのなかをあさりはじめた。

「脱力感《だつりょくかん》、熱、過労《かろう》には……」

そして、茶色い液体《えきたい》の入った小ビンを選ぶと、その液体を真水の入ったビンのなかに二十四滴《てき》たらした。それから、またぶつぶつつぶやきだした。

「指の化膿《かのう》に、ほほのひっかき傷《きず》に、耳の傷と。肌《はだ》は、まだら、ないしは、灰色《はいいろ》と。目の輝《かがや》きは、二十あるいはそれ以下と……」

マリスはわれを忘《わす》れて見入った。バンガスは、リニウスの症状《しょうじょう》を確《たし》かめるたびに、カバンから粉薬の入った小袋《こぶくろ》をとりだして、ひとつまみずつ水に加えていく。そして、ようやく水のビンに栓《せん》をすると、勢《いきお》いよくふってから光にかざした。ビンのなかの液体は、薬草や木の根を粉にしたものというよりは、黒ダイヤの粉末をまぜたとでもいうように、キラキラと輝いた。

バンガスは、ベッドに近づいた。

「飲むがいい、リニウス」

リニウスは顔をしかめてつぶやいた。

「トゥィーゼルのカクテルの方がいいな」

「そのカクテルは、明らかに深森《ふかもり》の住人が、なにも知らない学者に売りつけるたぐいのものだ。害はないが、きき目もない。だが、これはよくきくぞ。体も心もいやして、すっかり元気にしてくれる」

そういいながら、バンガスは栓をはずして、シュワシュワと音を立てる液体をさしだした。

リニウスはビンを口に当て、まずかったらすぐに吐《は》き出そうとでもいうように、ほんの少し飲んでみた。ところが、うまかった。実にうまかった。リニウスは、満足げな表情《ひょうじょう》を浮《う》かべながら、甘《あま》いその液体を一滴残らず飲みほしてしまった。

「これはすばらしい。信じないかもしれんが、なんだかもうききはじめたようだ。かゆくてたまらん」

リニウスはベッドの上で体を起こすと、包帯の上から耳のあたりを軽くかいた。

「治《なお》りかけている印だ。目つきもはっきりしてきたしな。それで、話を続けられそうかね?」

「話。ああ、話か。続けるのは実に心苦しいが、それでも話さねばならんだろう……。ただ、話し終えたとき、マリスに軽蔑《けいべつ》されないことを祈《いの》るだけだ」

リニウスはそういって、マリスを見た。

「お父さまがどんな話をしたところで、あたしのお父さまを愛する気持ちは変わりません。本当よ。だから、彫刻《ちょうこく》の間《ま》のことを話して」

マリスはにっこり笑っていった。

リニウスは重々しくうなずいた。

「マリス、愛《いと》しい娘《むすめ》よ、彫刻の間というのは、宮殿《きゅうでん》の財産《ざいさん》のなかでも最も古いものなのだ。古いうえに、最も大きな秘密《ひみつ》を秘めている。なにしろ、わたしが信用できるとわかるまで、トウィーゼルは、そういう部屋があることさえ教えてくれなかったぐらいだ。その部屋の壁《かべ》には、サンクタフラクスの詳細《しょうさい》な歴史が浮《う》き彫《ぼ》りで表現《ひょうげん》されているのだが、そのみごとなことといったら！　かぞえきれないほどの浮き彫りの絵が、同じく浮き彫りにされた枠組《わくぐ》みのなかに配置されているのだ。きわめて精巧《せいこう》で繊細《せんさい》な技《わざ》で、細部にいたるまで表現され……」

「ちり一粒《ひとつぶ》にいたるまで、悪夢《あくむ》そのものでございます」

トウィーゼルは不満げにつぶやきながら、お盆《ぼん》に載《の》せたカクテルと薄焼《うすや》き菓子《がし》を置いて、部屋を出ていった。一日じゅう、おしゃべりにつきあっているわけにはいかない。大事な仕事があるの

だ。トウィーゼルが出ていったことには、だれも気がつかなかった。

リニウスはとりつかれたように話しつづけている。

「まさに驚嘆《きょうたん》すべきものだ。浮き彫りはまるで生きているようだったし、そこに描《えが》かれている物語といったら。たとえば、『浮遊石《ふゆうせき》の祝福《しゅくふく》』『ラクタス卿《きょう》とオオハグレグマの物語』『名づけの塔《とう》の伝説』『偉大《いだい》なる大空竜《だいくうりゅう》の包囲』というぐあいだ……。

そして、のちにもっとくわしく調べてみると、それぞれの浮き彫りは、深森《ふかもり》のイバラのような、からまりあら模様《もよう》で囲まれていることがわかった。最初、わたしは、ただの模様だと思ったのだが、あのすばらしい浮《う》き彫《ぼ》りを作った古《いにしえ》の彫刻家《ちょうこくか》たちが、単に装飾《そうしょく》のためだけにそんなことをするとは思えない。大図書館に何度となく通いつめ、かぞえきれぬほどのほこりにまみれた巻物《まきもの》を調べた結果、それが実は『古の言葉』の装飾文字であることがわかった。大図書館のどんな巻物よりも古い、古の学者たちによって語られた言葉を刻《きざ》みこんだものだったのだ」

リニウスの目は、遊びにうち興《きょう》じる子どものように輝《かがや》いている。

「実にすばらしいものだった。称賛《しょうさん》すべきは、先人たちの英知だ」

マリスはほほえんだ。こんなに生き生きとしたお父さまを見たのは、本当に久《ひさ》しぶりだ。

リニウスは感きわまってさけんだ。

「考えてごらん、マリス！　彫刻の間《ま》には、ほぼ完璧《かんぺき》なサンクタフラクスの歴史が記録されているのだよ。古の学者たちが、初めて偉大《いだい》なる浮遊石《ふゆうせき》を係留鎖《けいりゅうさ》で大地につなぎとめた日から、調和と研究の時代を経《へ》て、古の学問が大地学と大空学に分裂《ぶんれつ》し、ついには大粛清《だいしゅくせい》にいたり……」

そこでリニウスは、息を吸《す》いこんだ。

「七番目の壁面《へきめん》の途中《とちゅう》で途絶《とだ》えるまでな。おそらくは、彫刻家たちが大地学を信奉《しんぽう》していたため、サンクタフラクスから追放されたのだろう。実に恥《は》ずべき所業《しょぎょう》だ……」

リニウスは首をふりながらいった。

外では、大会堂の鐘《かね》が鳴りだした。マリスは不安げに身をすくめた。クウィントを石の巣《す》に残してきて以来、かなりの時間がたっている。

「それで、古の研究室は？　彫刻の間には、そのことも書かれていたの？」

マリスは水を向けてみた。

「ああ。書かれていたとも」

リニウスの顔がふたたび輝いた。

「何世紀にもわたるサンクタフラクスの移《うつ》り変《か》わりが、記録されていた。塔《とう》や、中央高架橋《こうかきょう》の建設《けんせつ》、宝物庫《ほうもつこ》へのトンネル掘削《くっさく》……いや、大研究室であったな」

バンガスがかすかに不満の声を上げるのを聞いて、リニウスはいい直した。

「そして、大西方トンネルの掘削もな。低空降下機《こうかき》からしか入れないこのトンネルは、第二の研究室に続いている。古の研究室だ」

リニウスはマリスに向かっていった。

「この、失われた学問の中心を見つけたとき、わたしがどれほど興奮《こうふん》したかは想像《そうぞう》がつくだろう。サンクタフラクスの最高の頭脳《ずのう》によって作られたその場所を、この目で見るのが待ちきれないぐらいだった。だが、いくつか問題があった。浮《う》き彫《ぼ》りの後半の部分を読むと、ある時期にこの研究室が見すてられ、そこに続くトンネルもふさがれたことがわかったのだ。最も新しい浮き彫りには、研究室のこともトンネルのこともまったく触《ふ》れられていなかった。今思えば、あのときやめておくべきだったのだが……」

心苦しそうにうつむき、リニウスはだまりこんだ。

「結局やめることはできなかった！」

「そうよね」

マリスは、ついつっかかるいい方をしてしまった。

リニウスは、そんなマリスを同情《どうじょう》するように見つめていった。

「ああ、そうだな。わたしはおまえをほったらかしにしてしまった。悪かったと思っているよ。そのうえ、自分の職務《しょくむ》も放棄《ほうき》してしまった……だが、どうしようもなかったのだ！　あまりにも、あまりにも魅力的《みりょくてき》すぎて、とてもあきらめきれなかった。そして、新たな発見をすればするほど、もっと発見したくなる……もっと発見しないではいられなくなる。なんの因果《いんが》か、やはりわたしはどこまでも学者なのだ。わかってくれるな、マリス？」

「わ、わかると思う」

マリスはしぶしぶうなずいた。

リニウスは、目をギラギラと燃《も》え上がらせて続けた。

「わたしは、忘《わす》れ去られた世界の秘密《ひみつ》を解《と》き明《あ》かしていく、大いなる冒険家《ぼうけんか》だった。最初は遅々《ちち》として進まなかった。古《いにしえ》の文字は解読《かいどく》しづらいうえに、古い方言で書かれているため、なおさら翻訳《ほんやく》するのに骨《ほね》が折れた。わたしは、何度も何度も大図書館を訪《たず》ねて、難解《なんかい》な翻訳作業の助けになる巻物《まきもの》を探《さが》し求めなければならなかった……」

ふたたび、リニウスは言葉を切った。バンガスに向けられたその顔は、感謝《かんしゃ》の念《ねん》に輝《かがや》いていた。

「あんたにはいろいろと世話になった、バンガス。最初に、古い辞典や語彙《ごい》目録を見せてくれたのは、あんただった。それに、古の言葉の基礎《きそ》を教えてくれたし、大図書館の使い方も教えてくれた——目的の巻物にたどりつくには、どの知識《ちしき》の木に登り、どの枝《えだ》をたどればいいのかをな。あんたが、ずっとあそこにいたことがわかってさえいれば……」

リニウスは首をふった。

「そうだな。姿《すがた》を現《あらわ》すべきだったのかもしれん。そうすれば、おぬしの頭に常識《じょうしき》というやつをいくらかでもたたきこんで、そのおろかな行為《こうい》を、つぼみのうちにつみとることができたかもしれん……」

バンガスはいった。

しかし、リニウスははげしく首をふるばかりだった。

「あのときは、何者もわたしを止めることはできなかった。わたしはとりつかれていたのだよ、バンガス。心を奪《うば》われていたのだ。古《いにしえ》の研究室には、なにか信じられないようなものがある。わたしはそう確信《かくしん》していた。それがなんなのかをつきとめるまでは、やめるわけにはいかなかった。やがて、長きにわたる研究の結果、得られる情報《じょうほう》はすべて手に入れた。あとは、古の研究室に眠《ねむ》る知識に、じかに触《ふ》れるだけだ」

「でも、封印《ふういん》されていたんじゃなかったの？」

マリスはたずねた。

「そのとおりだ。だが、わたしの好奇心《こうきしん》はおさえきれないところまできていた。わが目で確《たし》かめずにはいられなかった。低空降下機《こうかき》を使ったのは、そのときが初めてだった」

リニウスは身を乗り出して、打ち明け話をするように声をひそめた。

「わたしは、細心《さいしん》の注意をはらわなければならなかった。降下機の操作《そうさ》のむずかしさに加えて、同僚《どうりょう》の学者たちに、行き先を知られるわけにはいかなかったからな。最高位学者が低空域《ていくういき》の研究をしていると思われるだけでもまずいのに、ましてや、実は大地学に手を染《そ》めているなどと疑《うたが》われたら
……」

そこで印象《いんしょう》づけるかのように言葉を切ると、マリスをじっと見つめた。

「わたしの人生は、そこで終わっていただろう」

マリスは目をまん丸にしたまま、低空降下機で降《お》りていくリニウスの話を、一言も聞きもらすまいとしていた。クウィントとともに、石の巣《す》に降りていったときのことがよみがえる——鎖《くさり》が切られて、冷たい夜の空気を切りさいて落ちていったときのこわさは忘《わす》れない。

リニウスは続けた。

「浮遊石《ふゆうせき》が常《つね》に成長を続けるために、トンネルは最初に作られて以来、形が変わってしまい、その入り口はもはや降下機の真下ではなくなっていた。そのせいで、降下機をトンネルの入り口につけ

るのに、一時間以上もかかってしまった——だからといって、あきらめるつもりなどさらさらなかったが。それでもようやく、石留め綱《どづな》を岩の出っぱりにもやうことに成功した」

マリスはうなずいた。クウィントも、同じことをしていたっけ。

「ただ、トンネルに入ってしまうと、浮遊石《ふゆうせき》の成長につれて形が変わっていたことが幸いした。持ってきた古い地図はあてにならなかったが、その一方で、かつてはふさがれていたトンネルが通れるようになっていた。ふさがれた岩の間に、せまいすき間ができていたのだ。

ひどくせまいすき間だったから、何度も長衣が岩にひっかかって破《やぶ》けた。それでも、ついに通りぬけると、目の前、わずか十数歩しか離《はな》れていないところに、すでに何度となく見た扉《とびら》があった。白墨《はくぼく》や、黒炭《こくたん》や、茶色のインクで巻物《まきもの》の上に描《えが》かれていたり、聖《せい》なる彫刻《ちょうこく》の間《ま》にも刻《きざ》みこまれていたものだ。それでも、実際《じっさい》にこの目で見るのとは、まったくちがっていた」

リニウスはため息をついて、気持ちを表現《ひょうげん》する言葉を探《さが》した。

「あれこそ……古《いにしえ》の研究室への入り口だ。そして、このわたし、リニウス・パリタクス、サンクタフラクスの最高位学者が、何世紀もの間かえりみられなかった研究室に、初めて足を踏《ふ》み入れようとしているのだ」

マリスの背中《せなか》を冷たいものが走りぬけた。お父さまが、そのときどんな気持ちだったのか、痛《いた》いほどよくわかったのだ。

リニウスは、低くおさえた声でいった。

「わたしはドキドキしながら、浮《う》き彫《ぼ》りをほどこした大きな扉《とびら》に近づいた。そして、手をのばして、石の肌《はだ》に触《ふ》れた。その瞬間《しゅんかん》、はげしい電流が体のなかを駆《か》けぬけたような気がした。手足がビリビリふるえ、髪《かみ》の毛が逆立《さかだ》った。とてつもない発見が、今やわたしのものになろうとしていた。だが、どうやって扉を開ければいい？　どうすれば、なかに入れるのだ？」

「カギが必要ってこと？　彫刻の間や、巻物には、なにも書かれていなかったの？」

リニウスは、娘《むすめ》をいとおしそうに見つめた。

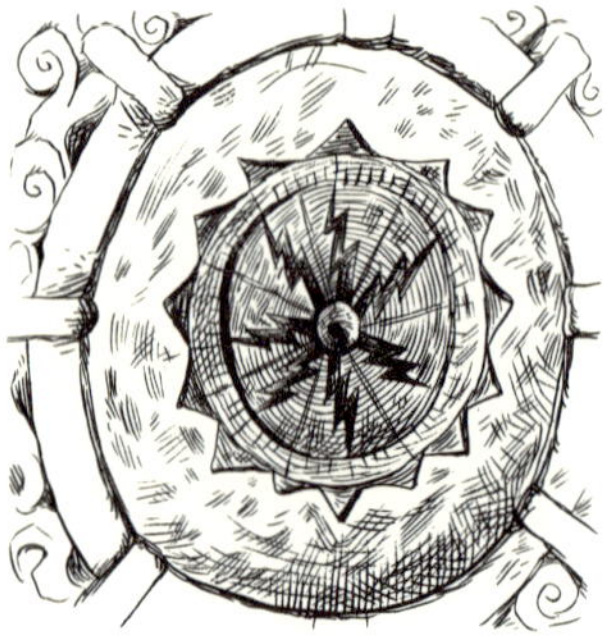

「おまえは頭がいいな、マリス。あのころ、おまえがもう少し大きかったら、いっしょに連れていったところだ」

マリスはよろこびにふるえた。それじゃあ、あたしはまちがってたんだ。お父さまがなにも話してくれなかったのは、年が若《わか》かったからで、女だからじゃなかったんだ。マリスはにっこり笑った。

リニウスは続けた。

「それらしき記述《きじゅつ》はあった。だが、あまりに謎《なぞ》めいていたのだ。『扉《とびら》は金色の稲妻《いなずま》により開く』というのだが、なんのことやら、さっぱりわからなかった。ところが、彫刻《ちょうこく》のほどこされた扉にランプをかざしてみたとき、ついに謎が解《と》けた」

「なんだったの？」

「扉の中央に、丸いくぼみがあったのだ。それを見た瞬間《しゅんかん》、すぐにわかった。外側の円に三角の不規則《ふきそく》な目盛《めも》りが刻《きざ》まれ、中心から放射状《ほうしゃじょう》に稲妻が深く刻みこまれている。最高位学者の金印の模様《もよう》そのものではないか！」

だから、お父さまは、あたしの作っていたモザイク絵のことをたずねたのかしら？　あたしがなにか知っていると思ったのかしら？

リニウスはくりかえした。

「最高位学者の金印だ。稲妻がかたどられたこの金印は、歴代の最高位学者から最高位学者へとひきつがれてきて、今はわたしが預《あず》かっている。わたしは首から下げた金印をつかむと、岩のくぼみにはめこんだ。金印はぴったりはまった。ところが、予想に反して、扉は開かなかった。わたしは信じられなかった。そんなはずはない。それ以外に、くぼみを作る意味があるか？　ひょっとしたら、なかでひっかかっているのかもしれない。それとも、周囲の岩が成長して、形が変わってしまったのか……。

しかたなく金印をはずそうとしたとき、わたしはつい右にひねってしまった。すると、くぼみの土台の方もいっしょにまわり、遠い雷《かみなり》のように低いゴロゴロという音とともに、扉が開きはじめたのだ」

リニウスは、にっこり笑って顔を上げた。

一方、石の巣《す》の奥深《おくふか》くでは、クウィントが暗いトンネルに目をこらしていた。たしかに、岩の発するぼんやりとした光に目はなれてきたが、それでも行き先を確《たし》かめるのはむずかしかった。かろうじてトンネルの迷宮《めいきゅう》にのみこまれないでいるのがやっとだ。踏《ふ》み出す一歩一歩が危険《きけん》ととなりあわせ、角を曲がるのは賭《か》けだった。

「やっぱり、マリスやバンガスといっしょにもどった方がよかったのかもしれない」

クウィントがつぶやくと、かすれ声のようなこだまが返ってきてはっとした。

クウィントはため息をついた。トンネルもため息をついた。

「でも、自分でそう決めたんだ。今さら後悔《こうかい》しても遅《おそ》い。進むしかないんだ。モウリョウが力を回復《かいふく》する前に……」

重たい足取りでクウィントは進んでいった。最後に黒い矢印を見てからもうだいぶたっている。こんなことは、さっきから何度もあったが、そのたびに不安がつのる。てのひらがじっとりと汗《あせ》ばみ、髪《かみ》の生えぎわがチリチリしてくる。もしも、このまま見つからなかったら?

もうだめかとあきらめかけたとき、とつぜん、わきの壁《かべ》に矢印が現《あらわ》れた。ただし……クウィントは立ち止まって、指で矢印をこすってみた。その口元に笑《え》みが浮《う》かんだ。だいじょうぶ、まだ迷《まよ》ってはいない。

「古《いにしえ》の研究室か。もう、そんなに遠くないはずだ」

暗闇《くらやみ》に目をこらしながら、クウィントは鉤《かぎ》つきの杖《つえ》をにぎり直した。


「岩のくぼみから金印をはずすと、重たい扉《とびら》がゴゴゴッと開いた。何百年も使われていなかったにもかかわらず、実になめらかだった。わたしは扉をくぐった。苦心惨憺《くしんさんたん》の末に、今まで文献《ぶんけん》で読むだけだった失われた研究室に、ついに足を踏み入れたのだ。

わたしはランプを掲《かか》げてみて、はっと息をのんだ。なかは巨大《きょだい》な空洞《くうどう》になっていたが、今まで見たどんな研究室ともちがっていた。まさに圧巻《あっかん》だった……」

マリスは必死に耳をかたむけていた。一つ残らず心にとめておこうと思ったのだ。

「わたしが立っているのは、石核《せきかく》をくりぬいて作ったドーム型の部屋だった。周囲の壁や天井《てんじょう》からは、まるで木の根のように、太いガラスの管がにょきにょきとつき出し、床《ゆか》からはもっと太い管が生えている。あるものは末端《まったん》を栓《せん》でふさがれ、あるものは口が開いたままだったが、ほとんどの管は、枝分《えだわ》かれしたり、広がったりしながら、巨大な入り組んだガラスの森を形作っていた。

「最初わたしは、なにか巨大な装置《そうち》のなかに入りこんだのかと思った。それでいて、あたりを見まわしているうちに、この場所全体がかつては生きていたのだという思いにおそわれた。なんというのか、このガラス管には生物めいたものが感じられたのだ――血管とでもいうのか、神経《しんけい》とでもいうのか。そのとき、わたしは悟《さと》った。自分の使命は、眠《ねむ》っているこの部屋を生きかえらせてやることだと。

最初の訪問《ほうもん》では、長居《ながい》はしなかった。しかし、時をおかずタールにひたしたたいまつと、バケツとモップを持ってもどった――もちろん、それまで解読《かいどく》できていた研究室に関する巻物《まきもの》や羊皮紙《ようひし》もな。

古《いにしえ》の研究室の壁《かべ》にたいまつを点《とも》すと、わしは、ほこりを掃《は》き出し、モップをかけ、ピカピカになるまでみがきあげた。研究室にかつての輝《かがや》きをとりもどすことが、どれほど興奮《こうふん》することだったか……」

リニウスはため息をついた。

「よごれを落としていくにつれて、最初はわけがわからなかったガラス管が、きわめて巧妙《こうみょう》に配置されていることがわかってきた。分岐《ぶんき》した管がふたたび分岐するというぐあいに。複雑《ふくざつ》に入り組んだこのガラ

ス管を使えば、気体を制御《せいぎょ》したり、分離《ぶんり》したりすることができる。そして、巻物に書かれていたとおり、最も太い管からきわめて細い毛管にいたるまで、あらゆるガラス管が独自《どくじ》の機能《きのう》を持っていたのだ。

細めの管のはしには、まるで熟《じゅく》した果物《くだもの》のように丸いガラスの球がとりつけられ、ピカピカ輝いている。管と管の間に、クモの糸のように細い、キラキラ輝く網《あみ》がはられたものもある。そして、研究室の中央の床《ゆか》からは、モリニシキヘビがからまり、身をくねらせながらカマ首をもたげるように、三本の太い管が上へとのびている。そして、その三本の管は、支流《しりゅう》が崖《がい》の河《かわ》にそそぎこむように、ひときわ太い管につながっていた。

同じく研究室の中央には、短い階段《かいだん》のついた足場が組まれていて、その上にはさまざまなレバーや、ハンドルや、栓《せん》がとりつけられていた。ガラス管同様、この複雑《ふくざつ》なバルブ操作台《そうさだい》にも役割《やくわり》があった。そのときにはまだ、なんなのかはわからなかったが」

リニウスは、マリスを見た。

「ああ、マリス、わたしがどれほど興奮《こうふん》したか！　今が昼なのか夜なのかもわからないほど、時間のたつのも忘《わす》れていた。何時間も大図書館にこもり、あのガラス管がなにに使われるのかを調べ、

自分自身でためしてみるべく研究室へととってかえし、新たな発見をしてはふたたび巻物《まきもの》をとりにもどるというぐあいにな。わたしは、すっかり心を奪《うば》われていた。最高位学者としての務《つと》めも忘《わす》れ、飲むことも食べることも忘れていた――眠《ねむ》ることさえ、おしくてしかたがないほどだった」

　マリスはうなずいたが、なにもいわなかった。だから、お父さまは、心ここにあらずという状態《じょうたい》だったのね。どこか体が悪いのか、ひょっとしたら頭がおかしくなってしまったのかと思っていたけど。あたしが、どれだけ心配したか。マリスは身を乗り出して、もうだいじょうぶよというようにリニウスの手をぎゅっとにぎった。

　リニウスは、興奮《こうふん》した声で続けた。

「飛躍的《ひやくてき》な前進をとげたのは、二、三カ月ほどしてだった。古い巻物《まきもの》に書かれている方法にしたがって、わたしは中央の三本の管の栓《せん》をは

ずし、天井《てんじょう》から下がっている三本の管に一つ一つつないでいった。二本目まではなにもなかったが、三本目の管をつないだとたん、三本の管のなかで、ゴーッという音がまきおこった。

わたしは思わず飛びのくと、バルブ操作台《そうさだい》に駆《か》け上った。あたりをとりまく管がいっせいにキーキー、ガタガタと音を立て、管のなかを空気が駆けぬけるシューッという音が響《ひび》いた。そこで、中間のバルブを開いてやると、いたるところで奇妙《きみょう》なブクブク、ポンポンという音が始まった。だが、やがておかしな音はやみ、聞こえるのは、研究室の外からガラス管へと空気を吸《す》いこむシューシューという音だけになった。わたしはやりとげた。ついに、古《いにしえ》の研究室を生きかえらせたのだ。こうなると、次にはちょっとした実験をしてみたくなる」

リニウスはすわり直した。

「まず、わたしがやったのは、マリスが気に入っている空水晶《そらすいしょう》を創《つく》り出すことだった。ガラスの管の間にはられた網《あみ》の上に、赤、黄色、緑、紫《むらさき》、さまざまな色の空水晶が生じた。その方法を自分のものにすると、次には趣向《しゅこう》を変えて気分軟膏《なんこう》を作ってみた。これは、さまざまな状態《じょうたい》の大気を、ガラスの球のなかに集めて作る不思議な軟膏で、まれにではあったが、ほかの薬同様、古《いにしえ》の学者たちが用いていたものだ。たとえば、『欲《よく》』を少しぬれば食欲が増《ま》し、『怒《いか》り』は、少しなら万能薬《ばんのうやく》として使えるというぐあいに」

リニウスは、ちょっと気まずそうな顔でマリスの方を見た。

「わたし自身は、『悦《よろこ》び』が気に入っていたのだが。そのおかげで、なんとか持ちこたえることができたのだ。あのころは、体がきつくて、大図書館や古の研究室に行くのがつらくてしかたなかった。ただ……」

リニウスは言葉をのみこんだ。

「どうしたの、お父さま？」

マリスがいうと、リニウスは眉《まゆ》をひそめた。

「彫刻《ちょうこく》の間《ま》には、足を踏《ふ》み入れたときから、わたしをとらえて放さない浮《う》き彫《ぼ》りがあった。そこには研究室のバルブ操作台《そうさだい》に立つ古の学者が描《えが》かれているのだが、なにをしているのかはわからなかった。というのも、この浮き彫りだけが、ひどく損傷《そんしょう》していたからだ。故意《こい》にそうしたかのように、クロキが欠け落ちて、バルブを操作する学者の手の部分が見えなくなっていたのだ。だが、なぜだ？　この学者はなにをしているのだ？　その上に浮かんでいる、奇妙《きみょう》な物体はなんなのだ？

もちろん、わたし自身もバルブ操作台に立った。少しずつ操作法を覚えるにつれて、考えつくかぎりのバルブを操作してみた。それでも、すべてのガラス管とバルブを一気に開放して、研究室の全動力を得ることはできなかった。それができれば、すべての気体が同時に中央管に流れこみ、かつて学者たちが創《つく》り出したなんらかの物体をふたたび創り出せるはずだった。

だが、わたしはあきらめなかった。ふたたび、何週間にもおよぶ実験にとりかかったのだ。バルブ操作台の上で、目がかすみ腕《うで》がしびれるまで、レバーを動かし、ハンドルをまわし、バルブ栓《せん》を開閉《かいへい》しつづけた。いらだち疲《つか》れはてて、ついに、なにもかも投げ出してしまいそうになったとき、まちがえようもない、シューシューという空気の噴射音《ふんしゃおん》が聞こえた。とても信じられない思いで、わたしはつかんでいたレバーを押《お》して、バルブをいっぱいに

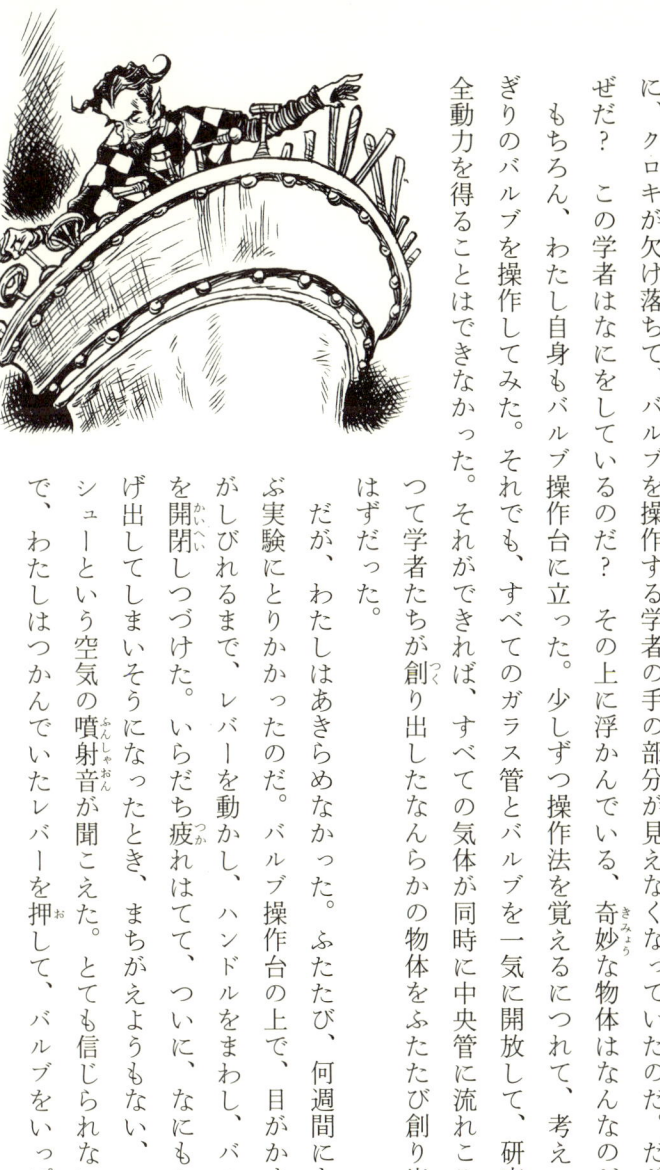

開いた。空気の音が一気に大きくなる。ガラスの管のなかを火花が飛びはじめた。そして、ついに始まった！

わたしの頭上《ずじょう》、中央管から噴《ふ》き出す空気の流れのなかに、パチパチと火花を発する巨大《きょだい》な光の球が現《あらわ》れた。光の球は、輝《かがや》き脈打《みゃくう》っていた。成功だ！　わたしは輝く光の球を創《つく》り出したのだ。かつて古《いにしえ》の学者がなしとげたように、わたしも空中の電気をつなぎとめることに成功したのだ！」

「それこそが、生命創造《そうぞう》のカギだ」

バンガスがつぶやくと、リニウスはうなずいた。

「いかにも。新しい生命の創造だ！　そして、石の巣《す》に棲《す》むモウリョウたちが、その新しい生命の種子となる。これは思いもかけない機会だ。わたしは今まで以上に研究に没頭《ぼっとう》した」

マリスはリニウスをほこらしげに見つめた。お父さまって、やっぱり天才だわ！　頭がよくて、意志《いし》が堅《かた》くて。マリスは、バンガスも自分と同じことを考えているものと思って目を向けたが、その顔に笑《え》みはなかった。口を固く結び、眉根《まゆね》にはしわが刻《きざ》まれている。

バンガスは低い声でいった。

「おぬしは、自分のしていることがわかっておるのか？　リニウスよ、生命の創造は神聖《しんせい》なものだ。

そんなことに手を染《そ》めるのは、冒瀆《ぼうとく》であり、罰当《ばちあ》たりなことだ。手を出すべきではなかったのだ」

リニウスの表情《ひょうじょう》が暗くなった。

「ああ、今ならそのとおりだといえる。だが、わたしは、人生をさまざまな謎《なぞ》の追究にささげてきた。目の前で、とてつもない謎が、今まさに解《と》かれるのを待っているというのに、どうして手を触《ふ》れずにおくことなどできるだろう？」

バンガスは鼻を鳴らしたが、リニウスはかまわずに続けた。

「それに、そのときはまだ、危険《きけん》になればいつでもバルブを閉《し》められるという自信があった」

リニウスは、つらそうに顔をそむけた。

「だが、わたしは、自分の成功への欲求《よっきゅう》を見くびっていた。実験が進むにつれて、わたしはどんどんのめりこんでいった。ほかのことなどどうでもよかった。わたしは、新しい生命を創り出さなければならなかったのだ！」

「リニウス、リニウスよ。それこそ、古の学者たちが犯《おか》したまちがいだったのだぞ。それが没落《ぼつらく》へとつながったことは、おぬしもよくわかっていただろうに」

バンガスはさとすようにいった。

「わかっていたとも。だが、あのときわたしは、古《いにしえ》の学者よりも自分の方がすぐれていると信じていた。かれらがどこで誤《あやま》ったのか、わかりかけていたのだ。その過《あやま》ちを知ることで、何世紀も前に始められた実験を完結させることができると思ったのだ」

リニウスはふと言葉を切った。

「そのころには、研究室のこともよくわかってきて、わたしには部屋自体が生きているかのように思えた。バルブ操作台《そうさだい》に立っていると、まるで……」

「創造者《そうぞうしゃ》になったような気がしたか」

バンガスはさげすむようにいった。

「そうだ」

リニウスはうなだれた。そして、ふるえながら両手で体をかきいだくと、天井《てんじょう》をあおいだ。

「おお、大空よ！　あのとき、こうなることがわかっていたら、研究室の扉《とびら》を固く閉《し》めて、二度ともどらなかっただろうに。だが、わたしにはできなかった。ようやく決心して、研究室を閉《と》ざしたのは、きのうのことだ——本来なら、もっとずっと前にしなくてはならなかったのだが」

リニウスはマリスに向き直り、その手をとった。

「長い長い時間がかかってしまったが、ようやく自分の過ちに気づくことができた。もう、終わったのだ。永久《えいきゅう》にな」

するど、マリスがいった。

「終わったですって？　お父さま、忘《わす》れてしまったの？　今この瞬間《しゅんかん》にも、お父さまの徒弟《とてい》のクウィントは、石の巣《す》のなかにいて、古の研究室に向かっているのよ」

「いや、だいじょうぶだ。たとえたどりついても、なかに入ることはできないからな。それができるのは、最高位学者の金印を持つものだけなのだ」

そういうと、リニウスはマリスの手をぎゅっとにぎった。

「いい子だから、金印をとってきてくれないか」

＊

せまい岩のすき間を通りぬけながら、クウィントは目的地がもう目の前なのに気づいていた。岩のでっぱりに、なにかの切れはしがひっかかっている。身にまとっているバンガスの外套《がいとう》が、それよりも丈夫《じょうぶ》だといいのだが。クウィントはふうふういいながら、岩のでっぱりをぬけると、前に進んでいった。

やがて、ふさがれた箇所《かしょ》をぬけて、広いトンネルに出た。目の前には、ぼんやりと赤い輝《かがや》きに包まれて、古《いにしえ》の研究室の扉《とびら》があった。

「ようやく見つけたぞ」

クウィントはつぶやきながら進み出て、鉤《かぎ》つきの杖《つえ》を岩壁《いわかべ》に立てかけた。それから、おずおずと手をのばして、扉にほどこされた動物の浮《う》き彫《ぼ》りを指でなぞった。生き生きと刻《きざ》みこまれた毛皮をなで、耳をくすぐる。その手が丸いくぼみに触《ふ》れ、指先が外側の円や、三角の目盛《めも》りをなぞっていく。その目が曇《くも》った。

なかに入った最高位学者が、どうなったのかを思い出したのだ。ひどいけが、恐怖《きょうふ》に見開かれた目。

「この扉の向こうに、どんな怪物《かいぶつ》がひそんでいるんだ？」

クウィントは声に出していった。おそろしい予感に体がふるえる。

「今ならまだ遅《おそ》くないぞ、クウィント。このまま背《せ》を向けて、ひきかえせばいいんだ。だれも悪くはいわないいさ。話さなければいいんだから……」

しかし、つぶやきながらも、自分自身そうは思っていないことに気づいていた。ここでひきかえしたが最後、一生臆病《おくびょう》な自分を許《ゆる》すことはできないだろう。それに、本当のところ、ひきかえすにはもう遅すぎた。ゆうべ、最高位学者をベッドに寝《ね》かせて、襟元《えりもと》をゆるめようとしたときに、首にかけられた重たい鎖《くさり》をはずして以来、ひきかえすことはできなくなっていたのだ……。

クウィントはチョッキのポケットに手を入れて、鎖をひっぱりだした。深呼吸《しんこきゅう》をして、気持ちを落ち着けると、鎖の先についた金印を扉のくぼみにはめこんだ。左にまわし、今度は右にまわす……。

すると、小さなカチリという音がして、扉がゴゴゴゴッと開きはじめた。

第十六章　怪物《かいぶつ》

「ない？　ないというのか……いや、そんなはずはない！　もう一度、ちゃんと捜《さが》してくれ」

リニウスは、後ろ向きに枕《まくら》に倒《たお》れこんだ。顔色は真《ま》っ青《さお》だ。

「ご、ごめんなさい、お父さま。でも、ケースは空だったの」

マリスはいった。

「ばかな！　わたしが、そんな不注意を犯《おか》すはずが……」

リニウスはうめいた。

「どういうことなの？　金印をどこに置いたか、思い出せないの？」

マリスは、おののいて声を上げた。ベッドに横たわったまま、首を左右にふる父は、あまりにも頼《たよ》りなく、あまりにも小さく見えた。

リニウスは、情《なさ》けなさそうにマリスを見上げた。

「たしかにはずしたはずだ。へとへとで、頭はぼんやりしていたが、あいつにわたして、ケースに入れてくれるよう頼《たの》んだのだ。それから、ベッドに倒れこんだのだ。まさか、あいつが……」

「たしかなの？」

マリスはいった。つまり、そういうことだったんだ。

「クウィント。クウィントが金印を持っていったのか」

リニウスは、あえぎながらいった。

「金印すなわち、古《いにしえ》の研究室へのカギでもある。だがリニウスよ、まずは話を聞いてしまおう」

バンガスは静かな声でいった。

リニウスはうなずいて、せきばらいをした。

「バルブの操作《そうさ》になれるにしたがい、わたしは、研究室の中央に立つ古《いにしえ》の学者が描かれた、浮《う》き彫《ぼ》りのことを考えるようになった。そこで、彫刻《ちょうこく》の間《ま》にもどり、古の言葉を読もうとしたが、絵と同様、ひどく傷《きず》つけられていた。それでもなんとか読みとれたところからすると、古の学者は、モウリョウを研究室に隔離《かくり》したうえで、生命をふきこむことに成功したようだった。母なる嵐《あらし》が襲来《しゅうらい》したときの、大河《たいが》の源《みなもと》の状態《じょうたい》を再現《さいげん》したのだ。研究室での繊細《せんさい》な作業にもなれ、大図書館での何カ月にもわたる研究の結果、わたしは、自分にもその過程《かてい》を再現できると確信《かくしん》するにいたった」

「リニウス、リニウス。そのとき、おぬしにはわからなかったのか？」

バンガスは子どもに話しかけるようにいった。

「古の学者たちが、研究室を封印《ふういん》し、彫刻の間の記録をけずりとったのには、理由があるのだと。研究室で、なにかとんでもないことが起きたのだ。そして学者たちは、それをくりかえさせまいとしたのだということが」

リニウスは、弱々しいため息をついた。

「わかっていたとも。だが、古の研究室の力を手にして——この手にだ、バンガス——誘惑《ゆうわく》に打ち勝つことなど、とてもできなかった。わたしには、大図書館での研究の成果がある。だから、かれらが誤《あやま》った部分を正す自信があった。事実、わたしは成功したのだ。最初のうちは……」

するとバンガスが首をふりながらつぶやいた。

「そうか、そうだったのか。ようやくはっきりしてきたわい」

「なに？　教えて。あたし、お父さまの話がこわくなってきた」

「彫刻の間に刻《きざ》まれた古の学者は、モウリョウに生命を与《あた》えようとしていた。そして、その実験は歴史から消し去られた。だが、今ならわかる」

「なにが？」

「その学者が創《つく》り出したのは、ハグレモウリョウだったのだ」

バンガスはそっけなくいった。

「巨大《きょだい》で凶暴《きょうぼう》なうえに、まちがいなく狂《くる》っておる。大河の源で生み出される、どんな生き物にも似《に》ても似つかぬ、いまわしき存在《そんざい》だ。そいつは、みずからの創造者《そうぞうしゃ》を殺害《さつがい》し、以来石の巣《す》にとりついているのだ！」

「研究室を封印したのも当然ね」

マリスはいった。おそろしい怪物《かいぶつ》のことを思い出すと、体のなかを冷たいものが走った。

「それに、トンネルをふさいだのもな。ハグレモウリョウが逃《に》げ出さないようにしたかったのだ。だが何世紀もの間に、トンネルの形が変わって、逃げ道ができるとは思ってもみなかったのだろう」

バンガスは首をふりながらいった。

マリスは身ぶるいした。

「お願い、お父さま。お父さままで、あの赤い怪物《かいぶつ》を創《つく》り出したなんていわないで！」

リニウスは、ふるえる声でいった。

「だいじょうぶだよ、マリス。実をいえば、わたしは、研究室に行くたびになにかが石の巣《す》にいるのではないかという不安におそわれていたのだが、そのうちにそれが正しかったことに気づいた。なにかおそろしいものが、わたしを見はり、耳をそばだてている。なにか邪悪《じゃあく》なものが……。だが、わたしは自分が、古《いにしえ》の学者よりもはるかにすぐれていると思っておった」

リニウスはゴクリとつばをのみこみ、気持ちを落ち着けようとした。

「古の学者たちは、石の巣からモウリョウをガラス管に吸《す》いこんだうえで、はげしい雷《かみなり》をともなう嵐《あらし》がサンクタフラクスを通りすぎるときに、その雷を研究室にひきこんだのだ。そして、モウリョウに、雷の膨大《ぼうだい》なエネルギーを一気に浴びせた。彫刻《ちょうこく》の間《ま》に描《えが》かれているとおりにな」

リニウスは首をふると、弱々しい笑《え》みを浮《う》かべた。

「いかにも、かれらはハグレモウリョウを創り出した――それほどのエネルギーを浴びせたのだ。できて当然ではないか？　だが、このわたし、サンクタフラクス一の学者であるリニウス・パリタクスは、そんなことはしなかった……」

そういうとリニウスは、苦々《にがにが》しげに笑った。

「モウリョウをガラス管のなかに吸いこむと、わたしは待った。空を見上げて、じっと時を待った。大空学者としての能力《のうりょく》を生かして嵐を選んだのだ。その嵐が襲来《しゅうらい》したとき、わたしはバルブ操作台《そうさだい》の上で準備《じゅんび》ができていた」

その声ははずんでいた。

「本当に見物《みもの》だったぞ。わたしは嵐のエネルギーを、研究室のすべてのガラス管に分散させた。レバーやハンドルを使って、分岐《ぶんき》させ、ろ過《か》し、凝縮《ぎょうしゅく》させたのだ。やがて、宙《ちゅう》に浮かぶ光の球は、どこまでもどこまでも明るくなっていった。その下の、中央管に続く、閉《と》ざされたガラス管のなかには、モウリョウが閉じこめられている。

わたしが見守るうちにも、光の球はまぶしく明るくなっていき、突然《とつぜん》、あざやかな青色の光の触《しょく》手《しゅ》をあたりにほとばしらせながら、はげしく輝《かがや》きだした。その瞬間《しゅんかん》を待っていた。わたしは、三本のガラス管のバルブを少し開いて、中央管の圧力《あつりょく》を上げてやり、それから中央管の末端《まったん》のバルブを開いた。ポンッ、シューッという音とともに、モウリョウがガラス管から上に向かって噴《ふ》き出した。モウリョウは、パチパチと火花を飛ばしながら脈打《みゃくう》つ光の球へと吸《す》いこまれ、その中心に収《おさ》まった」

リニウスは、枕《まくら》に背《せ》を預《あず》けると、焦点《しょうてん》の定《さだ》まらない目を宙《ちゅう》に向けた。

「時をおかずに、わたしはバルブを閉《し》めた。光の球の輝きは弱まっていき、やがて完全に消えた。わたしの心はおどった。今まで光の球のあったところには……わたしの創造物《そうぞうぶつ》が浮《う》かんでいたのだ」

古《いにしえ》の研究室の扉《とびら》が開くと、クウィントの目の前には、ガラスでできた管やベル型の容器《ようき》や球でいっぱいの、奇妙《きみょう》な実験室の光景が広がった。クウィントは足を踏《ふ》み入れた。扉が後ろで閉《し》まり、紙のような外套《がいとう》がカサリと音を立てた。クウィントはクンクンとにおいをかぎ、鼻にしわをよせた。ジャコウのようなにおいがする。なにやら、酸《す》っぱいような。

クウィントは、おそるおそる前に出た。そのとき、なにか悲しげな声がかすかに聞こえたような気がした。ところが、耳をそばだてても、なにも聞こえない。

「空耳か？」

クウィントは独《ひと》り言《ごと》をいった。

「助けて……」

まただ。今度は聞きまちがいではない。

「お願い、助けて」

声は、背後《はいご》から聞こえてくるようだ。クウィントがふりかえってみると、ガラス管の陰《かげ》に、目を見開いたあわれな生き物がうずくまっていた。ワラヤナギの葉のように、ふるふるとふるえている。

クウィントの顔が思わずほころんだ。

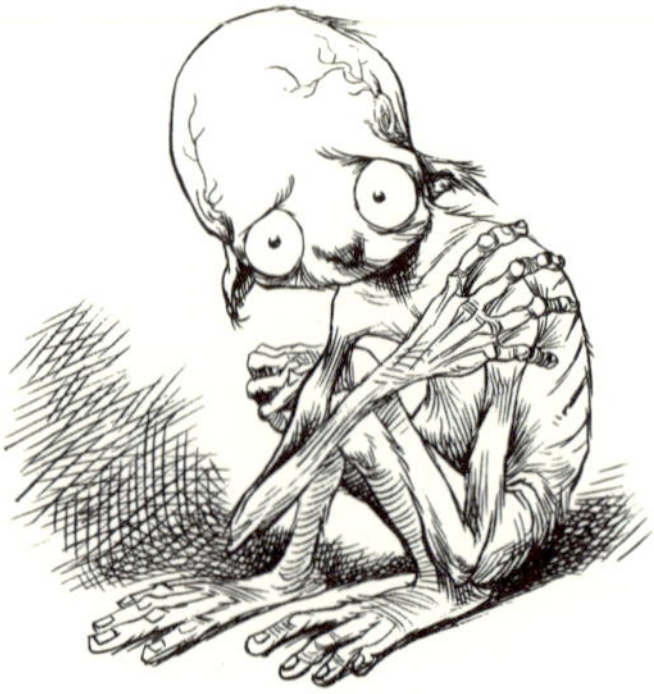

「だいじょうぶだよ」
やさしく声をかけると、その生き物は首をかしげ、まん丸な目を悲しそうにまたたいた。クウィントは近づいていって、やさしく語りかけた。
「名前はなんていうんだい？」
いかにもきゃしゃなその生き物は、ビクッと身を縮《ちぢ》めた。その体が、すすり泣きに細かくふるえている。クウィントははっとして、立ちつくした。背中《せなか》に、赤いミミズばれが何本も見える。驚《おどろ》きが怒《いか》りに変わる。

「心配しなくていいよ。もう、だいじょうぶだから」

「そう、それは、大河《たいが》の源《みなもと》で生み出されるのと同じ生き物だった」

リニウスはあえぎながらいった。

「それって、どんなだったの?」

マリスがたずねると、リニウスは、遠い目をして答えた。

「どんなだったと? あいつは……幼子《おさなご》のようだった。そう、幼子だ——あまりにきゃしゃで、今にも消えてしまいそうだった」

リニウスは、目をしばたたかせた。

「全身をやわらかな産毛《うぶげ》におおわれ、手足の皮膚《ひふ》など、まるですけてしまいそうなほどだった。パタパタと動く小さな耳に、その目ときたら、大きくてまん丸で、利発そうに輝《かがや》いておった……。わたしは思わず手をのばして、あいつをてのひらに包みこんだ——すると、あいつは、わたしの小指をきゅっとにぎったのだ。なんと繊細《せんさい》で、なんとはかなげな生き物なのだ。胸《むね》に抱《だ》きよせると、あいつの小さな心臓《しんぞう》がトクトクと打つのがわかった。わたしは学者であり、論理的《ろんりてき》な人間ではあったが……」

リニウスは、ふと言葉を切った。

「こいつは、わたしのものだ。わたしが創《つく》り出したのだ。わたしは、その生き物がいとおしくてしかたがなかった」

なにを聞いても、お父さまを愛する気持ちは変わらないといった手前、マリスは、胸《むね》にわき上がってくる、なにかを失ったような痛《いた》みにも似た気持ちをおさえつけようとしたが、簡単《かんたん》なことではなかった。

リニウスは続けた。

「ところが、不思議なことが起こった」

「なんなの？」

マリスは、思わず息をのんだ。

「わたしは、あいつを落としてしまった。手がふるえていたうえに、あまりにも軽くてきゃしゃだったために、指の間をすりぬけてしまったのだ。幸い、きわどいところで、無事につかまえることはできたが、落ちると思った瞬間《しゅんかん》、わたしは恐怖《きょうふ》にわしづかみにされた。そして、もう一度てのひらに載《の》せてみると……まちがいない、たしかにあいつは、それまでよりひとまわり大きくなっていた」

古《いにしえ》の研究室では、クウィントがおびえる生き物にまた一歩近づいた。

「いじめたりしないから」

クウィントがささやきかけると、背中《せなか》を向けていた生き物が、肩《かた》ごしにふりかえった。

「ほんとに？　お兄さん、あいつとはちがうね。あいつは、おいらをいじめるもん。いつもいつも、いじめるもん……」

「ど、どういうことだい？」

クウィントはとまどいながら聞いた。

「あいつ、おいらをいじめるのが楽しいんだ。おいらをこんな、話し相手もいないところに閉《と》じこめて……。そいで、怒《おこ》ると、おいらにお仕置《しおき》するんだ」

生き物は、小さな声でいった。

「あいつって？　博士《はかせ》のこと？」

「あいつ、もどってこないよね？　あいつを連れてきたりしないよね？　すごく、すごく意地悪なんだ」

　その生き物は、大きな茶色の目に涙《なみだ》を浮《う》かべ、体をはげしくふるわせて泣きじゃくった。

「博士《はかせ》が？　意地悪だって？」

　クウィントは、この前研究室をのぞいたときに聞こえてきた音を思い出した——子どもが苦痛《くつう》にすすり泣くような声が、かん高い悲鳴に変わったのだった。その声は、「お願いだから、もう堪忍《かんにん》して」といっていた。

　生き物はにじりよってきて、産毛《うぶげ》の生えたほほをクウィントの腕《うで》にすりよせ、小さな声でいった。

「助けてくれるの？　そうなんでしょ？」

クウィントは、生き物の肩《かた》と背中《せなか》をなでてやった。耳が怒《いか》りでカッカとほてっている。おそれていたことが的中《てきちゅう》してしまった。研究室とは名ばかりで、実際《じっさい》はよくできた拷問《ごうもん》部屋だったのだ。そして、クウィント自身、はからずもリニウスの片棒《かたぼう》をかついでしまったのだ。クウィントは、生き物の耳の後ろをかいてやりながらいった。

「もちろん、助けてやるとも」

＊

「それからまもないある夜のこと、わたしは研究室のバルブ操作台《そうさだい》にいた」

リニウスは続けた。

「かなり遅《おそ》い時間だったが、わたしは、大図書館から持ってきた巻物《まきもの》を読むのに熱中していた。自分が創《つく》り出した生き物がいったいなんなのか、なんとかつきとめようとしておったのだ。マヨイ族か？　それとも、ノクゴブリンの一種か？　あるいは、いまだだれも見たことがないような、新種を創り出したのか？　なんとしてもつきとめないと。わたしは興奮《こうふん》すると同時に、不安でもあった。

その生き物は、光をさけるように、部屋の向こうのすみにもぐりこんでいた。その大きな目は、一瞬《いっしゅん》たりともわたしからそれることはなかった。ときどき顔を上げると、たがいの目が合うことがあったが、そのたびにわたしは、胸《むね》の奥《おく》で不安が頭をもたげるのを感じた――あいつは、空気を味見しようとでもいうように、チロチロと舌《した》を出していた。

やがて、疲《つか》れはてて、わたしは眠《ねむ》った。すると、嵐《あらし》や、浮《う》き彫《ぼ》りや、ケタケタと笑う声がいっしょくたになった、奇妙《きみょう》な夢《ゆめ》にうなされた。わたしは、はっと目を覚ました――何分、いや、ひょっとすると何時間もたっていたかもしれない。はっきりとはわからない。体は冷たい汗《あせ》にぐっしょりぬれ、骨《ほね》の髄《ずい》まで冷えきっていた。そのとき、わたしは見たのだ
リニウスはゴクリとつばをのみこんだ。

「部屋のすみにいる生き物が、台の上に置いてあった巻物《まきもの》を手にしていた。まるで、読んでいるかのように、巻物を一つ一つながめていたのだ――もちろん、そんなことは不可能《ふかのう》だが。あいつはわたしに気づくと、突然《とつぜん》巻物を放り出して、部屋のすみにもぐりこんだ。

わたしは近づいていって、散らばった巻物を拾い集めだした。背《せ》すじは冷たいのに、頭がみょうにぼんやりして、熱っぽかった。だしぬけに、鋭《するど》い痛《いた》みが指先から腕《うで》へと駆《か》け上がった。下を見ると、広げられた巻物の下に、ガラスの破片《はへん》が落ちていた――細いガラス管が割《わ》れたものだ――その上に、傷口《きずぐち》から血がしたたり落ちた。わけのわからない、恐怖《きょうふ》の入りまじった嫌悪感《けんおかん》と戦いなが

ら、わたしは巻物を拾い集めて、研究室から転がり出た。誓《ちか》ってもいいが、重たい石の扉《とびら》が閉《し》まる直前聞こえてきたのは、あいつがピチャピチャと舌を鳴らす音だった」

マリスはあんぐりと口を開け、バンガスはヒュウと息を吸《す》いこんだ。どちらも口をきかなかった。

リニウスは、ため息をついていった。

「だが、まだ終わりではない。その後も、わたしが研究室に行くたびに、ガラスの水差しやビンにひじが当たって何度も下に落ちた。あいつが、いつの間にか位置を変えていたのだ。あるいは、鋭いガラスの破片が、バルブ操作台《そうさだい》の上に置かれていて、指を切ることもあった。どうやらあいつは、血を見るのが好きなようだった。そんな小さな事故《じこ》が次から次へと起こった。そのたびに——どんなに気にかけまいと思っても——わたしは不安と恐怖におそわれた。そして、わたしが恐怖におそわれるたびに、あいつはそれをかぎつけて、うすいくちびるをピチャピチャいわせながら、大きなまばたきしない目でじっと見つめるのだ。まるで、わたしの恐怖や不安をエサにして、よりたくましく、より図々《ずうずう》しくなっていくようだった。

それでもなお、わたしは、過《あやま》ちを犯《おか》したことを認《みと》めなかった。わたしはあいつに、愛情《あいじょう》や、思いやりや、やさしい気持ちを教えてやりたかった——そういう感情を吸収《きゅうしゅう》して成長できるように。ところが、あいつは、恐怖《きょうふ》や苦痛《くつう》の感情《かんじょう》にしか反応《はんのう》しないようだった。

ときに、わたしはいらだちをおさえきれなくなることがあった。そんなある夜、わたしを鋭《するど》い破《は》片《へん》で傷《きず》つけようとでもいうのか、あいつがガラスの細管《さいかん》を割《わ》っているのを見つけると、わたしはどうかしてしまったらしい。怒《いか》りにわれを忘《わす》れて飛びかかり、ののしり、どなりつけてしまったのだ。

『ゴウママネキにかけて、おまえを殺してやる！　おまえなど、死んでしまえ！』そうさけびながら、わたしは、あいつをつかんで、怒《いか》りにまかせて地面にたたきつけようとした。

そのとたん、わたしは後悔《こうかい》した。あまりに軽かったのだ。身長こそ一尋《ひろ》ほどになっていたが、体重は、最初に抱《だ》き上げたときとほとんど変わっていなかった。この生き物の元となったモウリョウと同じく、重さも感じられなければ、中身があるようにも思えなかった。わたしは、この不完全な生き物があわれでならなかった。そっと下におろすと、あいつは冷たい目でじっとわたしを見上げた。

『ゴウママネキ？　ゴウママネキ、ゴウママネキ』

あいつは小さな声でくりかえした。

わたしは目に涙《なみだ》をためてささやいた。『あわれなやつ。おまえは、おろかで傲慢《ごうまん》な創造者《そうぞうしゃ》とともに死に絶《た》えた方がいいのかもしれん。初めてしゃべった言葉が深森《ふかもり》の呪《のろ》いだとは、いかにもおまえらしい』。すると、あいつは、もう一度『ゴウママネキ！』といって、暗がりにもぐりこんだ」

リニウスはふたたび起き上がると、マリスにいった。力《りき》んだために、顔が赤い。

「トウィーゼルの持ってきてくれた飲み物をついでくれるか？　のどがカラカラだ」

マリスがいわれたとおりにすると、リニウスはうれしそうにグラスをつかみ、くちびるに持っていった。ところが、気持ちがせくあまりに、つい力が入りすぎて、グラスは手のなかで割《わ》れてしまった。深紅色《しんこうしょく》の液体《えきたい》がこぼれて、白いシーツを血のように染《そ》めた。

「気をつけて、お父さま。もう一杯《ぱい》持ってきましょうか？」

「いや、話を続けてくれ。時間がない」

バンガスがせかすようにいった。

リニウスはうなずいて、せきばらいをした。

「そのときから、状況《じょうきょう》は一変した。今度は、わたしが見はられる番だった。実験されているのは、わたしの方だったのだ」

暗い声でいうと、リニウスは額《ひたい》に光る玉の汗《あせ》をぬぐった。

「その時点で手をひいて、実験を中止するべきだった。だが、わたしは、自分の創《つく》り出したものに責任《せきにん》を感じていた。どこかでまちがえたのだ——教育なのか、しつけなのか。とにかく、わたしはそれを正したかった。

わたしは、前にも増《ま》してひんぱんに大図書館を訪《おとず》れるようになった。どんな生き物かがわかれば、どう対処《たいしょ》すればいいかがわかるはずだ。ところが、おろかなことに、わたしは図書館で足を痛《いた》めてしまった。吊《つ》りカゴから足場に移《うつ》るなど千回もやってきたことなのに、このときにかぎって足をすべらせてしまったのだ」

マリスははっとした。

「そういうわけだったのね。でも、お父さまは……」

「そう、うそをついた。おまえをまきこみたくなかったのだ。だから、風のジャッカルの息子《むすこ》を呼《よ》びよせた。信用できて、わしの仕事を代わりにやってくれる人間が必要だったのだ。そして、わたしはクウィントを大図書館にやって……」

「あやうく、死なせるところだった。ぶらさがった巻物《まきもの》や、吊りカゴになれてもいない若者《わかもの》をな。わしが助けなければ、とっくに死んでおったのだぞ」

　バンガスが責《せ》めるようにいった。

「そう、そのとおりだ、バンガス。だが、わたしはあせっていたのだ。研究室で、あんな体験をしたあとではな。うす気味悪く、おそろしい……」

　バンガスはだまっていた。マリスは身を乗り出して聞いた。

「なんなの、お父さま？」

　リニウスはふるえながら、もう一度額の汗をぬぐった。

「わたしが腹《はら》を立ててから数日間は、あいつは部屋のすみから出てこなかった。わたしの外套《がいとう》と、丸椅子《まるいす》と、羊皮紙《ようひし》の切れはしを集めて、一種の巣《す》を作っていたのだ。たいていの場合、声が聞こえなければ、そこにいることもわからないほどだった……」

「そいつ、話しかけてきたの？」

「あれを、話と呼《よ》ぶならな。あいつは、わたしがいったことを、ささやくような声でくりかえすのだ。あれは本当に背《せ》すじが寒くなる。わたしは、独《ひと》り言《ごと》をいうのをやめた――まあ、ふだんでも、あまりいい癖《くせ》ではないが、まねされると、ひどく不安になるものだ。ところが、あいつはだまらなかった。そのときまでにわたしが話したことを、何度も何度もくりかえしてみせるのだ。だが、それでもまだましだった……」

リニウスはぶるっとふるえた。

「どうしたの、お父さま?」

マリスは不安げに聞いた。

「あいつは、わたしの声色《こわいろ》を使いはじめたのだ。そのうちに、そっくりに聞こえるようになった。わたしはおそろしくなった。いったい、わたしはなにを創《つく》り出してしまったのだ? わたしの知るかぎりでは、あいつは何日も暗がりから出てこなかった。しかし、わたしのいないところで、なにをやっているのか知れたものではない。あいつを、研究室のなかで自由にさせておいていいのだろうか? 鎖《くさり》でつなぐとか、あるいは——考えるのもおそろしいが——殺してしまった方がよくはないか? わたしは、確《たし》かめるために、こっそりのぞいてみることにした。

ある日の夕方、わたしは、いつものように扉《とびら》の内側のくぼみに金印をはめこんで、扉が開くのを待つふりをした。ただし、扉が開いても外には出ず、天井《てんじょう》から下がっているガラス管の束の陰《かげ》に、さっと身をかくしてしゃがみこんだ。扉が閉《し》まり、わたしは待った。あいつも、巣《す》のなかで待っているようだった。わたしがいなくなったのかどうか、聞き耳を立てていたのだ。やがて、部屋のすみから声が聞こえてきた。それを聞いたとたん、わたしは凍《こお》りついた。

『リニウス、リニウス、このおろか者が。おまえはなにを考えておるのだ？　こんなこともわからんとは、頭をどこかへ置き忘《わす》れてきたのか』

わたしの声だった。ガラス管の間から、研究室のすみの暗がりに目をこらしたわたしは、目の前のものを見たとたん、口から心臓《しんぞう》が飛び出しそうになった。あいつは巣《す》から姿《すがた》を現《あらわ》し、研究室の中央に移動してきた。わたしと同じ外套《がいとう》をまとい、顔をフードでかくしていたが、体はわたしと同じぐらいの大きさになっていた。だが、そんなことは驚《おどろ》くには当たらない。驚くべきことはほかにあった」

リニウスは、そのときの光景を思い出したのか、ぶるっと首をふった。

「あいつは、地面から一メートルぐらいのところに浮《う》かんでいたのだ。そして、あいつはフードをはねのけた。あっけにとられ、息をすることも忘れて見つめるわたしの目の前で、あいつの目が細くなり、眉《まゆ》が生え、耳が短くなり……」

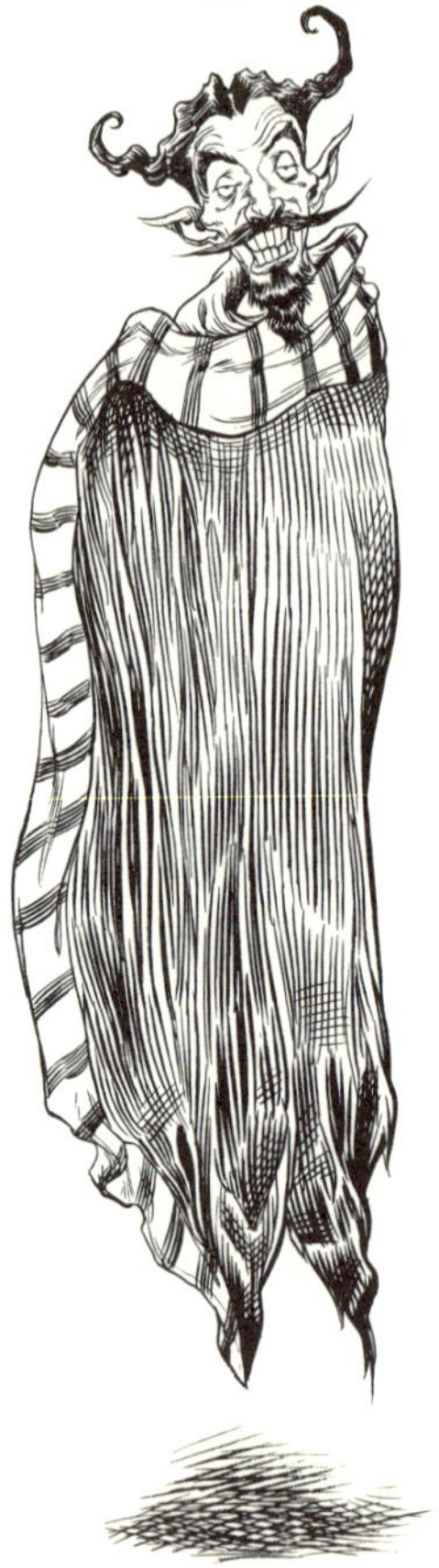

リニウスは気が高ぶるあまり、絶句《ぜっく》した。

「だいじょうぶよ、お父さま。だいじょうぶだから」

マリスが、目に涙《なみだ》をためていった。

「だが、だいじょうぶではないのだよ、マリス。なんということか、あいつは、わたし自身に姿《すがた》を変えたのだ！」

「変化《へんげ》か！　リニウス、これは思ったよりもはるかに深刻《しんこく》だわい」

バンガスが声を上げた。

「わたしは、何時間もの間、あいつが宙《ちゅう》をさまよいながら、巻物《まきもの》に描《えが》かれた、さまざまな人物や生き物に次々姿を変えるところを見つめてい

た――だが、あいつはなにかに姿を変えたあと、かならずお気に入りの姿にもどるのだ。わたしの姿にな！

やがて、疲《つか》れたのか、あいつは暗がりの巣《す》へともどっていき、そのすきにわたしは研究室からぬけだした。

急いでサンクタフラクスにもどると、わたしはクウィントを呼《よ》んだ。大図書館からとってきてもらう巻物がなんなのか、わかったのだ。それは、『空中生物』の木のてっぺんの、二本の枝《えだ》が交わるところにあった。『天空』と……」

「『伝説』だな。つまり、おぬしが創《つく》り出したのは……ゴウママネキだ！」

バンガスは、リニウスに代わっていった。

リニウスは打ちひしがれたようすでうなずくと、弱々しい声で続けた。

「クウィントのとってきてくれた巻物を読むと、わたしは凍《こお》りついた。すでに難《なん》なく読めるようになっていた古《いにしえ》の言葉で描《えが》かれていたのは、いかにもありがちな言い伝えや迷信《めいしん》ばかりだったが、読めば読むほど、これこそわたしが創り出したものだという確信《かくしん》が強まっていった。

ゴウママネキ――あるいは、古の放浪者《ほうろうしゃ》――は、太古《たいこ》の昔に、大河《たいが》の源《みなもと》で生み出されたという。

それは、母なる嵐《あらし》が崖《がい》の地に生命の種子をもたらす前の暗黒の時代で、ゴウママネキは、空中をさまよう悪《あ》しき者たち——たがいに相手をおそっては、むさぼり食っていた悪鬼《あっき》や悪霊《あくりょう》——の一つだった。やがて、ほかの名なき者たちが消え去っても、ゴウママネキだけは生きのびた。というのも、ゴウママネキは変化《へんげ》であり、あざむく者であり、迷《まよ》える魂《たましい》をおそう者だったからだ。光の時代になり、賢者《けんじゃ》コボルドが現《あらわ》れて初めて、このおそろしい怪物《かいぶつ》は崖の地の靄《もや》のなかへと姿《すがた》を消した——空話《くうわ》と伝説のなかへ、子どもをこわがらす炉《ろ》ばた話のなかへとな」

リニウスのほほを涙《なみだ》が流れ落ちた。

「そして、はるかなる時をへて、このわたし、リニウス・パリタクスが、偉大《いだい》なる創造者《そうぞうしゃ》気取りで、はるか大河《たいが》の源《みなもと》に生じるべき生命を、サンクタフラクスの不毛の浮遊石《ふゆうせき》のなかで創《つく》り出そうとしたのだ。太古の悪魔《あくま》を呼《よ》び出してしまったのも、当然だ」

リニウスは、すすりあげながらいった。

「だが、少なくとも今は、なにをすべきかはわかっている。あのいまわしき者を、本来のすみかである忘却《ぼうきゃく》の淵《ふち》へと追いかえすのだ。そして、その方法は、たった一つ」

「清流砂《せいりゅうさ》だな。大河の源の岸で採《と》れる」

バンガスがいった。

「そのとおりだ、友よ。わたしは、追放された大地学者から手に入れた清流砂の残りをかき集めると、クウィントに低空降下機《こうかき》を操縦《そうじゅう》してもらって、石の巣《す》へと降《お》りた」

「それなのに、なにが悪かったの？　そのけがは、その怪物にやられたの？」

マリスは、リニウスの包帯に軽く触《ふ》れた。

リニウスはかぶりをふった。

「いいや、マリス。これは、自分でやったのだ。平頭ゴブリンやオオハグレグマなどとちがい、ゴウママネキはあまり力は強くない。空中をさまよう、悪霊のような存在《そんざい》だからな。あいつは、恐怖《きょうふ》や、絶望《ぜつぼう》や、苦痛《くつう》や、死をエサにする、策略家《さくりゃくか》であり、あざむく者なのだ。だからこそ、よけいにおそろしいのだ」

リニウスは、ヒュウと息を吸《す》いこんだ。

「だったら、なにがあったの？　教えて、お父さま」

マリスはせがむようにいった。

「安全を考えて、わたしはクウィントを低空降下機に残し、トンネルに入った。そして、不安を抱《いだ》きながら、研究室に足を踏《ふ》み入れた。今度は、どんな姿《すがた》をとっているのだろう？　部屋のなかを見まわすと、あいつはすみの方にうずくまっていた。

わたしは扉《とびら》を閉《し》め、あいつに向き直った。恐怖《きょうふ》を声に出さないようにしていたつもりだったが、あいつにはまったく通用しなかった。あいつは舌《した》をピチャピチャと動かして、わたしの恐怖をうまそうに味わっていた。

あいつは、わたしがなにをするつもりなのかわかっているとでもいうように、巣《す》のなかにうずくまったままだった。わたしは、片方《かたほう》の親指で、清流砂《せいりゅうさ》の入った小ビンの栓《せん》をゆるめながら、もう一方の手で、クウィントの持ってきた巻物《まきもの》をふりまわした。『これを見るがいい。なかを見たくないか？　自分が何者なのか知りたくないか？　本当の名前を？』

暗がりで身じろぎする音が聞こえた。わたしはなおも巻物をふった。『なにもかも、ここに書いてある。そこから出てきて、自分の目で見るがいい』。

すると、『おれにくれ』という声がして、手がつきだされた。

わたしが、『出てこい。明かりの下で読むがいい』というと、あいつは姿を現《あらわ》して、わたしの前に浮《う》かんだ。ペチャトロルに化けている。あいつが巻物をつかんだため、わたしは手を離《はな》した。あ

いつはケタケタ笑ったり、なにやらつぶやいたりしながら、巻物に目を通していたが、やがてだまりこむと、巻物の外縁《がいえん》を飾《かざ》る、単純《たんじゅん》ながら奇怪《きかい》な模様《もよう》を指でなぞった。それは、深森《ふかもり》のなかで伝えられてきた、ゴウママネキの本当の姿とされる絵だった。太い角、からまりあった毛髪《もうはつ》、長いカギ爪《づめ》……。

突然《とつぜん》、あいつは巻物に描《えが》かれた姿をとりはじめた。やがて、わたしの目の前には、ゴウママネキが浮《う》かんでいた。恐怖をのみこんで、わたしは片手《かたて》を大きくふった。清流砂がいまわしき怪物《かいぶつ》の体にふりそそいだ。

ゴウママネキは、すさまじい悲鳴を上げて、暗がりへと逃《に》げこんだ。肉の焼けるひどいにおいがたちこめた。わたしは、待った。なんの音も聞こえない。うずくまった外套《がいとう》の山をつついてみる。なんの反応《はんのう》もなかった。わたしはがっくりとすわりこみ、それまでのことを何度も何度も思いかえしながら、その場で一晩《ひとばん》をすごした。そして、ようやくそこを立ち去った。

宮殿《きゅうでん》にもどったわたしは寝室《しんしつ》で眠《ねむ》ったが、怪物《かいぶつ》や悪霊《あくりょう》の夢《ゆめ》にうなされて目を覚ました。ひょっとして、ゴウママネキが死んでいなかったら？　死んだという証拠《しょうこ》はあるのか？　わたしは、もう一度研究室にもどって確《たし》かめないうちは、安心することはできないという結論《けつろん》に達した。そこで、もう一度クウィントに頼《たの》んで、石の巣《す》に降《お》ろしてもらった。

古《いにしえ》の研究室に入った瞬間《しゅんかん》、なにかがおかしいことに気づいた。外套《がいとう》の下にうずくまった死体はなくなっていた。残っているのは、あたりに漂《ただよ》う肉のこげたにおいだけだ。そのとき、わたしは聞いた――部屋のすみから響《ひび》いてくる、かすかな泣き声を。だが、わたしはだまされなかった。ゴウママネキが、またしても人をだまそうとしていることはすぐにわかった。わたしは、だまれとどなった。すると、ゴウママネキは一段《いちだん》とはげしく泣きわめき、外に出してくれと要求した。

そのとき、急に寒気が背《せ》すじを駆《か》け上がり、わたしは顔を上げた。目の前に、みにくく傷《きず》を負った、見るも無惨《むざん》な姿《すがた》のゴウママネキが浮《う》かんでいた。そして、わたしそっくりの声でさけんだのだ。

『ゴウママネキにかけて、おまえを殺してやる！　おまえなど死んでしまえ！』と。

わたしはよろよろとあとずさり、二本のガラス管の間に、足首の高さにはられた細い針金《はりがね》にひっかかって倒《たお》れた。その上から、鋭《するど》いガラスの破片《はへん》がふりそそぎ、わたしは頭に傷を負い、もう少しで耳を切りとられるところだった。目に入った血でなにも見えなくなったが、わたしはなんとか立ち上がり、ゴウママネキに向かって清流砂《せいりゅうさ》の空ビンをふりまわした。ゴウママネキは怒《いか》りにシューシューとうなりながら、しりぞいた。

そのすきに、わたしは扉《とびら》に突進《とっしん》し、外に出ると扉を閉《し》めて金印のカギをかけ、トンネルにもぐりこんだ。内側から扉をたたく音とともに、ゴウママネキの怒りくるう声が聞こえた。研究室のなかを飛びまわっては、扉をはげしく打ち鳴らし、脅《おど》したりすかしたりして、なんとか開けさせようとした。だが、わたしは耳を貸《か》さなかった。

ゴウママネキは閉《と》じこめられた。わたしには、研究室があいつの石の棺桶《かんおけ》になり、おそろしい声がやんでくれるよう、祈《いの》ることしかできなかった。わたし自身は、二度と古《いにしえ》の研究室にもどるつもりはなかった。それに、証拠をすべて消してしまえば、だれにも知られることはないはずだった……」

リニウスは、マリスの手をにぎりしめた。

「まさか、クウィントがあそこに入ろうとするとは！」

「お願いだよ、お願いだよ。扉を開けて、おいらを、この……拷問《ごうもん》部屋から出しておくれよう。早くしないと、あいつがもどってきちゃうよう」

生き物は甘《あま》えるような声でいった。

「今やってるよ」

クウィントは、しきりに金印をまわそうとするのだが、くぼみに押《お》しあてながらでは、なかなかうまくいかなかった。

「おまえ、手を貸《か》してくれるか？」

生き物は返事をしなかった。クウィントはふりかえった。そのとたん、目の前に立つ自分自身を見て、クウィントはあっと声を上げた。

「こ、これは……？」

そのとき、扉《とびら》が開きはじめたため、クウィントはあわてて後ろに下がった。

すると、もう一人のクウィントが笑いながらいった。

「ゴウママネキにかけて、おまえを殺してやる！　おまえなんか死んでしまえ！」

頭上《ずじょう》でガラス管がパキンと折れて、倒《たお》れてきた。そのひょうしに、クウィントの手から落ちた金印を、ウロコの生えた手がかすめとった。そして、なにもわからなくなった。

第十七章　復讐《ふくしゅう》

リニウスはベッドに起きあがり、両ひざを胸《むね》にかかえていた。その顔は、すべてを話し終えて、げっそりとやつれていた。後悔《こうかい》の涙《なみだ》も今は止まっていたが、両目はまだ赤く、骨《ほね》ばったほほには涙のあとが光っていた。

「ああ、お父さま」

マリスはやさしい声でいうと、リニウスを抱《だ》きしめようと身を乗り出した。

ところが、リニウスはその手をふりはらった。その目は、熱に浮《う》かされたようにキョロキョロと動いている。

「なぐさめてなどくれるな。わたしは、とんでもないものを解《と》き放《はな》って……」

するど、バンガスがいった。

「友よ、今は、自分をあわれんでいるときではないぞ。たしかに、おぬしは無謀《むぼう》だったし、無責任《むせきにん》だった。だが、急げばまだ、災《わざわ》いを食い止めることができる。ゴウママネキを古《いにしえ》の研究室に閉《と》じこめておけるかどうかは、わしらの肩《かた》にかかっているのだ」

「だが、すでにクウィントが解き放ってしまっていたら？　あの子になにかあったら、わたしは自分を許《ゆる》さない。むろん、風のジャッカルもわたしを許さないだろう。あいつは、クウィントをわたしに託《たく》したのだから」

リニウスは嘆《なげ》いた。

「落ち着くのだ、リニウスよ。今からそんなことをいっていて、どうなるというのだ。わしはこれから、石の巣《す》にもどる」

そういうと、バンガスは立ち上がった。

リニウスは、バンガスを見上げて聞いた。

「わたしを助けてくれるのか？」

「当たり前ではないか、リニウス。おぬしと、サンクタフラクスを救うのだ」

バンガスはやさしい声でいった。

リニウスはゆっくりとうなずいた。

「あんたが、最高位学者になるべきだった。わたしではなく」

そして、いきなり上掛《うわが》けをはねとばすと、両足を床《ゆか》に降《お》ろして立ち上がった。

「だが、あんただけを行かせるわけにはいかない。わたしも行くぞ。わたしも……」

リニウスは歩きだそうとして、床に倒《たお》れこんだ。

「お父さま！」

マリスはさけぶと、ベッドをまわりこんで、リニウスのわきにしゃがみこんだ。

「まだ体がもとにもどっていないんだから」

「ああ、そうだな。わたしは役立たずで、無能《むのう》で……」

リニウスは、みじめな声でつぶやいた。

「やめて、そんなの聞きたくない。お父さまは、大変な思いをしてきたんだから……」

やさしくいうと、マリスはバンガスを見た。

「手を貸《か》して」

二人はリニウスを両側から支《ささ》えて立ち上がらせ、そっとベッドに横たえた。頭がどさりと枕《まくら》に沈《しず》みこむ。目は閉《と》じたままだ。

バンガスはリニウスの上にかがみこんで、やさしいが、切迫《せっぱく》した調子で話しかけた。

「リニウス、聞こえるか？　時間がないのだ」

リニウスのまぶたがぴくりとふるえた。

「リニウス、古《いにしえ》の研究室の場所を教えてくれぬか。大図書館から石核《せきかく》へは、司書の通路があるのだが、そこからは……」

すると、リニウスはパチッと目を開け、眉《まゆ》をひそめた。

「司書の通路？　それはなんだ？」

「昔からある秘密《ひみつ》のたて穴《あな》だ。何世紀も前に、大地学者によって作られたのだ」

バンガスが答えると、リニウスは首をふりながらいった。

「知らなかった。知っていたら、あんな低空降下機《こうかき》など絶対《ぜったい》に使わなかったものを。その通路とやらは、広い水平なトンネルに続いているのか？」

「ああ。たしかに続いている」

バンガスがいうと、リニウスはわずかにうなずき、ほとんど聞きとれないような声でいった。

「それが大西方トンネルだ。そこに出たら、空気が赤みを増《ま》す方へ進むのだ。そのうちに、浮遊石《ふゆうせき》自体が形を変えるために、何カ所か、トンネルが枝分《えだわ》かれしているところに出るが、そのたびに左のトンネルを選ぶのだ」

「常《つね》に左のトンネルだな」

バンガスはうなずいた。

「最後の枝分かれでは、正しいトンネルはふさがっているように見える。だが、そうではない。ふさがった岩の間にできたすき間は通りぬけられる。その先に、研究室の扉《とびら》がある」

そういうとリニウスは目を開けて、宙《ちゅう》をにらみつけた。

「もう、へとへとだ。ぐっすりと眠《ねむ》れればいいのだが。眠ると、たちまちおそろしい夢《ゆめ》にうなされるのだ。バンガスよ、あんたには想像《そうぞう》もできないだろう……」

バンガスはなにもいわずに、革《かわ》のカバンから紫《むらさき》色の液体《えきたい》の入った小さなビンをとりだした。そして、ふたをはずして、リニウスにわたすと、やさしくいった。

「飲むがいい。ぐっすり眠《ねむ》れるはずだ」

「だが、悪夢《あくむ》が……」

「それもだいじょうぶだ、友よ。わしが保証《ほしょう》する」

「飲んで、お父さま。目が覚めたら、なにもかもよくなっているから」

リニウスは両手で小ビンをつかむと、くちびるに当てて、一息で飲みほした。

「いい味だ。──さあ、行ってくれ、バンガス。できるだけ急いで。大空の御恵《みめぐ》みを。願わくば、手遅《ており》れでありませんように」

「おぬしにも、大空の御恵みを。それから、大地の御恵みもな」

バンガスは背《せ》を向けて、出口に向かった。

リニウスは頭を枕《まくら》に預《あず》けた。まぶたが重くなってくる。

「バンガスよ、約束してくれ……気をつけ……」

すぐに、規則《きそく》正しい安らかな寝息《ねいき》が始まった。

「いい夢《ゆめ》を、リニウス」

バンガスはにっこり笑っていうと、マリスに向き直った。

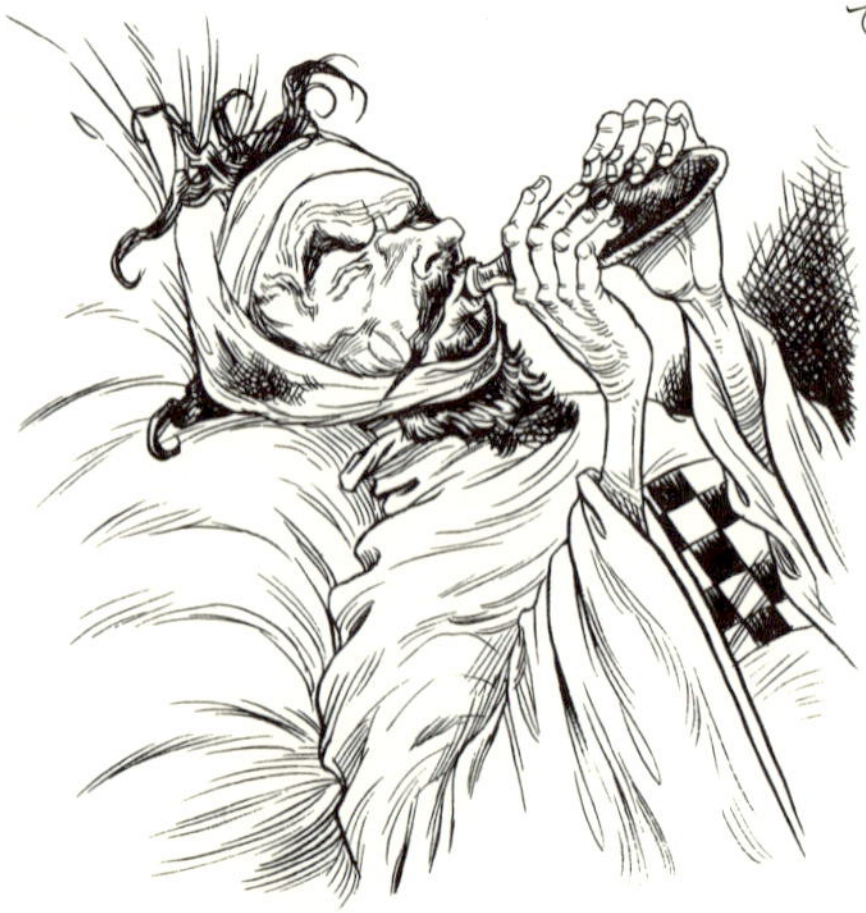

「おまえさんに会えてうれしかったぞ、リニウス・パリタクスの娘《むすめ》、マリスよ。いつの日か、また会うこともあろう。今は、さらばだ」

そして、バンガスは扉《とびら》を開いた。

「なんですって？」

マリスは思わず声を上げた。リニウスが、ふっとため息をついて、寝返りを打ったが、目は覚まさなかった。マリスはベッドから飛びおりて、バンガスのあとを追った。

「あたしも行くわ」

「いや、マリス。来てはならん。おぬしの父親がたった今話したことを、聞いていなかったのか？どれほど危険《きけん》なことかわからんのか？　それに、おぬしとて、まだ体が……」

「かまわないわ！　だって、クウィントが石の巣《す》に入ったのは、あたしのせいなんだもの。見殺しになんかできない！」

「マリスお嬢《じょう》さま、なにかございましたか？」

背後《はいご》の階段《かいだん》の踊《おど》り場から、キリキリ鳴くような声がした。

「バンガスが悪いのよ。石の巣にもどるのに、あたしを連れてかないなんていうんだもの」

マリスはふん然としていった。

トウィーゼルは、触角《しょっかく》をふるわせていった。

「わたくしも賛成《さんせい》でございます。あぶなすぎます……」

「あんたもおんなじね！」

マリスはどなると、バンガスに向かっていどむようにいった。

「でも、あたしは行くわ。あたしはもう元気よ。連れてってくれなくても、勝手についていくから！」

バンガスの表情《ひょうじょう》が、ふっと和《やわ》らいだ。

「おぬしは頑固《がんこ》だの。父親そっくりだ。わしがなにをいっても、気持ちを変えることはできんか？」

マリスはかぶりをふった。

「ならばついてくるがいい。だが、足手まといになるなよ」

バンガスは、ぶっきらぼうにいった。

マリスとバンガスが闇《やみ》の宮殿《きゅうでん》を出ると、強い風が舞《ま》っていた。アブラマツの香《こう》のにおいと、にぎやかな歓声《かんせい》が漂《ただよ》ってきた。二人が宮殿の階段《かいだん》を下り、西大通りに続く路地をぬけていくと、香のにおいと歓声がはっきりしてきた。

「これは、なんなの？」

「飛空騎士《ひくうきし》の就任式《しゅうにんしき》だと思う。光と闇《やみ》の両博士《はかせ》は、大いなる嵐《あらし》がせまっているといわなかったか？」

「そうだった。いろいろあったから、すっかり忘《わす》れていたわ。ガーリニウス・ゲルニクスが、嵐晶《らんしょう》石《せき》の探求《たんきゅう》に、薄明《はくめい》の森へ向けて出帆《しゅっぱん》するの。ガーリニウスは、飛空騎士団に迎《むか》え入れられた学者のなかでも、はえぬきの一人なんだって」

二人は、路地から西大通りに出た。

「見て。あそこにいる」

マリスが、中央高架橋《こうかきょう》の上を指さした。

はるか頭上《ずじょう》に、たくましいオオグチハイカイにまたがる、新しく爵位《しゃくい》を授《さず》けられた騎士が見えた。

就任式の開始が告げられると、騎士を先頭にした行列は、式が執《と》り行われる大会堂へ、それから、高楼観測所《こうろうかんそくじょ》へとしずしずと進んでいく。高楼観測所のてっぺんの、キラキラ輝《かがや》くドーム屋根の係留《けいりゅう》環《かん》には、嵐を追うための堂々とした飛空船がもやってある。ガーリニウスは、全身ピカピカのヨロイに身を包んでいる。

「ガーリニウス！　ガーリニウス！」

つめかけた群衆《ぐんしゅう》が、名前を連呼《れんこ》する。

「幸運を、ガーリニウス！」

「風のともにあらんことを！」

バンガスはマリスの腕《うで》をつかんだ。

「おいで。わしは大地学者として、人ごみをさけるすべを学んだ。来た道をもどって、わき道を行くのだ。結局は、その方が早い」

マリスはうなずいて、来た道をもどる、やせた大地学者のあとを追った。二人は、迷路《めいろ》のような路地を、あちらへ進み、こちらへもどりしながら急いだ。バンガスが先に行き、マリスがそのあとにぴったりついていく。

たしかに、いらだけのことはある。バンガスは、浮遊《ふゆう》都市じゅうの道を知っているようだ。と、突然《とつぜん》、二人は人気《ひとけ》のない場所に出た。目の前には、大図書館がそびえていた。

「ついたわ！」

人っ子一人いない巨大《きょだい》な建物のなかに入ると、バンガスはいそがしく動きまわった。

「明かり、明かり、明かり、と」

そうつぶやきながら、壁《かべ》からランタンをはずして、火を点《とも》す。

「前もって、必要なものはそろえてあるのだよ」

そしてバンガスは、迷《まよ》うことなく高い足場へと続くはしごを登っていき、しばらくすると二本の重たそうな剣帯《けんたい》を持って降《お》りてきた。一方には刃《は》のそった剣《つるぎ》が、もう一方には短剣《たんけん》がぶらさがっている。バンガスは、短剣の下がった剣帯をマリスにさしだした。

「これをつけなさい。必要になるかもしれん」

マリスはふるえる指で、ベルトを腰《こし》にまいてバックルをとめた。ももに当たる短剣のさやが、この先にひそんでいるかもしれない危険《きけん》を、いやでも意識《いしき》させた。

「それでも来たいかな？」

バンガスがたずねると、マリスはうなずいた。

「ならば、行こう」

バンガスは、図書館の奥《おく》に入っていき、しゃがみこんではね上げ戸を開いた。そして、マリスにランタンの一つをわたすと、「お先にどうぞ」といった。

マリスはためらった。足元のたて穴《あな》のなかに広がる暗闇《くらやみ》を見ると、おそろしい記憶《きおく》がよみがえってきた。どこまでも続く、せまいトンネル。まとわりついてくるモウリョウたち。かつての学者たちが創《つく》り出した、血のように赤い、おぞましいハグレモウリョウ……。

「今からでも遅《おそ》くないぞ。わしにつきあう必要はない」

バンガスはやさしくいった。

「いえ、行くわ」

マリスはそっけなくそれだけいうと、ランタンを掲《かか》げ、トンネルの入り口に続くせまい階段《かいだん》を下りていった。

「よし。わしは、すぐ後ろにいるからな」

バンガスは、勇気づけるようにいった。

階段を下りきると、足元が硬《かた》い岩になっていた。マリスの心臓《しんぞう》がはねあがった。そうだ。あたしは、あのおそろしい石の巣《す》にもどってきたんだ。

岩のなかに深くもぐっていくにつれて、さっきバンガスに運び出されたときに、自分がほとんどなにも見ていなかったことに気づいた。たとえば、バンガスの首にしがみついていたときはひどく急に思えた、いわゆる「たて穴」は、実際《じっさい》には階段状《じょう》の下りだったし、岩が形を変えることでくずれた場所には、それ以上くずれないように補強壁《ほきょうへき》が作られていた。それに、壁《かべ》ぎわには、長年、人の手に触《ふ》れられて黒光りする太いロープが、手すり代わりにはられていた。また、地面をおおうがれきが足場になって、速くはないものの、安全に下ることができた。しかし、なにより驚《おどろ》いたのは、その距離《きょり》だった。

「永遠《えいえん》に続いてるみたい」

マリスが文句《もんく》をいうと、バンガスはクックックッと笑った。

「上りはもっと時間がかかるぞ。特に、だれかさんをおぶっているときはな」

マリスは首をふった。

「よくそんなことができたと思うわ」

「長年図書館で、分厚《ぶあつ》い本や巻物《まきもの》の束を運んできたからな。それに、わしが助けたのは、おまえさんが最初というわけではない……」

バンガスはふとだまりこんだ。

「どうしたの？」

不安にかられて、マリスはふりむいた。

「シーッ」

バンガスは人さし指を口に当て、聞き耳を立てた。はるか下の方から、石の巣《す》のシューシュー、ブーンブーンという音にまじって、なにかが動いているような音がかすかに聞こえてきたが、すぐにやんでしまった。

「おそらく、岩が動いたのだろう。なにしろ、石の巣は常《つね》に成長しておるからな」

しばらくして、バンガスはいった。

二人は、だまったまま下っていった。石核《せきかく》に近づくにつれて、不気味なブーンブーンというようなりが大きくなり、岩の赤みもしだいに強くなってくる。傾斜《けいしゃ》はしだいになだらかになり、突然《とつぜん》二人は、広くて平らなトンネルに出た。

「これが大西方トンネルだ。こっちだ。ついてきなさい」

バンガスは静かな声でいうと、左に向かって歩きだした。

トンネルが平らになったことで、二人は足早に進めるようになった。トンネルが分岐《ぶんき》していると
ころでは、リニウスにいわれたとおり、かならず左側に進む。マリスの鼓動《こどう》が速くなった。一歩ま
た一歩と、古《いにしえ》の研究室が近づいてくる。そこに、なにがいるのだろう？　クウィントは、今この瞬《しゅん》
間《かん》にも、扉《とびら》を開こうとしているのだろうか？　それとも、もう手遅《ておく》れなのだろうか？
マリスの目の前で、トンネルがいきなり三つに分かれていた。バンガスは足を止め、ランタンを
掲《かか》げて、それぞれのトンネルを照らしてみた。
「ここが、リニウスが行き止まりに見えるといっていた場所にちがいない」
そういうとバンガスは、目の前の岩でふさがれたトンネルを指さした。
「確《たし》かめてみましょう。あたしが……あの音は……？」
マリスはバンガスの腕《うで》をつかんだ。
その音は、バンガスにも聞こえていた。まちがいない、まんなかのトンネルから、身の毛もよだ
つような、ペチャペチャ、クンクンという音が近づいてくる。
「うそでしょ。まさか、また……」
マリスは恐怖《きょうふ》にふるえる声でささやいた。

「気をしっかり持て。忘《わす》れたのか、モウリョウは恐怖《きょうふ》をかぎつけるのだぞ」

そのとき、おぞましい音の主が、角を曲がって姿《すがた》を現《あらわ》した。マリスは悲鳴を上げた。ハグレモウリョウが、復讐《ふくしゅう》にやってきたのだ。

バンガスは、落ち着きはらった声でいった。

「先に行け、マリス。わしもすぐに追いつく。あの化け物を、今度こそたたきのめしたあとでな」

ところがマリスは、その場に凍《こお》りついたまま、まばたきさえもできなかった。ハグレモウリョウが近づいてくる。目をぎょろつかせ、触手《しょくしゅ》をふりまわし、真っ赤な体をぐにゃぐにゃとうごめかせながら。バンガスはマリスの肩《かた》をつかんで、左側のトンネルの方に向かせた。

「クウィントを見つけるのだ」

左側のトンネルの入り口で、マリスは足を止めてふりかえった。バンガスが杖《つえ》をふりかざしながら、大またで進んでいくのが見えた。近づいてくるモウリョウの発する赤い光が、顔の輪郭《りんかく》を浮《う》かびあがらせる。バンガスはポケットに手を入れ……目のすみでマリスの姿をとらえた。

「まだいたのか？　行け！　早く行かんか！」

バンガスにどなられると、マリスはきびすを返して左のトンネルに駆《か》けこんだ。背後《はいご》で、バンガ

スのさけぶ声が聞こえた。

「おぞましくもいまいましい化け物め！　きさまの生まれし、けがれた空気のなかへもどしてやる。覚悟《かくご》するがいい！」

　マリスは左側のトンネルの奥《おく》へと入っていった。岩くずれでふさがれた場所に来ると、ランタンを掲《かか》げる。たしかに、お父さまがいっていたとおり、岩と壁《かべ》の間にせまいすき間がある。マリスは、そのすき間に体を押《お》しこんだ。

　背後のバンガスの声が、今は遠く聞こえる。

「何年にもわたり、わしは、きさまを消し去るべく追ってきた。さあ、今こそ……」

　やがて、その声も聞こえなくなった。

「大空よ、守りたまえ。そして、大地よ、守りたまえ」

マリスはつぶやいた。

ようやくせまいすき間を通りぬけると、聞こえるのは石の巣《す》のうなる音だけになっていた。マリスは、一瞬迷《いっしゅんまよ》った。バンガスを待つべきか、それとも一人でも行くべきか。

「やっぱり、行こう。クウィントを見つけなくちゃ」

次の角を曲がると、マリスの足が止まった。あった。浮《う》き彫《ぼ》りをほどこされた、大きな石の扉《とびら》。古《いにしえ》の研究室だ。

はやる鼓動《こどう》をおさえながら、マリスは扉《とびら》に近づいた。でも、なにかがおかしい——不吉《ふきつ》な予感に、顔が青ざめる。扉の右はしに、光のすじが上から下へと走っている。なかから光がもれているとすれば、それの意味するところは一つしかない。扉がわずかに開いているのだ。

「それじゃ、クウィントは?」

マリスはつぶやいて、扉にもう少し近づいた。どういうことなのかは、すぐにわかった。ガラス管が、扉のすき間にはさまっていたのだ。はやる気持ちをおさえて、マリスはそのすき間からのぞきこんだ。洞窟《どうくつ》のなかの研究室は、お父さまが話してくれたとおりだった。ガラス管、バルブ操作《そうさ》台《だい》、丸椅子《まるいす》、羊皮紙《ようひし》や巻物《まきもの》を集めた巣《す》のように見えるもの。なにもかも、めちゃめちゃだ……。

「クウィント？　クウィント、いるの？」

マリスは呼《よ》んでみた。

扉が閉《し》まらないようにさしこまれたガラス管だけでなく、床《ゆか》一面に割《わ》れたガラスが散乱している。マリスはすき間に目を近づけて、なかを見まわした。いたるところに割れたガラスの管や、球や、ベル型の容器《ようき》の残骸《ざんがい》が散らばっている。まかれた針金《はりがね》の束や、巻物もある――無傷《むきず》なものもあれば、ビリビリに破《やぶ》られて、紙吹雪《かみふぶき》のように床をおおっているものもある。そして……。

マリスはあっと声を上げた。扉の陰《かげ》の暗がりから、二本の足がつき出している。そのズボンと長靴《ぐつ》には見覚えがあった。

「クウィント！」

マリスはさけんで、扉のすき間からなかにもぐりこんだ。

クウィントは床にあお向けに倒《たお》れたまま、身動き一つしない。顔は血でよごれ、目は閉《と》じたままだ。

マリスはひざまずいて、クウィントの胸《むね》に耳を押《お》しあてた。聞こえる。たしかに、聞こえる。かすかだし、不規則《ふきそく》だったが、心臓《しんぞう》の鼓動《こどう》であることに変わりはない。マリスはかがみこんで、クウィントのほほをやさしくなでながら、何度もささやきかけた。

「あたし、もどってきたわよ、クウィント。あなたを置いていくつもりじゃなかった。聞こえる、クウィント？」

しかし、クウィントは動かなかった。

「ああ、クウィント！　ごめんなさい。みんな、あたしのせいよ。お願い、死なないで。お願いだから……」

マリスは、クウィントの額《ひたい》にそっとキスをした。

「お願いだから目を開けて、クウィント」

まぶたがひくひくとふるえ、クウィントの目が開いた。その顔に、とまどったような表情《ひょうじょう》が浮《う》かぶ。

「マリス。ここで、なにをやってるんだ？」

クウィントは眠《ねむ》たそうな声でいった。

「あなたを助けにもどってきたのよ。バンガスと……」

「バンガス？　バンガスがいるのか？」

クウィントは、うす暗い研究室を見まわした。

「トンネルのなかよ。また、あのハグレモウリョウが現《あらわ》れて……」

「本当か？」

クウィントは起きあがり、頭を手で押《お》さえた。

「モウリョウのことなんか、すっかり忘《わす》れてた。覚えているのは、あいつに話しかけて……そしたら、なにか奇妙《きみょう》なことが起こったんだ……」

「それじゃ、その生き物を見たのね？　空中に浮《う》いてた？　角は生えてた？　全身にひどいやけどを負っていた？」

マリスが聞くと、クウィントは眉間《みけん》にしわをよせた。

「いや、そんなんじゃなかった。小さくて、弱々しくて、大きな目をして……でも、そいつ、姿《すがた》が変わったんだ……おれそっくりに！」

「そう、そうなのよ！」

マリスは勢《いきお》いこんでいった。

「どういうこと?」

「そいつは、好きなものに姿《すがた》を変えられるの。お父さまが話してくれたわ。変化《へんげ》なんだって!」

「変化?」

マリスはつらそうにうなずいた。

「お父さまは、ゴウママネキを創《つく》り出してしまったの」

クウィントは目を丸くして、マリスを見つめた。ポカンと口を開いている。

「なんだって? ゴウママネキ? そんなの、空話《くうわ》やおとぎ話に出てくるだけだろ? ゴウママネキなんて、実際《じっさい》にはいやしないよ」

マリスはゴクリとつばをのみこんだ。

「でも、今はいるの」

立ち上がりかけたクウィントは、胸《むね》にのびてきた手を思い出して、下を見た。そして、あっと声を上げた。金印がなくなっている。クウィントはマリスを見た。

「あいつに金印をとられた。博士《はかせ》になんていえばいいんだ? おれは馬鹿《ばか》だった。あいつ、おれをだまして……それなのに、おれ、信じちまった……」

クウィントは、その生き物がリニウスのことをなんといっていたのか思い出して、悔《くや》しそうにくちびるをかんだ。

「マリス、あいつは君の父さんを憎《にく》んでいた」

「お父さまがあぶない！」

マリスは思わず声を上げた。

「急いでもどって、ゴウママネキが逃《に》げたことを知らせなきゃ。お父さまが、必死に逃げられないようにしたのに。あたしたち、手を出すべきじゃなかった。こうなったのは、あたしたちのせいよ。そのうえ、お父さまの命まで危険《きけん》にさらしてしまった！」

「最初にわかっていれば……。おれたち、手助けしようとしただけなのに」

マリスは悲しそうに首をふると、背《せ》すじをのばして扉《とびら》の方へ歩きだした。

「行きましょ。今すぐもどらなくちゃ」

「でも、バンガスは？　それに、モウリョウは？」

「バンガスが勇敢《ゆうかん》にもモウリョウに立ち向かってくれたおかげで、あたしは逃げ出して、ここに来られたの。早くもどらなくちゃ。クウィント、急いで！」

マリスが先に研究室から飛び出し、すぐあとにクウィントが続いた。ところが、マリスよりも体の大きいクウィントが、扉《とびら》をすりぬけようとしたひょうしに、すき間にはさまっていたガラス管が、バキバキと割《わ》れはじめた。

「扉が！」

クウィントはさけんだ。

マリスはくるりとふりむくと、クウィントののばした手をつかんで、力まかせにひっぱった。二人が折り重なるように地面に倒《たお》れると同時に、古《いにしえ》の研究室の扉は音を立てて閉《し》まった。

「これで、永久《えいきゅう》に開かなくなった」

マリスがつぶやいた。

「遅《おそ》すぎたけどな。さあ、ここから出よう」

クウィントは暗い声でいい、立ち上がってマリスに手を貸《か》した。

くずれた岩のところまで来た二人は、すき間に体を押《お》しこんで、反対側へとぬけだした。そして、トンネルが枝分《えだわ》かれしている場所にもどると、マリスは驚《おどろ》いてあたりを見まわした。

「バンガスはここにいたの。あっちからモウリョウが来て。争う音が聞こえて……」

「よく調べてみよう。バンガスは、やつをうまくかわしたのかもしれない」

二人は、うす暗いトンネルを、しのび足で歩いていった。前を行くマリスは、ふるえる手でランタンを高く掲《かか》げている。そのとき、ゆらめくランタンの明かりが、前方の地面に横たわる小さな人影《ひとかげ》を照らし出した。枯《か》れ木のような手を広げている。

「バンガスか？」

クウィントがあえぐようにいった。

二人はおそるおそる近づいた。人影は、うつぶせに倒《たお》れていた。マリスは、見なれた紙のような長衣と、枯れ木のような手ににぎられた杖《つえ》を認《みと》めた。彫刻《ちょうこく》のほどこされた、ナゲキの握《にぎ》りがついている。

「ああ、バンガス」

「この場所には、覚えがある。モウリョウの巣《す》に続くトンネルの入り口だ」

クウィントはしゃがみこんでいった。

マリスは、困惑《こんわく》したように顔を上げた。どこにも穴《あな》がなかったのだ。

「岩がくずれたんだ。ほら、あれ見て」

クウィントは、岩の割《わ》れ目に刺《さ》さっている、模様《もよう》の彫《ほ》りこまれた木の棒《ぼう》を指さした。

「バンガスの杖《つえ》の先だ。あの岩のかたまりをどけようとして折れたんだ」

ちょうどそのとき、バンガスのだぶだぶのチョッキのあたりから、風がささやくようなため息が聞こえた。クウィントが、老大地学者の頭を持ち上げようと手をかけたとたん、その体がビクッとけいれんして、あお向けにひっくりかえった。頭がガクガクとふるえ、手足をつっぱり、後頭部が地面にはげしく打ちつけられた。クウィントは、「わっ!」とさけんで、尻《しり》もちをついた。バンガスの顔が、はじかれたように上を向いた。

そのとたん、クウィントは絶句《ぜっく》し、マリスは短い悲鳴を上げた——その顔は、二人が見なれたものとはあまりにかけはなれていた。ほほはげっそりこけ、歯はむきだしになり、皮膚《ひふ》は骨《ほね》の上にぴったりはりついているかのようだった。かつては、ふっくらと表情豊《ひょうじょうゆた》かだったくちびるは、今ではひからびたゴムひものようになり、その下の黄色い歯がむきだしになっていた。まるで、にやにや笑いでも浮《う》かべているようだ。しかし、もっとおそろしいのは、両目だった。黒目がなくなり、黄色がかった白目だけが、うつろに二人を見つめている。マリスとクウィントの背中《せなか》を、冷たいものが走りぬけた。

すると、バンガスの口から、一語一語しぼりだすように、かすれた声がもれた。

「ハグレモウリョウ……赤い化け物……やめろ……リニウスの娘《むすめ》を、救わなければ……」

マリスの目に涙《なみだ》がこみあげた。

「もう救ってくれたわ。だから、しゃべらないで」

だが、バンガスには聞こえないようだった。

「おそいかかって……恐怖《きょうふ》が……触手《しょくしゅ》につかまれ……」

右手がぴくぴくけいれんする。

「戦わなくては……清流砂《せいりゅうさ》……清流砂はどこだ……どこへいった……清流砂はどこだ?」

だしぬけに、電流が走ったかのように、バンガスの体がのけぞった。手の指が曲がり、髪《かみ》の毛が逆立《さかだ》つ。そして、すべては終わった。体がぐったりとし、口からは舌《した》がだらりと飛び出し、最後の息がのどの奥《おく》でヒッと音を立てた。

「いやあっ！　バンガス、バンガス！　ごめんなさい。あたしのせいよ……」

マリスは泣きさけんだ。

クウィントは、マリスの肩《かた》をきつく抱《だ》きしめた。

「そして、おれの責任《せきにん》でもある。バンガスは、命をかけておれたちを守ってくれた。最後の最後まで、ハグレモウリョウを倒《たお》そうとしていたんだ。殺すことはできなかったけど、バンガスのおかげでハグレモウリョウは永久《えいきゅう》に閉《と》じこめられた」

クウィントは、てのひらでバンガスの目を閉じてやった。

「わかってる。本当に立派《りっぱ》な人だった。それに、勇敢《ゆうかん》で……」

鼻をすすりあげながらいうと、マリスはクウィントを見た。その顔は、自責《じせき》の念《ねん》にゆがんでいた。

「でも、あたしたち、ゴウママネキを逃《に》がしちゃったのよ！　どうしよう、クウィント？」

「博士《はかせ》に話そう。博士なら、どうすればいいか知っていると思う」

マリスは、つらそうにかぶりをふった。お父さまは歩くことさえできないほど弱っている。自分が出てきたとき、お父さまはぐっすり眠《ねむ》っていた。疲《つか》れはて、消耗《しょうもう》しきっているのだ。本当に、知っているだろうか？　生まれて初めて、マリスは最高位学者にして自分の父親でもあるリニウスゴウママネキに対して、お父さまになにができるのだろう？　でも、そのおそれをクウィントに知られてはならない。強くならなければ。

「そうね、お父さまならきっと知ってるわ」

マリスは努めて明るくいった。

第十八章　ゴウママネキの呪《のろ》い

夕方の太陽が、空に低くかかっている。その光は浮遊《ふゆう》都市をものうげに照らし、壮麗《そうれい》な塔《とう》の群《む》れを金色に染《そ》める一方、通りや路地は影《かげ》のなかに沈《しず》んでいた。風はそよとも吹《ふ》かない。ところが、さまざまな大学や研究所では、靄鑑定師《もやかんていし》や、雨占師《あめうらし》や、雲読み師や、風見師といった学者たちが、観《かん》測《そく》結果からすべからく同じ結論《けつろん》に達していた。これは、嵐《あらし》の前の静けさだ。サンクタフラクスじゅうの観測機器のダイヤルや目盛《めも》りが、それを裏《うら》づけていた。

高楼《こうろう》観測所のてっぺんでは、光博士《はかせ》が、ぴくりとも動かない風速計から顔を上げた。

「まったくもって、就任式《しゅうにんしき》が早すぎるということはなかったわい。あと一時間もしないうちに、大いなる嵐はサンクタフラクスを通過《つうか》するぞ」

闇《やみ》博士は、重々しくうなずいた。

「願わくば、ガーリニウス・ゲルニクスが、嵐の追跡《ついせき》に成功して、かけがえのない嵐晶石《らんしょうせき》をサンクタフラクスに持ち帰ってくれんことを」

「望みをかなえさせたまえ」

光博士もいうと、ふりむいて窓《まど》の外に目をやった。サンクタフラクス一高いこの場所からだと、浮遊都市を一望することができた――光と闇研究所、大会堂、中央高架橋《こうかきょう》、東および西発着場……。

「サンクタフラクス、創造《そうぞう》されし最も

美しき都よ」

光博士《はかせ》が、声をふるわせていった。

そのとなりに闇《やみ》博士が立ち、静かな声でいった。

「まさにうるわしい。だが、都市たるもの、よく統治《とうち》されなければ」

「しかり」

光博士はうなずいた。そして二人は、闇の宮殿《きゅうでん》を見下ろした。

けばけばしい雲の大学の陰《かげ》に立つ古くさいその建物は、高楼観測所《こうろうかんそくじょ》の高みからでも、てっぺんの小塔《しょうとう》しか見えなかった。

「われらが友、リニウスのことが気にかかるな。このところ、疲《つか》れはてておるようだからな」

闇博士がいった。

「会うたびに、顔色が悪くなっていくようだ。最高位学者には、サンクタフラクスをもっときちんと治《おさ》めてもらわねば」

光博士は首をふりながらいった。

当の最高位学者、リニウス・パリタクスの寝室《しんしつ》は、闇に包まれていた。闇の宮殿には、夜が早く訪《おとず》れる。

リニウスは、上掛《うわが》けの下で体を丸めて、ぐっすり寝入《ねい》っていた。顔にはおだやかな表情《ひょうじょう》が浮《う》かび、かすかに乾《かわ》いた寝息を立てている。お昼に、ウェルマがようすを見にきたことも、だんなさまのことを気遣《きづか》うトウィーゼルが、夕方よろい戸を閉《し》め、ベッドわきのロウソクに火を点《とも》していったことも知らなかった。そして今、取っ手がまわり、扉《とびら》がキイッと音を立てながら開いても、リニウスは夢《ゆめ》を見ることもなく眠《ねむ》りつづけていた。

部屋に入ってきた人物は、音もなく部屋を横切り、寝息を立てるリニウスの上にかがみこんだ。

「起きてください」

反応《はんのう》がないと見るや、その人物は、手をのばして肩《かた》を軽くゆすった。

「博士、今もどりました」

リニウスのまぶたがふるえ、やがてパチッと目が開いた。

「クウィント、無事だったか」

その声は、バンガスのくれた眠り薬で、いかにも眠たげだった。

「できるかぎり急いでもどってきたんです」

「それはなによりだ、クウィント。だが……マリスは？　それに、バンガスは？　会わなかったのか？」

リニウスは部屋を見まわし、眉間《みけん》にしわをよせた。

クウィントの鼻の穴《あな》がひくひくふるえ、くちびるの間から、舌《した》がちろりと顔を出した。

「マリスとバンガスですか？　ええ、もちろん、二人がおれを見つけてくれました」

リニウスは体を起こした。そして、ひどく不安そうに声をふるわせた。

「マリスも行ったのか？　それで、今どこにいる？　二人は無事なのか？　教えてくれ、クウィント、頼《たの》む」

クウィントは、うつむいていった。

「なんといえばいいのか。マリスがおれを見つけて、バンガスが傷《きず》の手当てをしてくれました。そして、いっしょに研究室を出たところで……」

クウィントは言葉を切った。ロウソクのゆれる明かりに、その表情《ひょうじょう》が変わるのが見えた。

「おそろしいことが起こったんです」

「話してくれ」

リニウスはあえぐようにいった。

クウィントは顔をそむけた。その舌が、空気を味わうように、ちろりと飛び出した。

「どうすることもできませんでした……あまりに突然《とつぜん》のことで」

「なにが起こったというのだ？　クウィント、話してくれ」

リニウスは胸《むね》の動悸《どうき》をおさえてベッドから降《お》りると、ふらつく足でクウィントに近づこうとした。

「頼む、クウィント。なにもかも、わたしの責任《せきにん》だ。なぜ、マリスまで行ったのだ？　どうしてわたしは、ちゃんと起きていて、マリスを止めなかったのだ？　わたしは、なんという父親なのだ……」

リニウスは、苦悩《くのう》に顔をゆがめて、ベッドにすわりこんだ。

「まさか、あのハグレモウリョウにつかまったというのか」

クウィントは、にっこり笑っていった。

「どこからともなく現《あらわ》れたのです」

「やめてくれ！　ああ、マリス、マリス！　マリスになにがあった？　教えてくれ！」

リニウスは嘆《なげ》きの声を上げながら、よろよろとクウィントに近づいた。

「モウリョウがおそいかかったんです……のどもとに」

リニウスはガタガタと体をふるわせ、自分の体をかきいだいた。頭がぐるぐるまわり、心臓《しんぞう》の鼓《こ》動《どう》ははげしくなるばかりだ。

「顔が真っ赤になり、両目は飛び出し……」

「やめろ、やめてくれ！」

リニウスは絶望《ぜつぼう》の声を上げた。するとまた、クウィントの舌《した》がちろりと顔を出し、空気をなめた。顔を上げたリニウスの目が、クウィントの目と合った。その顔には、どこかしら人をあざけるような表情《ひょうじょう》が浮《う》かんでいた。リニウスは、なにかに思い当たったかのように、はっと身を硬《かた》くした。

「クウィント、本当にクウィントなのか？」

「なにを疑《うたが》っているのです？　もちろん、そうですよ。ほら」

クウィントは一瞬《いっしゅん》顔をしかめてから、ずるそうな笑《え》みを浮かべ、外套《がいとう》を開いて見せた。その首には、最高位学者の金印が下がっていた。

「わたしの金印！」

リニウスはほっとしたようにいった。ならば、クウィントにまちがいない。

「それで、マリスは？」

「今話そうとしていたところです」

そういうと、クウィントは首をふった。

「マリスはひどい状態《じょうたい》でした。てっきり死んだのかと思いました。でも、おれはあきらめませんでした。おれは……おれはモウリョウに立ち向かい、なんとかマリスの体からひきはなしました。やっとのことで追いはらったのです」

リニウスは、安堵《あんど》の吐息《といき》をもらした。

「ところが、あいつはまたもどってきたのです。前よりも大きく、みにくくなって。その怒《いか》りのあまりのはげしさに、今度はマリスにおそいかかるのを止めることができませんでした」

クウィントの声はどんどん大きくなっていった。

「うそだ！　頼《たの》む、うそだといってくれ！」

リニウスは泣きわめいた。

「そういえたら、どんなにいいか」

クウィントは言葉を切った。ふたたび口を開くと、その声はかすかにふるえていた。

「マリスが地面に倒《たお》れたとたん、モウリョウがその上にのしかかりました。おれには、どうしようもなくて……」

「では、バンガスは？」

「バンガス？　あんな……あんなキナメクジみたいなやつのことは話したくありません！」

クウィントは、床《ゆか》にペッとつばを吐《は》いた。

リニウスはぞっとした。

「どういうことだ？」

「あの臆病者《おくびょうもの》め、しっぽをまいて逃《に》げていきました。つまりは、そういうことです。あんなに足の速いやつ、見たことがありません」

ふるえる足を支《ささ》えようと、リニウスはベッドの支柱《しちゅう》をつかんだ。しゃべろうとすると、その目に涙《なみだ》があふれてきた。

「頼《たの》む、クウィント。マリスがどうなったのか、聞かせてくれ」

そういいながらも、とてもおそろしくて聞くことができないというようだった。

クウィントは肩《かた》を落とした。

「だめでした」

リニウスははっとした。

「ということは……？」

「でも、最後の瞬間《しゅんかん》にも、マリスは博士《はかせ》のことをいっていました」

クウィントは静かな声でいった。

「な、なんといっていた……？」

リニウスは、ほとんど言葉にならなかった。

「マリスは最後にいいました。『ああ、お父さまが、今ここにいてくれたら！』と」

体をふるわすリニウスに、クウィントは追い打ちをかけるように続けた。

「それから、こうもいいました。『でも、どうせあたしのことなんか、どうでもいいんだわ……』

と。本当に、心がひきさかれるような声で……」

「やめてくれ、クウィント。もう、やめてくれ」

リニウスはすがりつくようにいうと、目を閉《と》じて顔をそむけた。

「でも、マリスから、最後にこれだけは伝えてほしいといわれました」

そういうとクウィントは、一歩踏《ふ》み出した。ちろりと飛び出した舌《した》が、ロウソクの明かりにぬめりと光った。

「今でも聞こえるようです。マリスはいいました……『お父さまはあたしを捨《す》てた！　あたしのこと、恥《は》じてるんだ……！』」

リニウスは両手で耳をおおって、声をしぼりだした。

「もうよい！」

それでも、クウィントはやめなかった。

「マリスはさけびました。『お父さま！　お父さま！』」

「頼《たの》む、もうやめてくれ。後生《ごしょう》だから……」

リニウスはたまらずにさけんだ。

クウィントが目をぎらつかせて、さえぎった。

「でも、まだあるんです。事切れる直前の、最後の言葉が」

リニウスは凍《こお》りついた。

「さ、最後の言葉？　な、なんといったのだ？」

クウィントは、うす笑いを浮《う》かべてリニウスを見た。

「本当に聞きたいですか？」

「あ、ああ……聞かせてくれ」

リニウスは不安そうにいった。

クウィントはもう一歩踏み出した。その顔から笑いが消えた。そして、クウィントは言い放った。

『お父さまを呪《のろ》ってやる！』」

リニウスは「ひっ」と息をのみ、二歩、三歩とあとずさった。今にも転びそうになって、両手をふりまわす。

「そんな……そんな……」

すすり泣きながら、リニウスは、ベッドわきのテーブルにドスンとぶつかった。その衝撃《しょうげき》で三《み》つ叉《また》の燭台《しょくだい》がぐらぐらとゆれ、ついには倒《たお》れて、音もなくベッドの上に落ちた。二本のロウソクがふっと消えた。三本目もジジジッと音を立てたが、消えはしなかった。

　リニウスは両手で顔をおおった。

「なにもかも、わしのせいだ！　ああ、マリスよ！」

　しゃくりあげるその体が、はげしくふるえた。

　その背後《はいご》で、枕《まくら》から黒い煙《けむり》がゆらゆらと立ちのぼっていた。

「呪《のろ》ってやる！　呪ってやる！」

　クウィントはなおもさけぶと、天をあおぎ、聞くもおぞましい声でカラカラと高笑いした。

　リニウスはポカンとして、顔を上げた。

「クウィント？　いや、おまえはクウィントではないな。おまえは……おまえは……」

　リニウスの目の前で、みるみるうちにクウィントの顔が変化していった。黄色くなった目が眼窩《がんか》に落ちくぼみ、背中《せなか》がむくむくともりあがり、首は厚《あつ》くもじゃもじゃの体毛のなかに消え、眉毛《まゆげ》の上のあたりからは長く渦《うず》をまく、ふしくれだった角が二本、にょきにょきと生えてきた。

「おれがわからんか、最高位学者よ？　あんたの創造物《そうぞうぶつ》だよ！　あんたは、愛するマリスのために

泣いた。だが、おれのためには涙《なみだ》一つ流さず、それどころか憎《にく》しみだけを向けやがった……」

ゴウママネキはあざけるようにいうと、ウロコにおおわれた手のカギ爪《づめ》で、みにくくただれた顔に触《ふ》れた。

「その仕打ちがこの手だ、この顔だ……おれが自分の本当の姿《すがた》を知ったとたん、あんたは永久《えいきゅう》に消えない傷《きず》をおれに残した。おれを焼こうとしたんだ。あんた自身が創《つく》り出した、このおれをな！　だが、今度はあんたが焼かれる番だ！」

ゴウママネキはかん高い声でさけんだ。その声が天井《てんじょう》の高い部屋じゅうに響《ひび》きわたると同時に、突然《とつぜん》シューシューパチパチと音を立てて枕《まくら》が燃《も》え上がった。リニウスがはっとしてふりかえると、赤や紫《むらさき》の炎《ほのお》の帯が、四方に広がっていくところだった。毛布やキルトの上掛《うわが》けに、ビロードのベッドカーテンに――やがて、四柱《しちゅう》式寝台全体《しきしんだいぜんたい》が炎に包まれ、もくもくと黒い煙が部屋じゅうにたちこめた。

「燃《も》えろ、リニウス！　燃えてしまえ！」

ゴウママネキはさけびながら、宙《ちゅう》に浮《う》き上がった。

リニウスは床《ゆか》の敷物《しきもの》をつかむと、必死に火をたたいて消しはじめた。ところが、炎《ほのお》は消えるどころか、あおられてよけいに勢《いきお》いを増《ま》し、ブッブッと火ぶくれのできた床をなめていき、壁《かべ》かけに燃え移《うつ》った。目といわず、口といわず、肺《はい》といわず、煙《けむり》が入りこんでくる。

「い、息が……」

リニウスははげしくあえぎながら、床にひざまずいた。

ゴウママネキがわめく。

「あんたは、おれに命をくれておいて、今度は、見殺しにしようとした。だから、今度はおれがその償《つぐな》いをさせてやる」

そういうと、ふたたび部屋のなかにおぞましい笑い声が響《ひび》

きわたった。

「死ね、リニウス。あわれな負け犬め！　死ぬのだ！」

　ゴウママネキの声がとどろいた。


　石の巣《す》からサンクタフラクスまで延々《えんえん》と登ってきて疲《つか》れはてていたにもかかわらず、クウィントもマリスも、一瞬《いっしゅん》たりとも休もうとはしなかった。二人は大図書館を出ると、闇《やみ》の宮殿《きゅうでん》へと急いだ。窒息《ちっそく》しそうなよどんだトンネルの空気とちがい、外の夜気は冷たく新鮮《しんせん》で、二人は走りながら、すがすがしい空気をむさぼるように吸《す》いこんだ。

　マリスが鼻にしわをよせた。

「なんなの、これ？」

「なんなのって、なにが？」

　となりでクウィントが息荒《いきあら》くいった。

「このにおいよ」

　マリスは速度を落とした。クウィントも足を止め、空気のにおいをかいだ。

「煙《けむり》だ。なにかが燃《も》えてるんだ」

「ほら、あれ」

マリスは前方を指さした。そのあたりだけ、地平線の靄《もや》が濃《こ》い黄色に染《そ》まっている。

「そうね。それも、かなりの勢《いきお》いね」

マリスはふと、いやな予感にとらわれた。後ろから、だれかが駆《か》けてくる音が聞こえた。三人の下級助手見習いが、外套《がいとう》を腰《こし》までたくしあげて走ってきた。

「なにがあったの?」

マリスは、その三人に呼《よ》びかけた。

「火事だ! 闇《やみ》の宮殿《きゅうでん》が燃《も》えてるんだ!」

マリスはぼう然とした。闇の宮殿が、火事?

「お父さまが!」

マリスは一声さけぶと、だっと駆けだした。中央大通りの角を曲がると、めらめらと燃え上がる黄色い炎《ほのお》が、雲の大学の背後《はいご》の空をこがしているのが見えた。そこへ、クウィントが追いついてきた。

「これは、失火《しっか》なんかじゃない」

クウィントは暗い声でつぶやいた。

あたり一帯は、燃え上がる宮殿に駆けつける学者や、徒弟《とてい》や、召使《めしつか》いや、衛士《えいし》たちでごったがえしていた。マリスとクウィントも、ふくれあがる野次馬《やじうま》の群《む》れに加わった。ところが、宮殿に近づけば近づくほど、その足取りは遅《おそ》くなってくる。ようやく、宮殿をとりまく建物の間の路地までたどりつくころには、とうとう一歩も前に進まなくなってしまった。マリスとクウィントは、口をポカンと開けている人々をかきわけて進まなければならなかった。

大理石の石段《いしだん》の下にある小さな噴水《ふんすい》広場では、かぞえきれないほどの人々が、押《お》し合いへし合いしながら、目の前の大火災《だいかさい》をながめていた。

その熱のすさまじいこと。まるで鋳物《いもの》工場の溶鉱炉《ようこうろ》のように、ゴウゴウと音を立て、空気をチリチリとこがし、赤く染《そ》まった人々の顔は汗《あせ》で光っていた。

火事をながめている人々のだれも、闇の宮殿がこれほどの注目を集めるところを見たことがなかった。周囲に新しく建った、高い建物の谷間の闇に沈《しず》んで以来、すでに長い年月が流れていた。そして今夜、何世紀もの時をへて、元の宮殿の名前にもどったのだ。『光の宮殿』。その壮麗《そうれい》なる建物の細部《さいぶ》にいたるまで、灼熱《しゃくねつ》の炎のなかにはっきりと浮《う》かび上がっている——棟木《むなぎ》、円柱の立《た》ちならぶ柱廊《ちゅうろう》、小塔《しょうとう》、石像《せきぞう》、テツノキのバルコニー、そして、彫刻《ちょうこく》をほどこされた玄関《げんかん》の上の横木。

皮肉なことに、この宮殿がこうして巨大《きょだい》なたいまつのように輝《かがや》くのは、これが最後でもあった。そうこうしている間にも、古くなった梁《はり》が焼け落ちたために、西側の壁《かべ》と小塔がくずれはじめた。

「あたしのうちが……ウェルマ……チョビ……」

マリスはかすれた声でつぶやくと、ひときわはげしい炎《ほのお》が噴《ふ》き出している、リニウスの寝室《しんしつ》の窓《まど》を見上げた。

「お父さま……」

クウィントは恐怖《きょうふ》にとらわれたまま、なにも耳に入らなかった。頭のなかでは、何年も前に炎《ほのお》の犠牲《ぎせい》になった、母さんや兄弟の断末魔《だんまつま》の悲鳴だけが響《ひび》いていた。

マリスは、すぐわきに立つ人々に、必死にたずねた。

「だれか、リニウス・パリタクスがどうなったか知りませんか？　だれか、お父さまを見かけなかった？　最高位学者よ！」

火事から目をそらそうともせずに、何人かの野次馬が答えた。

「いや、影《かげ》も形もなかった」

「姿《すがた》も見なきゃ、声も聞かなかったぞ」

だれも、最高位学者のリニウス・パリタクスがどこにいるのか、まるで見当がつかないようだった。

「どうして、よりによって今なの？　ああ、クウィント、あたし……」

マリスは泣きさけんだ。

そのとき、後ろでかん高い声が上がり、マリスの言葉がさえぎられた。クウィントは、はっとわれに返った。

「あそこにいるぞ！」

二人がふりむいてみると、吊《つ》りカゴ操作《そうさ》手《しゅ》のノクゴブリンが、ピョンピョンとはねながら、炎《ほのお》を上げる東塔《とう》のすぐ下、高部欄干《らんかん》のすみを指さしている。人々はいっせいに、ノクゴブリンの指さす方に顔を向けた。

はるか頭上《ずじょう》に、炎と煙《けむり》にまかれて、見まごうことなき最高位学者の姿《すがた》が浮《う》かび上がっている。

人々がいっせいにどよめいた。

「あれだ！」

「最高位学者だ！」

「まちがいない！」

リニウスは、欄干のはしをよろめきながら進んでいたが、どう見ても逃《に》げられそうになかった。群衆《ぐんしゅう》に向かって、必死に手をふりまわしている。そのとき、リニウスが足をすべらせた。一瞬《いっしゅん》、人々は、リニウスがそのまま宙《ちゅう》に投げ出されて、石畳《いしだたみ》の上に落ちるのではないかと思った。噴水広《ふんすい》場に、人々がいっせいに息をのむ音が響《ひび》いたが、すぐにそれは、なんとか持ちこたえたリニウスに対する、安堵《あんど》の吐息《といき》に変わった。

「危機一髪《ききいっぱつ》だったな」

だれかがつぶやいた。

「今回はなんとかな。だが、次はわからんぞ」

別のだれかがいった。

マリスは、そちらに顔を向けていった。

「だったら、そうなる前に、だれかなんとかして！」

今しゃべっていた二人は、肩《かた》をすくめてそっぽを向いた。すぐに、だれかが取って代わった。

「今だいじょうぶだったんだ。次もだいじょうぶさ」

「まちがいない。きっと無事に出てくるよ」

「いいや、夜には、新しい最高位学者を選ぶことになる。請《う》けあうよ」

マリスは、目を怒《いか》らせてきっとふりかえった。

「絶対《ぜったい》に助けてやる！」

「でも、どうやって助けるんだ？　あれじゃ、平頭ゴブリンの衛士《えいし》でも無理だぜ」

ぶしつけな声が飛んだ。

クウィントは、人を押《お》しのけて最前列に出ると、群衆《ぐんしゅう》の方にふりかえった。

「はずかしいと思わないのか！　博士《はかせ》は、あんたら千人よりもずっと大切な人なんだぞ。そうやって、最高位学者が死ぬのをなにもせずに見ていたければ見ていればいい。だけど、おれは助ける！」

歩きだしたクウィントの腕《うで》を、だれかがつかんだ。

「クウィント」

ふりかえると、マリスが目に涙《なみだ》をためて、立っていた。

「クウィント、だいじょうぶなの？」

クウィントは首をかしげた。藍色《あいいろ》の目が、問《と》いかけるように見つめる。

マリスのほほを、涙が流れ落ちる。

「火よ。あなた、火がこわいんでしょ。絶対《ぜったい》に無理よ。学者たちがなにもしてくれないなら、いいわ、あたしがお父さまを助けるから」

マリスは肩《かた》ごしに、クウィントにどなられてあっけにとられている人々を軽蔑《けいべつ》するように見ると、宮殿《きゅうでん》の入り口に向かってドスドスと歩いていった。

その腕《うで》を、クウィントがつかんでひきとめる。

「おれは空賊《くうぞく》の息子《むすこ》だ。高いところに登るのはお手のものだよ」

「でも、火は？　火はどうするの？」

「自分でなんとかする。博士《はかせ》には、おれが必要なんだ」

クウィントはつばをのみこむと、玄関《げんかん》に続く階段《かいだん》を一段ぬかしで駆《か》け上がっていった。

「あたしにだって、必要なのに」

マリスは、その後ろ姿《すがた》に向かってささやいた。

階段を上りきると、クウィントは玄関には入らずに、その右側にある、たて溝《みぞ》のついた柱に飛びつき、ぐいぐいと登っていった。群衆《ぐんしゅう》がざわめいた。てっぺんの飾《かざ》りのところまでくると、クウィントは柱に足をまきつけて、すぐ下に見える二階のバルコニーの手すりに手をのばした。彫刻《ちょうこく》をほどこされた手すりをしっかりつかんで、足を離《はな》し、体をひきあげる。

「いいぞ！」

声が飛んだ。

「次は、その上のバルコニーだ！」

だれかがどなった。

「無理だ、高すぎる！　雨樋《あまどい》を使って、中央塔《とう》まで登るんだ」

別のだれかがさけんだ。

しかし、クウィントには別の考えがあった。バルコニーに降《お》り立つと、ためらうことなく、割《わ》れた窓《まど》から噴《ふ》き出す炎《ほのお》をまわりこみ、バルコニーのはしの手すりに登った。次の瞬間《しゅんかん》、驚《おどろ》きの声が上がった。クウィントが、となりのバルコニーに飛び移《うつ》ったのだ。

マリスは目を見はり、涙《なみだ》をふりはらった。クウィントは、火は苦《にが》手《て》かもしれないが、空賊船《くうぞくせん》に乗っていたおかげで、実に身軽なうえに、高さなどなんとも思っていないようだった。

となりのバルコニーに降《お》り立ったクウィントは、また次のバルコニーに飛び移った。そして、もう一度。最後にもう一度。

「あいつはなにをやってるんだ？　どうして上に行かないんだ？」

人々は口々にいった。

その謎《なぞ》は、クウィントが建物の一番はしのバルコニーに降り立ったときに解《と》けた。そのバルコニーも、ほかと変わらないように見えたが、ほかにはないものが一つだけあった。風にはためく信号旗《しんごうばた》の旗ざおだ。といっても、さお自体に興味《きょうみ》があったわけではない。クウィントの目的は、旗を揚《あ》げるためのロープだった。空賊用のひっかけ鉤《かぎ》のついたロープがなかったため、代わりのものを使うしかなかったのだ。先を輪にして、うまくねらえば、なんとか建物のてっぺんの張《は》り出しにひっかけることができるだろう。

クウィントは、旗ざおからロープをはずし、それを輪にして肩《かた》にかけると、ジャンプして低部欄《らん》干《かん》をつかみ、体を引き上げた。そして、壁《かべ》に倒《たお》れかかっていた避雷針《ひらいしん》を支《ささ》えにして窓《まど》の上のさんに登り、そこからまた、貝の形のくぼみによじ登った。

「もうちょっとだ」

だれかが興奮《こうふん》してさけんだ。

「でも、ここからが一番の難所《なんしょ》だ」

別のだれかが心配そうにいった。

「なにをするつもりなんだ?」

突然《とつぜん》クウィントが身を乗り出し、輪にしたロープを投げ上げはじめたのを見て、三人目がいった。

「見りゃわかるだろ? 欄干の擬宝珠《ぎぼし》にひっかけようっていうんだよ。それで、体を引き上げるつもりなんだよ」

だれかが、いらいらしたようにいった。

欄干《らんかん》に向かって投げ上げられるロープを、マリスはとても見ていられなかった。二度、三度、四度、ロープは投げ上げられたが、そのまま落ちてきた。

お願い！　うまくいって！　マリスは祈《いの》った。

五度、六度——それでも、ロープはひっかからない。ところが、七度目、今までのことがうそのように、ロープの輪はするりと欄干の擬宝珠《ぎぼし》にひっかかった。クウィントがロープをひくと、輪がしまった。

群衆《ぐんしゅう》が息をのんだ。マリスは、声に出さずに感《かん》謝《しゃ》した。次の瞬間《しゅんかん》、群衆はいっせいにどよめいた。クウィントが足場から身を投げ出して、煙《けむり》のたち

こめる空中にぶらさがったのだ。吹《ふ》きつのる風に外套《がいとう》がバタバタとはためく。人々が目を皿のようにして見守るなか、クウィントは少しずつロープを登っていった。

屋根の上では、最高位学者がなおもはげしく手をふりまわしている。炎《ほのお》が近づいてくる。急がなければ、クウィントの勇敢《ゆうかん》な行為《こうい》もむなしく、二人とも命を落としかねない。

マリスは目をつぶった。これ以上見ていられない。ところが、すぐに歓声《かんせい》が上がった。マリスが顔を上げると、クウィントが欄干の上に立ったところだった。

「よかった……。でも、お父さまはどこなの？」

マリスはつぶやくと、煙に目をこらしてみた。

高部欄干じゅうを見わたしても、リニウスの姿《すがた》はどこにもなかった。こちらからは見えない位置に、移《うつ》ったのかもしれない。

そのとき、大きなバリバリという音がして、建物の上の部分の石組みが、燃《も》えさかる三角の木組みとともにくずれ落ちた。それと同時に、欄干に向かって、はげしい炎と真っ黒い煙が噴《ふ》き出した。目をこらしても、なにも見えない。やがて煙が晴れると、マリスはがく然とした。クウィントもまた、いなくなっていた。

クウィントは落ち着いた声でいった。

「もうだいじょうぶです、博士《はかせ》。でも、時間がありません。おれが、博士の腰《こし》にロープをまきつけますから……。博士？　博士、もどってきてください！」

リニウスはなにもいわずに背《せ》を向けると、小塔《しょうとう》の後ろに姿《すがた》を消した。クウィントはわけがわからなかった。炎《ほのお》の発するすさまじい熱が顔をこがしたが、背すじには冷たいものが走っていた。ここまで登ってくるときに感じた恐怖《きょうふ》など、今感じているものにくらべたらなんでもない。

クウィントは、手すりから下をのぞきこんだ。はるか下で、こちらを見上げているマリスの姿が見えた。マリスを悲しませるわけにはいかない。

「博士！　待ってください！」

クウィントが呼《よ》びかけると同時に、はげしい爆発《ばくはつ》が起こった。炎の尾《お》をひいて飛んでくる破片《はへん》を、身をかがめてよける。あたりには、煙《けむり》がもうもうとたちこめた。涙《なみだ》を流し、はげしくせきこみながら、クウィントはよろよろと小塔をまわりこんだ。

「博士！　博士、待ってください！」

ふたたび煙が晴れると、博士の姿が見えた。何事もなかったかのように、塔の壁《かべ》によりかかっている。

「博士、いうとおりにしてください。急いで逃《に》げないと」

クウィントは涙をぬぐいながらいった。

ところがリニウスは、クウィントの必死の説得も耳に入らないようだった。

「今すぐかね？　だが、来たばかりではないか。まあ、すわって、息でも整《ととの》えたらどうだ」

「わからないんですか？　宮殿《きゅうでん》が、いつくずれるかわからないんですよ」

リニウスはかぶりをふった。

「まあまあ、クウィント。そんなに力まずに、肩《かた》の力をぬいて、火に当たったらどうだ」

そういいながらリニウスは、大げさに両手をこすりあわせた。

「おや、クウィント……おぬし、火がこわいのかな？　ふるえているではないか」

クウィントはビクッとして、顔をそむけた。博士の口から舌《した》がちろりと顔をのぞかせ、むさぼるように空気を味わった。

かわいそうな博士。クウィントはつらかった。あまりにもいろいろあったうえに、この火事でとうとう気が触《ふ》れてしまったにちがいない。クウィントは動揺《どうよう》する気持ちをおさえて、リニウスを説得しようとした。

「博士《はかせ》は、今ちょっと混乱《こんらん》しているんです。でも、だいじょうぶですから。おれが……」

そのとき、リニウスと目が合い、クウィントはぞっとした——今にも飛びかかってきそうな飢《う》えた目だ。そのうえ、口からは舌《した》がちろりと飛びだした。クウィントはっと息をのんだ。

すると、リニウスの胸《むね》で、なにかがピカリと光った。あれは、最高位学者の金印ではないか。

「うそだ、そんなはずはない」

クウィントはあえいだ。


宮殿《きゅうでん》前の噴水《ふんすい》広場では、ようすが一変していた。最高位学者と徒弟《とてい》が姿《すがた》を消してから、もうずいぶんになるうえに、空からは建物の破片《はへん》がバラバラと降《ふ》ってくる。こんな状態《じょうたい》では、いつまでも、二人が姿を現《あらわ》すのを待っているわけにはいかない。そのうえ、風が強くなるにしたがい、周囲の建物の方にも火の粉《こ》が飛びはじめた。

すでに、光と闇《やみ》研究所や雨占師《あめうらし》の塔《とう》で、ぼやさわぎが起こったらしい。大会堂の屋根に火が移《うつ》ったという者もいた。闇の宮殿が燃《も》えたところで、おしいとも思わなかったが、自分たちの大学や研究所に飛び火するかもしれないと聞くと、学者たちの間に混乱が広がった。

雨占師の徒弟《とてい》や下級助手見習いが、青ざめた顔で長衣をはためかせながら、雨の大学に向かって駆《か》け出していく。光と闇研究所の副学部長は、首を切られたモリニワトリのように右往左往《うおうさおう》してい る。広場の後ろの方では、雲読み師の徒弟と有志《ゆうし》たちが、雲の大学の前にバケツリレーの長い列を作り、二十階建ての屋上まで水を運び上げては、向かいの宮殿から飛んできた火の粉が燃え移るたびに水をかけて消していた。

広場のいたるところで、学者や、召使《めしつか》いや、衛士《えいし》たちが闇の宮殿を見すてて、口々にさけびながら走りだしていた。

「ぼろ宮殿にかまっている時間はない！」

「自分たちの建物を守らなければ！」

「あんな宮殿、燃えてくれた方がやっかいばらいができるというものだ！」

マリスだけが、混乱のなかに立ちつくしていた。高部欄干《らんかん》を見上げて、ひたすら祈《いの》っていたのだ。

「どうか無事でいてくれますように。どうか、二人を助けてください」

しかし、いくら頭上《ずじょう》の煙《けむり》に目をこらしても、リニウスもクウィントも見あたらなかった。冷たい恐怖《きょうふ》が背中《せなか》を駆《か》け上がる。

「ああ、クウィント。どうしたっていうの……？」

そのとき、宮殿《きゅうでん》の入り口の方から、なにやら物音が聞こえた。不安そうな声。かんぬきがひきぬかれる音。カギのはずれる音……。

すると、玄関《げんかん》の扉《とびら》が開き、小太りの人物が姿《すがた》を現《あらわ》した。スリッパにエプロンという姿で、肩《かた》には小さな青い動物が乗っている。

「ウェルマ！　チョビ！」

マリスはさけんで、階段《かいだん》を駆け上がった。

ウェルマとマリスはしっかりと抱《だ》きあい、さわぎに興奮《こうふん》したモリレムキンのチョビは、アイイイッと鳴きながら、二人の肩の上をはねまわった。

マリスの背後《はいご》で、さけび声が上がった。バケツリレーをしている人々が、なにかを見つけたらしい。マリスはウェルマの体を離《はな》して、扉の方をふりかえった。すると、闇《やみ》の宮殿の管理人であるアシナガバッタのトウィーゼルが、なにかを大切そうに前足にかかえ、後ろ向きに煙のたちこめる宮殿から出てきた。外に出ると、トウィーゼルは向きを変えた。

「見ろ！　最高位学者だ！」

だれかがさけんだ。

「ガラスのバッタが助け出したんだ！」

「お父さま！」

マリスは、さけびながら駆けよった。自分の目が信じられなかった。

リニウスの顔がこちらを向いた。マリスはふるえあがった。その肌《はだ》はやけどにおおわれ、髪《かみ》はチリチリに焼けこげていた。生気のない目が、宙《ちゅう》をうつろに見つめている。

マリスはトウィーゼルにたずねた。

「お父さま、だいじょうぶなの？」

「これから、だんなさまが以前いらした靄鑑定所《もやかんていじょ》にお連れいたします。ウェルマに傷《きず》の手当てをしていただいてから、ベッドにお寝《ね》かせいた

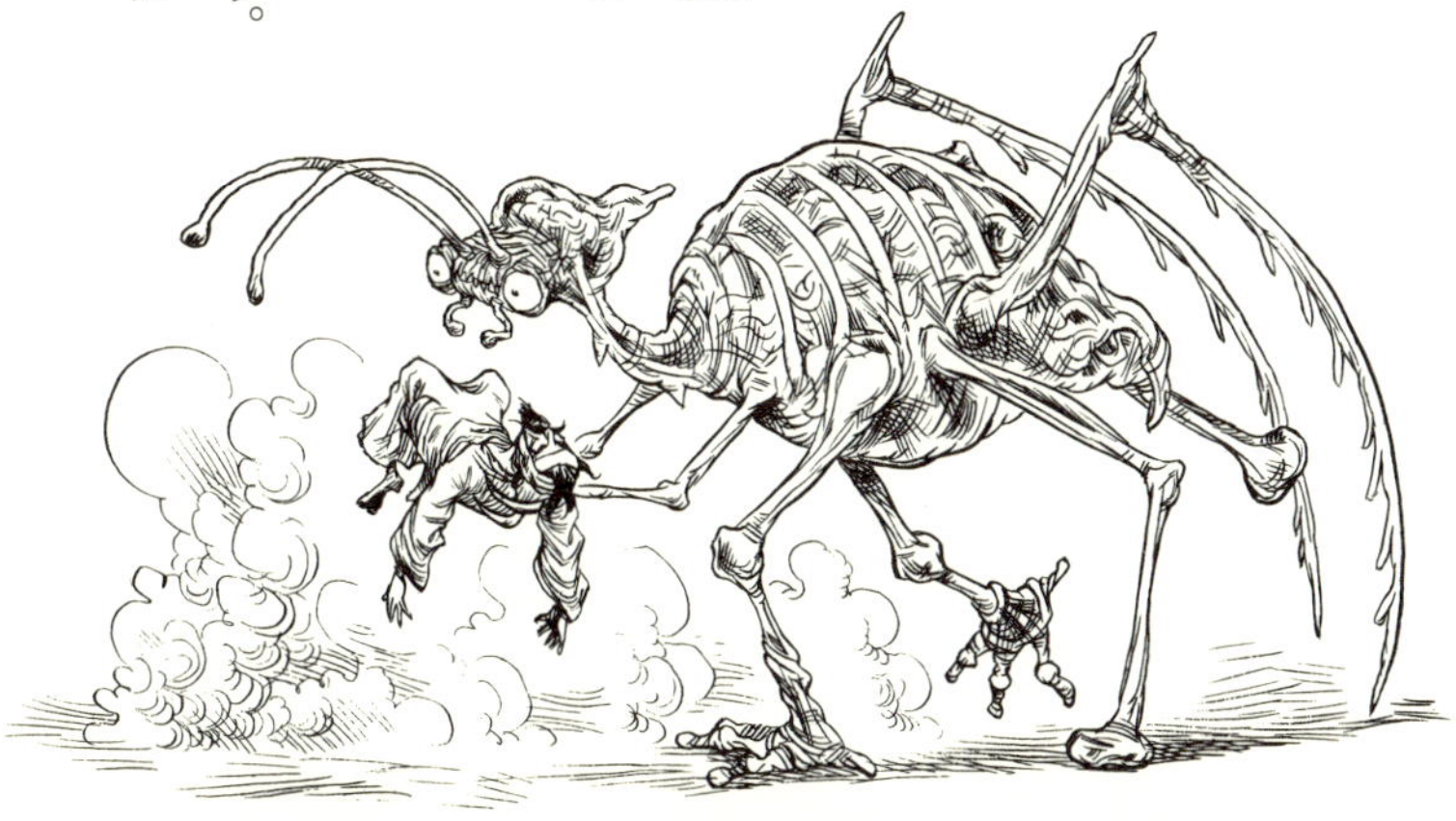

します。そのあとは、ようすを見るしかございません。それより、お嬢《じょう》さまの方はいかがですか？

だいじょうぶでございますか？」

トウィーゼルはこわばった声で答えた。

「ええ……いえ……クウィントは？」

マリスは顔を曇《くも》らせた。

トウィーゼルは、触角《しょっかく》をふるわせていった。

「だんなさまの助手の方ですか？　さあ、わたくしは存《ぞん》じませんが」

「見かけなかったの？　お父さまといっしょに、屋根の上にいたはずだけど……」

「だんなさまを見つけたのは、だんなさまの寝室《しんしつ》でございます。屋根ではございません。部屋のすみで、炎《ほのお》にまかれて倒《たお》れていたのでございますが……」

「でも、そんなはずないわ」

マリスは、とまどったようにつぶやいた。

トウィーゼルは首をかしげ、闇《やみ》の宮殿《きゅうでん》の方をふりかえると、かん高い嘆《なげ》きの声を上げた。

「まさか、このようなことに！　すべて、わたくしの責任《せきにん》です。もっと、よく見るべきでした。

もっと気をつけるべきでございました。でも、もうおしまいでございます。なにもかも、なくなってしまいました。何世紀にもわたる伝統も、知識《ちしき》も……」

トゥィーゼルはうつむくと、カギ爪《づめ》をカチリと鳴らした。

「こんなふうに」

しかし、マリスは聞いていなかった。お父さまが寝室から出ていないのだとすれば、屋根の上にいたのはいったいだれなの？　クウィントは、命がけでだれを助けようとしたの？

真実を悟《さと》った瞬間《しゅんかん》、マリスはがっくりとうなだれた。

「やっぱり、おまえだったのか」

クウィントはうめくようにいった。

その目の前で、最高位学者がみるみるうちに、みにくくやけどを負った顔と、長く渦《うず》をまく、ふしくれだった二本の角を生やした姿《すがた》に変化していき、同時に、ふわりと空中に浮《う》かび上がった。

「実に目ざといな、クウィントのだんな」

ゴウママネキはあざけるようにいうと、ウロコの生えた手で、金印を掲《かか》げた。

「おれの正体を見ぬいたのは、こいつのせいかな？　最高位学者の金印か。今となっては、あいつには無用のものだ」

天をあおいで、ゴウママネキはカラカラと笑った。

クウィントはあたりに目をやった。逃《に》げ道はない。

金印の鎖《くさり》を、クウィントの目の前でジャラジャラいわせながら、ゴウママネキはいった。

「おまえにもわかっただろう。この金ピカはもう用なしだ。なぜなら、リニウス・パリタクスは死んだのだからな。カリカリに焼けこげてな」

いっそう大きな声で、カラカラと笑う。

「助け出したと思ったんだろう。ちがうか？　だがあいにく、あいつは寝室《しんしつ》のなかで、炎《ほのお》にまかれていたのだよ。めらめらと燃《も》え上がる、灼熱《しゃくねつ》の炎にな……」

「う、うそだ……」

クウィントはふるえる声でいった。

「おまえはしくじったのだ！」

ゴウママネキはほえた。そして、目を細めて、ちろちろとふるえる舌《した》でうまそうに空気を味わっ

た。ゴウママネキがすっと近づくと、クウィントののどに恐怖《きょうふ》のかたまりがせりあがってきた。

ゴウママネキはなおも続けた。

「あいつがどれほど苦しんだかわかるか？　ああ、そうだった。おまえにはよーくわかるはずだな。皮膚《ひふ》がどんなふうに焼けこげ、髪《かみ》の毛がどんなふうに燃《も》えるか。すさまじい熱に焼かれる肉のにおい。炎《ほのお》に包まれたとき、どんな悲鳴を上げるか——この世のものとは思えない悲鳴をな……」

「やめろ！　もう十分じゃないのか？」

クウィントは苦しそうにいった。

ゴウママネキは一瞬《いっしゅん》ひるんだ。そして、クウィントを黄色い目で見すえてわめいた。

「十分だと？　いいや、こんなのはまだ序《じょ》の口《くち》だ。見ているがいい」

周囲の熱さにもかかわらず、クウィントは身の毛もよだつような寒気をおぼえた。ゴウママネキは顔をよせて、クウィントをねめつけた。

「暴力《ぼうりょく》と混乱《こんらん》をまき散らしてやる。獲物《えもの》をおびきよせ、あざむき、うそをつく。誘惑《ゆうわく》しておいて裏《うら》切《ぎ》ってやるのだ。そうやって創《つく》り出した苦痛《くつう》と絶望《ぜつぼう》をむさぼり食らってやる。もちろん、恐怖《きょうふ》もな」

ゴウママネキはそうささやくと、楽しくてしかたがないというように、舌《した》なめずりをした。クウィントの背《せ》すじを冷たいものが駆《か》け上がった。

じりじりとあとずさりをするが、すさまじい熱に押《お》しもどされてしまう。

ゴウママネキは続けた。

「リニウスめ、あのおろか者は、自分がなにを解《と》き放ったのか、これっぽっちも気づいていなかった。おれを無のなかから創り出したあげく、自分であやつれると信じこんでいた。おれがありがたがって、いうなりになるなんてな——役立たずのあわれな生き物だよ、あいつは！」

その間にも、火を噴《ふ》く小塔《しょうとう》から、燃え上がる梁《はり》がくずれ落ちてきた。梁はクウィントをかすめて石の床《ゆか》にたたきつけられ、パッとはげしい火花が散った。クウィントは必死にあたりを見まわした。

ロープのところまでもどれさえすれば……。だけど、どっちなんだ？　空高く燃え上がる炎と、吹《ふ》きつのる風にまかれる黒い煙《けむり》のせいで、自分のいる場所がわからなくなっていたのだ。

「あいつはおれを創り出しておいて、地下の牢獄《ろうごく》に閉《と》じこめやがった。自分の創り出したものが、いったいどんなものになるのか知るのをおそれてな。おれはその恐怖を食らってやった。うまかったぞ。そして、おれは成長し、学び、計略《けいりゃく》を練り……ついに、自由になったのだ！」

ゴウママネキは勝ちほこったように両手を広げ、ぼろぼろの長衣をバタバタとはためかせた。

クウィントはおじけづいた。だが、逃《に》げられないのなら、戦うしかない。

クウィントは、ナイフの柄《え》をにぎった。ゴウママネキは鼻をひくつかせて、大きく息を吸《す》いこみ、ささやきかけるようにいった。

「外の世界は、思っていたよりはるかにいい。いたるところで、感情《かんじょう》の乱《みだ》れが感じられる――恐怖《きょうふ》や、苦痛《くつう》や、絶望《ぜつぼう》がな。それが、おれを強くしてくれる。力を与《あた》えてくれるんだよ。底知れぬ絶望が、なによりのごちそうだ。それもみんな、おまえのおかげだ！　おまえが、おれを牢獄《ろうごく》から逃《に》がしてくれたんだからな。おまえが、おれを解《と》き放ってくれたのだ」

「だが、おまえを殺すのも、このおれだ！」

クウィントははげしい怒《いか》りにかられてどなると、宙《ちゅう》に浮《う》かぶゴウママネキに飛びかかり、何度も何度もナイフをつきたてた。ところが、ゴウママネキは難《なん》なくナイフをかわすと、手の届《とど》かないところへと飛びのいた。

「おれを殺すことはできん！」

ゴウママネキは吹《ふ》きつのる風に負けじと声をはりあげると、血も凍《こお》るような声でカラカラと笑った。

「強き者が弱き者をくじき、恐怖があわれみを追いやり、憎《にく》しみや、ねたみや、疑《うたが》いが、崖《がい》の国に生きる者を分裂《ぶんれつ》させているかぎり、おれは不滅《ふめつ》なのだ！」

いつの間にか、じりじりとクウィントに近づいていたゴウママネキは、最後の言葉を発すると同時に、クウィントの手からナイフをはじきとばした。ナイフは床《ゆか》をすべっていって、煙《けむり》と炎《ほのお》のなかに消えた。クウィントは、心臓《しんぞう》を恐怖にわしづかみにされた。ゴウママネキがピチャピチャと舌《した》を鳴らした。

「か弱いやつの恐怖は、強いやつのそれよりもはるかにうまい。だが、なんといっても最高なのは、まちがいなく死ぬ瞬間《しゅんかん》の恐怖だ」

ゴウママネキは一段《いちだん》とおそろしく、おぞましい口調でいった。

クウィントの足がガクガクふるえた。

「そして、その瞬間とは、今だ！」

ゴウママネキはクウィントにおそいかかり、炎《ほのお》の壁《かべ》のなかに追いこもうとした。クウィントは左へ飛んでよけた。ところが、そのときにはもうゴウママネキは先まわりして、逃《に》げ道をふさいでいた。ゴウママネキは歯をむきだした。

「おまえがもどるのは、炎のなかだ」

クウィントは、おそろしさにうめいた。炎が背中《せなか》をなめ、首すじをこがし、髪《かみ》の毛がチリチリと縮《ちぢ》む。せまりくる死からなりふりかまわずのがれようと、クウィントはチョッキの襟《えり》を立て、手にした紙のような外套《がいとう》を体にまきつけた。カサカサと音を立てる外套を、炎がなめた。

そのとき、クウィントの手が、なにかに当たった。クウィントは、外套のポケットを探《さぐ》った。ロをひもでしばられた、小さな革《かわ》の巾着《きんちゃく》だった。

そうだ！　これは、バンガスの外套だった！　バンガスがマリスの体にかけてやったのを、マリスがせまいトンネルで落とし、それをクウィントが拾って身につけていたのだ。つまり、この巾着もバンガスのものだ！

「ああ、バンガス」

石の巣《す》に横たわる、バンガスのねじれた死体を思い出して、クウィントは思わずつぶやいた。ハグレモウリョウにおそわれたとき、当然バンガスは、革の巾着を探《さが》しただろう。でも、それは、おれが持っていた……。

「バンガス、本当にごめん」

ゴウママネキの舌《した》が、チロチロと空気をなめた。そして、黄色い目に悪意をたたえていった。

「丸焼けになるがいい！」

クウィントは、ゴウママネキをにらみかえした。必死に巾着のひもをほどく。そして、巾着の口を指で押《お》し開くと、細かい粉末がてのひらにさらさらと流れ落ちてきた。その粉をにぎりしめる。

「死ぬがいい！」

ゴウママネキはニタリと笑った。

「死ぬのはおまえだ！」

クウィントはさけぶと、ポケットからこぶしをぬきだし、神聖《しんせい》なる清流砂《せいりゅうさ》をゴウママネキの顔めがけて投げつけた。

清流砂《せいりゅうさ》をまともに顔と手に浴びたゴウママネキは、すさまじい苦痛《くつう》に頭をのけぞらせて絶叫《ぜっきょう》した。体がガクンガクンとはねあがり、はげしく身もだえする。そのひょうしに、金印が首からするりとぬけて、床《ゆか》にガランと落ちた。

「目が！　目が！」

ゴウママネキはわめきながら、両手で顔をかきむしった。

クウィントは前に進み出て、もう一方の、本当は空のこぶしをつきだし、苦痛《くつう》にのたうちまわるゴウママネキに向かってどなった。

「清流砂はまだあるぞ。いくらでもな。サンクタフラクスじゅうに、バケツですくいきれないほどあるんだぞ！　おまえがここに居《い》すわるかぎり、それを全部使ってやる。どこに逃《に》げこもうと追い立ててやる！　わかったか！」

クウィントは、ゴウママネキに向かってこぶしをふりまわした。

目は血走り、顔がどろりと溶《と》けた状態《じょうたい》で、クウィントの頭上《ずじょう》に浮《う》かんだゴウママネキは、ギリギリと歯ぎしりをした。

「この、みじめったらしい徒弟《とてい》め！　とるにたらん人間め！　よくもだまし討《う》ちにしてくれたな！　熱い！　熱くてたまらん……」

「警告《けいこく》したはずだ！　行け！　行っちまえ！」

クウィントはいい放った。

「ああ、行くとも。だが、これだけは覚えておけ。今日のところはこのままひきさがるが、いつの日か、必ずおれはもどってくる」

そういうとゴウママネキは、おぞましい笑いを浮《う》かべた。

そのはるか頭上では、大いなる嵐《あらし》の紫《むらさき》と黒の雲が、はげしくうずまきながら広がってきた。稲妻《いなずま》が光り、雷鳴《らいめい》がとどろく。

ゴウママネキは毒づいた。

「おまえを呪《のろ》ってやるぞ、クウィント！　おまえと、おまえの一族すべてをな！　清流砂が守ってくれると思っているのだろうが、おまえの恐怖《きょうふ》がここまでにおってくるぞ。おまえらすべてを呪《のろ》ってやる！　おまえも、人間どもも、ほかの種族の者どももな——弱い者を見つけて、片《かた》っぱしから殺してやる」

そういうとゴウママネキは一段《いちだん》と上昇《じょうしょう》し、おそろしげなカギ爪《づめ》の生えた両手を広げた。

「おれはゴウママネキだ。おまえは死ぬまで、おれの呪いに苦しめられることになるのだ。逃《に》げることはできないぞ。なぜなら、クウィント、おまえがこのおれを世界に解《と》き放ったからだ！」

そして、ゴウママネキは、あざけるようにケタケタと笑った。

「せいぜい用心するがいい。ゴウママネキの呪いにな！」

かん高い声ですてぜりふを残すと、ゴウママネキは夜の闇《やみ》に消えていった。

そのあとも長いこと、クウィントはゴウママネキの消えた闇を見つめていた。

「行ってしまった。ゴウママネキは行ってしまったんだ」

ようやくクウィントはつぶやいて、空のこぶしを開いた。

だが、ほっとしたのもつかの間、恐怖《きょうふ》がふたたびもどってきた。大河《たいが》の源《みなもと》の砂《すな》、清流砂《せいりゅうさ》は、ゴウママネキを追いはらうことはできても、火を消すことまではできなかった。今すぐ逃《に》げないと、おそろしい炎《ほのお》にのみこまれてしまうことになる。

クウィントは、涙《なみだ》を流しながら煙《けむり》をかいくぐり、やっとの思いで欄干《らんかん》のはしにたどりついた。炎を上げる小塔《しょうとう》から、石や燃《も》える木の破片《はへん》が、次から次へと落ちてくる。風がうなり、雷鳴《らいめい》がとどろく。

そのとき、クウィントは見つけた。ロープだ。さっき登ってきたときのまま、奇跡的《きせきてき》に燃えもせずに擬宝珠《ぎぼし》からぶらさがっている。

「助かった！」

クウィントは思わずつぶやくと、駆《か》けよってロープをつかんだ。ところが、欄干を乗りこえようとしたそのとき、背後《はいご》ですさまじい音が響《ひび》いた。

ついに東塔が焼け落ちて、宮殿《きゅうでん》の屋根もろともくずれ落ちてきたのだ。その瞬間《しゅんかん》、クウィントはなにも考えずに空中に飛び出し、滝《たき》のように流れ落ちる、燃えさかる木の破片や壁石《かべいし》とともに落ちていった。

クウィントは目をつぶった。さまざまな記憶《きおく》が、走馬灯《そうまとう》のように頭のなかを横切っていく。母さん。兄弟たち。

風のジャッカルと、ゲイルライダー号。

マリス。

闇《やみ》の宮殿《きゅうでん》。泉《いずみ》の学問所。

マリス。

血のように赤いハグレモウリョウ。

ゴウママネキ。

マリス……。

そして、なにもわからなくなった。

＊

三日後、元宝物庫《もとほうもつこ》の衛士《えいし》バグズウィルは、靄鑑定所《もやかんていじょ》副学部長セフタス・レプリクスの質素《しっそ》な応接《おうせつ》室《しつ》で、窓《まど》の外をながめていた。

「モリワインのカクテルはどうだ、バグズウィル。ついに最高位学者を葬《ほうむ》り去った祝いにな」

セフタスは盆《ぼん》から水差しをとると、最初のグラスに深紅色《しんこうしょく》の液体《えきたい》をそそいだ。

「こうなることを、だれが想像《そうぞう》したでしょう。低空降下機《こうかき》のときも、毒入りカクテルのときも死に

靄鑑定所《もやかんていじょ》

THE SCHOOL OF MIST

そこなったやつが、大火事で焼け死ぬなんてね――おれたちはなにも手を下さなかったってのに」

バグズウィルがいうと、セフタスはうなずき、もう一つのグラスにモリワインのカクテルをそそいだ。

「実際《じっさい》、命冥加《いのちみょうが》なやつだと思いはじめていたぐらいだ。あの炎《ほのお》のなかから、トウィーゼルに助け出されたと聞いたときはな」

「でも、だんなさまがやけどで死んだといったときのトウィーゼルときたら、落ちこんじまって、わあわあ泣いてましたからね。なんでもっと早く助けにいかなかった、なんでもっといい薬を使わなかったんだって……」

「たしかに、使わなかったな」

セフタスは不愉快《ふゆかい》そうに笑うと、水差しを置いた。

「だが、リニウス・パリタクスがようやく片《かた》づき、学部長も不幸な事故《じこ》にあったとなると、新しい最高位学者になるのは、靄鑑定師《もやかんていし》の最古参《さいこさん》であるこのわたしということになる。なぜなら、『空の伝説大全』にもはっきりと、在職《ざいしょく》中の最高位学者が死亡《しぼう》した場合、後任《こうにん》は、最高位学者がもともと属《ぞく》していた大学および研究機関から選出されるべしと書かれているからな。あのいまいましい光と闇《やみ》両博士《はかせ》でも、これぱかりはどうにもなるまいて」

セフタスはにんまりと笑った。

「それで、おれはどうなるんで？」

バグズウィルは期待に顔を輝《かがや》かせて聞いた。

「おまえはな、バグズウィル、最高位学者の衛士長《えいしちょう》だ。専用《せんよう》の拷問《ごうもん》部屋もつけてやるぞ」

二人はグラスを合わせた。

「すばらしい知らせをもたらしてくれた、トウィーゼルに！」

セフタスがいうと、バグズウィルも唱和した。

「トウィーゼルに！」

そして、二人はグラスを干《ほ》した。

「うむ、これはいける。お代わりはどうだ、バグズウィル？」

セフタスは手の甲《こう》で口をぬぐいながらいった。

「ええ、いただるなら」

「もちろんではないか、友よ。われわれは、勝利を祝っているのだぞ」

セフタスは愛想《あいそ》よくいうと、二つのグラスにもう一度ワインをついだ――それも、一杯《ぱい》目同様たちまち空いてしまった。

「実にすばらしい。ジャービス……？　ジャービス、ジャービス！」

セフタスはいらだたしげに呼《よ》びたてた。

扉《とびら》が開いて、猫背《ねこぜ》の中年男が入ってくると、壁《かべ》ぎわに立った。その目が、おどおどと部屋を見まわす。なにもかも、だんなさまの気に入る状態《じょうたい》になっている――窓《まど》は開いているし、カーテンもひいてあるし、壁の絵は一つもかたむいていない。そのとき、ジャービスの目に、ソファの上の銀色の物体が入った……。

「ジャービス、呼んだらすぐに来ないか」

ジャービスはけげんな顔をした。なんだか……鼻のようだが。

「ジャービス！」

セフタスがどなった。

ジャービスはハッとして、ぺこぺこと頭を下げた。

「はい、だんなさま。申《もう》し訳《わけ》ありません、だんなさま。お呼びになりましたので、こうしてお言いつけをお待ちしております、だんなさま」

「そのとおりだ、ジャービス。おまえというやつは……」

そのとき、ジャービスを呼んだわけを思い出して、セフタスは声を和《やわ》らげた。

「まあよい。この、すばらしい飲み物を送ってよこしたのは、どこのワイン業者だ？　ぜひ、追加を送ってよこせといっておいてくれ」

「い、いえ……おそれながら、ワイン業者が送ってきたのではありません。少なくとも、わたくしの存《ぞん》じているかぎりでは……」

セフタスの濃《こ》い眉《まゆ》の間にしわがよるのを見ると、ジャービスはあわててつけ加えた。

「これは、たぶん……」

「なにをわけのわからぬことをいっておる？　だから、このワインは、どうしたのだと聞いている」

セフタスは、腹立《はらだ》たしげに問《と》いただした。

「いただいたのでございます……ティンゼル……いえ、トウィーゼルさまから。あの、闇《やみ》の宮殿《きゅうでん》のアシナガバッタの……」

セフタスはぼう然とした。

「トウィーゼル、だと」

「そのとおりでございます。トウィーゼルさまが、ぜひだんなさまにと。トウィーゼルさまが申しますには、もはやだんなさまには必要なくなったから、お返しするとのことでございました。お二方のお心遣《こころづか》いに感謝《かんしゃ》するとのことでございます」

ジャービスは、うれしそうにうなずいて続けた。

「実にいい方でございますね、トウィーゼルさまは——見かけは少々変わっていらっしゃるというか、かなり驚《おどろ》かされますが……」

「これは、そのアシナガバッタの持ってきたカクテルだというのか？」

セフタスは、かすれた声でいった。

バグズウィルがその腕《うで》をつかんだ。

「ってことは、おれたちが飲んだのは……」

二人は、顔を見あわせた。

「あのカクテル……」

セフタスがいった。

「トビムシの毒入り……」

バグズウィルはいうと、目を丸くしてセフタスを見つめた。

「顔が！　ふくらんでる！」

「おまえの体もだ！　毒がきいてきたのだ」

セフタスはジャービスに向き直り、どなりつけた。

「おまえは、なんということをしてくれたのだ！　この、大馬鹿《おおばか》もん……ブフッ」

いいおわらないうちに、セフタスはふくれあがった顔を押《お》さえつけた。

おそろしさに、ひたすら身を縮《ちぢ》めるジャービスの前で、二人の体はぐんぐんふくらんでいった。服が破《やぶ》け、腹《はら》がせりだしてくる。まるで、カーニバルの風船をみにくくしたような姿《すがた》だ。しゃべることもできず、手足をつきだし、目玉が今にも飛び出しそうだ。やがて、ジャービスの目の前で、パンパンにふくれあがった二人の体が、床《ゆか》から浮《う》き上がった。

それを見ると、恐怖《きょうふ》の悲鳴を上げながら、ジャービスは部屋を飛び出し、扉《とびら》をバタンと閉《し》めた。

どうやら、新しい主人を探《さが》さなければならないようだ。大食堂のうわさでは、雨占師《あめうらし》のだれかのところに空きがあるらしい。

セフタスの住む靄鑑定師《もやかんていし》のぜいたくな寮《りょう》の上の階にも、ジャービスが扉《とびら》を閉《し》める音は響《ひび》いてきた。広い寝室《しんしつ》の机《つくえ》で、リニウス・パリタクスがいぶかしげに顔を上げたが、すぐにまた物思いにふけりはじめた。

廊下《ろうか》をへだてた部屋では、クウィントがピクリと体を動かした。

「クウィント！」

マリスが声を上げて、椅子《いす》から駆《か》けよった――この三日というもの、夜も昼もすわっていた椅子だ。待ちつづけ、希望を抱《いだ》きつづけ、祈《いの》りつづけて……。

「クウィント、聞こえる？」

クウィントの目が開いた。そのとたん、恐怖《きょうふ》におそわれたようにさけんだ。

「火だ！　ゴウママネキが！　落ちる……落ちる……」

「だいじょうぶよ、クウィント。あなたは助かったの。もう、心配ないわ」

クウィントはパチパチと目をしばたたかせ、自分を見おろすやさしい顔を見た。その顔は、ほほえんでいるのに、ほんのり赤らんだほほには涙《なみだ》のすじがついていた。

「マリス」

クウィントはささやいた。

「ああ、クウィント。あなた、三日間も意識《いしき》を失っていたのよ。もう目が覚めないいんじゃないかって……」

マリスはすすり泣いた。

クウィントはあたりを見まわした。ふかふかのベッドに枕《まくら》、きれいなシーツ。

「ここは、どこ？」

「昔のあたしの部屋よ。闇《やみ》の宮殿《きゅうでん》が燃《も》えちゃったから、お父さまとあたし、靄鑑定所《もやかんていじょ》にもどったの。昔住んでいた寮《りょう》が、今のおうちってわけ……」

「博士《はかせ》、生きているのか？　でも、おれ、てっきり……」

クウィントはだまりこんだ。そうか、ゴウママネキのやつ、うそをついたんだ。

「ええ、生きているわ。体も心も、今はぼろぼろだけどね。でも、辛抱《しんぼう》強く看病《かんびょう》すれば、必ずよくなるわ。それと、その間は、光と闇《やみ》の両博士が引

き続きサンクタフラクスを治《おさ》めてくれるから……」

マリスはさびしそうに笑《え》みを浮《う》かべた。

「お父さまの代わりにね。お父さまが、昔のお父さまにもどるまで……」

その声が小さくなる。

「その二人は、信用できるの？」

クウィントに聞かれて、マリスはうなずいた。

「光と闇《やみ》の両博士《はかせ》は、お父さまの昔からの友だちで、研究仲間なの。それだけじゃないわ。二人は、あなたに興味《きょうみ》を持っているのよ」

「おれに？　どういうこと？」

「特に光博士が、あなたのことを気に入ってね」

「そうなの？　でも……」

「光博士は、あなたを飛空騎士《ひくうきし》にしたいんだって。あなたの後ろ盾《だて》になってくれるのよ」

「後ろ盾？」

クウィントはつぶやいて、ベッドの上で体を起こした。

「でも、おれの父さん、風のジャッカルが……。おれ、いつか父さんみたいな空賊《くうぞく》船長になりたいって、ずっと思ってきたんだ」

「でも、飛空騎士として、いつの日か嵐《あらし》を追う日が来るかもしれないのよ」

マリスがいうと、クウィントの目が輝《かがや》いた。

「ガーリニウス・ゲルニクスみたいにか。ガーリニウスやほかの、嵐晶石《らんしょうせき》を求めて大いなる嵐を追っていった勇敢《ゆうかん》な騎士たちみたいにか」

「あなたも、その一人になれるのよ。といっても、あなたがもう少しの間、サンクタフラクスにとどまればだけど」

マリスはかすかに笑うと、うつむいた。

「どうかな。たしかに、魅力的《みりょくてき》だけど……。あっ、あれはなんだ？」

クウィントは目を見はった。

「なにが？」

「窓《まど》だよ！」

クウィントはそういったきり、窓の外を見つめている。

マリスがふりかえると、クウィントがさけんだ。

「あそこだ！　もう一つ、あそこにも！　いったいなんなんだ？」

「大きな気象観測《きしょうかんそく》の風船みたい」

「でも、なにか音を立ててる。人間のうなり声みたいだ」

マリスは窓辺《まどべ》に駆《か》けよったが、そのときにはもう、巨大《きょだい》な風船のような物体は風に流されていってしまった。

パンパンにふくれあがったセフタスとバグズウィルの姿《すがた》を見たのは、クウィントとマリスだけではなかった。見晴らしのよい高楼観測所《こうろうかんそくじょ》から、光と闇《やみ》の両博士《はかせ》が一部始終《いちぶしじゅう》を見ていたのだ。

「あれを見ろ！　靄鑑定所《もやかんていじょ》の寮《りょう》の窓から、なにか出てきたぞ。なにやら光っているような……。また、出てきた」

光博士が声を上げた。

「これはどうしたことだ。いったい、あれはなんだ？　靄のかたまりか？」

闇博士があっけにとられていった。

「それとも、電荷《でんか》を帯びた浮上霧《ふじょうむ》か？」

「あるいは、雲の精霊《せいれい》か？」

「はたまた、球状雷《きゅうじょうらい》の変種か？」

二人がなにとも決めかねているうちに、刻一刻《こくいっこく》とふくらんでいく、不思議な光を放つ二つの球状の物体は、夜空へと上昇《じょうしょう》していった。しばらくの間、二つの物体は、新星のように光っていたが、少しずつ小さくなっていき、やがて見えなくなった。

「実に驚《おどろ》くべきことだ」

光博士がいった。

「奇妙《きみょう》なことおびただしい」

闇博士がいった。

「さっそく記録しておかなくては」

「しかり。そのうえで、その記録を検証《けんしょう》して、あれがいったいどんな現象《げんしょう》だったのかをつきとめるのだ」

二人の博士《はかせ》は、必死に知恵《ちえ》をしぼったものの、どれも推測《すいそく》ばかりで、その夜目撃《もくげき》したものがなんだったのか、結局わからずじまいだった。また、靄鑑定師《もやかんていし》のセフタス・レプリクスおよびバグズウィルという元衛士《もとえいし》の謎《なぞ》の失踪《しっそう》に関しても、さまざまな憶測《おくそく》が乱《みだ》れ飛んだ。数々の陰謀説《いんぼうせつ》がささやかれ、いろいろなうわさが信じこまれた。しかし、どれほど複雑《ふくざつ》な推測がなされようと、だれもこの二つのことがらを結びつけて考える者はいなかった。

サンクタフラクス市民のなかで、ただトウィーゼルとジャービスの二人だけが、二つの謎の物体と、セフタスとバグズウィルの失踪の真相を知っていた。しかし、二人は決してそのことを話そうとはしなかった。

靄鑑定所の寮《りょう》の窓辺《まどべ》では、クウィントとマリスが肩《かた》をならべて、暗い夜空を見上げていた。星々が、みがきあげられた黒ダイヤのように、煌々《こうこう》とまたたいている。

「きれいね」

マリスがため息まじりにいった。

「でも、町の明かりがなければ、もっときれいなんだけど。こんな夜に、深森《ふかもり》の上空を宙駆《そらが》けするときの美しさときたら、とても言葉では言い表せないよ。それから、雪のように白い霧《きり》がうずまく上を飛ぶときとか、尾《お》をひく虹雲《にじぐも》を追っていくときとかね。日差しを顔に受け、風に髪《かみ》をなびかせて……」

クウィントは、ふとマリスの方を見た。

「それでも、おれはまだ嵐《あらし》を追ったことはない。もしも、サンクタフラクスでそれを学べるなら、光博士の申し出を受けてもいいかもしれないいな」

「それじゃ、ここに残るのね?」

クウィントはうなずいた。

「しばらくはね。でも、いつまでもってわけじゃない。ここは、おれのいる場所じゃないんだ、マリス。一度離《はな》れたら、こんな陰謀のうずまくサンクタフラクスには、もう二度ともどってくるつもりはない」

マリスは、クウィントの腕《うで》をつかんでいった。

「クウィント、そのときは、あたしも連れてって」

クウィントはにっこり笑ったが、なにもいわなかった。はるかに広がる外の世界を、じっとながめていたのだ。この世界のどこか遠くには、人をよせつけない薄明《はくめい》の森があり、その向こうには、どこまでも暗い深森《ふかもり》が広がっている。クウィントの体のなかを、熱いものが駆《か》けめぐった。いつか、驚異《きょうい》に満ちた広い世界を探検《たんけん》してやる……。

そのとき、なんの前触《まえぶ》れもなく、ゴウママネキの言葉が頭のなかによみがえり、体じゅうがふるえた。

（おまえを呪《のろ》ってやるぞ、クウィント……おまえは死ぬまで、おれの呪いに苦しめられることになるのだ。逃《に》げることはできないぞ。なぜなら、クウィント、おまえがこのおれを世界に解《と》き放ったからだ！）

やめろ、やめてくれ。クウィントは、頭をぶるぶるとふった。ゴウママネキは行ってしまった。二度とサンクタフラクスにはもどってこないだろう――それに、どこかでふたたび出くわす可能性《かのうせい》がどれぐらいある？　崖《がい》の国は広いんだ。そう、もう終わったんだ。

そうではないのか？

「それで、あたしを連れてってくれるの？　くれないの？」

気がつくと、マリスがしゃべっていた。いらいらしはじめている。

クウィントは、マリスの必死な顔を見ると、いきなり笑いだした。

「これだけはいえるな。君がいっしょなら、ゴウママネキは絶《ぜっ》対《たい》に近づいてこないよ！」

「それって、いいってこと？」

マリスが聞きかえすと、クウィントはいった。

「そういうこと。おれがサンクタフラクスを離《はな》れるとき、君もいっしょに来るんだ。おれの横で、大きな飛空船の舵《かじ》をとるんだ。いっしょに、大空のはてまでも飛んでいこう」

マリスはうなずくと、夢《ゆめ》見るようにいった。

「それか、大空のはてのもっと向こうまでね」

訳者あとがき

「崖《がい》の国物語」のファンになってくれたみなさん、たいへん長らくお待たせいたしました。第三部まででひとまず完結した、トウィッグをめぐる物語から約半年、ようやく第四部をお届《とど》けすることができました。「ゴウママネキの呪い」です。

すでに読んでくださった方はおわかりかと思いますが、この第四部は、のちに空賊《くうぞく》「雲のオオカミ」になるクウィント、すなわちトウィッグの父親がまだ若《わか》かったころの物語です。なにやら、「スター・ウォーズ」の展開を思わせますが、今回は雰囲気《ふんいき》もがらりと変わり、飛空船による大空の冒険《ぼうけん》はほとんどありません。その代わりに、神聖《しんせい》都市サンクタフラクスの立つ浮《ふ》遊石《ゆうせき》そのものを舞台《ぶたい》に、トウィッグの両親、すなわちクウィントとマリスの出会いや、ゴウママネキ出現《しゅつげん》のいきさつなどが語られています。

忘《わす》れてしまった方のためにあらためて説明すると、ゴウママネキというのは、深森《ふかもり》にひそむ怪物《かいぶつ》で、通りかかる人やさまざまな種族をとらえては、その恐怖《きょうふ》をむさぼり食うといわれています。第一部で、トウィッグをあざむいて断崖《だんがい》から落ちるようにしむけた、あの怪物です。もともとは深森の住人、なかでも子どもたちにおそれられる伝説や空想上の存在《そんざい》であり、古《いにしえ》の時代に、賢者《けんじゃ》コボルドによって滅《ほろ》ぼされたといわれていました。

ところが、時の最高位学者リニウス・パリタクス、すなわちマリスの父親が、古文書《こもんじょ》を解読《かいどく》して発見した「古の研究室」のなかで、それを復活させてしまったのです。ゴウママネキはリニウスとクウィントにおそいかかったあげく、清流砂《せいりゅうさ》をふりかけて撃退《げきたい》しようとしたクウィントに、「おまえと、おまえの一族を呪ってやる!」というすてぜりふを残して、いずことも知れず姿《すがた》を消しました。そして、その言葉どおり、何十年かのちに、クウィントの子どもであるトウィッグを殺そうとしたのです。

察《さっ》しのいい方はお気づきかも知れませんが、この第四部は、第一部から三部で描《えが》かれる物語の原因や発端《ほったん》となる事件やエピソードをあつかっています。先に述《の》べたクウィントとマリスの出会い、ゴウママネキ誕生《たんじょう》の秘密《ひみつ》、光と闇《やみ》両博士《はかせ》が最高位学者になるいきさつ、大地学と大空学の争いと分裂《ぶんれつ》などです。順序は逆《ぎゃく》ですが、読者にとってはいわば謎解《なぞと》き編《へん》とでもいう位置づけになるでしょうか。

そのなかでも、最大の謎解きは、もちろん浮遊石そのものです。ご存《ぞん》じのとおり、崖の国の世界には浮遊石というものがありますが、これは温められると重くなり、冷やされると軽くなって浮《う》き上がるという性質《せいしつ》を持っています。ほかにも、光を当てると軽くなり、暗くするときわめて重くなるという嵐晶石《らんしょうせき》や、燃《も》えると浮《う》き上がる浮揚木《ふようぼく》などもありますが、なぜそうなのかは説明されていませんでした。それがこの四部で初めて、浮遊石《ふゆうせき》に関してのみですが、なぜ浮き上がるのか説明されたのです。

岩の園から、まるで植物のように生えてくる浮遊石は、ある程度《ていど》の大きさになると空中に浮き上がります。これは浮遊石の構造《こうぞう》と関係しています。見かけはふつうの石や岩と同じですが、その内部はまるで海綿《かいめん》やヘチマのように穴《あな》が無数に開いており、その中に空気が蓄《たくわ》えられることにより浮力を得るのです(空気が蓄えられるとなぜ軽くなるのかは、残念ながら説明されていません)。無数に穴の開いた部分は「石の巣《す》」と呼《よ》ばれており、それにとりまかれるようにして、中心には「石核《せきかく》」があります。これは通常《つうじょう》の岩のように硬《かた》いため、サンクタフラクスの宝物庫《ほうもつこ》として利用されています。

この構造、なにかに似《に》ていると思いませんか? 表皮の下にやわらかい果肉《かにく》があり、その中心に硬い種がある。そして、地面から生えて、少しずつ大きくなっていく。そう、梅や桃《もも》といった植物の実です。崖《がい》の国の人々の生活を支《ささ》えている浮遊石とは、どうやら岩というよりは植物の実に近いものだったようです。

そういえば、桃に虫が食うように、浮遊石にもいわば虫が巣くっています。モウリョウです。

なかでも、古《いにしえ》の学者が作り出したというハグレモウリョウは、イモムシが桃を食い荒《あ》らすように、浮遊石のなかを我《わ》が物顔にうろつきまわっては、迷《まよ》いこんでくる生き物をとらえてその恐《きょう》怖《ふ》をエサにして肥《こ》え太ってきました。バンガス・セプトリルの清流砂《せいりゅうさ》のおかげで、ひとまず地中深く閉《と》じこめられたハグレモウリョウですが、その後どうなったのかは物語では触《ふ》れられていません。ひょっとすると、いずれまた登場することがあるかもしれません。

浮遊石の話が出たついでに、ここで浮遊石をめぐるエピソードを、時間の流れに沿《そ》って確認《かくにん》してみましょう。トウィッグの時代より何百年か前、岩の園に顔をのぞかせた浮遊石はすくすくと育ち、やがてポンという音とともに空中に浮かび上がりました。それを当時はまだ地上で暮《く》らしていた学者や徒弟《とてい》たちが網《あみ》でとらえて持ち帰り、係留鎖《けいりゅうさ》で大地につないだのです。浮遊石はその後も成長を続け、ついにその上に建物が建てられるほどの大きさになりました。神聖《しんせい》都市サンクタフラクスの誕生《たんじょう》です。神聖都市は、浮遊石の成長につれてその規模《きぼ》を拡大《かくだい》していき、さまざまな大学や研究所が建ち、いつしか地上町を見下ろす巨大《きょだい》な学問の都になりました。

しかし、浮遊石が成長するにつれて、問題も起こってきました。浮力が年々強くなってきた結果、係留鎖だけではとても地上につなぎとめておけなくなったのです。そこで、飛空騎士団《ひくうきしだん》が結成され、大いなる嵐《あらし》がもたらす希有《けう》な物質《ぶっしつ》「嵐晶石《らんしょうせき》」を求めて、薄明《はくめい》の森へと送り出されたのです。暗闇《くらやみ》に置くと、針《はり》ほどの大きさでテツノキ千本にも相当するほどの重さになる嵐晶石を、浮遊石《ふゆうせき》の中心部にある石核《せきかく》をうがって作った宝物庫《ほうもつこ》に置くことで、浮力を打ち消そうとしたのです。それ以降、飛空騎士《きし》は名誉《めいよ》ある職《しょく》として、人々の賞賛《しょうさん》を集めてきました。このころ、サンクタフラクスの学問が大地学と大空学に分裂《ぶんれつ》します。サンクタフラクスが空中に浮《う》かんだことにより、学者たちの興味《きょうみ》が深森《ふかもり》から大空へと移《うつ》ったのです。

何十年かのち、クウィントがサンクタフラクスに降《お》り立ち、結果的にゴウママネキを解《と》き放ってしまいます。それからまた二十年あまりのち、大人になり空賊《くうぞく》船長「雲のオオカミ」を名乗るようになったクウィントと妻《つま》のマリスは、やむなくわが子トウィッグをウッドトロルの村に置き去りにします。成長したトウィッグは自分の居場所《いばしょ》を求めて崖《がい》の国をさまよい、幾多《いくた》の困難《こんなん》をのりこえて雲のオオカミと再会しますが、そのころサンクタフラクスは危険《きけん》な状態《じょうたい》に陥《おちい》っていました。係留鎖をどれだけ増《ふ》やしても、増大《ぞうだい》する浮力に追いつかなくなっていたのです。

それを救ったのは、雲のオオカミのもとで成長したトウィッグでした。数々の冒険《ぼうけん》をへて、サンクタフラクスに嵐晶石を持ち帰ったのです。しかし、そのさなかに、トウィッグは最愛の父雲のオオカミを失います。そして、父を救いに向かった虚空《こくう》で、崖《がい》の国のとてつもない秘密《ひみつ》を知るのです。千年に一度、崖の国をおそう母なる嵐が大河《たいが》の源《みなもと》にたどりつくことで、崖の国はよみがえるのです。ところが、その道すじには浮遊都市サンクタフラクスが浮かび、進路をさえぎっていました。母なる嵐が大河の源にたどりつけなければ、崖の国は滅《ほろ》びてしまいます。それを救ったのも、われらがトウィッグでした。命をかけて、サンクタフラクスをつなぎとめる係留鎖《けいりゅうさ》を断《た》ち切ったのです。

その結果、崖の国はよみがえりましたが、残念ながら歴史と伝統《でんとう》あるサンクタフラクスは、闇博士《やみはかせ》を乗せたまま大空へと飛び去ってしまいました。しかし、その時にはもう、新たな浮遊石が岩の園から顔を出し、新たなサンクタフラクスの歴史が始まろうとしていたのでした。

だいたい、こんなところですが、さて、その後はどうなるのでしょう？　先に「なにやらスター・ウォーズのようだ」と書きましたが、ということは、このあともクウィントとマリスの物語が続いていくのでしょうか？　たとえば、雲のオオカミが、生まれたばかりのトウィッグをウッドトロルの村に置き去りにしたエピソードをとりあげるとか？　残念なことに、どうやらそういう展開にはならないようです（もちろん、断言はできませんが）。

第五部のことをほんの少しだけお話ししますと、今回とはうってかわって、トウィッグの冒《ぼう》険《けん》より何十年か先の物語になります。そのうえなんと、新しい浮遊石《ふゆうせき》が浮力を失って、サンクタフラクスは地に落ち、飛空船も飛べなくなってしまうのです。いったいなにが起こったのでしょう？　そして、崖《がい》の国はどうなってしまうのでしょう？　一つだけヒントを。浮遊石は石というよりも、むしろ植物に近く、生きているということもできる。生き物は病気にかかる。こんなところでしょうか。あとは、みなさんで想像を働かせてみてください。

ところで、前の三部同様、この第四部にも新しい言葉が多々出てきますので、そのいくつかを説明しておきたいと思います。まず「清流砂《せいりゅうさ》」ですが、これは「大河の源《たいがみなもと》」で採《と》れるという砂状《すなじょう》の粉で、モウリョウやハグレモウリョウといった、本来この世のものではない霊的《れいてき》な存在《そんざい》を追《お》い払《はら》うのに使います。いわばお払いをするわけです。

それから、「低空降下機《こうかき》」。吊《つ》りカゴと同様、鎖《くさり》で吊《つ》られて上昇《じょうしょう》下降する装置《そうち》ですが、吊りカゴとちがい低空降下機には小さな浮遊石がとりつけられています。飛空船のように浮上する力はありませんが、浮力を利用して左右に移動することで、浮遊石表面の調査研究をすることができます。一～三部に出てこないのは、これを使うのがおもに大地学者だからです。

もう一つが「空話《くうわ》」です。実は、原作では単に'myth'すなわち「神話」となっています。それを「空話」としたのには理由があります。前に、崖の国には魔法《まほう》というものがないと書きました。しかし、ほかにもないものがあります。それは「神《かみ》」です。崖の国には神様がいません。その代わりとなるのが「空」なのです。海のない崖の国では、空は人々の生活になくてはならないものであり、サンクタフラクスの学者（特に大空学者）にとっては、世界の成り立ちの中心となる存在です。また、崖の国に生きとし生ける者はすべて、虚空《こくう》より嵐《あらし》によって運ばれてくる生命の種子が、大河の源にたどりつくことで命を与《あた》えられます。つまり、大空こそが崖の国の生き物たちの故郷《こきょう》なのです。だからこそ、人々は大空をあがめ、また畏《おそ》れるのです。そういう理由で、あえて神話ではなく、空話という言葉を作ってみました。

言葉を作るといえば、この物語には実にさまざまな造語《ぞうご》が出てきます。主だったところでは、浮遊石、浮揚木《ふようぼく》、石の巣《す》、石核《せきかく》、ゴウママネキ、飛空騎士《きし》、モウリョウなどなど。また、ファンタジーでおなじみの種族、トロル、ゴブリン、ノームなども、それを特徴《とくちょう》によってより細かく分けたりもしています。たとえば、ウッドトロル、モブノーム、ノクゴブリン、平頭ゴブリン、撞木《しゅもく》ゴブリン、ウッドエルフ、ペチャトロルというぐあいに。なかには、作者自身が作り出した種族もいます。ヤシャトログ、デクトログ、ミズマヨイ、ホフリのように。ほかにも、深森《ふかもり》のなかには、アシナガバッタ、トビムシ、オオグチハイカイ、オオハグレグマ、シュゴ鳥など、かぞえきれないほどの生き物が暮《く》らしています。とにかく、あまりに多すぎるうえにバラエティに富《と》んでいて、バンガス・セプトリルではありませんが、深森に関する図鑑《ずかん》とか博物誌《はくぶつし》などがほしくなります。

また、第四部にはとにかくさまざまな学者の肩書《かたが》きが出てきますが、これも現実《げんじつ》の世界とは異《こと》なるため、悩《なや》まされました。最高位学者、博士《はかせ》、次席博士、学部長、上級徒弟《とてい》、助手見習い……。いずれこれも整理して、表にでもしてみたいところです。

なお翻訳《ほんやく》にあたっては、それらの新語や造語《ぞうご》は、できるだけ原文の意味を再現《さいげん》できるようにしたつもりです。あまり雰囲気《ふんいき》を損《そこ》なっていなければいいのですが。

いずれにしても、まだまだ崖《がい》の国の物語は続きそうです。この先、どんな冒険《ぼうけん》が待っているのでしょう。今からわくわくしています。

二〇〇二年十月

唐沢　則幸

作者：ポール・スチュワート (Paul Stewart)
1955年ロンドン生まれ。ランカスター大学と東アングリア大学で創作を学ぶ。
スリランカでの英語教師を経て、88年より作品を発表しはじめる。
ファンタジー、ホラーから絵本、サッカー少年の物語まで、
さまざまなジャンルで人気を博している。
現在、ブライトンで小学校教師の妻と二人の子どもと住んでいる。
本書の挿絵のクリス・リデルとコンビでの絵本作品も多数。

画家：クリス・リデル (Chris Riddell)
南アフリカ生まれ。専門学校でイラストレーションを学んだのち、
経済紙のマンガをはじめ、幅広い分野で活躍している。
子どもの本の仕事では、"Something Else"(Katharine Cave作)で、
1997年グリーナウェイ賞、スマーティ賞の最終候補に選ばれ、ユネスコ賞受賞。
日本に紹介された作品に『ぞうって、こまっちゃう』(徳間書店)がある。
2002年"Pirate Diary"でK・グリーナウェイ賞受賞。

訳者：唐沢則幸 (からさわ のりゆき)
1958年生まれ、長野県出身、青山学院大学卒。
訳書に『ウォーリーをさがせ!』シリーズ(フレーベル館)、
『エヴァが目ざめるとき』(徳間書店)、
『アウトサイダーズ』(あすなろ書房)、『父がしたこと』、
『ワトソン一家に天使がやってくるとき』(以上くもん出版)、
『ディズニークロニクル1901-2001』(講談社)など多数。

ポプラ・ウイング・ブックス12
崖《がい》の国物語4 ゴウママネキの呪《のろ》い

THE CURSE OF THE GLOAMGLOZER
2002年11月　第1刷
作者：ポール・スチュワート
画家：クリス・リデル
訳者：唐沢則幸
装丁：鳥井和昌
発行者：坂井宏先　編集：中西文紀子
発行所：株式会社ポプラ社
〒160-8565　東京都新宿区須賀町5
振替：00140-3-149271
電話：編集・03-3357-2216 営業・03-3357-2213 受注センター・03-3357-2211
FAX(ご注文)：03-3359-2359
インターネットホームページ http://www.poplar.co.jp
印刷：瞬報社写真印刷株式会社
製本：株式会社若林製本工場
N.D.C. 933 ISBN4-591-07417-X 548p 20cm

ポプラ・ウイング・ブックス好評既刊！

《崖《がい》の国物語》

ポール・スチュワート＝作　クリス・リデル＝絵　唐沢則幸＝訳

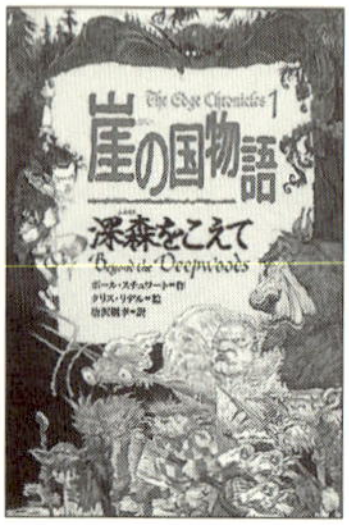

① 深森《ふかもり》をこえて
BEYOND THE DEEPWOODS

ウッドトロル族の村は自分の故郷ではないと知り、旅立った少年トウィッグだが、神秘的な森に魅せられて思わず道をはずれたとたん、死ととなりあわせの旅がはじまった。次々遭遇する妖しい怪物の脅威をくぐりぬけ、深森にすむ友だちができても、そこは自分の居場所ではない。進むしかない――。

虚空にはりだす船首像のように切りたった崖の国で繰り広げられる、壮大な冒険ファンタジー大作。

② 嵐を追う者たち
STORMCHASER

最高位学者と商人連合の癒着により、神聖都市サンクタフラクスと地上町は、いまだかつてない危機を迎えていた。環境バランスがくずれ、人々の不安はつのるばかり。町を救うには、嵐晶石を手に入れるしかない！　飛空船ストームチェイサー号は、薄明の森へ旅立ち、大いなる嵐を追う――。

地上町、薄明の森、泥地、神聖都市……崖の国を縦横無尽に経巡って展開する、シリーズ第二部。

③ 神聖都市の夜明け
MIDNIGHT OVER SANCTAPHRAX

虚空の嵐の中心で、父から重大な任務を与えられたトウィッグだが、崖の地に墜落したとたん、その記憶を失ってしまう。行方不明の乗組員を捜す旅は、一行を思いがけない運命に導いていく――。

岩の園、オオモズ奴隷市場、そして深森の先に待ちうける未知の土地――命がけの旅の果てにトウィッグが下す究極の決断とは…。ますます息をもつかせぬ展開をみせる、トウィッグの冒険物語完結篇！

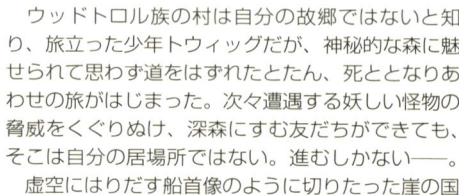

深森《ふかもり》
THE DEEP WOODS
薄明《はくめい》の森
THE TWILIGHT WOODS
崖《がい》の地
THE EDGELANDS
The Edge.
崖《がい》の国